AF674362

हिन्द पॉकेट बुक्स

पैंतरा

10 जून, 1955 को मेरठ में जन्मे वेद प्रकाश शर्मा हिंदी के लोकप्रिय उपन्यासकार थे। उनके पिता पं. मिश्रीलाल शर्मा मूलत: बुलंदशहर के रहने वाले थे। वेद प्रकाश एक बहन और सात भाइयों में सबसे छोटे हैं। एक भाई और बहन को छोड़कर सबकी मृत्यु हो गई। 1962 में बड़े भाई की मौत हुई और उसी साल इतनी बारिश हुई कि किराए का मकान टूट गया। फिर एक बीमारी की वजह से पिता ने खाट पकड़ ली। घर में कोई कमाने वाला नहीं था, इसलिए सारी ज़िम्मेदारी मां पर आ गई। मां के संघर्ष से इन्हें लेखन की प्रेरणा मिली और फिर देखते ही देखते एक से बढ़कर एक उपन्यास लिखते चले गए।

वेद प्रकाश शर्मा के 176 उपन्यास प्रकाशित हुए। इसके अतिरिक्त इन्होंने खिलाड़ी श्रृंखला की फिल्मों की पटकथाएं भी लिखी। *वर्दी वाला गुंडा* वेद प्रकाश शर्मा का सफलतम थ्रिलर उपन्यास है। इस उपन्यास की आज तक करोड़ों प्रतियाँ बिक चुकी हैं। भारत में जनसाधारण में लोकप्रिय थ्रिलर उपन्यासों की दुनिया में यह उपन्यास सुपर स्टार का दर्जा रखता है।

हिन्द पॉकेट बुक्स से प्रकाशित

लेखक की अन्य पुस्तकें

वर्दी वाला गुण्डा

सुहाग से बड़ा

सुपरस्टार

चक्रव्यूह

कैदी नं. 100

खेल गया खेल

सभी दीवाने दौलत के

बहू मांगे इंसाफ़

कारीगर

साढ़े तीन घंटे

हत्या एक सुहागिन की

पैंतरा

वेद प्रकाश शर्मा

हिन्द पॉकेट बुक्स
पेंगुइन रैंडम हाउस इम्प्रिंट

हिन्द पॉकेट बुक्स

यूएसए | कनाडा | यूके | आयरलैंड | ऑस्ट्रेलिया | सिंगापुर
न्य ज़ीलैंड | भारत | दक्षिण अफ्रीका | चीन

हिन्द पॉकेट बुक्स, पेंगुइन रैंडम हाउस ग्रुप ऑफ़ कम्पनीज़ का हिस्सा है, जिसका पता global.penguinrandomhouse.com पर मिलेगा

पेंगुइन रैंडम हाउस इंडिया प्रा.लि.,
चौथी मंजिल, कैपिटल टावर 1, एमजी रोड,
गुरुग्राम 122002, हरियाणा, भारत

पेंगुइन
रैंडम हाउस
इंडिया

प्रथम संस्करण : तुलसी पॉकेट बुक्स द्वारा 1989 में प्रकाशित
प्रथम हिन्दी संस्करण हिन्द पॉकेट बुक्स द्वारा 2022 में प्रकाशित
कॉपीराइट © वेद प्रकाश शर्मा
सर्वाधिकार सुरक्षित

10 9 8 7 6 5 4 3 2

इस उपन्यास के सभी पात्र और घटनाएँ काल्पनिक हैं। इस उपन्यास का किसी भी व्यक्ति या घटना से कोई संबंध नहीं है। यदि किसी व्यक्ति, घटना या स्थानादि से इसकी समानता होती है, तो उसे मात्र एक संयोग माना जाए।

ISBN 9789353493523

मुद्रक : मणिपाल टेक्नॉलजीस् लिमिटेड, भारत

यह पुस्तक इस शर्त पर विक्रय की जा रही है कि प्रकाशक की लिखित पूर्वानुमति के बिना इसका व्यावसायिक अथवा अन्य किसी भी रूप में उपयोग नहीं किया जा सकता। इसे पुनः प्रकाशित कर विक्रय या किराए पर नहीं दिया जा सकता तथा जिल्दबंद अथवा किसी भी अन्य रूप में पाठकों के मध्य इसका परिचालन नहीं किया जा सकता। ये सभी शर्तें पुस्तक के ख़रीददार पर भी लागू होंगी। इस संदर्भ में सभी प्रकाशनाधिकार सुरक्षित हैं।

www.penguin.co.in

FSC
www.fsc.org
MIX
Paper | Supporting responsible forestry
FSC® C043100

This is a legitimate digitally printed version of the book and therefore might not have certain extra finishing on the cover.

पैंतरा

रात का वक्त।

जंगल में चारों तरफ चांदनी छिटकी पड़ी थी।

पंकज ने बाइक को चकरोड पर उतारने के बाद, थोड़ी दूर खड़ी एक मर्सिडीज के करीब पहुंचने से पहले रोका ही इसलिए था ताकि अपने चेहरे को नकाब से और हाथों को ग्लब्स से छुपा सके।

यह एहसास उस पर घबराहट हावी किए दे रहा था कि कुछ देर बाद वह राजेश कुमार का मर्डर करने वाला है पर यह सोचकर खुद में हौसला पैदा करने की कोशिश कर रहा था कि इसके अलावा कोई चारा भी नहीं है और प्लान बेहद सुदृढ़ है।

वह कभी नहीं पकड़ा जा सकता।

हिम्मत करके बाइक आगे बढ़ानी शुरू की।

चेहरा छुपा होने के बावजूद पंकज ने हैडलाइट को ऐसे कोण पर रखा था कि राजेश कुमार चेहरा न देख सके क्योंकि नकाब देखकर वह चौंक सकता था। काफी नजदीक आकर उसने बाइक रोकी।

इंजन बंद होते ही हैडलाइट भी ऑफ हो गई।

चारों तरफ अंधेरा और गहन सन्नाटा छा गया।

पंकज ने बाइक स्टैंड पर लगाई।

तब तक राजेश कुमार और बगल में खड़ी उसकी पत्नी अर्थात् सोनम की आंखें चांदनी में देखने योग्य हो चुकी थीं। हमेशा की

तरह राजेश कुमार के हाथों में व्हिस्की की बोतल थी।

आगंतुक के चेहरे पर नकाब देखते ही वह बोला–''अरे, तुमने अपना चेहरा क्यों ढक रखा है भाई?''

नकाब से झांकती आंखों से पंकज ने एक बार सोनम की तरफ देखा। उस सोनम की तरफ जो इस एहसास से जहां की तहां खड़ी थरथर कांप रही थी कि अगले मिनट पंकज उसके पति राजेश कुमार को गोलियों से भून देने वाला है।

पंकज की घबराहट अपनी पराकाष्ठा पर थी। यह एहसास दिमाग की धज्जियां उड़ाए दे रहा था कि अगले ही पल वह राजेश कुमार की हत्या करने वाला है। जेहन के किसी कोने से आवाज़ आ रही थी–'नहीं पंकज, मत कर ऐसा।' मगर, साथ ही–वह यह भी जानता था कि पीछे हटने का समय बहुत पीछे छूट चुका है।

अब तो वह सब करना ही था।

सो, जिस्म में कंपन के बावजूद जेब में हाथ डाला और रिवॉल्वर निकाल लिया। रिवॉल्वर को देखते ही राजेश कुमार चीखा–''बचो सोनू, यह तो कोई लुटेरा है।''

साथ ही हाथ में मौजूद बोतल ज़ोर से पंकज को फैंककर मारी।

पंकज को ऐसी उम्मीद नहीं थी इसलिए बच न सका। बोतल उसके पेट पर लगी थी और कदमों में गिरकर फूट गई।

पंकज ने राजेश कुमार पर रिवॉल्वर तान जरूर दिया था लेकिन हजार कोशिशों के बावजूद ट्रिगर नहीं दबा पा रहा था।

हाथ बुरी तरह कांप रहा था उसका।

उत्तेजना की ज्यादती के कारण सोनम चिल्लाई–''देर क्यों कर रहा है मूर्ख! गोली चला। खत्म कर दे इसे।''

पिट्ट! साइलेंसर के कारण चारों तरफ छाए सन्नाटे के बीच बस ऐसी आवाज़ हुई जैसे कोई कंकर जमीन पर गिरा हो परंतु राजेश कुमार के मुंह से निकली चीख ने वातावरण को दहला दिया था।

उसका हाथ बिजली की-सी गति से अपनी छाती के बाएं हिस्से पर पहुंचा। यही समय था जब खून का फव्वारा उसके हाथ को चीरता हुआ हवा में उछला।

उस वक्त वह बुरी तरह लड़खड़ा रहा था जब भयाक्रांत सोनम ने चीखकर कहा–''एक और–एक और।''

दांतों पर दांत जमाए पंकज ने दूसरा फायर किया।

एक बार फिर 'पिट्ट' की आवाज़ हुई।

इस बार राजेश कुमार का हाथ अपने पेट पर पहुंचा।

वहां से भी खून का फव्वारा उछला।

साथ ही, राजेश कुमार का संपूर्ण जिस्म हवा में उछल गया था।

और–जब वह जमीन पर गिरा तो बस गिर गया।

उठना तो दूर, हलचल तक नहीं थी उसमें।

जैसे गिरा था, वैसे ही पड़ा रह गया।

मुंह से कराह तक की आवाज़ नहीं निकल रही थी।

वातावरण में पूरी तरह सन्नाटा छा गया था।

किसी के मुंह से चूं-चां तक की आवाज़ न निकल रही थी और यह सन्नाटा करीब दो मिनट तक छाया रहा।

फिर सोनम के मुंह से ऐसी आवाज़ निकली थी जैसे कब्र में पड़ी लाश बोली हो–''क्या यह मर गया?''

पंकज कोशिश के बावजूद हलक से आवाज़ न निकाल सका।

पुनः सोनम ने ही कहा–''चैक तो कर लो, मर भी गया है या . . .''

सेंटेंस वह भी पूरा न कर सकी।

हाथ में धुवां उगलती रिवॉल्वर लिए पंकज बुरी तरह कांपती टांगों को नियंत्रित करने का प्रयास करता राजेश कुमार के जिस्म की तरफ बढ़ा। उसके करीब पहुंचा और जूते की टो से उसे हिलाया।

जब उसमें जीवन का कोई चिन्ह नजर नहीं आया तो ठीक इस तरह ठोकर मारी जैसे फुटबॉल में मारी हो और उसके परिणामस्वरूप राजेश

कुमार का जिस्म उस ढलान पर लुढ़कता चला गया जो वहां से शुरू होकर एक तालाब के किनारे पर खत्म होता था।

पच्चीस फुट नीचे जब वह रुका तो नीचे का आधा जिस्म पानी में था, ऊपर का आधा बाहर।

पंकज बहुत देर तक अपने स्थान पर खड़ा उसे देखता रहा।

पीछे से दौड़ती हुई सोनम नजदीक आई।

अब वह भी तालाब के किनारे पर पड़े राजेश कुमार के जिस्म को देख रही थी।

तब भी, उसके मुंह से निकला–''क. . .क्या वह मर गया?''

पंकज उसकी तरफ घूमा।

चांदनी की मदद से सोनम ने उस वक्त नकाब से झांकती पंकज की आंखों में इतने हिंसक भाव देखे थे जितने हिंसक भावों की वह कल्पना भी नहीं कर सकती थी।

बुरी तरह खौफजदा होकर वह पीछे हटी।

पंकज उसकी तरफ ऐसे अंदाज में बढ़ रहा था जैसे शिकार हेतु चीता हिरनी की तरफ बढ़ रहा हो।

आप सोच रहे होंगे राजेश कुमार, पंकज और सोनम कौन हैं? पंकज ने राजेश कुमार की हत्या क्यों की तथा अपने पति की हत्या में सोनम ने पंकज का साथ क्यों दिया?

वे पाठक इन सवालों के जवाब जानते हैं जिन्होंने *सुपरस्टार* पढ़ा है मगर जिन्होंने नहीं पढ़ा वे थोड़ा उलझ गए होंगे। वे ठीक से समझ सकें, इसलिए कहानी को आगे बढ़ाने से पहले *सुपरस्टार* का सारांश लिख रहा हूं–

पंकज एक नया राइटर था। वह मेरठ से मुंबई अपनी स्टोरी पर फिल्म बनवाने आया था। संघर्ष करते-करते दो साल बीत जाने के बावजूद उसे कामयाबी न मिली थी।

एक रात बारह बजे उसे डेविड नाम के डायरेक्टर ने कहानी सुनने के लिए बुलाया लेकिन जहां बुलाया था, वहां डेविड नहीं मिला। बाइक पर सवार, निराश पंकज वहीं से लौट रहा था कि एक सुनसान सड़क पर कीमती गाड़ी को बुरी तरह लहराते देखा और फिर देखते ही देखते गाड़ी ज़ोरदार आवाज़ के साथ एक खम्बे से जा टकराई। उसमें आग लग गई थी। बड़ी मुश्किल से पंकज ने गाड़ी को ड्राइव कर रहे शख्स को बचाया और जब उसने उस शख्स को देखा तो बुरी तरह चौंक पड़ा क्योंकि वह अपने जमाने का सुपरस्टार राजेश कुमार था। वह राजेश कुमार जिसकी हर फिल्म सिल्वर जुबली हुआ करती थी, इसलिए उसे जुबली कुमार भी कहा जाता था। व्यक्तिगत रूप से खुद पंकज भी उसका जबरदस्त फैन था–इतना ज्यादा कि राजेश कुमार को वह देवता की तरह मानता था मगर यह राजेश कुमार वह राजेश कुमार न था क्योंकि अब उसकी उम्र पचास साल हो चुकी थी और इस वक्त वह बुरी तरह नशे में था।

अपने आदर्श को उस अवस्था में देखकर पंकज को धक्का-सा लगा था मगर फिर भी यह बात उसे रोमांचित किए दे रही थी कि उसने उसकी जान बचाई थी, जिससे लाख कोशिशों के बावजूद अपने पिछले जीवन में कभी मिल तक न पाया था।

उस वक्त तो उसकी खुशी का ठिकाना ही नहीं रहा जब राजेश कुमार ने कहा कि हमें हमारे बैंग्लो पर छोड़ दो।

बैंग्लो इतना भव्य था कि पंकज उसे देखता रह गया और उस वक्त तो उसे अपने कानों पर यकीन ही न हुआ जब राजेश कुमार ने उसे अपने साथ पीने के लिए कहा।

राजेश कुमार के होम बॉर में व्हिस्की और वाइन आदि की ऐसी ऐसी बोतलें थीं जिनके बस उसने नाम ही सुने थे। फिर उसने एक ऐसी व्हिस्की चखी जिसे कभी सूंघा तक न था।

बातों-बातों में जब राजेश कुमार को पता लगा पंकज राइटर है तो

उसने अपने लिए कहानी लिखने के लिए कहा। पंकज को तो जैसे मुंहमांगी मुराद मिल गई थी। उसने कहा कि उसने अपनी हर कहानी उसे और केवल उसे ही दिमाग में रखकर लिखी है। मगर कहानी लिखते वक्त जो राजेश कुमार उसके दिमाग में रहता था वह, वह था जिसे लोग जुबली कुमार कहा करते थे लेकिन अब आप पचास साल के हो गए हैं, इस उम्र के शख्स को हीरो बनाकर उसने आज तक कोई कहानी नहीं लिखी है।

राजेश कुमार उसकी स्पष्टवादिता पर बहुत खुश हुआ। बोला कि क्या तुम आज के राजेश कुमार को, उस राजेश कुमार को हीरो बनाकर कहानी लिख सकते हो जिसे इस वक्त अपने सामने देख रहे हो? जवाब में पंकज ने कहा, क्यों नहीं लिख सकता सर, आप मुझे केवल एक हफ्ता दीजिए। मैं ऐसी कहानी तैयार कर सकता हूं जिस पर बनी फिल्म सुपर-डुपर हिट होगी। राजेश कुमार ने वादा किया कि यदि कहानी पसंद आई तो वह उस पर फिल्म बनाएगा मगर शर्त ये है कि कहानी इसी बैंग्लो में रहकर लिखनी होगी। भला पंकज को क्या एतराज हो सकता था! वह तुरंत तैयार हो गया पर तभी सामने आई–सोनम।

राजेश कुमार की बीवी। उम्र केवल पच्चीस और तीस के बीच। उसकी फीगर ऐसी थी कि जो देखे, देखता रह जाए। बेहद सेक्सी थी वह लेकिन उससे भी कहीं ज्यादा खतरनाक।

वह राजेश की दूसरी बीवी थी। पहली बीवी, जिसका नाम प्राची था, से काफी पहले राजेश कुमार का तलाक हो चुका था।

सोनम पहले ही दृश्य में ऐसे आक्रामक अंदाज में सामने आई कि पंकज के छक्के छूट गए। एक तरफ वह सोनम के सेक्सी जिस्म को देखकर रोमांचित-सा हो गया था दूसरी तरफ यह देखने को मिला कि वह राजेश कुमार की जरा भी इज्जत नहीं करती थी। जब उसे पता लगा कि राजेश कुमार खुद को सुपरस्टार साबित करने के लिए फिल्म

बनाने के मूड में हैं तो वह कहने लगी कि तुम्हारी हैसियत कहां है फिल्म बनाने की और उस वक्त तो बुरी तरह उखड़ ही गई जब पता लगा–कहानी लिखने के दरम्यान पंकज बैंग्लो में रहेगा। वह इस बात के लिए बिल्कुल तैयार नहीं थी लेकिन राजेश कुमार भी राजेश कुमार था, उसने सोनम की एक न सुनी।

सोनम के तेवर देखने के बाद पंकज बैंग्लो में नहीं रहना चाहता था लेकिन राजेश कुमार ने कहा–'अगर तुम यहां नहीं रहोगे तो मुझे तुम्हारी कहानी में कोई इंट्रेस्ट नहीं है।' पंकज कांप गया। वह इस बात को अफोर्ड नहीं कर सकता था।

अपनी चलती न देख गुस्से में पैर पटकती सोनम अपने बैडरूम की तरफ चली गई। उसका जिस्म पंकज को अपनी तरफ खींच रहा था जबकि उसके व्यवहार से असमंजस में था।

वह नहीं समझ पा रहा था कि सोनम को उसके बैंग्लो में रहने पर इतनी घनघोर आपत्ति क्यों है?

पंकज का एक दोस्त था–झुमरू।

झुमरू फिल्मों की शूटिंग के वक्त स्पॉट-ब्वॉय का काम करता था। मुंबई में पंकज को उसी ने अपनी खोली में पनाह दे रखी थी। डेविड से मिलने पंकज उसी की बाइक से गया था।

सुबह के चार बजे झुमरू की खोली में पहुंचा। उसे जगाया और जब वह सबकुछ बताया जो हुआ था तो झुमरू ने कहा–'मेरी समझ में नहीं आ रहा दोस्त कि तू ये सब क्या कह रहा है! मैंने तो सुना है आज की तारीख में राजेश कुमार एक बरबाद हस्ती है। एक ऐसा आदमी जो शराब में डूबकर खुद को तबाह कर चुका है। उस पर फिल्म बनाने के लिए पैसे कहां से आएंगे?'

एक बार को तो पंकज को लगा–झुमरू ठीक कह रहा है।

सोनम ने भी तो लगभग यही कहा था! लेकिन उसने अपने दिल की आवाज़ पर ध्यान नहीं दिया।

तब झुमरू ने कहा–'क्या इस बारे में नैना से बात की?'

नैना पंकज की प्रेमिका का नाम था। बाईस वर्षीय नैना बहुत ही मासूम, भोलीभाली और ब्रिलिएंट लड़की थी।

वह आरोग्य हॉस्पिटल में नर्स थी।

उसका भाई गुंडे किस्म का था।

वह उससे बहुत डरती थी इसलिए अपने और पंकज के संबंध को उसी से नहीं बल्कि अपने सारे परिवार से छुपाए हुए थी। पंकज को उसने अपना मोबाइल नंबर तक नहीं दे रखा था, क्योंकि उसका भाई कभी-भी मोबाइल चैक कर लिया करता था। उसने और पंकज ने कभी मोबाइल पर बात नहीं की। या तो वह अपने घर से थोड़ी दूर स्थित पीसीओ द्वारा पंकज से बात करती थी या उस पीसीओ द्वारा जो आरोग्य हॉस्पिटल के बाहर स्थित था।

पंकज ने उसे मिलने के लिए मैकडॉनाल्ड पर बुलाया। शुरू में जब नैना को पता लगा कि कोई अभिनेता पंकज को इतना बड़ा चांस देने वाला है तो वह बहुत खुश हुई क्योंकि वह इस मन्नत के साथ भगवान शंकर के निर्जल व्रत रखा करती थी कि उसके पंकज को बड़ी कामयाबी मिल जाए लेकिन . . . जैसे ही पता लगा ऑफर देने वाला राजेश कुमार है, उसका मासूम चेहरा कुम्हला गया। सारी खुशी एक ही क्षण में काफूर हो गई।

पंकज ने जब कारण पूछा तो नैना ने कहा–'उसकी बीवी सोनम बहुत ही खतरनाक औरत है।' अब . . . चौंकने की बारी पंकज की थी। उसने पूछा–'तुम सोनम को कैसे जानती हो?' नैना ने बताया कि आरोग्य हॉस्पिटल की मैट्रन का ड्राइवर जिसका नाम रंगराज है, उससे पहले राजेश कुमार का ड्राइवर था। मैट्रन को दिए गए इंटरव्यू में उसने बताया था कि वहां से उसे सोनम के कारण ही नौकरी छोड़नी पड़ी थी। रंगराज का कहना था कि सोनम ड्राइवर को ही नहीं किसी भी नौकर को बैंग्लो में नहीं टिकने देती। पंकज ने कारण पूछा तो नैना ने

कहा–'इंटरव्यू के दरम्यान मैट्रन ने रंगराज से जब यह सवाल पूछा तो रंगराज ने कहा था–मेरे ख्याल से वह राजेश कुमार का मर्डर करने की फिराक में है। इस काम में कोई अड़चन न बने इसलिए वह बैंग्लो में किसी नौकर को नहीं चाहती।'

यह सब सुनकर पंकज के रोंगटे खड़े हो गए।

नैना ने रंगराज द्वारा मैट्रन को बताई गई राजेश कुमार की माली हालत का भी जिक्र किया, यह भी बताया कि वह हमेशा शराब में डूबा रहता है और कंगाल ही नहीं हो गया है बल्कि बुरी तरह कर्जे में डूबा हुआ है। नैना का कहना था कि जिसकी हालत ऐसी है वह फिल्म नहीं बना सकता और जब वह फिल्म ही नहीं बना सकता तो ऐसे आदमी के लिए कहानी लिखने का क्या फायदा!

पंकज का विवेक कह रहा था कि नैना ठीक कह रही है क्योंकि शराब में डूबे राजेश कुमार को वह भी देख चुका था परंतु दिल ने कहा–यह मौका बहुत मुश्किल से मिला है जब इतना बड़ा स्टार खुद अपने लिए स्टोरी लिखने के लिए कह रहा है, फिर कभी ऐसा मौका मिलने की कोई उम्मीद नहीं है अतः इस सुनहरे मौके को गंवाना नहीं चाहिए।

इसी भावना के तहत उसने नैना का कोई तर्क नहीं सुना और राजेश कुमार के बैंग्लो पर रहकर स्टोरी लिखने की बात पर अड़ा रहा। नैना ने जब महसूस किया वह उसकी बात नहीं मानेगा तो चुप रह जाने के अलावा कोई चारा न था।

जब वह बैंग्लो पर पहुंचा तो वहां ढेर सारी पुलिस को देखकर हाथ-पांव ठंडे पड़ गए। इस ख्याल ने होश फाख्ता कर दिए कि पिछली रात सोनम ने कहीं राजेश कुमार का काम-तमाम तो नहीं कर दिया है! उसकी इच्छा वहां से भाग जाने की हुई लेकिन अब–ऐसा नहीं कर सकता था क्योंकि वहां मौजूद पुलिसवाले उसे देख चुके थे। अंततः उसे बैंग्लो की लॉबी में कदम रखना पड़ा। राजेश कुमार को जीवित देखकर उसे पहली राहत मिली।

मगर, जीवित होते हुए भी वह मृत समान था क्योंकि नशे में धुत्त सोफे पर अधलेटी अवस्था में पड़ा था। पुलिस असल में पिछली रात हुए एक्सीडेंट के सिलसिले में जानकारी लेने आई थी।

बहुत ही काईयां इंस्पेक्टर का नाम था–एम सलबटे।

एम सलबटे इतना घुटा हुआ था कि अपने तर्कों से उसने यह साबित करना शुरू कर दिया कि पिछली रात हुआ एक्सीडेंट असल में एक्सीडेंट नहीं था बल्कि पंकज द्वारा प्लांट की गई घटना थी और पंकज का उद्देश्य था–इस बैंग्लो में एंट्री।

उसी समय अगर सोफे पर मृतप्रायः पड़े राजेश कुमार ने मदद न की होती तो सलबटे अपनी बात सिद्ध कर चुका था। राजेश ने बहुत ही शातिराना अंदाज में यह साबित कर दिया कि एक्सीडेंट में पंकज का कोई हाथ नहीं था। पंकज सलबटे के जाल में फंसने से बच गया मगर साथ ही यह भी समझ गया कि राजेश कुमार बहुत ही तेज दिमाग का मालिक है।

इसमें शक नहीं कि वह हमेशा नशे में डूबा रहता था। बैंग्लो से नटराज स्टूडियो स्थित अपने आफिस जाते वक्त कार खुद उसी ने ड्राइव की, और ऐसे अंदाज में ड्राइव की कि बगल वाली सीट पर बैठे पंकज की सांसें रुकी रहीं। उस दरम्यान उसने जो बातें कीं उनसे पंकज इस नतीजे पर पहुंचा कि राजेश कुमार के बैंग्लो में भले ही सोनम रहती हो लेकिन दिल में आज भी प्राची ही रहती है।

उसने सोनम को एक ठंडी औरत बताया था–एक ऐसी औरत जिसकी सेक्स में कोई दिलचस्पी नहीं थी, जो मर्द को पैर की जूती समझती थी। साथ ही यह भी महसूस किया कि फिल्म इंडस्ट्री में आज राजेश कुमार की कोई इज्जत नहीं है।

लोग उसे हेय और घृणा भरी नजरों से देखते हैं।

राजेश कुमार का आफिस दो कमरों का था। बाहरी कमरा स्टाफ के लिए था और अंदर वाले कमरे में राजेश कुमार बैठता था मगर स्टाफ

के नाम पर अब वहां केवल एक ही आदमी था–शशांक पांडे। उम्र करीब साठ साल। वह राजेश कुमार का वफादार ही नहीं था बल्कि उससे बहुत ज्यादा प्यार भी करता था, तभी तो तनख्वाह न मिलने के बावजूद उससे जुड़ा हुआ था। भीतरी कमरे में अपनी विशालतम रिवाल्विंग चेयर पर बैठते ही राजेश कुमार ने ब्लैक लेबल की बोतल निकाली, पीना शुरू किया और पंकज से कहानी सुनाने के लिए कहा। पंकज सकपका गया, क्योंकि तब तक उसके दिमाग में कोई कहानी नहीं थी लेकिन ऐसा कहना उसे उचित नहीं लगा इसलिए कह बैठा कि–आपकी लाइफ हिस्ट्री एक सुपरहिट फिल्म की कहानी हो सकती है। एक ऐसे शख्स की कहानी जो अपने जमाने में सुपरस्टार था लेकिन आज . . . पचपन की आयु तक पहुंचते-पहुंचते वे ही लोग उसे हेय दृष्टि से देखने लगे हैं जो उस जमाने में उसके तलवे चाटते थे। इस शख्स पर आज भी खुद को सुपरस्टार साबित करने का जुनून सवार है और अंततः वह खुद को सुपरस्टार साबित करके सारे जमाने के मुंह पर तमाचा मार देता है।

बात क्योंकि राजेश कुमार के दिल के करीब थी इसलिए उसे बेसिक आइडिया जंचा लेकिन बोला–'कहानी एकदम सपाट लग रही है, इसमें टर्न और ट्विस्ट होने चाहिए।'

तब पंकज ने कहा–'पहला ट्विस्ट तो यही है सर कि सुपरस्टार की बीवी उसके मर्डर की फिराक में है।' ऐसा सुनते ही राजेश कुमार उछल पड़ा। आंखों में चमक आ गई उसकी। कह उठा–'गुड-गुड। लेकिन ऐसा वह क्यों चाहेगी? अपने पति का मर्डर करने से उसे क्या फायदा?' पंकज के पास क्योंकि कोई माकूल जवाब न था इसलिए यह कह कर टाल दिया कि–'वह भी सोच लेंगे।'

राजेश कुमार को आइडिया क्योंकि जम गया था इसलिए उसने पंकज से बाहर वाले कमरे में जाकर लिखने के लिए कहा और खुद ब्लैक लेबल की बोतल में डूब गया।

पंकज लिखने में ऐसा मशगूल हुआ कि टाइम का ख्याल ही न रहा। चौंका तब, जब शशांक पांडे ने बताया शाम के पांच बज गए हैं और साहब पांच बजे तक ही आफिस में बैठते हैं। पंकज ने पांडे से बिखरे हुए कागज समेटने के लिए कहा और खुद अंदर वाले कमरे की तरफ बढ़ गया। असल में जो कुछ उसने लिखा था उसे लिखकर इतना रोमांचित था कि उसे जल्दी से जल्दी राजेश कुमार को सुनाना चाहता था, जानता जो था कि उसे सुनते ही राजेश कुमार वाह-वाह कर उठेगा मगर, कमरे में कदम रखते ही पंकज का सारा उत्साह ठंडा पड़ गया क्योंकि राजेश कुमार नशे में धुत्त अपनी कुर्सी पर लुढ़का पड़ा था। अब–पंकज के सामने उसके होश में आने का इंतजार करने के अलावा कोई चारा न था और इंतजार के उन्हीं क्षणों में उसकी नजर कमरे में चारों तरफ रखी ट्राफियों और फाइल्स पर गई। ट्राफियां उसकी हिट फिल्मों की थीं और फाइलों में राजेश कुमार की पिछली फिल्मों के स्क्रीनप्ले थे। अध्ययन करने के दृष्टिकोण से पंकज उन्हें देखने लगा और तभी, उसके हाथ एक इंश्योरेंस पॉलिसी लगी।

राजेश कुमार का पचास करोड़ का बीमा था। उस पॉलिसी को देखते ही पंकज के जेहन में धमाका-सा हुआ और–यह धमाका इसलिए हुआ था क्योंकि पलक झपकते ही उसकी समझ में वह बात आ गई थी जो शुरू से नहीं आ रही थी। यह कि–राजेश कुमार की हत्या करके सोनम को क्या मिलने वाला है।

अब सारे हालात उसके सामने खुले पड़े थे।

पॉलिसी के कागज जहां के तहां वापस रख दिए और राजेश कुमार को बेहोश अवस्था में लेकर बैंग्लो पहुंचा। उसे उसके पर्सनल सुईट में लिटाने के बाद बाहर निकला ही था कि सोनम उसे अपने सुईट में ले गई। पंकज ने व्यंग किया–'पहली बार किसी घर में पति पत्नि का कमरा अलग देखा है।' उसके व्यंग को समझती सोनम ने कहा–'इसका मतलब

राजेश कुमार तुम्हें भी बता चुका है कि मैं एक ठंडी औरत हूं।' और फिर–उनके बीच बातें बढ़ती चली गई। सोनम ने बताया कि उनके कमरे इसलिए अलग हैं क्योंकि राजेश कुमार साईको है। बैडरूम में अपने पार्टनर के साथ जानवर बन जाता है, उसे मारता-पीटता है। सबूत के रूप में उसने अपने जिस्म पर हंटर और बैल्ट के निशान दिखाए और कहा कि अपनी करतूत छुपाने के लिए वह मुझे ठंडी औरत बताता है।

रंगराज का जिक्र आया तो सोनम ने कहा–'उसे नौकरी से इसलिए निकाला गया क्योंकि उसने मेरा रेप करने की कोशिश की थी।' यह बात उसने कही ही नहीं बल्कि एक टेप के जरिए साबित भी कर दी कि वह सच बोल रही है, रंगराज ने मैट्रन से जो कहा, सरासर झूठ था। पंकज का दिमाग घूमकर रह गया।

तब सोनम ने पंकज से साफ-साफ बैंग्लो से चले जाने के लिए कहा। अब तो पंकज जानता ही था वह ऐसा क्यों कह रही है सो, कह बैठा–'असल में तुम मुझे बैंग्लो में इसलिए नहीं चाहतीं क्योंकि तुम्हें राजेश सर की हत्या करनी है।' सोनम चीख पड़ी–'मुझे उसकी हत्या करके क्या मिलेगा बेवकूफ आदमी?' और तब–भन्नाए हुए पंकज ने बीमा पॉलिसी का जिक्र किया। हैरत की ज्यादती के कारण सोनम का बुरा हाल हो गया था।

उसके बाद उसने जो बातें कीं उनसे पंकज को लगा कि उसे पॉलिसी के बारे में कुछ भी मालूम नहीं था और उसका जिक्र करके उसने बेवकूफी की है। अब–पंकज बुरी तरह उलझन में फंस गया। कभी उसे राजेश कुमार झूठा और सोनम सच्ची तथा इन्नोसेंट लगती तो कभी लगता–वह सोनम के जाल में फंसता जा रहा है।

अगली सुबह, सोनम राजेश कुमार से छुपती-छुपाती पंकज के रूम में आई। उसने कहा कि शाम को मुझे एक फिल्मी पार्टी में जाना है, तुम मेरे दोस्त बनकर चलना। वहां मैं एक राइटर के रूप में तुम्हारा परिचय ऐसे-ऐसे डायरेक्टर-प्रोड्यूसर्स से कराऊंगी जिनके आज तक

तुमने केवल नाम ही सुने हैं, लाख कोशिशों के बावजूद मिल नहीं पाए हो। पंकज ने साफ पूछा कि यह मेहरबानी तुम मुझ पर क्यों करने वाली हो। सोनम ने बगैर लागलपेट के कहा–'जब तुम्हारा कांट्रेक्ट किसी ऐसे प्रोड्यूसर से हो जाएगा जिसका पेशा ही फिल्में बनाना है तो तुम्हारे दिमाग से खुद-ब-खुद ऐसे राजेश कुमार के लिए स्टोरी लिखने का ख्याल काफूर हो जाएगा जिसके बस का फिल्म बनाना नहीं है और इससे मुझे यह फायदा होगा कि हमारी अंतिम जमापूंजी बची रहेगी।'

पंकज ने चौंककर पूछा–'अंतिम जमापूंजी?'

तब, सोनम ने बताया कि उनके पास राजेश कुमार की पुरानी फिल्मों के राइट्स हैं जिन्हें बेचकर वे कभी-भी कर्जे से बाहर आ सकते हैं और–उसे डर है कि उसकी कहानी पसंद आने की सूरत में कहीं राजेश कुमार फिल्म बनाने की धुन में उन्हीं को बेचकर इस अंतिम जमापूंजी को बरबाद न कर दे।

बात क्योंकि सीधी-सादी थी इसलिए तुरंत पंकज की समझ में आ गई। यदि यह कहा जाए तो गलत न होगा कि दोनों के मकसद एक हो गए थे। अगर कोई नामचीन प्रोड्यूसर उसकी स्टोरी पर फिल्म बनाए तो इससे अच्छा क्या हो सकता था! उधर, सोनम की अंतिम जमापूंजी बच रही थी। दोनों के 'एक' होने का एक और कारण भी था–सोनम का हाहाकारी जिस्म। वह जिस्म, जो पंकज को चुंबक की मानिंद अपनी तरफ खींच रहा था।

उस दिन राजेश कुमार और पंकज बैंग्लो से आफिस के लिए निकले लेकिन आफिस से पहले राजेश कुमार उसे जहां ले गया, उस बिल्डिंग के मस्तक पर लिखा था–हिंदुस्तान इंश्योरेंस कंपनी।

पंकज के जेहन में तुरंत पचास करोड़ की पॉलिसी के कागज घूम गए क्योंकि वह इसी कंपनी के थे। मगर, राजेश कुमार उसे इमारत में नहीं ले गया। उसे गाड़ी के साथ पार्किंग में ही छोड़कर अंदर चला गया था। गाड़ी से टेक लगाए, सिगरेट फूंकते पंकज के जेहन में सोनम

उतर आई। वह उसी के बारे में सोच रहा था कि नैना का फोन आया और–उस वक्त नैना का फोन आना उसे अच्छा नहीं लगा था। सोनम के कंपेरिजन में नैना अब उसे कुछ भी नहीं लग रही थी। उस वक्त उसकी अंतरात्मा ने कहा था कि वह सही दिशा में नहीं बढ़ रहा है लेकिन–अंतरात्मा की सुनता कौन है!

आफिस में, स्टोरी डिस्कशन के दरम्यान पंकज ने यह भी जान लिया कि राजेश कुमार वाकई साईको था और खुद को बचाने के लिए सोनम को ठंडी औरत बताया करता था।

अब तो सोनम उसे हर एंगिल से सच्ची नजर आने लगी।

उस रात, वह उसे चकाचौंध कर देने वाली ऐसी फिल्मी पार्टी में ले गई जिसमें पंकज रोमांचित हो उठा। सोनम ने उसकी मुलाकात करन नाम के डायरेक्टर-प्रोड्यूसर से राइटर के रूप में कराई।

पंकज जानता था कि अगर करन को उसकी स्टोरी पसंद आ गई तो आने वाले वक्त में सारी दुनिया उसकी मुट्ठी में होगी और सोनम की मेहरबानी से करन ने कहा था कि वह अगले दिन उसके आफिस में आकर अपनी स्टोरी सुना सकता है।

पंकज तो जैसे सातवें आसमान में विचरण कर रहा था।

पार्टी के दरम्यान मूसलाधर बारिश पड़ने लगी थी। पार्टी खत्म होने पर कुछ लोग उसी रिसॉर्ट के कमरों में ठहर गए थे, कुछ घरों को लौट गए थे। पंकज और सोनम रिसॉर्ट में रुकने वालों में से थे। उन्हें अगल-बगल के कमरे मिले थे। दोनों कमरों के बीच एक गेट था। उसी को खोलकर गहराती रात में सोनम उसके कमरे में आई।

वह नशे की अधिकता और वासना की आग में सुलग रही थी।

हकबकाए-से पंकज को खींचकर अपने रूम में ले गई। जो होने वाला था, पंकज खुद को उससे बचाने की कोशिश कर रहा था मगर उस वक्त नहीं बचा सका जब सोनम ने साफ-साफ कहा कि यदि वह नहीं माना तो वह करन से उसकी मुलाकात नहीं कराएगी।

और . . . पंकज ने समर्पण कर दिया।

करीब तीन बजे पंकज की नींद खुली। बगल में सोनम को न पाकर चौंका और उस वक्त तो बौखला गया जब सोनम को रिसॉर्ट से गायब पाया। पार्किंग में उसकी गाड़ी भी नहीं थी जबकि रिसॉर्ट के रिकार्ड के मुताबिक उसने अभी चैकआउट नहीं किया था। हालात बता रहे थे कि वह चोरी से रिसॉर्ट से बाहर निकली है जबकि अभी-भी मूसलाधार बारिश पड़ रही थी। परिस्थितियों पर गौर करने पर लगा कि सोनम आज की रात राजेश कुमार का काम-तमाम करने के फेर में है। अपने दिमाग में उपजे इस विचार ने उसके छक्के छुड़ा दिए क्योंकि–वह समझ चुका था–यदि सोनम कामयाब हो गई तो राजेश कुमार की हत्या के इल्जाम में वह पकड़ा जाएगा सो, एक टैक्सी पकड़कर बैंग्लो की तरफ रवाना हो गया। टैक्सी वाले से वह लगातार कह रहा था–तेज चलाओ . . . तेज . . .और तेज।

बैंग्लो पहुंचने में अगर पंकज को एक पल की भी देर हो जाती तो सोनम राजेश कुमार का खात्मा कर चुकी होती बल्कि यदि यह कहा जाए तो ज्यादा मुनासिब होगा कि अपनी तरफ से तो वह राजेश कुमार को खत्म कर चुकी थी, वह तो ऐन वक्त पर पहुंचकर पंकज ने उसे बचा लिया और मजे की बात यह कि राजेश कुमार को इस सबका इल्म तक न था। उस वक्त वह नशे की अधिकता के कारण बेहोशी की-सी अवस्था में था जब सोनम ने उसे जीने की सबसे ऊपर वाली पौड़ी से नीचे लुढ़काया। सीढ़ियों के नीचे पहुंचते-पहुंचते निश्चित रूप से उसकी इहलीला खत्म हो जाने वाली थी परंतु पंकज ने ऐसा न होने दिया। ऐन वक्त पर पहुंचकर उसने सीढ़ियों के बीच में ही राजेश कुमार के जिस्म को रोक लिया था।

उसे वहां देखकर सोनम को घोर आश्चर्य ही नहीं हुआ बल्कि मारे गुस्से के बुरा हाल हो गया।

सोनम ने जो भी किया, बहुत सोच-समझकर, पूरे प्लान के साथ किया था। अपना मोबाइल तक रिसॉर्ट के कमरे में छोड़ आई थी वह ताकि बाद में पुलिस सर्विलांस पर लगाए तो यही साबित हो कि वह पूरी रात वहीं थी। उसका प्लान राजेश कुमार को सीढ़ियों से लुढ़का कर खत्म करने के बाद, सुबह होने से पहले वापस रिसॉर्ट के उसी कमरे में पहुंच जाने का था। यहां तक कि बगल में सोए पंकज को भी पता न लगता कि वह उसके पहलू से गायब होकर इतने बड़े काम को अंजाम दे आई है। पुलिस सहित हरेक को यही पता लगता कि वे दोनों उस रात रिसॉर्ट पर थे। नशे की ज्यादती के कारण राजेश कुमार सीढ़ियों से लुढ़का और मर गया। लेकिन अब–यह इसलिए नहीं हो सकता था क्योंकि पंकज रिसॉर्ट से सोनम की तरह छुपकर नहीं बल्कि बाकायदा चैकआउट करके आया था।

अपने मुकम्मल प्लान पर पानी फिरता देखकर सोनम को आपे से बाहर होना था और . . . वह हुई।

चीख-चीखकर वह पंकज को यह समझाने की कोशिश कर रही थी कि खुद उसका फायदा भी राजेश कुमार के अंत में ही है लेकिन पंकज इसके लिए तैयार नहीं था। वह तो पुलिस को सबकुछ बताकर उसे पकड़वाने पर आमादा था। जब वह सौ नंबर पर फोन करने लगा तो सोनम जैसे मजबूर हो गई। अब उसने पंकज को वह सीडी दिखाई जिसमें वे हमबिस्तर थे और उस वक्त तो पंकज की आंखों के सामने अंधेरा ही छा गया जब सोनम ने कहा–'अगर तुमने पुलिस को इस झमेले में डालने की बेवकूफी की तो मैं इस सीडी को नैना को दिखा दूंगी।'

वह जानता था अगर नैना ने वह सीडी देख ली तो वह सुसाइड तक कर सकती है। सचमुच . . . इतना ही प्यार करती थी वह पंकज से और अब . . . सोनम का यह रूप सामने आने के बाद तो पंकज को भी अपने जीवन में नैना की अहमियत पता लग गई थी। वह नैना को

नहीं खो सकता था। लेकिन . . . यह सवाल उसके सिर में दर्द किए दे रहा था कि सोनम को नैना के बारे में कैसे पता लगा। इस रहस्य से तब पर्दा उठा जब नैना का फोन आया। उसने बताया रंगराज को खोजती सोनम हॉस्पिटल आई थी। मैट्रन से मिली। उसने साबित कर दिया कि रंगराज ने सोनम के बारे में मैट्रन से जो कहा, वह झूठ था। रंगराज दोनों के पैर पकड़कर माफी मांगने लगा। इससे उसे बस इतना लाभ हुआ कि मैट्रन ने उसे पुलिस के हवाले नहीं किया लेकिन नौकरी से निकाल दिया। वहीं सोनम ने यह भी जाना कि नैना और पंकज एक दूसरे से मुहब्बत करते हैं।

इतने पर भी, पंकज ने सोनम के समक्ष यूं ही समर्पण नहीं कर दिया। उसने भी कई शर्तें रखीं। सोनम ने सारी शर्तें मान लीं लेकिन उस वक्त उसकी खोपड़ी घूम गई जब पंकज ने उन शर्तों को कागज पर लिखने के लिए कहा। यह भी कहा कि वह कागज उसके पास रहेगा। कागज पंकज इसलिए लिखवाना चाहता था ताकि सोनम बाद में धोखा न दे सके। ऐसा न हो कि किसी स्पॉट पर वह राजेश कुमार की हत्या के इल्जाम में फंस जाए और सोनम न केवल आजाद घूमती रहे बल्कि इंश्योरेंस से मिलने वाली रकम के भी मजे लूटे। उस कागज में उसने यह लिखवाया था कि राजेश कुमार की हत्या वे दोनों मिलकर कर रहे हैं। सोनम कागज पर साइन करने के लिए तैयार नहीं थी लेकिन जब पंकज ने कहा–'अगर तुम सीडी नैना को दिखाना चाहती हो तो दिखा दो, मैं तब तक राजेश कुमार की हत्या के इस आयोजन में तुम्हारा साथ नहीं दूंगा जब तक इस कागज पर साइन नहीं करोगी।' तब, मजबूरी में सोनम को साइन करने पड़े।

तय ये हुआ था कि इंश्योरेंस से मिलने वाली रकम आधी-आधी बांट ली जाएगी। सोनम उसे सीडी सौंप देगी और वह सोनम को उसके साइन वाला कागज। कागज तैयार होने के बाद पंकज उसे अपने बैंक लॉकर में रख आया था।

अगले दिन पंकज और राजेश कुमार आफिस गए।

स्टोरी पर डिस्कशन हुआ लेकिन अब इस डिस्कशन में पंकज की कोई खास दिलचस्पी नहीं थी क्योंकि जान चुका था, यह फिल्म कभी बनने वाली नहीं है। उससे पहले ही राजेश कुमार को दुनिया से विदा जो हो जाना है।

रात के वक्त सोनम यह जानने पंकज के कमरे में आई कि वह उसके साथ राजेश कुमार का मर्डर करने के लिए तैयार है या नहीं। पंकज के लिए सोनम अब दुनिया की सबसे घृणित औरत थी मगर उसके साथ काम करना मजबूरी थी, अतः उसने कुछ शर्तें रखीं, जिन्हें सोनम ने कबूल कर लिया। हाथ मिले ही थे कि दरवाज़े पर दस्तक हुई। दोनों के होश फाख्ता हो गए क्योंकि रात के इस वक्त दस्तक देने वाला राजेश कुमार के अलावा और कोई नहीं हो सकता था। बुरी तरह बौखलाए पंकज ने सोनम को बाथरूम में छुपाने के बाद दरवाज़ा खोला और राजेश कुमार को कमरे में नहीं आने दिया बल्कि उसे खींचकर लॉबी में ले गया। पता लगा–राजेश कुमार के दिमाग में फिल्म की कहानी से संबंधित आइडिया आया था, वह उसी पर डिस्कशन करने आया था। पंकज ने राहत की सांस ली।

अब पंकज को यह सोचना था कि राजेश कुमार का मर्डर कैसे किया जाए। तरकीब ऐसी होनी चाहिए कि पुलिस का शक किसी भी हालत में उस पर या सोनम पर न जाए क्योंकि किसी भी एक के फंसने का मतलब था–दूसरे का स्वतः फंस जाना। और . . . जिस बीमा पॉलिसी के लिए वे मर्डर कर रहे थे, उसके कारण पुलिस का शक सबसे पहले उन्हीं पर जाना था क्योंकि राजेश कुमार की बातों से यह नजर आ गया था कि नोमिनी उन्हीं दोनों में से कोई होगा। ऐसा हो ही नहीं सकता था कि पुलिस इतनी मोटी रकम की पालिसी के नोमिनी पर शक न करे। पंकज समझता था–शक तो पुलिस हंडरेड परसेंट करेगी। उसके आधर पर छानबीन भी करेगी, इसलिए प्लान की

खूबी यह होनी चाहिए कि शक और छानबीन भले ही चाहे जितनी करे लेकिन साबित कुछ न कर पाए।

और फिर–उसे ऐसी स्कीम सूझ गई।

राजेश कुमार का आफिस सेठ घनश्यामदास के पास गिरवी रखा था। उसके साथ हुए कांट्रेक्ट के मुताबिक कर्जा न चुकाने की सूरत में राजेश कुमार को आफिस खाली करके कब्जा घनश्यामदास को देना था। जब वे ऐसा करके बैंग्लो की तरफ लौट रहे थे तो गाड़ी में राजेश कुमार ने कहा–'जिन लोगों से कर्ज ले रखा है, उन्हें यह भ्रम था कि हम कहीं न कहीं से कमाकर कर्ज चुका देंगे लेकिन अब वह भ्रम भी खत्म हो जाएगा क्योंकि कल से हम आफिस नहीं आएंगे। आफिस रहा ही नहीं तो जाएंगे कहां? हवा उड़ते ही कर्जदार दबाव बनाना शुरू कर देंगे। ज्यादा से ज्यादा हफ्ते भर में बैंग्लो, गाड़ियां, यहां तक कि तन के कपड़े भी दूसरों के हो जाएंगे। हम सड़क पर आ जाएंगे, बल्कि यह कहो तो गलत न होगा कि आ चुके हैं।'

पंकज ने उन्हें कर्जदारों के तगादों से बचने के लिए हालीवुड की मैजिक मूवीज नामक संस्था की तरफ से यह अफवाह उड़ाने की सलाह दी कि वह आपकी पुरानी फिल्मों के कापीराइट्स खरीद रही है। इससे तगादेदारों को यह मैसेज जाएगा कि जल्दी ही आपके पास एक मोटी रकम आने वाली है और . . . वे तगादे नहीं करेंगे।

बात राजेश कुमार को जमी जबकि उसे यह सलाह देना पंकज द्वारा बनाए गए राजेश कुमार के मर्डर-प्लान का बहुत ही अहम हिस्सा था और इसी प्लान के दूसरे हिस्से को अंजाम देने वह असलम भाई लोनवाला नामक काल्पनिक किरदार बनकर रंगराज से मिलने उसके घर गया। इस बहाने से न केवल रंगराज के घर की भौगोलिक स्थिति देखी बल्कि यह भी जान लिया कि उसकी बीवी, गोमती कॉल सेंटर में काम करने के कारण सारी रात घर से बाहर रहती है।

अगले दिन टीवी के लगभग हर चैनल पर यह खबर आ रही थी कि मैजिक मूवीज ने दो करोड़ डॉलर्स में राजेश कुमार की पुरानी फिल्मों के राइट्स खरीदे हैं। वे कभी-भी मैजिक मूवीज के आफिस में आकर अपना चैक ले सकते हैं। चारों तरफ खूब शोर मच गया। मीडिया के लोग राजेश कुमार के बैंग्लो की तरफ उमड़ पड़े तो राजेश कुमार के ही कहने पर पंकज ने उसे इंसुलिन का इंजेक्शन लगाया। जाहिर है, उससे राजेश कुमार का शुगर लेवल कम हो गया। ऐसा होते ही पंकज ने राजेश कुमार के डॉक्टर दोस्त गुलाटी को फोन करके बुला लिया। तब तक वहां सोनम भी पहुंच चुकी थी।

गुलाटी ने राजेश कुमार को चीनी का घोल पिलाया और कहा कि राजेश कुमार को अगर लो शुगर की टेंडेंसी हो गई है तो चौबीस घंटे इस पर नजर रखनी होगी। मेरी सलाह है कि इसके लिए एक नर्स रख ली जाए और सबसे अच्छा तो यह होगा कि किसी भी तरह इसकी शराब छुड़ाई जाए। कुछ देर बाद राजेश कुमार को होश आ गया। तब उसने गुलाटी से कहा–'बाहर इकट्ठे हुए मीडिया को यह मत बताना कि हमारी शुगर लो हुई थी। उनसे कहना–हमारी हालत नाज़ुक है। तुमने हमें मीडिया से न मिलने और हवाई सफर न करने की सलाह दी है।' गुलाटी ने मीडिया से यही कह दिया। कुछ देर बाद यह बात भी चैनल्स पर प्रसारित होने लगी। यही तो राजेश कुमार और पंकज चाहते थे। प्लान ही यह था उनका। कर्जदारों को उन्हें यह मैसेज भी तो देना था कि अगर मैजिक मूवीज राजेश कुमार को चैक देने के लिए तैयार बैठी है तो वह उसे लेने जा क्यों नहीं रहा है? इस सबके बाद पंकज ने राजेश कुमार से कहा–'लेकिन सर, यह बहाना कब तक चलेगा? लोगों की नजरों में एक दिन तो आपको स्वस्थ होना ही होगा' . . . उसकी बात काटकर राजेश कुमार ने कहा कि उससे पहले हम *सुपरस्टार* नामक फिल्म का ऐसा जबरदस्त मुहूर्त करेंगे कि सारी इंडस्ट्री की आंखें खुली रह जाएंगी। बड़े-बड़े फाइनेंसर्स यह सोचकर उसमें पैसा लगाने के लिए

हमारे पास नोटों से भरे सूटकेस लेकर आएंगे कि अब भला उस राजेश कुमार को फाइनेंस करने में क्या खतरा है जिसे दो करोड़ डॉलर मिलने वाले हैं!

और . . . पंकज अपने द्वारा बनाई गई स्कीम पर मुग्ध था। यह सोचकर कि क्या शानदार स्कीम बनाई है मैंने! अपने ही मर्डर की स्कीम को अंजाम देने में राजेश कुमार उसकी कितनी मदद कर रहा था। वह यह सोच रहा था कि पंकज ने यह स्कीम उसे कर्जदारों के चक्रव्यूह से निकालने के लिए बनाई है जबकि वास्तव में यह स्कीम उसका काम-तमाम करने के लिए बनाई गई थी।

मगर, हर स्पॉट पर वैसा नहीं हुआ जैसा पंकज ने सोचा था बल्कि ऐसा भी हुआ जिसने उसे अपने बाल नोंचने पर मजबूर कर दिया। हुआ यह कि–क्योंकि डाक्टर गुलाटी ने नर्स का इंतजाम करने के लिए कहा था इसलिए सोनम नैना को बैंग्लो में ले आई। उसे देखते ही पंकज फट पड़ा। फिर तुरंत ही ख्याल आया कि नैना के सामने वह सोनम से इस अंदाज में बात कैसे कर सकता है!

बहरहाल, सोनम इस घर की मालकिन है और पंकज महज उसके पति की बनने वाली फिल्म का राइटर। जल्दी ही उसने खुद को संभाल लिया लेकिन नैना ताड़ गई थी कि पंकज को उसका बैंग्लो में आना अच्छा नहीं लगा है। वह समझ नहीं पा रही थी ऐसा क्यों है। सोनम उसे राजेश कुमार के सुईट में ले गई। उसे टीवी लाऊंज में बैठाया और कहा–'तुम्हारी ड्यूटी चौबीस घंटे यहीं मौजूद रहकर राजेश कुमार पर नजर रखने की है।'

अकेले में मिलते ही पंकज ने गुस्से में चीख-चीखकर सोनम से कहा–'किसी नर्स को बैंग्लो में लाने की क्या जरूरत थी और–नर्स भी सारी दुनिया में तुम्हें एक ही मिली? नैना! वह राजेश कुमार के मर्डर के हमारे मंसूबे में अनेक अड़चनें पैदा कर देगी।' सोनम पंकज की बौखलाहट का मजा लेती हुई बोली–'अब तो कोई बेवकूफ ही राजेश

कुमार का मर्डर करेगा जानेमन, सोचो तो सही–उसे मारने से हमें केवल पचास करोड़ रुपए मिलेंगे जबकि यदि वह जीवित रहा तो ठीक होते ही अमेरिका जाएगा। मैजिक मूवीज से दो करोड़ डॉलर का चैक लाकर हमें देगा। अब हमें उसे मारने की नहीं बल्कि जिंदा रखने की जरूरत है पंकज। उसे स्वस्थ करने के लिए नर्स की जरूरत थी और . . . भला नैना से बेहतर नर्स हमें कहां मिलती! इस बहाने तुम दोनों बैंग्लो में साथ रहोगे। तुम्हें तो खुश होना चाहिए। मेरा शुक्रिया अदा करना चाहिए कि मैंने तुम्हें ऐसा मौका दिया।'

पंकज की इच्छा अपने बाल नोंचने की हुई मगर फिर–ख्याल आया कि सोनम अपनी जगह ठीक है क्योंकि प्लान के बारे में उसने अभी तक सोनम को कुछ बताया ही कहां था!

अब जब उसने कहा कि मैजिक मूवीज से राजेश कुमार को फूटी कौड़ी भी मिलने वाली नहीं है, यह अफ़वाह उसने इस मकसद से उड़वाई है ताकि मर्डर के बाद तहकीकात के दरम्यान जब पुलिस को पचास करोड़ की पॉलिसी के बारे में पता लगे तो पुलिस स्वप्न तक में यह न सोच पाए कि मर्डर वे लोग भी कर सकते हैं जिन्हें पॉलिसी की रकम मिलने वाली है। पुलिस भी वही सोचने पर मजबूर हो जाए जो कुछ देर पहले तुम सोच रही थीं। यह कि–वे लोग भला मर्डर क्यों करेंगे जिन्हें राजेश कुमार के जिंदा रहते दो करोड़ डॉलर मिलने वाले थे!

उस क्षण सोनम आंखें फाड़े, उनमें हैरत का सागर लिए पंकज को इस तरह देखती रह गई थी जैसे दुनिया के सबसे बड़े आश्चर्य को देख रही हो। जहां यह जानकर उसे बहुत ही तीव्र धक्का लगा था कि दो करोड़ डॉलर की बात हवा-हवाई थी वहीं इस सोच ने पंकज को उसकी नजरों में 'दिमाग का देवता' बना दिया था कि राजेश के मर्डर के बाद उसे पुलिस की नजरों से दूर रखने हेतु उसने कितनी शानदार योजना बनाई थी।

सारी बातें समझ में आने के बाद सोनम को लगा–नैना को बैंग्लो में लाकर उसने वाकई गलती की है। यदि उसे भनक लग गई कि वे लोग राजेश कुमार के मर्डर की फिराक में हैं तो वह बखेड़ा खड़ा कर देगी। इस बात का उस पर कोई फ़र्क नहीं पड़ेगा कि उसके बखेड़ा खड़ा करने पर खुद वह फंस जाएगा जिससे वह बेइंतहा प्यार करती है लेकिन अब उसे वापस नहीं भेजा जा सकता था क्योंकि ऐसा होने पर नैना उनकी हकीकत जान सकती थी। अब तो नैना के रहते ही उन्हें अपने मर्डर प्लान को अंजाम देना था।

सोनम ने पंकज से जब आगे के प्लान के बारे में पूछा तो पंकज ने केवल इतना ही कहा कि तुम्हारा काम राजेश कुमार को नशे की लत छुड़ाने के लिए, उसे नशा मुक्ति केंद्र ले जाने का है, जो मुंबई पूना हाईवे पर लोखंडवाला से थोड़ा आगे है। सोनम ने पूछा–इससे क्या होगा तो पंकज ने यह कहकर बात टाल दी कि पहले उसे नशा मुक्ति केंद्र जाने के लिए तैयार तो करो, पूरा प्लान भी बता दूंगा।

सोनम ने राजेश कुमार को नशा मुक्ति केंद्र चलने के लिए तैयार करने की कोशिश जारी कर दी लेकिन अगर नैना ने मदद न की होती तो अपने इस प्रयास में वह किसी हालत में कामयाब नहीं हो सकती थी क्योंकि राजेश कुमार शराब छोड़ना ही नहीं चाहता था। वह तो नैना ही थी जिसने अपनी मासूमियत और भोलेपन के कारण दो ही दिन में राजेश कुमार का दिल इस कदर जीत लिया कि वह उसे पंकज की भावी दुल्हन के रूप में देखने लगा था। तभी तो, जब नैना ने राजेश कुमार से कहा कि अगर आप पीना नहीं छोड़ेंगे तो मैं बैंग्लो से चली जाऊंगी तो राजेश कुमार को नशा मुक्ति केंद्र जाने के लिए तैयार होना पड़ा पर उसने यह शर्त लगा दी कि नशा मुक्ति केंद्र से जब वह ठीक होकर वापस आएगा तो वह उसे बैंग्लो में ही मिलनी चाहिए यानी यहां से जाएगी नहीं।

इस अटपटी शर्त के बारे में जब पंकज ने एकांत में राजेश कुमार से चर्चा की तो राजेश कुमार ने कहा–'यह शर्त हमने तुम्हें और नैना को नजदीक लाने के लिए रखी है गधे, सोनम हमें लेकर नशा मुक्ति केंद्र चली जाएगी। वहां जितने दिन भी हमारा इलाज चलेगा, तुम और नैना उतने दिन बैंग्लो में अकेले रहोगे और हम तुम्हें आदेश देकर जा रहे हैं कि इन दिनों में तुम्हें उसके साथ न केवल चक्कर चला लेना है बल्कि उसे शादी के लिए तैयार भी करना है।'

उस वक्त पंकज को लगा कि कहीं राजेश कुमार उसके और नैना के पूर्व संबंधों से वाकिफ़ तो नहीं है! लेकिन जब महसूस किया–वैसा नहीं है तो यह सोचकर उसे खुद से ग्लानि-सी हुई कि वह उसी शख्स के मर्डर प्लान पर काम कर रहा है जो उसका इतना भला चाहता है लेकिन यह तो आप जानते ही हैं कि स्वार्थ अंधा होता है। पंकज को क्योंकि हर तरफ से राजेश कुमार की मौत में ही अपना फायदा नजर आ रहा था इसलिए अपने इरादे से जरा भी नहीं डिगा।

सोनम के पास बगैर लाइसेंस वाला देशी रिवॉल्वर था। पंकज ने जब उससे वह लिया तो सोनम ने पूरा प्लान पूछा। पहले तो पंकज बताने को तैयार नहीं था लेकिन जब सोनम ने ज्यादा जिद की तो बताया। प्लान में पता नहीं ऐसा क्या था कि सुनने के बाद एक बार को तो सोनम के तिरपन कांप गए। जो पंकज करना चाहता था, उसके लिए सोनम तैयार नहीं थी लेकिन जब पंकज ने समझाया कि यह सब जरूरी है और ऐसा न किया गया तो वे पुलिस के चंगुल में फंस सकते हैं तो वह तैयार हो गई।

प्लान के मुताबिक सोनम ने फोन पर नशा मुक्ति केंद्र वालों से कह दिया था कि आज रात अपने पति को लेकर वहां पहुंच रही है और . . . रात शुरू होते ही राजेश कुमार को लेकर निकल भी गई।

पंकज और नैना बैंग्लो में अकेले रह गए थे। प्लान के मुताबिक उसे जल्दी ही नैना को चकमा देकर बैंग्लो से निकलना था। सो, नैना से

छेड़छाड़ शुरू कर दी। छेड़छाड़ भी ऐसी जिसके बारे में पंकज जानता था कि नैना को एतराज होगा। असल में जब भी पंकज ने उसके साथ एक सीमा से आगे बढ़ने की कोशिश की थी तभी नैना न केवल पीछे हट गई थी बल्कि बुरा भी मान गई थी। ऐसे हर मौके पर उसने कहा था–यह सब शादी के बाद। पंकज को मालूम था आज भी ऐसा ही होगा इसलिए उसने सीमा तोड़ने की कोशिश की और हमेशा की तरह नैना के विरोध पर हंसते हुए कहा–तो ठीक है, मैं लिखने के लिए अपने रूम में जा रहा हूं। याद रखना, तुमने वहां आने की कोशिश की तो भले ही चाहे जितना विरोध करो, आज 'सुहागरात' मनाकर ही दम लूंगा। हंसती हुई नैना ने उसे कमरे में धक्का देते हुए कहा था–बड़े आए सुहागरात मनाने वाले।

पंकज ने दरवाज़ा अंदर से बंद कर लिया। अपने जिस्म पर मौजूद अंडरवियर, बनियान और जूतों सहित सारे कपड़े उतारे। एक बैग से निकालकर ऐसे दूसरे कपड़े पहने जो उसके जिस्म पर बेहद ढीले थे। ओरिजनल कपड़े बैग में रखे और फिर बैग सहित कमरे के दूसरे दरवाज़े से, जो कि बैंग्लो के साइड लॉन में खुलता था, बाहर निकल गया अर्थात् नैना यही सोच रही थी कि वह कमरे में है जबकि वह बैंग्लो से निकल चुका था। जानता जो था कि सुहागरात के डर से अब नैना उसके कमरे के आसपास भी नहीं फटकेगी।

वहां से सीधे झुमरू की खोली पर पहुंचा।

उससे यह झूठ बोलकर बाइक ली कि नैना को डिनर पर ले जाना है और मुंबई-पूना हाईवे पर दौड़ा दी।

उधर, गाड़ी सोनम ड्राइव कर रही थी। राजेश कुमार बगल वाली सीट पर बैठा दारू पिए जा रहा था। प्लान के मुताबिक सोनम पंक्चर का बहाना करके गाड़ी को मेनरोड से उतारकर सुनसान स्थान पर बनी एक झोंपड़ी के नजदीक ले गई। कुछ देर बाद हाथों में ग्लब्स और चेहरे पर नकाब डाले पंकज भी वहां पहुंच गया और

फिर . . . जो कुछ हुआ, उसे आप इस उपन्यास के पहले दृश्य में पढ़ चुके हैं।

अब आगे पढ़ें–

चांदनी की मदद से सोनम ने उस वक्त नकाब से झांकती पंकज की आंखों में इतने हिंसक भाव देखे थे जितने हिंसक भावों की वह कल्पना भी नहीं कर सकती थी।

बुरी तरह खौफजदा होकर पीछे हटी।

पंकज उसकी तरफ ऐसे अंदाज में बढ़ रहा था जैसे शिकार हेतु चीता हिरनी की तरफ बढ़ रहा हो।

''नहीं . . . नहीं पंकज।'' पीछे हटती वह कांपती आवाज़ में बोली।

लेकिन, पंकज का रिवॉल्वर वाला हाथ बिजली-की-सी गति से हवा में घूमकर 'धड़' से उसके चेहरे पर पड़ा।

सोनम के हलक से चीख निकल गई।

उसके चेहरे पर पंकज के हाथ का घूंसा नहीं बल्कि रिवॉल्वर का दस्ता लगा था। पीछे की तरफ लड़खड़ाई थी

वह।

चेहरे से खून का फव्वारा उछला था।

एकाध दांत भी टूट गया था शायद।

''नहीं-नहीं। ऐसा मत करो पंकज।'' चिल्लाते हुए उसने भागने की कोशिश की मगर पंकज ने झपटकर उसकी शर्ट का कालर पकड़ लिया। एक ही झटके में शर्ट फट गई और उसका बड़ा हिस्सा पंकज के हाथ में झूल गया।

सोनम अब भी बचने के लिए भाग रही थी। पंकज ने इस तरह झपटकर दबोच लिया जैसे बाज कबूतरी को दबोच लेता है।

इस बार उसके हाथ में सोनम के बाल आ गए थे।

सोनम के मुंह से हृदयविदारक चीखें निकलने लगीं लेकिन पंकज पर तो जैसे दरिंदगी सवार हो चुकी थी।

इस बार उसने भरपूर ताकत से रिवॉल्वर के दस्ते का वार सोनम के सिर पर किया। एक और चीख वातावरण को झकझोरती चली गई। साथ ही, वह जमीन पर जा गिरी थी मगर रहम नाम की चीज से पंकज का जैसे कोई वास्ता ही न था।

उसने सोनम के गिरेबान पर हाथ डाला और अगले पल पूरी शर्ट उसके हाथ में झूल रही थी पर कितनी देर! अगले पल उसने शर्ट एक तरफ उछाली। सोनम के ऊपरी जिस्म पर अब केवल ब्रॉ थी।

मगर।

पंकज को जैसे वह भी नागवार गुजरी।

उसने ब्रॉ भी सोनम के जिस्म से नोंचकर दूर फैंक दी।

नीचे दबी सोनम उसके पंजे से निकलने के लिए बुरी तरह चीख चिल्ला ही नहीं, छटपटा भी रही थी। बुरी तरह हाथ-पैर मार रही थी वह लेकिन पंकज के आगे एक न चल रही थी।

उसने रिवॉल्वर के दस्ते का एक और भरपूर वार सोनम के चेहरे पर किया। इस बार हलक से चीख नहीं डकराहट निकली थी।

उसके पेट पर बैठा पंकज झुका और उसके होंठ नकाब पहने ही पहने अपने दांतों से दबा लिए।

बुरी तरह काटा था उसने उन्हें।

सोनम रेत पर पड़ी मछली की मानिंद तड़फड़ाती रही।

पंकज ने चेहरा ऊपर उठाया तो मुंह के स्थान से नकाब खून से सना था। सोनम अपने मुंह से शब्द निकालने के काबिल हुई तो बोली– ‘‘बस करो . . . बस करो पंकज, मैं मर जाऊंगी।’’

लेकिन पंकज बस करने के मूड में न था। वह तो जैसे सोनम के लिए दिल में भरी तमाम नफ़रत एकसाथ उड़ेल रहा था।

उसने सोनम की जींस की जेब में हाथ डाला। उसमें से उसका

मोबाइल निकालकर अपनी जेब में ठूंसा और फिर उसकी जींस की बैल्ट खोलनी शुरू की। वह पैर पटकती रही लेकिन पंकज जींस को टांगों से अलग करके ही माना।

अब सोनम के जिस्म पर केवल पेंटी थी।

उसे उसी अवस्था में उठाकर पंकज ने कंधों पर लाद लिया और झोंपड़ी की तरफ बढ़ा। झोंपड़ी में घुप्प अंधेरा था। सोनम को उसने गन्ने की गीली खोई पर इस तरह पटका जैसे निर्जीव वस्तु हो।

सोनम के मुंह से निकलने वाली चीखें थीं कि बंद होने का नाम ही न ले रही थीं। पंकज ने जेब से टार्च निकालकर ऑन करते हुए कहा–''चुप करो, अब कहां मार रहा हूं मैं तुम्हें!''

मगर, सोनम को पीड़ा ही इतनी हो रही थी कि अपनी चीखों पर खुद उसी का नियंत्रण न रहा था। बेसाख्ता निकले जा रही थीं वे।

पंकज ने टार्च की रोशनी सबसे पहले उसके चेहरे पर डाली।

बुरी तरह लहूलुहान हो चुका चेहरा। कई जगह नील पड़े हुए थे। दाईं आंख फूलकर बाहर आ गई थी। देखने से ऐसा लगता था जैसे सचमुच नाक की हड्डी टूट गई हो।

मुंह से दो दांत गायब थे।

''अब ठीक है।'' पंकज ने कहा–''मैंने यही कल्पना की थी।''

सोनम के मुंह से बस चीखें निकल रही थीं।

पंकज ने टार्च का पिछला हिस्सा जमीन पर पड़ी गन्ने की खोई पर टिकाया और टार्च उसी अवस्था में खड़ी कर दी।

अब रोशनी का दायरा झोंपड़ी की छत पर स्थिर था और उसके परिणामस्वरूप मुकम्मल झोंपड़ी में धुंधली रोशनी थी।

उसने जेब से रेशम की मजबूत रस्सी निकाली। सोनम के दोनों हाथ उसके सिर के ऊपर ले-जाकर एक-दूसरे के साथ बांधता हुआ बोला–''तुम्हारे बयान में एक शब्द भी इधर से उधर नहीं होना चाहिए। हमलावर का मकसद तुमसे रेप करना था। राजेश कुमार ने विरोध किया

तो हमलावर ने उससे मारपीट की। तुम्हारी ये हालत की। यहां लाकर बांध दिया। रेप में कामयाब होने ही वाला था कि राजेश कुमार एक बार फिर यहां आ गया। समझ रही हो न!''

''त–तुमने मुझे बहुत मारा है।''

''जरूरी था। मैंने तो पहले ही कहा था, हमला जरा भी नकली नजर आया तो पुलिस को शक हो जाएगा लेकिन अब सब ठीक है।''

रस्सी का एक सिरा उसकी दाईं टांग के टखने में बांधता हुआ वह कहता चला गया था–''उनके फरिश्तों को भी तुम्हारे बयान पर शक नहीं होगा। याद रखना–राजेश कुमार को झोंपड़ी में आया देखकर हमलावर जैसे पागल हो गया। गुस्से में उसे खींचता हुआ झोंपड़ी से बाहर ले गया। कुछ देर तक बाहर से दोनों के बीच होती हाथापाई की आवाज़ें आती रहीं और उसके बाद तुमने 'पिट्ट-पिट्ट' की दो आवाज़ें और राजेश कुमार की चीखें सुनी थीं।''

''उ–उसके बाद?'' वह बड़ी मुश्किल से पूछ पाई।

रस्सी के दूसरे सिरे को कुट्टी काटने वाली मशीन के एक पाए से बांधते हुए पंकज ने कहा–''तुम हमलावर के वापस झोंपड़ी में आने का इंतजार करती रहीं लेकिन वह नहीं आया।''

''क–क्यों?''

''तुम्हें क्या मालूम! तुम तो यहां बंधी पड़ी थीं।'' कहने के साथ उसने सोनम की दूसरी टांग मशीन के दूसरे पाए से बांध दी।

अब सोनम के दोनों हाथ सिर के ऊपर बंधे थे।

अलग-अलग दिशाओं में फैली दोनों टांगें मशीन के पायों से।

चित्त अवस्था में पड़ी थी वह।

फिर, एक ही झटके में पंकज ने सोनम की पेंटी भी उसके जिस्म से अलग करके एक तरफ फैंक दी।

''य–यह क्या किया?'' वह चीखी।

''लगना चाहिए मैडम, पुलिस को लगना चाहिए कि ऐन वक्त पर राजेश कुमार अंदर न आ गया होता तो हमलावर अपने इरादे में कामयाब होने ही वाला था।''

''क्या पुलिस नहीं सोचेगी काकू को मारने के बाद हमलावर वापस झोंपड़ी में क्यों नहीं आया?''

''तुम उसे अपने बयान से यकीन दिलाओगी कि राजेश कुमार को मारने का हमलावर का कोई इरादा नहीं था। उसका मकसद सिर्फ तुमसे रेप करना था। उस अवस्था में पुलिस सोचेगी–राजेश कुमार का मर्डर हमलावर के हाथों हुई एक दुर्घटना थी। राजेश कुमार के मरते ही वह बुरी तरह डर गया। घबराहट में रेप का इरादा त्याग कर फौरन यहां से फरार हो गया।''

''ल–लेकिन मैं यहां की बदबू और मच्छरों के बीच नहीं रह सकती और–मुझे तो लगता है, यहां कोई सांप भी है।''

''तभी तो तुम्हें बेहोश करके जाऊंगा। उस अवस्था में न तुम्हें बदबू आएगी, न ही यह पता लगेगा कब किसने काटा।''

खौफ़ की ज्यादती के कारण सोनम का बुरा हाल हो गया।

उसने पुनः कुछ कहने के लिए मुंह खोला ही था कि पंकज ने जेब से एक कपड़ा निकालकर उसमें ठूंस दिया। अब वह मुंह से गूं-गूं के अलावा दूसरी कोई आवाज़ नहीं निकाल सकती थी।

राजेश कुमार के सुईट की बगल में एक छोटा कमरा था। नैना को रहने के लिए वही दिया गया था।

पंकज के कमरे में जाने के बाद वह उसी कमरे में आ गई थी।

दरवाज़ा अंदर से बंद करके काफी देर तक उपन्यास पढ़ती रही और पढ़ते ही पढ़ते जाने कब नींद आ गई!

सपना देखने लगी–

वह और पंकज खेतों के बीच बनी एक झोंपड़ी में थे।

पंकज वही सब करने की कोशिश कर रहा था जो उसने राजेश कुमार और सोनम के जाने के बाद किया था और वह उसी तरह खुद को पंकज से बचाने की कोशिश कर रही थी मगर बचा नहीं पा रही थी। उसके बार-बार मना करने के बाद भी, पंकज को जाने क्या हो गया था! मान ही नहीं रहा था वह।

जबरदस्ती करने लगा।

एक-एक करके उसके कपड़े उतारने लगा।

अचानक जाने कहां से झोंपड़ी में नैना का भाई आ गया।

उसने वह सीन देखा तो जेब से चाकू निकाल लिया।

गुस्से में पंकज पर झपटा।

दोनों में गुत्थमगुत्था होने लगी।

जाने कैसे चाकू पंकज के हाथ में आ गया और उसने चाकू से उसके भाई को मार डाला।

"नहीं . . . हीं . . . हीं।" हलक से निकली चीख के साथ वह एक झटके से उठ बैठी। सांसें धौंकनी की मानिंद चल रही थीं। चेहरे पर खौफ़ छाया हुआ था। यह समझ में आते ही हालांकि उसने राहत की सांस ली थी कि जो कुछ उसने देखा वह सिर्फ एक सपना था।

हकीकत से कोई वास्ता नहीं था उसका।

सारे जिस्म में अजीब-सी चिपचिपाहट महसूस की।

हाथों को चेहरे पर ले गई तो पाया–चेहरा पसीने से तर था और चेहरा ही क्यों, अपने सारे जिस्म पर पसीना तैरता पाया उसने।

कपड़े तक गीले हो चुके थे।

हालांकि वह खुद को यह समझाने की भरपूर कोशिश कर रही थी वैसा कुछ भी नहीं हुआ है जैसा देखा था मगर फिर भी, दिलो दिमाग पर छाए खौफ़ से खुद को मुक्त नहीं कर पा रही थी।

बुरी तरह डर गई थी वह।

रिस्टवॉच में टाइम देखा–दो बज रहे थे।

वह उठी और दरवाज़ा खोलकर गैलरी में आ गई।

सीढ़ियां तय करके लॉबी में।

कदम स्वतः पंकज के कमरे की तरफ उठ गए। हालांकि कानों में पंकज की चेतावनी गूंजी थी।

यह कि–अगर वह कमरे में आई तो सुहागरात मना लेगा।

इस चेतावनी ने कदम रोके भी मगर दिलो-दिमाग पर डर इस कदर हॉवी था कि उसे लगा–इस वक्त पंकज की सख्त जरूरत है।

वह वैसा नहीं है जैसा सपने में दिखा।

उसके साथ जबरदस्ती नहीं कर सकता वह।

दरवाज़े पर पहुंचकर दस्तक देने के साथ कहा–''पंकज।''

अंदर सन्नाटा!

सोचा–शायद सो रहा है।

डिस्टर्ब करना मुनासिब न होगा।

ऐसा सोचकर वह दरवाज़े के नजदीक से हट गई। कुछ समझ में न आने की अवस्था में इधर-उधर देखा।

चारों तरफ खामोशी छाई हुई थी। इस खामोशी के कारण दिल में अजीब-सा भय समाने लगा, इतनी भयभीत हुई कि पुनः दरवाज़े के नजदीक सरक आई।

इस बार दिल में ठान लिया था–भले ही पंकज चाहे जितना डिस्टर्ब हो, वह उसे जगाएगी। उसके बगैर अब उसे एक पल भी गुजारना भारी लगने लगा। अतः ज़ोर-ज़ोर से दस्तक देने के साथ आवाज़ें देने लगी। परंतु अंदर पंकज होता तो बोलता!

एक स्थिति ऐसी आ गई कि नैना पागलों की तरह दरवाज़े को पीट-पीटकर पंकज को पुकारने लगी। जब तब भी कोई प्रतिक्रिया नहीं हुई तो दिल में अंजाना खौफ़ समाता चला गया। उसके ख्याल से इतने शोर-शराबे पर तो कुंभकरण की नींद भी खुल जानी चाहिए थी।

रुआंसी हो गई वह। थोड़ा पीछे हटकर इस तरह गेट की तरफ देखने लगी जैसे समझ न पा रही हो उसका क्या करे।

अब तो उसे शक होने लगा था कि कमरे में पंकज है भी या नहीं! कहीं चला तो नहीं गया वह! पर कहां जाएगा?

वह भी उसे बताए बगैर!

नहीं–वह इस तरह नहीं जा सकता।

एक बार फिर उसने दरवाज़े को तोड़ डालने वाले अंदाज में बुरी तरह भड़भड़ाया और पंकज को आवाज़ देती इस बार रो पड़ी।

फिर, अपने ही रोने की आवाज़ से डर गई वह क्योंकि इतने बड़े बैंग्लो में, चारों तरफ भांएं-भांएं करते सन्नाटे के बीच उसे अपनी और सिर्फ अपनी ही आवाज़ सुनाई दी थी।

यह एहसास कि–'बैंग्लो में इस वक्त वह अकेली है।' दहशत बनकर नैना की नस-नस में उतनी ही तेजी से दौड़ा जैसे खून दौड़ता है। मदद के लिए इधर-उधर देखा तो हर तरफ सन्नाटा ही सन्नाटा था। एकाएक उसे बैंग्लो भूतिया महल-सा लगने लगा।

जब कुछ समझ में न आया तो औंधे मुंह सोफे पर जा गिरी और आंखें बंद करके रोने लगी।

बैंग्लो में उसके रुदन की आवाज़ बहुत भयावह लग रही थी।

झोंपड़ी से निकलते ही पंकज ने नकाब और दस्ताने उतारे तथा दौड़ता हुआ बाइक के नजदीक पहुंचा।

साइड टोकरी से ओरिजनल कपड़े निकाले। बाइक की सीट पर रखे तथा ज़िस्म पर मौजूद अंडरवियर, जूते, और बनियान सहित सभी कपड़े उतार दिए। उन पर कई जगह खून लगा था।

एक बार को तो जन्मजात नंगा हो गया था वह लेकिन फिर तेजी से बाइक की गद्दी पर रखे कपड़े पहनने लगा।

कपड़े चेंज करने के बाद बाइक में किक मारी और हाईवे की तरफ

बढ़ा। सीधे सायन की अवैध बस्ती में पहुंचा।

लोग सोए हुए थे। मुकम्मल बस्ती में सन्नाटा पसरा पड़ा था।

बाइक रंगराज के घर से थोड़ा पहले रोक दी।

साइड टोकरी से खून से सने कपड़ों का बंडल निकाला और तेजी से रंगराज के मकान की तरफ बढ़ गया।

वह जानता था मकान में रंगराज अकेला, नशे में धुत्त पड़ा सो रहा होगा क्योंकि पत्नी नाइट ड्यूटी पर होगी।

बगैर किसी रोक-टोक के पंकज मकान के आंगन में घुस गया।

इमारत का जीर्णशीर्ण दरवाज़ा शायद अंदर से बंद था लेकिन पंकज ने उस तरफ बढ़ने की जेहमत न उठाई।

वह मकान के पिछले खुले हिस्से में मौजूद उस जंगले पर पहुंचा जिसके बारे में जानता था वह अंदर वाले कमरे का है जबकि रंगराज बाहर वाले कमरे में सो रहा होगा।

कपड़े के बंडल सहित ग्रिल के बीच से हाथ अंदर डाला, पर्दे को एक तरफ सरकाया और फिर बंडल को ज़ोर से एक खास दिशा में उछाल दिया। अंदर से 'धप्प' की बहुत हल्की-सी आवाज़ आई।

अंधेरे के कारण नजर भले ही कुछ न आ रहा हो पर पंकज अच्छी तरह जानता था कपड़ों का बंडल टांड पर जाकर गिरा है।

इस बात का अंदाजा वह तभी लगा चुका था जब रंगराज के घर आया था कि उस खिड़की से कितनी फ़ोर्स के साथ फैंकने पर कपड़ों का बंडल टांड पर पहुंच जाएगा।

वहां से तेज कदमों के साथ बाइक तक पहुंचा और इस बार जो किक मारकर उस पर सवार हुआ तो सीधा झुमरू की चाल पर।

बाइक नीचे खड़ी करके ऊपर।

झुमरू सोया पड़ा था।

चाबी कील पर टांगते हुए उसने कहा था–''बाइक नीचे खड़ी है

दोस्त।'' झुमरू नींद में बोला–''बड़ा लंबा डिनर कराके लाया है नैना को।'' कहने के बाद वह करवट बदलकर खर्राटे लेने लगा था।

मुस्कराता हुआ पंकज बाहर निकल गया।

कुछ देर बाद एक टैक्सी उसे लिए बैंग्लो की तरफ उड़ी चली जा रही थी और उससे भी तेज उड़ रहा था–पंकज का मन।

अपने प्लान की कामयाबी पर वह बेहद खुश था।

हर कदम पर वही हुआ था जो उसने सोचा था, बल्कि जो प्लान किया था और अब–उसे पक्का यकीन था आगे भी सिर्फ और सिर्फ वही होने वाला है जो होने के उसने बीज बोए हैं।

वह अच्छी तरह जानता था पुलिस कब क्या सोचेगी। किससे क्या पूछेगी। कौन क्या जवाब देगा। कब और कैसे पुलिस को क्या सुराग मिलेगा और वह सुराग उसे कहां पहुंचाएगा।

काश, उसे मालूम होता बैंग्लो पर एक ऐसी मुसीबत इंतजार कर रही है जो छक्के छुड़ा देगी और उससे भी ज्यादा घटनास्थल पर एक ऐसी घटना घट चुकी है जिसके बारे में जब उसे पता लगेगा तो–दिमाग की धज्जियां उड़ जाएंगी।

बाइक की आवाज़ को वातावरण में गुम हुए जब पांच मिनट गुजर गए तो राजेश कुमार के जिस्म में हरकत हुई।

बड़े आराम से उठकर खड़ा हो गया वह।

अपने कपड़ों के उन स्थानों से धूल-सी झाड़ी जहां गोलियां लगी थीं और जहां इस वक्त भी खून लगा साफ नजर आ रहा था। वैसा करते वक्त उसके मुंह से एक ही लफ्ज निकला था–''गधा।''

जेब से हिप-फ्लास्क निकाला।

उसका ढक्कन खोला और मुंह से लगाकर चेहरा आकाश की तरफ उठाया। इधर व्हिस्की के घूंट हलक से नीचे उतर रहे थे उधर उसकी आंखें सितारों से सजे आकाश को देख रही थीं। उनके बीच चांदनी

उगलता चंद्रमा मुस्करा रहा था।

जैसे उसी को देखकर मुस्करा रहा हो।

उसे, जिसने अब धीरे-धीरे उस तरफ चढ़ना शुरू कर दिया था जिधर से लुढ़कता हुआ तालाब के किनारे पर पहुंचा था।

ऊपर पहुंचने में उसे दस मिनट लगे लेकिन वहां पहुंचने के बाद झोंपड़ी के अंदर पहुंचने में केवल एक मिनट। इस एक मिनट में वह अपने हाथों में सफ़ेद रंग के दस्ताने पहन चुका था।

जेब से टार्च निकालकर ऑन की।

इस टार्च की रोशनी पंकज की टार्च से बहुत ज्यादा थी। झोंपड़ी सफ़ेद रंग की रोशनी से भर गई। फिर भी, उसका दायरा सोनम के जन्मजात नग्न जिस्म पर नचाया।

उसे उस अवस्था में देखकर राजेश कुमार के होठों पर बहुत ही विचित्र मुस्कान उभरी थी। एक बार फिर उसने हिप-फ्लास्क मुंह से लगाकर चेहरा ऊपर उठाया और गला तर करने के बाद टार्च उसी तरह उल्टी करके गन्ने की खोई के बीच रख दी जिस तरह पंकज ने रखी थी। रोशनी का दायरा भले ही छत पर स्थिर था मगर उसके कण समूची झोंपड़ी को रोशन किए हुए थे।

अब वह घुटनों के बल सोनम के जिस्म के नजदीक बैठ गया और फ्लास्क से थोड़ी व्हिस्की सोनम के चेहरे पर छिड़की।

पहले सोनम के जख्मी होठों से कराह निकली, फिर जिस्म में हरकत हुई और फिर आंखें खोलीं . . . आंखें खुलीं तो खुली की खुलीं रह गईं बल्कि यदि यह लिखा जाए तो ज्यादा मुनासिब होगा फटी की फटी रह गईं।

विस्फारित अंदाज में फटी हुई थीं वे।

उसे यकीन नहीं आ रहा था आंखें जो देख रही हैं वह सच हो सकता है। लगा–अभी-भी बेहोश है वह और उसी अवस्था में ख्वाब देख रही है। ऐसा ख्वाब–जो उसे डराना चाहता है।

"बड़ा बेरहम था वो। क्या हालत कर दी मेरी अर्धांगनी की।"

कहने के साथ राजेश कुमार ने अपने दस्ताने युक्त हाथ से सोनम के चेहरे के ठीक उस स्थान को सहलाया जहां पंकज ने रिवॉल्वर के दस्ते से भरपूर चोट की थी।

"ऊं . . . ऊं . . .।" इस आवाज़ के साथ वह दर्द के कारण तड़प उठी।

"अरे, मैं भी कितना बावला हूं! जो काम सबसे पहले करना चाहिए था, वह अभी तक नहीं किया।" कहने के साथ राजेश कुमार ने उसके मुंह में ठुंसा कपड़ा निकाल लिया।

बावजूद इसके, सोनम के मुंह से एक शब्द न फूट सका। चेहरा पीला पड़ गया था उसका। आंखों में नाचते खौफ़ के साए उसी तरह साफ नजर आ रहे थे जैसे फ्लोर पर डांस करती डांसर।

यकीन जो हो गया था कि जो देख रही थी वह ख्वाब नहीं था।

"क्या तुम उसे पहचान सकीं डार्लिंग?" राजेश कुमार ने पूछा।

सोनम हैरान-परेशान!

वह समझ नहीं पा रही थी राजेश कुमार को कितना मालूम है।

क्या वह जानता है यह सारा खेल उसने और पंकज ने मिलकर खेला था? उसका सवाल तो यह बता रहा था कि अभी तक इस बारे में उसे कुछ भी मालूम नहीं है। वह यही समझ रहा है नकाबपोश कोई राह चलता लुटेरा था। इसी भ्रम में फंसी सोनम ने कहा–"नहीं काकू, मैं उसे नहीं पहचान सकी। क्या तुमने उसे पहचाना?"

राजेश कुमार के होठों पर बड़ी कड़वी मुस्कान उभरी थी। दो घूंट हलक से उतारने के बाद बोला–"नहीं, हम भी नहीं पहचान सके मगर ज्यादा दिनों तक वह हमारे दिमाग की आंखों से दूर नहीं रह सकेगा और जिस दिन हमने उसे पहचान लिया वह उसकी जिंदगी का आखिरी दिन होगा।"

राजेश कुमार के शब्द सुनकर, असहनीय जिस्मानी पीड़ा के बाद भी सोनम के दिलो-दिमाग में खुशियों के अनार फूट पड़े थे।

राजेश कुमार के शब्दों से यह धवनित जो हुआ था कि वह अब भी उनके षड्यंत्र से नावाकिफ़ है।

ऐसा महसूस करते ही सोनम के जेहन में जो सबसे पहला प्रश्न उभरा, राजेश कुमार से वही कर डाला–"पर तुम बचे कैसे काकू? उसने तो तुम्हें गोलियां मारी थीं।"

"बुलेटफ्रू जैकेट डार्लिंग . . . बुलेटफ्रू जैकेट।" कहने के साथ उसने कोट के ही नहीं, कमीज के बटन भी खोल डाले।

सोनम आंखें फाड़े शर्ट के नीचे मौजूद जैकेट को देखती रह गई जबकि राजेश कुमार ने कहा–"बनाने वाले ने इसे गोलियों से बचने के लिए ही बनाया है।"

"पर तुमने इसे क्यों पहना? क्या तुम्हें मालूम था . . ."

"नो डार्लिंग, बिल्कुल नहीं। बाहर निकलते वक्त इसे पहनना हमारी आदत में शामिल है। आज उसी आदत के कारण बच गए।"

"और यह खून?"

"बताएंगे डार्लिंग–इसका रहस्य भी बताएंगे।"

सोनम उसकी तरफ देखती रह गई। अभी-भी वह ठीक से नहीं समझ पा रही थी यह खेल आखिर है क्या?

राजेश कुमार सच कह रहा है या नाटक कर रहा है?

"वाकई। रहे तो हम बावले के बावले ही। सबसे पहले तो तुम्हें खोलना चाहिए था।" कहने के बाद उसने पहले उसके हाथों पर बंधी रस्सी खोली फिर पैरों की।

रस्सियां खुलते ही सोनम न सिर्फ खड़ी हो गई बल्कि लिपट गई राजेश कुमार से। रोते-रोते बोली–"छोड़ना नहीं काकू, छोड़ना नहीं उसे। देख ही रहे हो–तुम्हारी सोनू को उसने कितना मारा है। मैं चीखती रही, चिल्लाती रही मगर उस दरिंदे को रहम न आया।"

राजेश कुमार नंगी पीठ पर हाथ फिराता बोला–"राइटर तो बहुत बड़ा समझता है वह खुद को, इसके बावजूद प्लानिंग में एक बहुत बड़ी

कमी रह गई। यह कि–तुमसे रेप किए बगैर चला गया। पुलिस जरूर सोचती–जिसका मकसद ही रेप करना था, वह राजेश कुमार की हत्या करने के बावजूद असली ख्वाहिश पूरी किए बगैर क्यों चला गया? यहां पुलिस को झोल नजर आ जाता मगर–करता भी क्या बेचारा! रेप करता तो रंगराज नहीं फंस सकता था क्योंकि जांच में उसका वीर्य तुमसे रेप करने वाले से नहीं मिलता। सो, यह झोल छोड़ देना मजबूरी थी बेचारे की।''

यह सब सुनते ही सोनम एक झटके से, इस तरह राजेश कुमार के जिस्म से अलग हुई जैसे अचानक उसके जिस्म में करंट उतर आया हो। एक बार फिर वह विस्फारित अंदाज में आंखें फाड़े राजेश कुमार की तरफ देखती रह गई थी और उस वक्त तो उसके जिस्म के जर्रे-जर्रे में मौत की सिहरन दौड़ती चली गई थी जब राजेश कुमार ने जेब से रिवॉल्वर निकालकर उस पर तानां।

''न . . . नहीं। नहीं काकू।'' बुरी तरह भयाक्रांत अवस्था में वह पीछे हटी–''त . . . तुम मुझे नहीं मार सकते।''

''हमें दुख है, अंत समय में खौफ़ ने तुम्हारी बुद्धि इस कदर हर ली कि–यह भी भूल गईं, कोशिश के बावजूद पंकज पर ट्रिगर नहीं दब रहा था। तुम्हीं ने गोली चलाने के लिए कहा था उससे। एक गोली हमारे सीने में लगने के बावजूद दूसरी गोली चलाने के लिए भी तुम्हीं ने कहा था और फिर तुम्हीं ने बार-बार कहा था–चैक तो कर लो, हम मर भी गए हैं या नहीं। इस सबके बावजूद तुम हमारे चंद शब्दों के जाल में फंसकर यह समझ बैठीं कि शायद अब भी हम उसे राह चलता लुटेरा समझ रहे हैं।''

सोनम को काटो तो खून नहीं।

चेहरा मृत व्यक्ति के जितना निस्तेज।

आवाज़ ऐसी जैसे अंधकूप से निकल रही हो–''म–मुझे माफ़ कर दो काकू। म–मेरी मति मारी गई थी। मुझे मत मारो।''

''वाकई!'' राजेश कुमार ने दांत भींचकर कहा–''ठीक ही कहा था पंकज ने, तुमसे ज्यादा घृणित औरत ने शायद धरती पर जन्म ही नहीं लिया। अरे जरा भी गैरत होती तो कहतीं–मार डालो काकू। गोली से उड़ा दो मुझे। जब तुमने मेरा यह रूप देख लिया तो जी कैसे सकूंगी। मगर नहीं, तुममें अब भी जीने की तमन्ना है। यह बात जाहिर करती है तुम कितनी बड़ी कमीनी हो।''

सोनम लगातार पीछे हट रही थी।

उसे कोई शक नहीं रह गया था कि राजेश कुमार उसका खात्मा करने का पक्का इरादा बना चुका है। बचने का बस एक ही रास्ता था–किसी तरह झोंपड़ी से भाग जाए, मगर कैसे?

कैसे करे ऐसा?

एकमात्र दरवाज़ा राजेश कुमार के पीछे था और–राजेश कुमार देख रहा था–कुट्टी काटने की मशीन के नुकीले हैंडिल को। उस हैंडिल को जो सोनम की पीठ के ठीक पीछे था और फिर–एकाएक उसने सोनम के पेट पर बहुत ज़ोर से ठोकर मारी।

ठोकर इतनी ज़ोरदार थी कि सोनम की पीठ पूरे वेग के साथ नुकीले हैंडिल से टकराई। अगले पल उसके हलक से 'हिश्श' की ऐसी आवाज़ निकली जैसी एक ही झटके में हलाल होते वक्त बकरे के मुंह से निकलती है।

वह पूरी की पूरी नुकीले हैंडिल में धंस गई थी या यूं कहा जाए कि हैंडिल उसके जिस्म में धंस गया था।

खून से सराबोर हैंडिल का अगला सिरा उसकी नाभि से बाहर निकला नजर आ रहा था।

गर्म खून की बूंदें गन्ने की गीली खोई पर गिर रही थीं।

जमीन भी नसीब नहीं हुई थी सोनम की लाश को। मशीन के नुकीले हैंडिल पर झूलती रह गई थी वह। फटी-फटी आंखें अभी-भी सामने खड़े राजेश कुमार को घूर रही थीं।

''गधी थी . . . गधी ही रही।'' रिवॉल्वर जेब में रखता राजेश कुमार बड़बड़ाया–''अंत समय में इतना भी नहीं समझ पाई कि रिवॉल्वर से हम उसे मार ही नहीं सकते थे।''

खुद को घूर रही लाश से राजेश कुमार जरा भी न डरा।

दो घूंट हलक से उतारने के बाद उसके पेट पर बने जूते के हल्के से निशान को मिटाने में जुट गया था। साथ ही एक गाना गुनगुनाए चला जा रहा था वह–''मेरे अंगने में तुम्हारा क्या काम है . . . मेरे अंगने में . . . ऑय-हॉय, जिसकी बीवी हरजाई उसका भी बड़ा नाम है।

ठिकाने लगा दो–ढोने का क्या काम है?''

चार आंखें इस दृश्य को देख रही थीं।

पंकज ने टैक्सी बैंग्लो के लोहे वाले गेट के बाहर छोड़ी। आधा किलोमीटर की चढ़ाई लगभग दौड़ते हुए पार की, क्योंकि लौटने में उम्मीद से ज्यादा लेट हो गया था।

पोर्च तक पहुंचते-पहुंचते चौंका।

कारण था–लॉबी की लाइट का ऑन होना।

उसे तो इस वक्त ऑफ होना चाहिए था क्योंकि बैंग्लो में केवल नैना थी . . . और वह अपने कमरे में होगी।

दबे पांव साइड लॉन में पहुंचा। चाबी निकालकर जरा भी आहट पैदा किए बगैर लॉक खोला और फिर कमरे में।

उस वक्त वह लॉक को कमरे की तरफ से बंद कर रहा था जब बुरी तरह चौंक जाना पड़ा क्योंकि लॉबी की तरफ से किसी के रोने की आवाज़ आ रही थी।

वह दबे पांव लॉबी में खुलने वाले गेट के करीब पहुंचा। कान दरार से लगाए तो रोने की आवाज़ स्पष्ट आने लगी।

यह तो नैना की आवाज़ थी।

'हे भगवान!' पंकज की रीढ़ की हड्डी में खौफ़ की लहर दौड़ती

चली गई–'वह रो क्यों रही है?'

यहां क्यों है वह?

अपने कमरे में क्यों नहीं है?

जेहन में घुमड़ते सवाल इतने प्रबल हुए कि जवाब पाने के लिए पगला-सा गया। झपटकर सबसे पहले गद्दे के नीचे छुपाकर रखा गया अपना मोबाइल उठाकर जेब में डाला और चटकनी गिराकर एक ही झटके में लॉबी में खुलने वाला दरवाज़ा खोल दिया।

उधर, आवाज़ कानों में पड़ते ही सोफे पर औंधे मुंह पड़ी रो रही नैना ने चौंककर दरवाज़े की तरफ देखा और . . . देखती ही रह गई।

उस क्षण रोना भी भूल गई थी वह। इस तरह देख रही थी उसे जैसे दरवाज़ा खोलकर जादू के ज़ोर से जिन्न प्रकट हुआ हो।

चेहरे पर राहत से ज्यादा आश्चर्य के भाव थे।

पंकज तेजी से उसकी तरफ लपकता हुआ बोला–''क्या हुआ नैना, तुम रो क्यों रही हो?''

वह झटके से खड़ी होती चिल्लाई–''छूना नहीं मुझे, छूना नहीं।''

पंकज जहां का तहां, ठगा-सा खड़ा रह गया। काफी कोशिश के बावजूद मुंह से आवाज़ न निकल सकी थी।

''कहां गए थे?'' वह चिल्लाई।

''क–कहां गया था मतलब?'' इसमें शक नहीं कि उसकी रूह फ़ना हुई जा रही थी–''कमरे में ही तो था।''

''नहीं।'' वह हिस्टीरियाई अंदाज में चिल्लाई–''तुम नहीं थे।''

''क–कैसी बात कर रही हो नैना!''

''यह कोई धोखा है-कोई जादू है।'' वह लगातार चिल्लाए जा रही थी–''जरूर कहीं बाहर गए थे और फिर से कमरे में आ गए।''

''कैसी अजीब-अजीब बातें कर रही हो! संभालो खुद को।''

एक बार फिर वह उसकी तरफ बढ़ा था।

''मेरी तरफ मत बढ़ना।'' वह पीछे हटी–''वहीं रुक जाओ।''

पंकज को एक बार फिर ठिठक जाना पड़ा।

''यदि तुम कमरे में होते तो मैंने दरवाज़े को कितना पीटा, हलक फाड़-फाड़कर कितनी आवाज़ें दीं। खोलते नहीं!''

''तुमने दरवाज़ा पीटा! आवाज़ें दीं!'' पंकज ने हैरत प्रकट करते हुए कहा–''हद हो गई। मेरी नींद क्यों नहीं खुली!''

''ओह!'' उसने व्यंग किया–''तो तुम सो रहे थे?''

''हां नैना, मेरी आंख लग–''

''इन कपड़ों में?''

पंकज ने बौखलाकर अपने जिस्म पर मौजूद कपड़ों को देखा, वे वही कपड़े थे जिनमें नैना ने उसे अंतिम बार देखा था। फिर थोड़ा हकलाता हुआ बोला–''क–क्या बताऊं नैना, काम करते-करते कब नींद आ गई पता ही न लगा।''

''और यह शक्ल है तुम्हारे सोने की! हालत तो बता रही है अभी अभी बाहर से आए हो।''

''कैसी बात कर रही हो नैना।'' उसने कहा–''तुमने मुझे खुद कमरे से निकलते देखा है।''

एक यही बात थी जिसका नैना के पास जवाब न था। एक इसी वजह से उसे पंकज की वह बात स्वीकार करनी पड़ी जिसे दिमाग किसी कीमत पर स्वीकार करने को तैयार न था।

अंततः जब इस बार पंकज आगे बढ़ा तो लपककर वह खुद ही उसके सीने से जा लिपटी और इतनी बुरी तरह फूट-फूटकर रोई जितनी बुरी तरह अब तक न रोई थी।

अपने कोमल हाथों से उसकी पीठ पर घूंसे बरसाती वह रोती-रोती कहती चली गई–''क्यों नहीं खोला दरवाज़ा! कैसी हो गई तुम्हारी नींद! तुम्हारी नैना डर के मारे मर जाती तो क्या होता!''

तब, राहत की सांस लेते हुए पंकज ने उसे सांत्वना देने के बाद रोने

का कारण पूछा और जब उसने बताया तो दिल के अंदर से नैना के लिए प्यार का सैलाब-सा उमड़ पड़ा।

खुद को मुजरिम-सा समझने लगा वह।

भावावेश की ज्यादती के कारण कसकर नैना को अपनी बांहों में भींच लिया। बुरी तरह डरी नैना ने भी इस वक्त विरोध नहीं किया था। अभी वे इसी पोजीशन में थे कि पंकज चौंक पड़ा।

कहीं से बहुत धीमी-धीमी आवाज़ आ रही थी–''मुश्किल कर दे जीना, इश्क कमीना . . . इश्क कमीना।''

थोड़े गैप के बाद फिर वही आवाज़ आई जैसे कहीं ट्रांजिस्टर या रेडियो बज रहा हो। उस वक्त वह यह पता लगाने की कोशिश कर रहा था कि आवाज़ कहां से आ रही है कि . . .

नैना ने पूछा–''क्या हुआ पंकज?''

''तुम्हें कोई आवाज़ आई नैना?''

''अ–आवाज़?'' नैना के मुंह से यह लफ्ज निकला और फिर वह भी गौर से किसी आवाज़ को सुनने की कोशिश करने लगी, मुंह से निकला–''अरे हां, ये तो गाने की आवाज़ है–कर दे मुश्किल जीना, इश्क कमीना . . . इश्क कमीना।''

''कहां से आ रही है यह आवाज़?''

काफी कोशिश के बावजूद वे आवाज़ के स्त्रोत का पता न लगा सके और फिर, आवाज़ आनी बंद हो गई। मगर, तब तक दोनों के चेहरे पीले पड़ चुके थे।

डर की ज्यादती के कारण नैना तो कह ही बैठी–''म . . . मुझे तो इस भूतिया बैंग्लो में डर लग रहा है पंकज, मुझे यहां से ले चलो।''

''तुम क्यों डर रही हो, मैं हूं न!'' धीरज बंधाने के लिए कहते वक्त वह खुद भी डरा हुआ था और फिर, एक बार फिर चौंका।

अचानक एक अलग-सी रोशनी ने उसकी आंखें अपनी तरफ खींच

ली थीं और–वह रोशनी सोनम के सुईट के वेंटीलेटर के कांच पर नजर आई थी। वह, सुईट के मुख्यद्वार यानी उस गेट के ऊपर था जो लॉबी के ऊपर बाल्कनी में खुलता था।

"अ . . . अब क्या हुआ?" चौंकता महसूस करके इस बार नैना उससे अलग हो गई थी।

पंकज की आंखें अभी तक उसी वेंटीलेटर पर स्थिर थीं। लाइट बस पलक झपकने जितनी देर को चमकी थी।

इतनी कम देर को कि पंकज को लगा–वह उसका वहम था, कोई लाइट नहीं चमकी।

"बताओ न पंकज!" नैना ने बेचैन होकर पूछा–"क्या हुआ? लगातार उस तरफ क्यों देख रहे हो तुम?"

"वहां मुझे लाइट-सी चमकी थी।"

"कहां?"

"मैडम के सुईट के वेंटीलेटर पर।"

"वहां भला कौन होगा? मैडम तो यहां हैं ही नहीं।"

"वही तो।"

"पंकज।" नैना पुनः उससे लिपट गई–"मुझे और मत डराओ, पहले ही बहुत डरी हुई हूं।"

"नहीं, डरो मत। मुझे वहम हुआ होगा।" कहने के साथ एक बार फिर उसने नैना को कसकर बाज़ुओं में भरा ही था कि वही लाइट पुनः चमकी और–इस बार पंकज उसे वहम मानने को तैयार नहीं था क्योंकि रोशनी के उस छोटे से दायरे को उसने वेंटीलेटर के कांच पर ठहरते देखा था। रोशनी कमरे के अंदर थी।

"फ . . . फिर रोशनी।" उसके मुंह से निकला।

एक बार फिर नैना उससे अलग हुई–"क . . . क्या?"

"देखो।"

लेकिन जब तक नैना ने उधर देखा, रोशनी गायब हो चुकी थी।

रोने जैसी आवाज़ में कहा उसने–''क्या कर रहे हो पंकज, क्यों डरा रहे हो मुझे?''

''नहीं, मैं डरा नहीं रहा।'' पंकज के चेहरे पर अजीब-से सस्पेंस और उत्तेजना के भाव नजर आने लगे थे–''इस बार मैं दावे से कह सकता हूं कि वहां रोशनी थी। वेंटीलेटर के कांच पर कुछ देर के लिए रुकी भी थी वह। ये मेरा वहम नहीं हो सकता।''

''पर वहां तो कोई है ही नहीं।''

''है।'' पंकज ने ज़ोर देकर कहा–''कमरे के अंदर कोई न कोई जरूर है। उसके हाथ में टार्च जैसी कोई चीज होनी चाहिए। उसी की रोशनी दो बार वेंटीलेंटर पर पड़ चुकी है और वह गाने की . . .

''लेकिन कौन?'' नैना सचमुच डर गई थी–''कौन होगा?''

पंकज ने अपने होठों पर अंगुली रखकर उसे चुप रहने का इशारा किया और दबे पांव सीढ़ियों की तरफ बढ़ गया।

अजीब सस्पेंस भरा माहौल बन गया था।

नैना की हालत बेहद पतली हो गई।

कुछ देर तक तो वह जहां की तहां खड़ी सूखे पत्ते की मानिंद कांपती रही फिर, अचानक उसे लगा कि पंकज ऊपर जा रहा है।

यहां वह अकेली रह जाएगी।

नहीं, अब वह एक पल भी अकेली नहीं रहेगी।

ऐसा सोचकर दौड़ी और दो ही कदमों में न केवल पंकज के करीब पहुंच गई बल्कि कसकर उसका बाजू पकड़ लिया।

पंकज को उसकी हालत का अंदाज था इसलिए पुनः होठों पर अंगुली रखकर चुप रहने के लिए कहा और दबे पांव सीढ़ियां चढ़नी शुरू कीं। नैना भी उसके साथ ही चढ़ रही थी।

नैना कांप रही थी और . . . पंकज कांप भले ही न रहा हो मगर सस्पेंस की ज्यादती के कारण हालत उसकी भी खराब थी।

उसी पोजीशन में वे ऊपर पहुंच गए और फिर . . . सोनम के सुईट के बंद दरवाज़े के बेहद करीब।

संयोग से एक बार फिर वेंटीलेटर पर रोशनी नजर आई।

इस बार, चीते की-सी तेजी से झपटकर पंकज ने 'धाड़' से गेट खोल दिया। अचानक हुई हरकत के कारण शायद अंदर मौजूद शख्स भी बुरी तरह चौंक पड़ा था।

रोशनी पंकज के चेहरे पर पड़ी और वहीं ठहर गई।

पेंसिल टार्च की रोशनी थी वह। रोशनी सीधी आंखों में पड़ने के कारण वह टार्च के पीछे मौजूद चेहरे को न देख पाया।

"कौन हो तुम?" दहाड़ने की कोशिश में पंकज की आवाज़ लरज गई थी। जवाब में वह टार्च बड़ी तेजी से उसकी तरफ आई।

इतनी तेजी से कि खुद को बचाने के बारे में पंकज सोच तक न पाया था। टार्च उसके चेहरे से टकराई थी।

हलक से चीख निकल गई। उसी के क्यों, चीख नैना के हलक से भी निकली थी।

टार्च कमरे में बिछे कारपेट पर जा गिरी।

एक साया कमरे की बाहर की तरफ खुलने वाली, खुली पड़ी खिड़की की तरफ दौड़ता नजर आया और–पंकज ने बगैर सोचे समझे उस पर जम्प लगा दी।

सीधा साए के जिस्म पर जाकर गिरा वह।

एक-दूसरे से गुथे दोनों कारपेट पर लुढ़कते चले गए। सेंटर टेबल के पाए से टकराकर रुके। उस वक्त साया पूरी तरह पंकज के कब्जे में था जब वह चीखा–"लाइट ऑन करो नैना।"

नैना को कुछ होश हो तो करे!

वह तो ऐसी हक्की-बक्की थी कि कुछ समझ ही न पा रही थी।

साया पंकज की गिरफ्त से निकलने की कोशिश कर रहा था।

उसे कब्जाए रखने की कोशिश जारी रखे एक बार फिर नैना से

लाइट ऑन करने के लिए कहा।

''क . . . कहां है स्वीच?'' वह चिल्लाई–''मुझे नहीं पता।''

उसकी बात पूरी होने तक साए ने अपने दोनों जूते उसके पेट में अड़ाकर ज़ोर से धक्का मारा था।

पंकज चीख के साथ हवा में उछला और बैड पर जा गिरा।

साया एक बार फिर खुली खिड़की की तरफ लपका। इस बार झपटकर पंकज ने उसकी टांग पकड़ ली थी।

शायद उसका चेहरा कारपेट से टकराया था क्योंकि मुंह से चीख निकल गई थी। एक बार फिर पंकज उसकी पीठ पर सवार होता चीखा–''टार्च उठा लो नैना।''

बुरी तरह डरी और कांप रही होने के बावजूद इस बार नैना ने एक तिपाई के नीचे पड़ी ऑन टार्च उठा ली।

''इसके चेहरे पर रोशनी डालो, मुझे इसकी शक्ल देखनी है।''

कहता हुआ पंकज उसकी दोनों बगलों में हाथ डालने की कोशिश कर रहा था कि साए ने जाने किस तरह अपने जूते की एड़ी उसके सिर के पिछले हिस्से में मारी।

चोट इतनी ज़ोरदार थी कि पंकज के हलक से न सिर्फ चीख निकल गई बल्कि आंखों के सामने रंगबिरंगे तारे भी नाच गए थे।

वह चोट के प्रभाव से उबरने की कोशिश कर रहा था कि साया एक झटके से खड़ा हो गया। उसका खड़ा होना था कि उस पर सवार पंकज कारपेट पर जा गिरा।

नैना के हाथ में मौजूद टार्च का छोटा-सा गोल दायरा सारे कमरे में नाचता फिर रहा था मगर साए के चेहरे पर स्थिर नहीं हो पा रहा था। मौका लगते ही साया खिड़की के नजदीक पहुंच गया था।

पंकज ने झपटकर नैना से टार्च छीनी और साए पर स्थिर करने की कोशिश की। प्रकाश दायरा उस पर स्थिर हुआ भी मगर चेहरे पर नहीं, सिर के पिछले हिस्से पर क्योंकि इस वक्त उनकी तरफ उसकी पीठ थी।

जैसे ही पंकज ने महसूस किया कि वह खिड़की पर चढ़ने की कोशिश कर रहा है, उस पर जम्प लगाई।

परंतु उसके वहां पहुंचने से पहले ही वह खिड़की के उस पार गुम हो चुका था। हड़बड़ाता पंकज खिड़की पर पहुंचा।

वह रेनवाटर पाइप के सहारे नीचे उतरता नजर आ रहा था।

पंकज ने पुनः रोशनी उस पर डाली मगर उसका सिर ही देख सका।

चेहरा उस वक्त भी नीचे की तरफ था।

पीछा करने की मंशा से पंकज ने चौखट पर पैर रखा ही था कि बाजू पर नैना का हाथ महसूस किया। भरपूर मजबूती के साथ पकड़ रखा था उसने उसे, साथ ही कहा–''न . . . नहीं पंकज।''

खौफ़ की ज्यादती के कारण पंकज ने उसकी आवाज़ बुरी तरह कांपती महसूस की थी और . . . आवाज़ ही क्यों, उसका वह हाथ भी बुरी तरह कांप रहा था जिससे उसने उसका बाजू पकड़ रखा था।

वह अब भी चीखा–''छोड़ो नैना, वह भाग जाएगा।''

''नहीं पंकज।'' वह रो पड़ी–''म . . . मैं अकेली रह जाऊंगी।''

साया तब तक न केवल जमीन पर पहुंच चुका था बल्कि बाहर छाए अंधेरे में गुम भी हो चुका था। चारों तरफ टार्च घुमाने और आंखें फाड़-फाड़कर देखने के बाद भी वह नजर न आया।

वैसे भी, पेंसिल टार्च की रोशनी की इतनी क्षमता ही न थी कि वह बैंग्लो के बैक लॉन के पेड़-पौधों को ठीक से दिखा सकती।

पंकज को मानना ही पड़ा कि अब साया उसकी पहुंच से दूर निकल चुका है, तब तक नैना उससे बुरी तरह लिपट चुकी थी।

साथ ही, यह भी महसूस किया था उसने कि नैना ऐसे कांप रही है जैसे तेज हवा में शाख पर अटका सूखा पत्ता।

पंकज ने उसके सिर पर हाथ फेरा, पीठ सहलाई, तब जाकर नैना

को राहत मिली थी। हालांकि खुद पंकज भी अंदर ही अंदर बेहद उत्तेजित था, सांस फूली हुई थी उसकी मगर नैना को सांत्वना देने की कोशिश करता बोला–''घबराओ मत नैना, मैं हूं न!''

''कौन था वह?'' पूछते वक्त भी नैना उसी से लिपटी रही।

''तुम टार्च की रोशनी उसके चेहरे पर डाल ही न सकीं।''

''म . . . मैंने तो बहुत कोशिश की थी।''

''कोई बात नहीं।''

''पर वो था कौन?''

''शायद कोई चोर था।''

''तुम्हें उससे इस तरह नहीं लड़ना चाहिए था। ऐसे लोगों का क्या भरोसा! चाकू-वाकू मार देता तो?''

''शायद उसके पास कोई हथियार नहीं था। होता तो जरूर इस्तेमाल करता।''

नैना चुप रह गई। बहुत देर तक दोनों उसी पोजीशन में रहे। फिर, उससे अलग होते हुए पंकज ने पेंसिल टार्च का प्रकाश सुईट की दीवारों पर डालना शुरू किया।

दायरा स्वीचबोर्ड पर स्थिर हुआ।

कुछ देर बाद उसने कमरे की लाइट ऑन कर दी थी।

कमरे की हालत देखते ही एक बार फिर दोनों के मुंह खुले के खुले रह गए। सारा कमरा अस्त-व्यस्त था।

ऐसी एक भी चीज नहीं थी जिसे छेड़ा न गया हो।

दराजें खुली पड़ी थीं। उनका सामान कारपेट पर पड़ा था। बैड के दोनों गद्दे ऐसी पोजीशन में थे जिन्हें देखने मात्र से पता लगता था कि उनके नीचे कुछ तलाशा गया है।

सारी अल्मारियां खुली पड़ी थीं। कपड़े कारपेट पर। एक जगह तो कपड़ों के बीच उन्हें सौ के नोटों की गड्डी भी नजर आई।

ड्रेसिंग टेबल का भी सारा सामान बिखरा पड़ा था।

कमरे का निरीक्षण करता वह उस खिड़की तक पहुंचा जिसके माधयम से साया फरार हुआ था। खिड़की दो पल्लों की थी। एक पल्ले के कांच में तीन बाई तीन का हिस्सा कटा हुआ था। उसे गौर से देखते हुए कहा–''बाहर से उसने कांच काटा और फिर इसमें से हाथ डालकर अंदर की चटकनी खोली।''

''इस तरह कांच कैसे काट सकता है कोई?''

''ऐसे लोगों के पास औजार होते हैं।''

नैना चुप रह गई।

पंकज ने किवाड़ बंद किए और चटकनी चढ़ा दी। वह घूमा ही था कि नैना ने कहा–''य–यहां से चलो पंकज।''

''कहां?''

''न–नीचे। या शायद इस बैंग्लो से ही दूर।'' कांपती आवाज़ में वह कहती चली गई–''अब यहां मुझे डर लग रहा है।''

''आओ।'' पंकज ने अपना हाथ घुमाकर उसके दूसरे कंधों पर रखा और साथ लिए सुईट से बाहर निकल

आया।

दरवाज़ा भिड़ाने के बाद वे सीढ़ियां उतरकर लॉबी में आ गए।

नैना का डर कम करने के लिए पंकज ने भले ही कह दिया हो कि वह कोई चोर था लेकिन उसे मामला केवल चोरी का नहीं लग रहा था। खासतौर पर कपड़ों के बीच पड़ी सौ के नोटों की गड्डी को देखने के बाद लेकिन . . . अगर यह मामला चोरी का न था तो था क्या? यह बात पंकज की समझ में नहीं आ रही थी।

न ही यह कि–वह था कौन?

किस फिराक में था?

पंकज के जेहन में ये ही सारे सवाल चकरा रहे थे। नैना इतनी डर गई थी कि उससे अलग होने का नाम ही न ले रही थी।

तभी दोनों चौंक पड़े।

इतनी बुरी तरह कि छिटककर एक-दूसरे से यूं दूर हो गए जैसे किसी ने चोरी करते रंगे हाथों पकड़ लिया हो।

कारण थी–लैंडलाइन फोन की बजती घंटी।

बैंग्लो में छाए घोर सन्नाटे के बीच वह ऐसी लग रही थी जैसे माइक से होकर गुजर रही हो।

इस वक्त दोनों को उससे डर-सा लगा। उससे इरीटेटेड होने का ही कारण था कि पंकज ने यह सोचे-समझे बगैर झपटकर रिसीवर उठा लिया कि रात के इस वक्त कौन हो सकता है। उसके 'हैलो' कहते ही दूसरी तरफ से किसी महिला की आवाज़ उभरी–''क्या आप राजेश कुमार जी के बैंग्लो से बोल रहे हैं?''

''जी। आप कौन?''

''नशा मुक्ति केंद्र से डॉक्टर शिखा बोल रही हूं।''

पंकज ने खुद को नियंत्रित किया–''बोलिए।''

''मैंने इसलिए फोन किया है क्योंकि अभी तक मिस्टर एंड मिसेज राजेश कुमार यहां नहीं पहुंचे हैं।''

''क . . . क्या?'' पंकज ठीक उसी तरह चौंका जिस तरह चौंकना चाहिए था–''क्या बात कर रही हैं आप! वे तो दस बजे ही निकल गए थे। अब तक तो–''

''वही तो . . . मैं और मेरा स्टाफ इंतजार करते-करते थक गए हैं। दोनों के मोबाइल भी लगाए हमने। बैल जा रही है मगर कॉल रिसीव नहीं की जा रही। इस बात ने हम लोगों को और भी ज्यादा चिंतित कर दिया है। थक-हारकर लैंडलाइन मिलाया।''

''ओह!'' पंकज बोला–''बात तो वाकई चिंता की है।''

''प्लीज, पता करने की कोशिश कीजिए।'' दूसरी तरफ से कहा गया–''क्या मैं जान सकती हूं आप कौन बोल रहे हैं?''

''मेरा नाम पंकज रावत है।''

''ठीक है मिस्टर रावत, पता लग जाए तो प्लीज–हमें भी इंफार्म कर दीजिएगा।'' कहकर फोन काट दिया गया।

पंकज काफी देर तक रिसीवर हाथ में लिए खड़ा रहा।

उसकी समझ में नहीं आ रहा था क्या किया जाए!

यह फोन अपनी स्कीम की पहली खामी के रूप में उसके सामने आया था। उसने सोचा था–झोंपड़ी और उसके आसपास जो हुआ है, उसके बारे में पुलिस को सुबह, तब पता लगेगा जब ग्रामीण वहां की हालत देखकर पुलिस को खबर करेंगे।

वह यह कल्पना नहीं कर पाया था, न पहुंचने की हालत में नशा मुक्ति केंद्र वाले भी फोन कर सकते हैं।

हालांकि घटनास्थल पर पुलिस सुबह पहुंचती, उसकी जगह अभी ही पहुंच जाए–इस बात से उसकी सेहत पर कोई खास फ़र्क पड़ने वाला नहीं था परंतु–इस वक्त यह सोच रहा था, क्या उसे पुलिस को फोन करना चाहिए?

उन्हें बताना चाहिए या नहीं कि राजेश कुमार और सोनम अभी तक नशा मुक्ति केंद्र नहीं पहुंचे हैं। वह कोई फ़ैसला न कर पाया था कि नैना ने पूछा–''क्या हुआ पंकज?''

उसने संक्षेप में बता दिया।

नैना के चेहरे पर फिर चिंता नजर आने लगी।

बोली–''यह तो सचमुच चिंता की बात है। कहां रह गए वे?''

''नैना।'' पंकज ने मूर्खों की मानिंद पूछा–''क्या हमें पुलिस को इंफार्म करना चाहिए?''

''बिल्कुल।'' उसने बगैर किसी हिचक के कहा–''भगवान न करे उनके साथ कुछ गलत हुआ हो लेकिन ऐसा-वैसा कुछ हो गया तो पुलिस यह कहकर हमें जरूर परेशान करेगी कि हमारे पास नशा मुक्ति केंद्र से फोन आ गया था तो उन्हें खबर क्यों नहीं की?''

पंकज को लगा–कितनी सटीक बात कही है नैना ने! भविष्य में खुद

को पाक-साफ साबित करने के लिए पुलिस को तुरंत फोन कर देना निहायत जरूरी था।

फिर, पंकज कुछ सोचकर बोला–''क्या उससे पहले राजेश सर और सोनम मैडम से संपर्क करने की कोशिश नहीं करनी चाहिए?''

''डॉक्टर शिखा ने बताया तो है उनके फोन . . .''

''कोशिश तो हमें भी करनी चाहिए।'' उसने नैना के जवाब की प्रतीक्षा किए बगैर जेब से मोबाइल निकालकर यह जानते-बूझते राजेश कुमार का नंबर मिलाया कि लाशें कॉल रिसीव नहीं किया करतीं। और वही हुआ . . .

बार-बार मिलाने और दूसरी तरफ पूरी-पूरी रिंग जाने के बावजूद कॉल रिसीव न की गई।

''राजेश सर तो नहीं उठा रहे, सोनम मैडम का मिलाता हूं।'' वह नैना को सुनाने के लिए बड़बड़ाया और फिर . . . यह जानते-बूझते सोनम का नंबर मिलाया कि वह इस वक्त रंगनाथ के घर के टांड पर है और साइलेंट मोड पर है इसलिए नहीं उठाया जाएगा पर फिर भी, कई बार मिलाया ताकि पुलिस को दिखा सके।

अंत में झुंझलाहट भरे लहजे में बोला–''वे भी नहीं उठा रहीं। दोनों को आखिर हो क्या गया है?''

''पंकज।'' नैना फ़िक्रमंद नजर आने लगी थी–''मेरे ख्याल से तो अब हमें पुलिस को इंफार्म कर ही देना चाहिए।''

''तुम ठीक कहती हो।'' कहने के साथ पंकज ने अपने मोबाइल से ही सौ नंबर मिला दिया। पहली रिंग पर कॉल रिसीव की गई।

पंकज ने संतुलित स्वर में अपना परिचय दिया। उसके बाद राजेश कुमार और सोनम के नशा मुक्ति केंद्र जाने, डॉक्टर शिखा के फोन आदि के बारे में विस्तार से बता दिया।

दूसरी तरफ से पूछा गया–''इस वक्त बैंग्लो में आपके अलावा और कौन है मिस्टर पंकज?''

"नैना।" पंकज के मुंह से निकला।

दूसरी तरफ से पूछा गया–"कौन नैना?"

"ज–जी!" वह सकपकाया–"राजेश कुमार जी की नर्स।"

"नर्स?" चौंकी हुई आवाज़–"जब राजेश कुमार ही वहां नहीं हैं तो नर्स क्या कर रही है?"

"ज–जी वो–राजेश कुमार ऐसा ही चाहते थे।"

दूसरी तरफ सन्नाटा छा गया।

पंकज ने साफ महसूस किया, उस तरफ वाला उसके जवाब से संतुष्ट न हुआ था। उस वक्त उसका दिल 'धड़-धड़' कर रहा था जब दूसरी तरफ से कहा गया–"खैर, ओके। मैं संबंधित थाने को फोन कर देता हूं। जो भी ड्यूटी पर होगा, बैंग्लो पर पहुंच जाएगा।"

"य–यहां क्यों?" पंकज की हवा खराब हो गई–"यहां थोड़ी हैं वे लोग! हाईवे पर ढूंढने की कोशिश कीजिए न!"

"घबराइए नहीं मिस्टर पंकज, पुलिस आपसे और नैना से विस्तृत पूछताछ के बाद ही तो किसी नतीजे पर पहुंच सकेगी। जो भी ड्यूटी पर होगा मैं उसे भेज रहा हूं।" कहकर फोन काट दिया गया।

पंकज के जेहन में 'किर्र–किर्र' की आवाज़ गूंजती रह गई थी।

यह सोचकर उसके छक्के छूटे जा रहे थे कि कुछ देर में यहां पुलिस पहुंचने वाली है और वह उनसे विस्तृत पूछताछ करेगी।

यह तो सिर मुंडाते ही ओले पड़ने वाली बात हो गई थी। उसके प्लान के मुताबिक तो पुलिस को पहले राजेश कुमार की लाश और बेहोश सोनम तक पहुंचना था, उसके बाद यहां आना था जबकि यहां चक्का उल्टा घूमता नजर आ रहा था।

अब उसे यह चिंता खाए जा रही थी पुलिस क्या पूछेगी और वे . . . बल्कि खासतौर पर नैना किस सवाल का क्या जवाब देगी!

राजेश कुमार की लाश सामने आने की सूरत में पुलिस उनसे

यह जरूर पूछेगी कि वे दोनों अकेले इतने बड़े बैंग्लो में सारी रात क्या कर रहे थे? अगर नैना को डरावना सपना न चमकता और उसने उसके कमरे का दरवाज़ा न पीटा होता तो दोनों को यही कहना था वे अपने-अपने कमरे में थे मगर अब . . . हालात बदल चुके थे।

नैना पुलिस के सवाल के जवाब में मेरे दरवाज़ा न खोलने की घटना जरूर बताएगी। क्यों नहीं बताएगी? उसे क्या पता उसके 'इतना-सा' कहने से उसके पंकज पर कितना बड़ा कहर टूट पड़ेगा!

पुलिस को यह समझने में एक सेकिंड भी नहीं लगेगा कि वह कमरे के दूसरे दरवाज़े से बाहर चला गया था।

और फिर–उसने पहली बैल पर नशा मुक्ति केंद्र से आई कॉल रिसीव कर ली थी–'मॉय गॉड! ये क्या बेवकूफी की मैंने?'

इससे तो साबित हो जाएगा इस वक्त मैं लॉबी में था क्योंकि फोन लॉबी में ही रखा है। पुलिस के दिमाग में सवाल उठेगा, रात के इस वक्त मैं अपने कमरे में क्यों नहीं था?

लॉबी में क्या कर रहा था?

क्या जवाब दूंगा?

यह सब सोचते-सोचते पंकज का चेहरा सफ़ेद पड़ने लगा था।

क्योंकि कुछ देर पहले तक अपना जो प्लान उसे फुलप्रुफ लग रहा था उसमें इस वक्त छेद ही छेद नजर आ रहे थे।

ऊपर से–सोनम के कमरे में घटी घटना का मतलब समझ में न आ रहा था। कौन था वह? क्यों आया था?

किस चीज की तलाश थी उसे? एक सवाल भी तो ऐसा न था जिसका जवाब पंकज के पास होता और . . . जब पुलिस आएगी तो उन्हें सोनम के कमरे की घटना बतानी चाहिए या नहीं?

पंकज फ़ैसला न कर पाया।

''क्या हुआ पंकज?'' नैना के शब्द उसके विचार सागर में किसी शरारती बच्चे द्वारा फैंके गए पत्थर की मानिंद टकराए थे।

हड़बड़ाकर कहा था उसने–''क . . . कुछ नहीं।''

''बार-बार कहां खो जाते हो तुम?''

''मैं सोच रहा था–भगवान न करे, यदि उनके साथ कुछ उल्टा सीधा हो गया होगा तो पुलिस हमें परेशान कर देगी।'' पंकज के पास इस वक्त नैना को 'सैट' करने के अलावा कोई चारा नहीं था और उसने वही कोशिश शुरू कर दी।

उसने भोलेपन से पूछा–''हमें क्यों परेशान करेगी पुलिस? हमने क्या किया है? इस वक्त हमारी ड्यूटी पुलिस को इंफ़ार्म करना थी, सो कर चुके हैं। पर हमने चोर के बारे पुलिस को कुछ नहीं बताया पंकज। बताना चाहिए था न!''

''तुम इन पुलिस वालों को नहीं जानतीं नैना, ये ऐसी-ऐसी बातें सोचने लगते हैं जिनका कहीं कोई अस्तित्व ही नहीं होता। अभी अभी जब पुलिस वाले ने सुना मैं और तुम यहां अकेले हैं तो उसका लहजा शक से भर गया। कहने लगा–जब राजेश कुमार नशा मुक्ति केंद्र चले गए हैं तो नर्स बैंग्लो पर क्यों है?''

''हम सच्चाई बता देंगे। यह कि मुझे राजेश सर ने रोका था।''

पंकज नैना को कैसे बताता राजेश कुमार अब यह कहने आने वाला नहीं था और उसके कहे बगैर किसी को भी उनकी बात पर विश्वास नहीं आता। बोला–''इस बात पर पुलिस वालों को केवल तभी यकीन आएगा जब राजेश सर खुद कहेंगे और . . .''

''और?''

पंकज ने 'धड़-धड़' कर रहे दिल के साथ कहा–''पुलिस को यह न बताना तुम्हारे दरवाज़ा पीटने पर मेरी नींद नहीं टूटी थी।''

''क्यों?'' नैना की पलकें सुकड़ीं।

''समझने की कोशिश करो, वे इस छोटी-सी बात का बतंगड़ बना

देंगे। सोचने लगेंगे मैं कमरे में नहीं था।

जरूर कहीं बाहर गया था और गया था तो कहां गया था! वे मुझसे यह सवाल पूछेंगे। जब मैं कहीं गया ही नहीं तो क्या बताऊंगा! उन्हें लगेगा मैं झूठ बोल रहा हूं, बताना नहीं चाहता। अपने ऐसे सवालों का जवाब पाने के लिए वे लोगों को टार्चररूम में ले जाते हैं और बुरी तरह यातनाएं देते हैं।''

नैना के नयनों में खौफ़ मंडराने लगा, बोली–''वे बेगुनाहों को भी यातनाएं देते हैं?''

''क्या तुम अखबार नहीं पढ़तीं!''

नैना चुपचाप उसकी तरफ देखती रही।

''कहना, तुम एक सपना देखकर डर गई थीं। नीचे आकर मेरे कमरे के दरवाज़े पर दस्तक दी। दो-तीन दस्तकों के बाद मेरी नींद खुल गई और जिस वक्त नशा मुक्ति केंद्र से फोन आया उस वक्त हम यहीं लॉबी में आपस में बातें कर रहे थे।''

''और वो चोर वाली घटना?''

''मेरे ख्याल से हमें उसका भी जिक्र नहीं करना चाहिए।''

''क्यों?''

''समझने की कोशिश करो नैना, ये पुलिसवाले रस्सी को सांप बना देते हैं। पता नहीं क्या-क्या पूछने लगेंगे हमसे।''

''अगर उन्होंने खुद जाकर मैडम के कमरे की हालत देख ली?''

''देख लें। वे भी इसी नतीजे पर पहुंचेंगे कि उसे किसी चोर ने खंगाला है। हम कह देंगे, हमें क्या पता! हम उनके कमरे में गए ही नहीं। क्यों बताएं कि उससे मेरी फ़ाइट हुई थी!''

नैना कुछ न बोली। जैसे समझने की कोशिश कर रही हो कि पंकज उससे ऐसा बयान क्यों दिलाना चाहता है और चोर वाली बात को पुलिस से क्यों छुपाना चाहता है वह?

पंकज दोहरी मुसीबत में फंसा था।

खुद को नैना के शक के दायरे से भी बाहर रखना था और उसे पुलिस को वह बयान देने से भी रोकना था, जिसके बाद दुनिया की कोई ताकत उसे बचा नहीं सकती थी इसलिए बोला–"याद रखना नैना, उन्हें अपना सच्चा सपना मत बताना। कोई काल्पनिक सपना सुना देना, जिसे देखकर तुम डर गई थीं।"

"पर क्यों पंकज?" उसकी आंखें गोल हो गई थीं–"तुम मुझे पुलिस को झूठा बयान देने की सलाह क्यों दे रहे हो? क्या तुम्हें यह नहीं मालूम कि एक झूठ को छुपाने के लिए सौ झूठ बोलने पड़ते हैं और फिर उन सौ झूठों को छुपाने के लिए . . ."

"समझने की कोशिश करो नैना।" वह उसकी बात काटकर कहता चला गया–"वह सपना पुलिस को साफ-साफ बता देगा हमारे बीच कुछ है बल्कि हम एक-दूसरे से प्यार करते हैं और यह तो तुम भी नहीं चाहोगी पुलिस को यह पता लगे।"

"हां। यह बात तो ठीक है।" बात तुरंत नैना की समझ में आ गई थी–"तो फिर यही क्यों कहूंगी मुझे कोई सपना चमका था! न मुझे सपना चमका, न मैं नीचे आई और न ही तुम्हारा गेट पीटा।

तुम अपने कमरे में थे, मैं अपने कमरे में।"

"नशा मुक्ति केंद्र से फोन आने पर मैंने पहली बैल पर रिसीवर उठा लिया था। इससे साबित हो जाएगा उस वक्त मैं लॉबी में था। सवाल उठेगा–रात के इस वक्त मैं लॉबी में क्या कर रहा था? इस सवाल का एक ही जवाब है–तुम्हें एक डरावना सपना चमका। तुमने मुझे जगाया और जिस वक्त नशा मुक्ति केंद्र से फोन आया उस वक्त हम दोनों लॉबी में बातें कर रहे थे।"

नैना ने कुछ कहने के लिए मुंह खोला ही था कि बाहर से किसी वाहन के इंजन की आवाज़ आई। पंकज के मुंह से आतंकित-सा

लहजा निकला–"प . . . पुलिस आ गई है।"

नैना के चेहरे का रंग उड़ गया।

आने वाला सलबटे था।

इंस्पेक्टर आरएम सलबटे!

जरूरत से कुछ ज्यादा ही लंबा। छः फुट तीन इंच का। पंकज को उसके चेहरे की तरफ देखने के लिए ऊपर की तरफ देखना पड़ रहा था। "हैलो मिस्टर पंकज।" कहने के साथ उसने अपना लंबा हाथ बढ़ाया तो पंकज को भी हाथ बढ़ाना पड़ा।

खुद को नियंत्रित करने का प्रयास करता पंकज 'आइए' कहने के साथ थोड़ा पीछे हटा। सलबटे एक ही लंबे कदम में लॉबी के अंदर था। उसके पीछे-पीछे साथ आया पुलिस वाला भी अंदर दाखिल हो गया। पंकज ने महसूस किया–सलबटे की गिद्ध जैसी आंखें नैना और सिर्फ नैना पर ही स्थिर थीं।

नैना ने अपने जिस्म में थरथराहट-सी महसूस की।

पंकज को सलबटे द्वारा नैना को लगातार घूरते रहना पसंद नहीं आया इसलिए उसका ध्यान अपनी तरफ आकर्षित करने की मंशा से बोला–"मुझे आपका यहां आना समझ में नहीं आया इंस्पेक्टर, आपको तो उन्हें हाई-वे पर ढूंढना चाहिए।"

"पैट्रोलिंग वालों को कह दिया गया है।" वह बोला–"जैसे ही कुछ पता लगेगा, मुझे सूचित करेंगे। उससे पहले तुम लोगों से कुछ सवालात करने जरूरी हैं जिससे अनुमान लगाने की कोशिश की जा सके कि उनके साथ क्या हुआ होगा।"

"क . . . क्या हुआ होगा से मतलब?"

"उस बारे में बाद में सोचेंगे। फिलहाल यह बताओ–उनके नशा मुक्ति केंद्र जाने के बारे में किस-किस को पता था?"

"हमें और डॉक्टर गुलाटी को।"

''हमें से तुम्हारा मतलब खुद और इस लड़की से है न!''

''जी।''

''क्या नाम है इसका, कुछ बताया तो था सौ नंबर वाले ने!''

एक बार फिर गिद्ध जैसी आंखें नैना पर जम गई थीं।

''नैना।''

''हां। नैना। यह भी बताया था यह नर्स है और यह भी कहा था, जब राजेश कुमार ही बैंग्लो में नहीं है तो मुझे नर्स का वहां होना समझ में नहीं आया।'' सलबटे कहता चला गया–''कह तो ठीक ही रहा था वह, यह बात मेरी समझ में भी नहीं आई।''

''राजेश सर ऐसा चाहते थे, उन्होंने कहा था कि . . .''

एकाएक सलबटे ने उसकी बात काटी–''क्या मिस नैना गूंगी हैं मिस्टर पंकज?''

''ज–जी!'' वह बुरी तरह बौखला गया–''नहीं तो।''

''फिर उन्हें क्यों नहीं बोलने दे रहे?''

''म–मैंने समझा आप मुझसे पूछ रहे हैं।''

''सवाल जिससे कनेक्टिड होगा उसी से तो पूछा जाएगा!'' वह नैना की तरफ घूमता हुआ बोला–''हां तो मिस नैना, आप बताइए, जब मरीज ही यहां नहीं है तो तुम . . .''

उसकी बात पूरी होने से पहले ही नैना चालू हो गई और पंकज को उस वक्त घोर सुखद आश्चर्य हुआ जब महसूस किया नैना के लहजे में जरा-सा भी कंपन न था। चेहरे पर कोई हिचक नहीं। उसने हंडरेड परसेंट कान्फिडेंस के साथ वह सब बता दिया था जो कहकर राजेश कुमार ने उसे रोका था।

सलबटे ने हल्का-सा व्यंग किया था–''मतलब तुमने दो ही दिन में राजेश जी का दिल जीत लिया था!''

''मेरा काम ही अपने मरीज का दिल जीतना है।'' नैना ने एक बार फिर पूरी हनक के साथ जवाब दिया था।

सलबटे को शायद उसकी हनक चुभ गई।

नैना को बहुत गौर से देखते हुए अचानक उसने ऐसा सवाल किया जिसने पंकज के रोंगटे खड़े कर दिए थे।

सवाल था–''तुम दोनों एक-दूसरे को कब से जानते हो?''

''हम दोनों पहली बार यहीं मिले थे।'' नैना के चेहरे और लहजे की दृढ़ता ने पंकज को आश्चर्यचकित और गद्गद् कर दिया था।

''श्योर?'' सलबटे ने उसकी आंखों में झांका था।

नैना ने बगैर जरा भी हिचके कहा–''यह सवाल आप मुझसे इस तरह क्यों पूछ रहे हैं जैसे . . .''

''क्या तुम बताओगी, यहां कैसे पहुंचीं?'' एकाएक सलबटे ने टॉपिक चेंज कर दिया था–''मेरा मतलब यहां कौन लाया?''

''आरोग्य हॉस्पिटल से सोनम मैडम लाई थीं मुझे।'' एक बार फिर नैना ने बगैर जरा भी डरे कहा–''वहां मैं स्थायी नर्स के तौर पर नौकरी करती हूं।''

''क्या वे तुम्हें पहले से जानती थीं?''

''मैट्रन से मिलने हॉस्पिटल आई थीं। तभी मिली थीं।''

''मैट्रन से मिलने क्यों गई थीं वे?''

''मुझे नहीं पता।'' उसने पूरी दृढ़ता के साथ पंकज की तरफ देखे बगैर झूठ बोला था।

''खैर।'' सलबटे बोला–''क्या तुम मुझे बता सकते हो मिस्टर पंकज, नशा मुक्ति केंद्र जाने का आइडिया किसका था?''

पंकज ने पहले ही कल्पना कर ली थी पुलिस की तरफ से यह सवाल उठेगा इसीलिए उसने खुद को सुरक्षित रखते हुए यह बात सोनम से शुरू कराई थी। बोला–''जब डॉक्टर गुलाटी ने बताया राजेश सर को शुगर हो गई है तो उनकी पीने की आदत को लेकर सोनम मैडम कुछ ज्यादा ही फिक्रमंद हो गईं। उनके पूछने पर गुलाटी ने यह भी कहा कि अब काकू को शराब छोड़ देनी चाहिए। तब उनके दिमाग में उन्हें

नशा मुक्ति केंद्र ले जाने का आइडिया आया।''

''ओके।'' एकाएक उसने बातों का रुख मोड़ दिया–''मैं तुम दोनों के कमरे देखना चाहूंगा।''

पंकज के छक्के छूट गए।

तभी सलबटे की जेब में पड़ा मोबाइल बजा।

पंकज ने लाख-लाख शुक्र मनाया और जिस वक्त सलबटे जेब से मोबाइल निकाल रहा था उस वक्त वह भगवान से दुआ कर रहा था कि कॉल ऐसी हो जिसके बाद एक पल भी वह यहां न ठहर सके।

सलबटे ने 'हैलो' कहा और फिर दूसरी तरफ से बोलने वाले की बात सुनने लगा। सुनते-सुनते बुरी तरह चौंका वह। मुंह से निकला था–''क . . . क्या?'' दूसरी तरफ से पुनः कुछ कहा गया। उसे सुनकर बोला–''मॉय गाड, उन्हें फौरन हॉस्पिटल पहुंचाओ। मैं आ रहा हूं।''

पंकज समझ चुका था यह फोन घटनास्थल से ही था, इसके बावजूद जिस वक्त सलबटे मोबाइल वापस जेब में रख रहा था उस वक्त उसने बेचैन अंदाज में पूछा–''क . . . क्या हुआ इंस्पेक्टर? क्या सर और मैडम के बारे में कुछ पता लगा? किसे हॉस्पिटल पहुंचाने की बात कर रहे थे आप?''

''मिस्टर राजेश कुमार को।''

''क . . . किसे?'' पंकज का दिमाग बुरी तरह झन्ना गया था।

सलबटे झल्लाकर बोला–''तुम्हारे कान में नुक्स है क्या?''

पंकज को अपने कान में नुक्स ही नजर आ रहा था। उसे लग रहा था–सलबटे ने 'सोनम' को हॉस्पिटल पहुंचाने की बात कही है जबकि उसने 'राजेश कुमार' सुना है क्योंकि राजेश कुमार की तो लाश मिली होगी।

हॉस्पिटल पहुंचाने की हालत में तो सोनम मिली होगी। अपनी शंका दूर करने के लिए उसने पूछा–''क्या राजेश सर जख्मी हालत में . . .''

"हां, बेहोश हालत में मिले हैं वे।" सलबटे उसकी बात काटकर कहता चला गया–"दो गोलियां मारी गई हैं। संयोग से एक बाजू से रगड़ खाती निकल गई दूसरी कंधे से।"

पंकज का जी चाहा चीख पड़े–'क्या बक रहा है गधे इंस्पेक्टर, लाश मिली होगी उसकी। गोलियां पेट और सीने में लगी थीं। जिंदा बचने का सवाल ही नहीं है।' मगर, ऐसा कहा नहीं उसने। कह भी कैसे सकता था!

बस मुंह बाए, ऐसे अंदाज में सलबटे की तरफ देखता रहा जैसे उसके चेहरे पर कुतुबमीनार कत्थक कर रही हो।

"चलता हूं।" कहने के बाद सलबटे दरवाज़े की तरफ मुड़ने ही वाला था कि नैना ने पूछा–"और सोनम मैडम?"

"वे मर चुकी हैं।"

"क–क्या?" दोनों के हलक से एक साथ चीख निकली। नैना के हलक से निकलने वाली चीख दर्द में डूबी थी जबकि पंकज के चेहरे पर आश्चर्य का सागर ठहाठें लगाता नजर आ रहा था।

उस वक्त सलबटे बाहर निकलने के लिए दरवाज़े पर पहुंच चुका था जब पंकज ने आर्तनाद-सा किया–"म . . . मैं भी चलता हूं।"

"मैं भी।" नैना बोली।

पंकज के दिमाग में ऐसी खलबली मची हुई थी जैसी शायद ही पहले कभी किसी के दिमाग में मची हो।

कैसे हो सकता है ऐसा?

उसने खुद राजेश कुमार की हत्या की थी और सोनम को बेहोश अवस्था में छोड़कर आया था। उसे बार-बार लग रहा था कि जरूर सलबटे ने फोन पर कहे गए को उल्टा समझा है।

जब वे घटनास्थल पर पहुंचे तो वहां पहले से मौजूद एसआई ने सलबटे से कहा–"मिस्टर राजेश की गाड़ी की हालत बता रही है सर

कि उसमें पंक्चर हुआ था। टायर में कील पाई गई है। हमला होने से पहले वे शायद स्टेपनी चेंज करने की कोशिश कर रहे थे।''

''वे हाईवे छोड़कर यहां क्यों आए?''

''यह तो मिस्टर राजेश ही बता सकते हैं।''

''उन्हें अस्पताल भिजवाया?''

''आपके कहते ही।''

''कहां पड़े मिले थे वे?''

''मेरे साथ आइए।'' कहता हुआ एसआई उस सिरे की तरफ बढ़ा, जिसके बाद ढलान और फिर नीचे तालाब था।

एसआई के हाथ में एक टार्च थी, वह उसकी रोशनी का दायरा जमीन पर डालता आगे बढ़ रहा था। अचानक एक ब्रॉ दायरे में आई तो चौंकते हुए सलबटे के मुंह से निकला–''यह क्या?''

''मिसेज सोनम की ब्रॉ है सर और ब्रॉ ही क्यों, उनके जिस्म पर जितने भी कपड़े थे, सबके सब आपको यहीं पड़े मिलेंगे। उनकी शर्ट, जींस और पेंटी तक। सबकी हालत एक ही कहानी बयान कर रही है। यह कि–उन्हें जबरदस्ती नोंचा-खसोटा गया है।''

''इसका मतलब?''

''आप मुझसे बेहतर समझ सकते हैं।'' कहने के साथ उसके हाथ में मौजूद टार्च का प्रकाश दायरा एक शर्ट के फटे हुए हिस्से पर स्थिर हो गया था–''शर्ट की हालत ये है।''

इस तरह, आगे बढ़ते एसआई ने कहा–''ध्यान से आइएगा सर, थोड़ा-सा आगे काफी सारा कांच और खून पड़ा है।''

पंकज जानता था वह ठीक कह रहा है। कांच और खून तो वहां होना ही चाहिए था। राजेश कुमार द्वारा उसे फैंककर मारी गई बोतल का कांच और राजेश कुमार का खून।

वहीं तो दो गोलियां खाईं थी उसने।

मगर, वह जिंदा था।

उसे घायल अवस्था में उठाकर उसने अस्पताल भिजवाया है।

यह क्या कह रहा था एसआई?

मतलब साफ था–सलबटे ने फोन पर कुछ भी गलत नहीं सुना था। एसआई वही कह रहा था जो सलबटे ने बताया था मगर ऐसा कैसे हो सकता है? और फिर–अचानक पंकज के जेहन में एक ऐसा ख्याल आया जिसने उसके समूचे अस्तित्व के परखच्चे उड़ाकर रख दिए। वह ख्याल था–गोली मारने के बाद नब्ज तो देखी नहीं थी मैंने राजेश कुमार की। बस ठोकर ही मारी थी उसके जिस्म में। वह ठोकर जिसके परिणाम-स्वरूप वह लुढ़कता हुआ तालाब के किनारे तक चला गया था। हो सकता है उस वक्त वह मरा न हो, केवल बेहोश हुआ हो। यकीनन ऐसा ही हुआ होगा, वरना एसआई ने उसे अस्पताल क्यों भेजा होता?

अब तो यह सोचने की कोई गुंजाइश ही नहीं रह गई थी कि पुलिस किसी भ्रम में हो सकती है।

पंकज का दिमाग बड़ी तेजी से दौड़ रहा था–अगर वह सिर्फ बेहोश है तो होश में आने पर पुलिस को क्या-क्या बता सकता है?

उस वक्त के सारे दृश्य, एक-एक शब्द जेहन के पर्दे पर उभरता चला गया जिस वक्त उसने राजेश कुमार को गोलियां मारी थीं।

सोनम द्वारा कहे गए शब्दों से राजेश कुमार यह तो समझ गया होगा कि नकाब के पीछे जो भी था, उसे वह जानती थी लेकिन यह न जान सका होगा कि वह मैं था क्योंकि सोनम ने मुझे नाम से नहीं पुकारा था। और वह मैं था, पुलिस के मुताबिक किसी को भी यह बताने के लिए अब सोनम जिंदा नहीं है।

पंकज ने थोड़ी राहत-सी महसूस की मगर तभी, दिमाग में यह विचार कौंधा–सोनम को किसने मार डाला?

कहीं वह मेरी पिटाई से ही तो नहीं मर गई थी!

हे भगवान, क्या हो रहा था यह!

कहीं ऐसा तो नहीं हो गया था कि जिसे मैं मरा समझकर छोड़ गया था वह केवल बेहोश हुआ हो और ठीक उसी तरह, जिसे बेहोश समझकर छोड़ गया था, वह मर गई हो!

लगता तो यह है कि ऐसा ही हुआ है।

इसका मतलब तो यह हुआ कि अब मैं सोनम का हत्यारा हूं।

उसका हत्यारा जिसे मारने की मैंने कभी कल्पना भी न की थी।

यह सब सोचते-सोचते उस पर घबराहट हावी होने लगी।

''ये देखिए सर।'' कहते हुए एसआई के हाथ में दबी टार्च का प्रकाश दायरा जमीन पर पड़े खून पर थिरक रहा था–''मेरे ख्याल से यह खून राजेश कुमार का है।''

''अरे!'' सलबटे की आवाज़ पंकज के कानों से टकराई–''इसमें तो किसी के जूते का निशान भी है।''

''चैक कर चुका हूं सर, यह राजेश कुमार के जूते का नहीं है।''

''पुलिसवालों में से तो किसी . . .''

''कैसी बात कर रहे हैं सर!'' सलबटे की बात पूरी होने से पहले ही एसआई कहता चला गया–''आप क्या मुझे इतना नादान समझ रहे हैं कि किसी पुलिसवाले को निशान बनाने दूंगा!''

''मतलब यह निशान कातिल के जूते का है!''

''होना तो उसी का चाहिए।''

उस वक्त पंकज के होठों पर कामयाबी से लबरेज मुस्कान उभरी थी क्योंकि यह निशान उसने जानबूझकर बनाया था।

सलबटे ने पूछा–''क्या राजेश कुमार यहीं पड़े मिले थे?''

''नो सर, वो वहां पड़े थे।'' एसआई ने नीचे, तालाब की तरफ इशारा करते हुए बताया–''उनका आधा शरीर तालाब के पानी में था, आधा बाहर। स्थिति बता रही थी कि वे यहां से लुढ़कते हुए वहां पहुंचे थे। क्या आप नीचे चलना चाहेंगे?''

''उसकी जरूरत नहीं है।''

''आइए।'' कहने के बाद वह उस झोंपड़ी की तरफ बढ़ गया जिसमें इस वक्त इतनी रोशनी थी कि अंदर का कुछ हिस्सा यहीं से साफ नजर आ रहा था।

यह रोशनी शायद एसआई के प्रयासों का नतीजा थी।

सलबटे उसके साथ था, पंकज और नैना उनके पीछे।

नैना के चेहरे पर डर के भाव थे, जिस्म रह-रहकर कांप उठता था। जी चाह रहा था कसकर पंकज का हाथ पकड़ ले मगर इस वक्त ऐसा नहीं कर सकती थी।

और–पंकज का दिल 'धड़-धड़' की आवाज़ के साथ उसकी पसलियों पर सिर पटक रहा था। जेहन में धूल भरे अंधड़ चल रहे थे। यह कल्पना होश उड़ाए दे रही थी कि जिसे अपनी समझ में वह बेहोश करके गया था, उसे लाश के रूप में कैसे देख सकेगा!

और सचमुच, सोनम की लाश पर नजर पड़ते ही तो उसके होश फाख्ता हो गए। किसी जबरदस्त विस्फोटक ने जेहन के जैसे परखच्चे उड़ा दिए थे। कुछ भी समझ में नहीं आ रहा था उसकी क्योंकि लाश की हालत बता रही थी कि सोनम उसकी पिटाई से नहीं मरी। उसने तो उसे कसकर रेशम की मजबूत रस्सी से बांधा था, इस कदर कि होश में आने पर वह किसी भी तरह खुद को आजाद नहीं कर सकती थी लेकिन . . . रेशम की रस्सी तो दूर, एक धागा तक नहीं था वहां। कुट्टी काटने वाली मशीन के नुकीले हैंडिल पर झूल रही थी लाश।

वह वहां कैसे पहुंच गई? कहां गई रेशम की रस्सी?

जाहिर था कि उसके जाने के बाद झोंपड़ी में कोई और भी आया था। उसी ने सोनम को खोला। रेशम की रस्सी अपने साथ ले गया और उसी ने सोनम की हत्या की।

पर क्यों?

कौन था वह?

जहां यह बात पंकज को राहत पहुंचा रही थी कि सोनम उसकी

पिटाई से नहीं मरी, वहीं यह विचार हलकान किए दे रहा था कि इस सबका मतलब तो यह है कि वह जो भी कोई है, जानता है सोनम की वह हालत मैंने की थी। मैंने गोलियां मारी थीं राजेश कुमार को।

हे भगवान! आखिर ये क्या खेल है?

इस झमेले में तीसरा आदमी कहां से आ घुसा?

वह भी वह, जिसने सोनम की हत्या की है!

''यह सारा कांड कोई पुरानी खुंदक निकालने के लिए किया गया है। खुंदक भी ऐसी जो खासतौर पर मिसेज सोनम से थी।'' सलबटे कहता चला गया–''जिस तरह नोंच-नोंचकर और फाड़-फाड़कर मिसेज सोनम के जिस्म से कपड़े अलग किए गए हैं, उससे जाहिर है कि ऐसा करते वक्त हत्यारे पर जुनून सवार था। शायद वह सोनम के साथ रेप करना चाहता था।''

''पर कर न सका!''

''क्योंकि उससे पहले ही मिसेज सोनम की मौत हो गई।''

''मौत?''

''यस।'' सलबटे ने अपनी बात पर ज़ोर दिया–''यह सीधा-सीधा मर्डर नहीं बल्कि दुर्घटना है।''

''मैं समझा नहीं सर।''

''इस निशान को देखो।'' लाश के नजदीक पहुंच चुका सलबटे सोनम के पेट पर मौजूद बहुत ही हल्के-से निशान की तरफ अंगुली उठाता बोला–''हालांकि निशान पूरा नहीं है मगर मेरा दावा है कि यह जूते का है। इसे मिटाने की कोशिश की गई है। जाहिर है मिसेज सोनम से रेप करने की कोशिश की जा रही थी। सोनम विरोध कर रही थी। ये देखो, इनके होठों को भी काटा गया है। गुस्से में हमलावर ने इसके पेट पर लात मारी। परिणामस्वरूप यह मशीन के नुकीले हैंडिल से जा टकराई। हैंडिल पीठ में धंस गया और यह यहीं लटकी रह गई। ऐसा होने पर हमलावर भी हक्का-बक्का रह गया होगा क्योंकि उसने

कल्पना न की होगी कि उसकी ठोकर का अंजाम यह होगा। इसके बाद रेप की कोई गुंजाइश ही न रही।''

''आपके ख्याल से यह दुर्घटना पहले हुई सर या राजेश कुमार पर गोलियां पहले चलाई गईं?''

''सोनम के मरने के बाद उसे राजेश कुमार पर गोलियां चलाने की क्या जरूरत थी! जाहिर है–हत्यारे ने जब सोनम से रेप की कोशिश की तो राजेश कुमार ने विरोध किया, हत्यारे ने उन्हें गोलियां मार दीं। बहरहाल, तुम्हारे मुताबिक उन पर दो गोलियां चलाई गई थीं। इसे हत्यारे का दुर्भाग्य कहा जा सकता है कि एक उनके बाएं बाजू से रगड़ खाती निकल गई दूसरी दाएं कंधे से। उसके बाद वे लुढ़कते हुए तालाब तक चले गए-बेहोश हो गए। हत्यारे ने समझा उनका किस्सा खत्म हो गया है।''

पंकज के जेहन के परखच्चे उड़े जा रहे थे।

उसकी समझ में नहीं आ रहा था एसआई ऐसा कैसे कह रहा है कि गोलियां राजेश के बाजू और कंधों से रगड़ खाती निकल गईं?

गोलियां उसने खुद चलाई थीं और . . . अपनी आंखों से उसने उन्हें राजेश कुमार की छाती और पेट में लगते देखा था। आखिर क्या पहेली है ये?

फिलहाल यह पहेली न पंकज की समझ में आने वाली थी, न आई। दिमाग बस चकरघिन्नी की तरह घूमता रहा।

इधर, सलबटे ने एसआई से पूछा–''इन दोनों के मोबाइल?''

''राजेश कुमार का उनकी जेब से बरामद हो गया है मगर काफी तलाश करने के बावजूद सोनम का मोबाइल नहीं मिला।''

एकाएक सलबटे पंकज की तरफ पलटता हुआ बोला–''तुमने सौ नंबर पर बताया था कि वहां कंपलेंट करने से पहले तुमने इन दोनों के नंबर ट्राई किए थे!''

''ह–हां।'' पंकज ने संभलकर कहा–''यह सच है।''

सलबटे ने एसआई की तरफ पलटते हुए पूछा–"राजेश कुमार का मोबाइल कहां है?"

एसआई ने जेब से मोबाइल निकालकर सलबटे को दिया।

सलबटे ने उसे चैक करना शुरू किया।

पंकज समझ सकता था वह उसके बयान की पुष्टि कर रहा है।

इस बात को लेकर वह जरा भी फ़िक्रमंद नहीं था क्योंकि जानता था, राजेश कुमार का मोबाइल रिकार्ड उसकी मिस कॉल दिखाएगा।

वही हुआ। फिर उसने उससे सोनम का नंबर पूछा और राजेश कुमार के मोबाइल से वह नंबर मिलाया। नंबर मिलाते ही स्क्रीन पर सोनम का नाम लिखा नजर आने लगा जो इस बात का द्योतक था कि वह नंबर सोनम के नाम से राजेश कुमार के मोबाइल में फ़ीड है।

सोनम के मोबाइल पर पूरी रिंग गई लेकिन कॉल रिसीव न की गई। तब, सलबटे ने कोई दूसरा नंबर रिंग किया और कॉल रिसीव होने पर सोनम का नंबर बताने के बाद कहा–"इसे फौरन सर्विलांस पर लगा दो। मुझे जल्दी से जल्दी इसकी लोकेशन चाहिए।"

पंकज को समझते देर नहीं लगी कि ठीक वही हो रहा था जो उसने सोचा था, या जिसके उसने बीज बोए थे मगर बहुत सी बातें समझ से बाहर हुई जा रही थीं। उनमें दो बातें सबसे बड़ी थीं। पहली यह कि–जिन गोलियों को उसने राजेश कुमार की छाती और पेट में लगते देखा था, उन्हें एसआई बाजू और कंधे में लगती क्यों बता रहा है और दूसरी–सोनम को किसने मार डाला?

दिमाग अभी इन्हीं सवालों में उलझा हुआ था कि एसआई का मोबाइल बजा। उसने कॉल रिसीव की और दूसरी तरफ से जो कुछ कहा गया, उससे सुनने के बाद उत्साहित नजर आने लगा। कुछ देर बाद कनेक्शन काटता हुआ सलबटे से बोला–"अस्पताल से फोन था सर, राजेश कुमार को होश आ गया है।"

"गुड।" सलबटे के मुंह से भले ही यह शब्द निकला हो लेकिन

यह सोचकर पंकज के दिल की धड़कनें फिर तेज हो गई थीं कि राजेश कुमार क्या बयान देने वाला है?

सलबटे लंबे-लंबे और तेज कदमों के साथ उस कमरे में दाखिल हुआ जिसमें अस्पताल के स्टॉफ़ द्वारा राजेश कुमार का होना बताया गया था। पंकज, नैना और एसआई साथ थे। घटनास्थल को वे पोस्टमार्टम और फिंगर प्रिंट्स डिपार्टमेंट के हवाले कर आए थे। सलबटे चाहता तो पंकज और नैना को राजेश कुमार के कमरे में आने से रोक सकता था लेकिन जाने क्या सोचकर ऐसा न किया।

कमरे में पहले ही से एक नर्स मौजूद थी।

उन्हें आता देखकर बैड पर लेटे राजेश कुमार ने उठने की कोशिश की ही थी कि आगे बढ़कर सलबटे ने सहारा देते हुए कहा–"रहने दीजिए मिस्टर राजेश। अभी जख्म ताजे हैं।"

"ये तो ठीक कहा तुमने कि जख्म अभी ताजे हैं–ये भी, और वे भी, जो दिल पर लगे हैं।" राजेश कुमार ने आहिस्ता-से वापस लेटते हुए कहा था–"और . . . हम जानते हैं कि तुम हमारा बयान लेने आए हो क्योंकि ऐसे मौकों पर अक्सर यही होता है लेकिन . . ."

"लेकिन?" सलबटे के मुंह से निकला।

"पहले यह बताओ सोनम कैसी है? जब तक यह नहीं बताओगे तब तक हम बयान नहीं देंगे। वह राक्षस अपने खतरनाक और गंदे इरादे में कामयाब तो नहीं हो गया?"

सलबटे ने एक झटके से कह दिया–"नहीं।"

"थैंक्स गॉड।" राजेश कुमार ने इस तरह आंखें बंद कर लीं जैसे उसे सारे जमाने का सुकून मिला हो। कुछ देर बाद पुनः आंखें खोलता बोला–"कैसे हुआ यह चमत्कार?"

"वह सब बाद में, पहले आपका बयान।"

"अच्छा यह तो बता दो, वह ठीक तो है?"

''थोड़ी जख्मी हुई हैं बस। इसी अस्पताल के दूसरे कमरे में हैं।''

''इतनी बात अगर तुम बता देतीं, तो तुम्हारा कुछ घिस जाता!''

ऐसा कहने के साथ उसने बड़े ही शिकायती अंदाज में नर्स की तरफ देखा था–''हम तुमसे बार-बार सोनम के बारे में पूछ रहे थे।''

नर्स बेचारी बुरी तरह हड़बड़ा गई क्योंकि वह तो जानती थी कि राजेश कुमार की बीवी अस्पताल में नहीं है। वह समझ न पाई क्या जवाब देना चाहिए। बौखलाई-सी अवस्था में वह सलबटे की ओर देखती रह गई थी और . . . सलबटे ने बगैर समय गंवाए कहा–''ये मजबूर थी क्योंकि हमने आपको कुछ न बताने के लिए कहा था।''

''क्यों?''

''पुलिस की कुछ मजबूरियां होती हैं।''

''ओह!''

''क्या मैं आपके जख्म देख सकता हूं?''

''सिस्टर।'' राजेश ने नर्स से कहा–''पुश्त थोड़ी उठा दो।''

नर्स ने वैसा किया। अब राजेश कुमार बैठी हुई पोजीशन में था।

सलबटे ने अपने हाथ से गले तक ढकी चादर को उसके पैरों पर गिरा दिया और–उस दृश्य को देखकर सबसे ज्यादा हैरानी पंकज को हुई थी क्योंकि उसकी छाती और पेट पर कोई जख्म नहीं था। जख्म सचमुच कंधे और बाजू पर थे तथा उन पर पट्टी बंधी हुई थी। खून पट्टी से झांक रहा था। पंकज की समझ में यह बात आकर नहीं दे रही थी कि यह चमत्कार हुआ तो आखिर हुआ कैसे जबकि राजेश कुमार ने नर्स से कहा–''पट्टियां खोल दो सिस्टर, इंस्पेक्टर शायद जख्मों की गहराई नापना चाहते हैं।''

''नो-नो, उसकी जरूरत नहीं है।'' सलबटे ने कहा–''डॉक्टर से हमारी बात हो चुकी है। उसके मुताबिक भी भाग्य ने आपका काफी साथ दिया वरना गोली चलाने वाले ने मार डालने में कोई कसर नहीं

छोड़ी थी। ऐसा कम ही होता है कि किसी पर इतने नजदीक से दो-दो गोलियां चलाई जाएं और वह बच जाए।''

''जाको राखे साईयां, मार सके न कोई।'' कहकर एक बार फिर राजेश कुमार ने आंखें बंद कर ली थीं।

''अब आप हमें पूरा वाकया बताइए, क्या-क्या हुआ था? शुरू से, सबकुछ। ताकि मुजरिम को पकड़ने में मदद मिले।''

''मतलब अभी तक वह पुलिस की पकड़ से बाहर है!''

''गिरफ्त में होता तो उसी से न पूछते?''

''सोनम से तो पूछा होगा?''

''वे अभी बेहोश हैं।''

''ओह!'' एक बार फिर यह शब्द बोलकर वह कुछ देर के लिए शांत हुआ और फिर शुरू हो गया–''गाड़ी सोनम ड्राइव कर रही थी।

हम बगल वाली सीट पर बैठे पी रहे थे। अचानक उसने कहा पंक्चर हो गया है। गाड़ी थोड़ी-थोड़ी लहराने भी लगी थी। सोनम के चेहरे पर चिंता की लकीरें नजर आने लगीं। वे लकीरें इसलिए थीं क्योंकि उसके लिए स्टेपनी चेंज करना ईजी न था और–उसके ख्याल से नशे में होने के कारण हमारे लिए तो नामुमकिन था। अचानक उसने गाड़ी हाईवे से हटाकर चकरोड पर डाल दी। हमने चौंककर कारण पूछा तो उसने झुंझलाकर कहा कि शायद उस झोंपड़ी में झोंपड़ी का मालिक रहता हो और वह पंक्चर लगाने में हमारी मदद कर दे।''

''ओह, इसलिए आप हाईवे छोड़कर वहां पहुंचे!''

''पर वह नहीं हुआ जो सोनम ने सोचा था। अर्थात् झोंपड़ी में कोई नहीं था। थक-हार कर वह खुद ही स्टेपनी चेंज करने की कोशिश करने लगी। हम भी, जितनी हो सकती थी मदद कर रहे थे। तभी, चकरोड से हमारी तरफ आती एक बाइक नजर आई।''

''बाइक!'' सलबटे थोड़ा चौंका–''वह बाइक पर था?''

''तुम्हें अभी तक नहीं पता?''

‘‘नहीं। वहां बाइक के निशान नहीं मिले?’’

‘‘मिलते कहां से! बाइक को कच्चे स्थान पर ले ही नहीं गया था वह। वहीं, पक्की चकरोड पर स्टैंड कर दी थी।’’

‘‘उसके बाद?’’

‘‘हम समझे वह राहगीर है। सच पूछो तो यह सोचकर खुश थे कि स्टेपनी लगाने में मदद करने वाला मिल गया लेकिन जैसे ही उसने हैडलाइट ऑफ की और हमने उसके चेहरे पर मौजूद नकाब देखा तो जेहन में यह ख्याल कौंधा कि वह लुटेरा है और चीखकर सोनम से बचने के लिए कहा।’’

‘‘उसके चेहरे पर नकाब था?’’

‘‘और किस तरह बताएं?’’

‘‘क्या चाहता था?’’

‘‘अब तो हम यह कह सकते हैं कि उसके बारे में हमारा दूसरा अनुमान, यह कि वह लुटेरा है, भी गलत था क्योंकि उसने ऐसी कोई कोशिश नहीं की। उसने तो आते ही रिवॉल्वर निकाल लिया और उसे सीधा सोनम पर तानता हुआ गुर्राया–‘‘कपड़े उतार हरामजादी।’’

उसके ऐसा कहने पर पंकज बुरी तरह चौंका। ऐसा क्यों कह रहा था राजेश कुमार? उसने तो उस वक्त ऐसा कुछ नहीं कहा था!

जबकि सलबटे के मुंह से निकला–‘‘उसने ऐसा कहा?’’

‘‘बिल्कुल ऐसा ही कहा था।’’ राजेश कुमार बगैर किसी हिचक के बताता चला गया–‘‘सोनम के मुंह से तो हैरानी में डूबे ‘क्या’ शब्द के अलावा दूसरा लफ्ज ही न निकला। इधर मैं भी बुरी तरह चकित रह गया था। समझ नहीं पा रहा था वह क्या चाहता है। मैं चीखा–‘ऐ–ये क्या बक रहे हो तुम?’ उसने मेरी तरफ पलट कर उपेक्षित भाव से कहा–‘तुम दारूबाज आदमी हो, दारू पियो। इस बात से तुम्हें कोई मतलब नहीं होना चाहिए कि मैं क्या कर रहा हूं। वैसे भी, तुम इतने नशे

में हो कि कुछ नहीं कर सकोगे।' मैंने यह कहते हुए–'क्या बक रहा है साले!' अपने हाथ की बोतल उस पर खींच मारी। बोतल उसके जिस्म से टकराने के बाद जमीन पर गिरी और फूट गई। वह उसे कोई खास नुकसान नहीं पहुंचा सकी थी।

मेरी इस हरकत पर उसे गुस्सा आ गया। कहने लगा–'मेरी तुझसे कोई दुश्मनी नहीं है कुत्ते के बीज, हट जा सामने से वरना गोली मार दूंगा।' पर हम भला कहां मानने वाले थे! हमने जम्प लगा दी और उसने सचमुच गोली चला दी। हमें याद है, पहली गोली हमारे कंधे में लगी थी। चीख के साथ हम वहीं ढेर हो गए। घबराकर चीखती हुई सोनम उस पर झपटी। उसने सोनम के चेहरे पर घूंसा मारा और बोला–'नहीं मेरी जान, तुझे इतनी आसानी से गोली नहीं मारूंगा मैं। उससे पहले तो तुझे अपने नीचे रौंदकर मुझे तेरा गुरूर तोड़ना है।' सोनम जमीन पर जाकर गिरी लेकिन उस राक्षस ने इतने पर ही बस नहीं कर दिया। झपटकर सोनम की शर्ट का कॉलर पकड़ा और ऐसा झटका दिया कि शर्ट का टुकड़ा उसके हाथ में झूल गया। इधर हम उठने की कोशिश कर रहे थे मगर उठ नहीं पा रहे थे उधर सोनम पर उसकी ज़ोर जबरदस्ती जारी थी। सोनम के बाल पकड़कर उसने उसे बड़ी ही बेरहमी से ऊपर उठाया। सोनम के हलक से लगातार चीखें निकल रही थीं और उन चीखों ने ही शायद उस वक्त हमें इतनी शक्ति दी थी कि किसी तरह उठकर पुनः उस पर झपटने ही वाले थे कि उसने दूसरी गोली चला दी। यह गोली हमारे दूसरे बाजू में लगी। बस इतना याद है कि हम उछलकर ढलान पर गिरे और नीचे की तरफ लुढ़कते चले गए। उसके बाद का कुछ भी पता नहीं है हमें। जाने क्या हुआ! अब तो तुम्हीं कुछ बता सकते हो!''

राजेश कुमार का यह बयान पंकज का दिमाग फाड़ देने के लिए काफी था। किसी भी एंगिल से यह बात उसकी समझ में नहीं आ रही थी कि उसने पुलिस को कपोल कल्पित कहानी क्यों सुनाई है?

जबकि सलबटे ने अपने होठों पर गर्वीली मुस्कान लिए एसआई की तरफ देखते हुए कहा था–''देखा! अक्षरशः वही बात सच निकली न जिसका अनुमान मैंने घटनास्थल का निरीक्षण करते ही लगा लिया था। मैंने कहा था न कि हमलावर की सोनम मैडम से कोई पर्सनल खुंदक थी। राजेश कुमार से कोई खास मतलब नहीं था उसका और खुंदक भी कोई ऐसी जिसके परिणामस्वरूप वह उनसे रेप करना चाहता था। उसके जो शब्द मिस्टर राजेश ने बताए, उनसे यही सिद्ध होता है। इसे कहते हैं–इन्वेस्टिगेशन।''

''वाकई सर।'' एसआई ने उसे चढ़ाया–''आपका अनुमान सेंट परसेंट दुरुस्त था।''

''हमें भी तो कुछ बताइए।'' राजेश कुमार बोला–''अकेली पड़ गई सोनम ने किस तरह खुद को उस राक्षस से बचाया?''

''अपनी जान देकर।''

''क–क्या?''

''हां मिस्टर राजेश, सच यही है।'' सलबटे ने कहा–''सोनम मैडम अब इस दुनिया में नहीं हैं।''

''ये क्या बक रहे हो तुम! क्या बक रहे हो इंस्पेक्टर?'' राजेश कुमार न केवल हलक फाड़कर चिल्लाया था बल्कि उसके साथ ही बैड से उठने की कोशिश भी की थी उसने लेकिन सलबटे ने आगे बढ़ कर उसे रोक दिया था जबकि उसके बंधनों में मचलता वह लगातार चीखे जा रहा था–''अभी कुछ ही देर पहले तो तुमने कहा था कि वह जिंदा है। इसी अस्पताल के दूसरे कमरे में . . .''

''वह झूठ था मिस्टर राजेश।''

''पर क्यूं? क्यूं झूठ बोला तुमने हमसे?'' हमेशा की तरह राजेश कुमार बहुत ही शानदार एक्टिंग कर रहा था।

''सॉरी मिस्टर राजेश, आपका बयान लेने के लिए यह जरूरी था। अगर मैं पहले ही आपको यह सब बता देता तो आपकी वही हालत

होती जो इस वक्त है और आप देख ही रहे हैं, अब आप बयान देने की स्थिति में नहीं हैं।''

''उफ्फ! आह!'' कहकर राजेश कुमार ने सिर का पिछला हिस्सा बैड पर टिका दिया था और ऐसी एक्टिंग करने लगा जैसे असहनीय पीड़ा से गुजर रहा हो। कुछ देर तक बस वही सब चलता रहा। उसे शोक मनाने का माकूल टाइम देने के बाद सलबटे ने कहा–''जो हुआ उसका मुझे भी बहुत अफ़सोस है मिस्टर राजेश लेकिन संतोष की, बल्कि गर्व की बात ये है कि मैडम ने अपनी जान दे दी परंतु इज्जत नहीं गंवाई और अब हम सबका फ़र्ज ये है कि उस राक्षस को उसके किए की सजा मिले। इसी से मैडम की आत्मा को शांति मिलेगी और–इस काम में हमारी सबसे ज्यादा मदद आप कर सकते हैं।''

''ह . . . हम कैसे?'' उसने आंसुओं से तर आंखें ऊपर उठाईं।

''भले ही नकाब के कारण आप उसे पहचान न सके हों लेकिन अनुमान तो लगा ही सकते हैं कि आपके जीवन में आया ऐसा कौन शख्स हो सकता है जिसके जीवन का एक और सिर्फ एक ही लक्ष्य था-सोनम मैडम का रेप। ऐसा करने को उसने सोनम मैडम का गुरूर तोड़ने की संज्ञा दी थी। कौनसा गुरूर तोड़ना चाहता था वह? यह अनुमान तो मैं पहले ही लगा चुका था कि उसने जो किया, किसी पुरानी खुंदक के कारण किया लेकिन खुंदक क्या थी, इसका अनुमान आप लगा सकते हैं। क्या आपको कोई ऐसी घटना याद आ रही है जिसके तहत सोनम मैडम ने किसी को अपमानित किया हो?''

''नहीं। हमें ऐसी कोई घटना याद नहीं आ रही।''

''इतनी जल्दी नहीं, अभी आप ठीक से याद करने की स्थिति में नहीं हैं। आराम से, दिमाग लगाकर सोचिएगा।''

''पर हुआ क्या था? पूरी बात तो बताओ हमें।''

''घटनास्थल का निरीक्षण करने के बाद जो अनुमान मैंने लगाया है

उसके मुताबिक आपके बेहोश होने के बाद हमलावर ने सोनम मैडम से जबरदस्ती की। मैडम ने भरपूर विरोध किया। एक-एक करके उसने उनके जिस्म से सभी कपड़े नोंच डाले। शायद बचने के लिए वे झोंपड़ी में घुस गई थीं लेकिन उसमें कोई दरवाज़ा नहीं था। वह भी वहां पहुंच गया। शायद मैडम को काबू में लाने के लिए उसने उन्हें ठोकर मारी। झोंक में वे वहां मौजूद कुट्टी काटने वाली मशीन पर जा गिरीं। उसका नुकीला हैंडिल उनकी पीठ में धंस गया और वे जहां की तहां लटकी रह गईं।''

राजेश कुमार ने एक बार फिर कसकर अपनी आंखें बंद कर ली थीं। उनसे ढेर सारा पानी निकलकर गालों पर बहने लगा। कुछ गैप देने के बाद सलबटे ने पुनः कहा–''क्या आप मुझे बता सकते हैं कि हमलावर ने नकाब के अलावा और क्या पहन रखा था?''

''ग्लब्स और कमीज-पेंट पहने हुए था वह।''

''रंग बता सकते हैं?''

''रंग!'' वह अपने दिमाग पर ज़ोर डालता बोला–''पक्का तो नहीं कह सकते लेकिन कमीज शायद स्काई ब्ल्यू या परपल कलर की थी और पेंट शायद ब्लैक या ब्राउन।''

''ग्लब्स?''

''शायद काले रंग के।''

''जूते?''

''ज . . . जूते तो सफ़ेद रंग के थे।'' उसकी आंखों में एक खास चमक नजर आने लगी थी–''यह बात हम दावे के साथ कह सकते हैं क्योंकि सफ़ेद रंग के जूते साफ तौर पर चमके थे।''

पंकज समझ सकता था कि राजेश कुमार ने वही कपड़े बताए हैं जो उसने उस वक्त पहन रखे थे।

सलबटे का अगला सवाल–''देखने में कैसा लगता था वह?''

''हट्टा-कट्टा था।''

‘‘हाइट का कोई अनुमान?’’

‘‘छः फुट एक या दो इंच का रहा होगा।’’

राजेश कुमार द्वारा बताया गया हुलिया एक बार फिर पंकज के जेहन को चकरघिन्नी बनाए दे रहा था क्योंकि हुलिया हूबहू रंगराज का था। ऐसा कैसे हो सकता था?

पंकज की समझ में कुछ न आया।

एक बार फिर कुछ कहने के लिए सलबटे ने मुंह खोला ही था कि उसकी जेब में पड़ा मोबाइल बजा।

मोबाइल निकालकर उसने कॉल रिसीव की और दूसरी तरफ की बात सुनने के बाद उसके मुंह से निकला–‘‘ठीक है, मैं देखता हूं।’’

मोबाइल को जेब में रखते वक्त न सिर्फ उसके चेहरे पर हल्की सी चमक थी बल्कि होठों पर ऐसी मुस्कान थी जैसे जल्दी ही कोई बड़ी कामयाबी मिलने की उम्मीद हो। बोला–‘‘सोनम मैडम के मोबाइल की लोकेशन मिल गई है।’’

‘‘सोनम के मोबाइल की लोकेशन?’’

‘‘वह घटनास्थल से गायब था। मैंने उसे सर्विलांस पर लगवाया था। उन्हीं की रिपोर्ट थी।’’

‘‘पर सोनम का मोबाइल कैसे गायब हो गया?’’

‘‘शायद हत्यारा ले गया हो!’’

‘‘ऐसा कैसे हो सकता है सर?’’ बहुत देर से खामोश खड़ा एस आई बोला–‘‘जिसने इतनी कीमती-कीमती चीजों को हाथ नहीं लगाया, वह भला मोबाइल क्यों ले जाएगा?’’

‘‘बात तो तुम्हारी दुरुस्त है लेकिन हत्यारे के अलावा उनका मोबाइल और कोई ले भी क्यों जाएगा और कैसे?’’

‘‘लोकेशन कहां की मिली है सर?’’

‘‘सायन की।’’

‘‘स . . . सायन?’’ राजेश कुमार चौंक पड़ा–‘‘वहां तो रंगराज

रहता था। अरे, उसकी तो कद-काठी भी वैसी ही . . .''

''कौन रंगराज?'' सलबटे ने लगभग चीखते हुए पूछा।

''हमारा ड्राइवर था।''

''नौकरी से क्यों निकाला?''

''हमने नहीं निकाला। अचानक उसी ने आना बंद कर दिया।''

''सोनम मैडम ने निकाला हो! उन्होंने उसकी बेइज्जती की हो!''

''हमारी नॉलिज में ऐसा कुछ नहीं है।''

''आपकी नॉलिज में हो न हो मगर अब मैं अनुमान लगा सकता हूं कि ऐसा ही कुछ है। सोनम मैडम ने उसकी बेइज्जती की होगी।

कई नौकर बड़े खुंदकी होते हैं। जरूर यह सब उसी ने किया है।''

''पर आप इतनी जल्दी किसी नतीजे पर . . .''

''यही तो खूबी है सलबटे की।'' वह अपनी प्रशंसा करने का कोई अवसर नहीं चूकता था–''जरा-सा क्लू मिला नहीं कि मैं सारे अनुमान लगा लेता हूं और मेरे अनुमान कभी गलत नहीं होते।''

राजेश कुमार ने कुछ कहने के लिए मुंह खोला ही था कि वह बोला–''क्या आप रंगराज के घर का पता बता सकते हैं?''

''एड्रेस हमें नहीं मालूम। बस इतना याद है कि उसने अपना घर सायन में बताया था।''

''इतना काफी है, बाकी मैं पता लगा लूंगा।'' दरवाज़े की तरफ बढ़ता हुआ वह कहता चला गया–''अब मैं सोनम मैडम के हत्यारे को सलाखों के पीछे पहुंचाने के बाद ही आपसे मिलूंगा।''

सायन की अवैध बस्ती में पहुंचते-पहुंचते सलबटे और एसआई को सुबह के छः बज गए थे। रंगराज नाम के ड्राइवर का घर पता लगाने में उन्हें जरा भी दिक्कत नहीं हुई।

गोमती यानी रंगराज की पत्नी कुछ ही देर पहले नाइट ड्यूटी देकर कॉल सेंटर से वापस आई थी और रंगराज को जगाया था।

रंगराज की नींद ठीक से खुल भी नहीं पाई थी कि सलबटे और एसआई कमरे के अंदर आ धमके।

वहां पहुंचते-पहुंचते और खासतौर पर चौक में खड़ी बाइक को देखने के बाद सलबटे को पूरा यकीन हो गया था कि झोंपड़ी के आस पास जो कुछ हुआ उसका कर्ताधर्ता रंगराज ही था।

धड़धड़ाकर दो पुलिसवालों को कमरे में घुसता देखकर रंगराज हड़बड़ाया। मुंह से कोई लफ्ज भी नहीं निकल पाया था कि सलबटे ने गर्जकर एसआई से कहा–''पकड़ लो इसे।''

एसआई ने झपटकर उसे इस तरह पकड़ा जैसे अचानक लादेन हाथ लग गया हो जबकि उसके बंधनों में जकड़ा रंगराज निकलने की कोशिश में मचलता बोला–''अरे . . . अरे . . . ये क्या कर रहे हो?''

सलबटे के हाथ का झन्नाटेदार चांटा उसके गाल पर पड़ा, साथ ही कड़क आवाज़–''साले, पूछता है क्या कर रहे हो? जैसे समझा ही न हो कि हम यहां क्यों आए हैं!''

''क . . . क्यों आए हैं, मुझे क्या पता?'' वह रो पड़ा।

इस बार उसके चेहरे पर सलबटे का घूंसा पड़ा था। घूंसा भी ऐसा जिसने उसके हलक से न केवल जिबह हो रहे बकरे की-सी डकराहट निकाल दी बल्कि एसआई की पकड़ से निकालकर कमरे की दीवार से टकरा दिया। उसके बाद वह धड़ से नीचे गिरा था। उठापटक और अपने पति की चीखें सुनकर गोमती–''अरे, क्या हुआ-क्या हुआ।'' चिल्लाती हुई, दौड़कर उस कमरे में पहुंची और वहां का दृश्य देखकर तो होश ही फाख्ता हो गए।

उस वक्त लहूलुहान चेहरे वाले रंगराज के बाल सलबटे के दाएं हाथ की मुट्ठी में थे और वह उसे ऊपर उठाता गर्ज रहा था–''बता साले, कहां है सोनम मैडम का मोबाइल?''

''म . . . मोबाइल?'' उसके मुंह से टूटे-फूटे शब्द निकले।

सलबटे ने इस बार उसके पेट में घूंसा रसीद किया और खूंखार

अंदाज में गुर्राया–''पूछ तो इस तरह रहा है भूतनी के जैसे जानता ही नहीं कि मैं क्या पूछ रहा हूं।''

एक बार फिर रंगराज के हलक से चीख निकलकर रह गई थी जबकि घबराई हुई गोमती ने झपटकर उनके नजदीक पहुंचते हुए कहा– ''क–क्या हुआ इंस्पेक्टर साहब! क्या किया है मेरे पति ने? आप इन्हें इस तरह क्यों मार रहे हैं?''

''मैं तो मार ही रहा हूं मोहतरमा, कानून तो इसे फ़ांसी पर चढ़ाने वाला है। हत्या की है इसने।''

''ह . . . हत्या?'' गोमती की आंखें फटी की फटी रह गईं। रंगराज गिड़गिड़ा उठा–''म . . . मैंने किसी को नहीं मारा। आपको कोई गलतफ़हमी हो गई है इंस्पेक्टर साहब।''

''गलतफ़हमी हो गई है मुझे! साले! इंस्पेक्टर सलबटे को गलतफ़हमी हो गई है!'' वह दहाड़ा–''मुंबई का कमिश्नर तक जानता है इंस्पेक्टर सलबटे को कभी कोई गलतफ़हमी हो ही नहीं सकती। उसे जब होती है, सहीफ़हमी होती है।''

''नहीं।'' हैरान-परेशान गोमती बोली–''मेरा पति किसी की हत्या नहीं कर सकता। इंस्पेक्टर साहब आपको वाकई कोई . . .''

''तुझे क्या पता! तू तो सारी रात कॉल सेंटर पर गुजारने के बाद अभी-अभी यहां पहुंची है।''

''म . . . मैं अपने पति को जानती हूं।''

''हर पत्नी यही दावा करती है लेकिन असल में वह पति के बारे में कुछ नहीं जानती होती। और देखो, मुझे अच्छी तरह मालूम है कि तुम इसकी करतूत से वाकिफ़ नहीं हो इसलिए तुम्हें जरा भी कसूरवार नहीं मानता मैं लेकिन इसे बचाने की कोशिश की तो पुलिस के काम में दखल देने के इल्जाम में धर लूंगा।''

''लेकिन बताइए तो सही कि बात क्या है? इन्होंने किसकी हत्या की है और क्यों?''

"अभी दूध का दूध और पानी का पानी हो जाएगा।" कहने के बाद उसने एसआई को घर की तलाशी लेने का आर्डर दिया।

रंगराज बेचारे को तो चीखने से फ़ुर्सत न थी। गोमती आश्चर्य के सागर में गोते लगा रही थी। दोनों में से कोई नहीं समझ पा रहा था कि उनके घर से पुलिस को किस चीज की तलाश है।

मगर, घर क्योंकि छोटा था इसलिए एसआई को टांड पर पड़े, गठरी-सी बने खून से सने कपड़े ढूंढने में ज्यादा वक्त न लगा। गठरी को जब खोला गया तो खून से सने कपड़े, नकाब, ग्लब्स, सफ़ेद रंग के जूते, रिवॉल्वर और सोनम का मोबाइल भी सबके सामने था।

रंगराज और गोमती उस सामान को हैरत से आंखें फाड़े देख रहे थे जबकि सलबटे ने कहा–"अब बता बेटा, क्या है ये?"

"म . . . मुझे क्या पता?"

धड़ाक् से सलबटे का एक और घूंसा उसके जबड़े पर पड़ा। यह घूंसा पिछले हर वार से ज्यादा पावरफुल था क्योंकि अब तो सलबटे को इस बात में राई बराबर भी संदेह नहीं रह गया था कि झोंपड़ी के आसपास जो कुछ हुआ उसका जिम्मेदार वही था। परिणामस्वरूप रंगराज के दो दांत भी टूटकर खून के साथ बाहर आ गए।

गोमती चाहकर भी विरोध नहीं कर पाई थी। वह तो बस आंखें फाड़े कपड़ों, जूतों और मोबाइल को देखे जा रही थी जबकि रंगराज डकराए जा रहा था। सलबटे गुर्रा रहा था–"साले, अब भी कह रहा है मुझे क्या पता! अपने कपड़ों को नहीं पहचानता तू?"

"नहीं।" वह बड़ी मुश्किल से बोला–"ये कपड़े मेरे नहीं हैं।" सलबटे का गुस्सा सातवें आसमान पर जा चढ़ा क्योंकि यह तो उसकी नजर में रंगराज के ढीठपने की पराकाष्ठा थी और उसने उसे इस तरह धुनना शुरू कर दिया जैसे वह हाड़-मांस का नहीं, रुई का बना इंसान हो। रंगराज अब डकराने के अलावा और कुछ नहीं कर पा रहा था। गोमती को जब कुछ और न सूझा तो सलबटे की टांगों से जा लिपटी

और अपने पति को इस तरह न मारने की गुहार करने लगी लेकिन सलबटे तभी रुका जब खुद ही थक गया और उसके थकने तक रंगराज फर्श से उठने की अवस्था में न रहा था।

वह एक कोने में पड़ा इस तरह कराहता रहा जैसे एक्सीडेंट के बाद सड़क पर पड़ा हो।

सलबटे ने सोनम का मोबाइल चैक करना शुरू किया। उसमें नशा मुक्ति केंद्र की मिस कॉल थी, पंकज की मिस कॉल थी और राजेश कुमार की मिस कॉल थी। फिर जल्दी ही उसने यह भी पकड़ लिया कि सोनम का मोबाइल साइलेंट मोड पर था। अब उसे यह समझने से भला कौन रोक सकता था कि कॉल क्यों रिसीव नहीं की जा रही थीं! सोनम के मोबाइल से उसकी छेड़छाड़ लगातार जारी थी और फिर, उसमें एक टेप मिला।

सलबटे ने प्ले कर दिया। मोबाइल से आवाज़ आई–''तुम यहां मेरे सुईट में! क्यों आए हो?''

यह सोनम की आवाज़ थी-सख्त और चौंकी हुई आवाज़!

''मुझे आपसे कुछ कहना है मैडम।'' आवाज़ रंगराज की थी।

''बोलो।'' फिर सोनम की आवाज़।

''साब की हालत देखकर मुझे आपसे सहानुभूति होती है।''

''वो हमारा पर्सनल मामला है, तुम्हें क्या लेना-देना?''

''मैं ये कहना चाहता हूं मैडम कि उनसे ज्यादा खुश तो आपको मैं ही रख सकता हूं। मैं जानता हूं वह औरत अंदर से किसी हालत में खुश नहीं हो सकती जिसका पति उसे बिस्तर में संतुष्ट न कर सके। मैं यह भी समझ चुका हूं कि ये बैंग्लो, गाड़ी सब दिखावे के हैं। मुझ पर किसी का कर्ज भी नहीं है। शराब भी नहीं पीता मैं . . .''

''ऐ . . . मेरी तरफ मत बढ़ो। दूर रहो।''

''आपको मेरे छूने पर भी एतराज . . .''

किसी के दौड़ने की आवाज़। एक दराज खुलने की आवाज़।

कुछ खटर-पटर और फिर सोनम की आवाज़–''वहीं रुक जाओ, आगे बढ़े तो गोली मार दूंगी।''

''य–ये आप क्या कर रही हैं मैडम!'' रंगराज की आवाज़ की घिग्घी बंधी हुई सबको साफ सुनाई दी थी–''म . . . मैं आपके साथ जबरदस्ती थोड़ी कर रहा था। मैं तो ये कह रहा था कि . . .''

''एक औरत को किसी मर्द के तेवर ही बता देते हैं उसके इरादे क्या हैं और तुम्हारे तेवर तो कई दिन से देख रही हूं। मेरी तरफ़ देखने का अंदाज ही बदल गया है तुम्हारा। ऐसे घूरते हो जैसे आंखों ही आंखों में पी जाओगे इसलिए तुम्हारे इरादे तो मेरी समझ में तभी आ गए थे जब मेरे सुईट में घुसे थे। इसीलिए मोबाइल का टेप ऑन कर लिया था। इसमें सबकुछ टेप हो गया है। इसके बाद तुम्हें जेल में सड़ाने के लिए पुलिस को किसी और सबूत की जरूरत नहीं पड़ेगी। अभी पुलिस को फोन करती हूं।''

''नहीं-नहीं मैडम। मैं आपके हाथ जोड़ता हूं-पैर पड़ता हूं। माफ़ कर दो मुझे। गलती हो गई।'' इस तरह–रंगराज के गिड़गिड़ाने और बार-बार माफी मांगने की आवाज़ें आती रहीं, सोनम के धमकियां देने की आवाज़ें। अंत तक सुनते-सुनते सबकी समझ में यह बात आ गई कि उस समय उनके बीच क्या हो रहा था।

अंत में सोनम ने रंगराज को माफ़ करते हुए फौरन बैंग्लो से चलेजाने और फिर कभी इधर का रुख न करने का हुक्म दिया था।

उस टेप को सुनने के बाद गोमती की आंखें फटी की फटी रह गई थीं। रंगराज का लहूलुहान चेहरा पीला पड़ गया था। एसआई के चेहरे पर आश्चर्य के भाव थे और सलबटे के होठों पर थी ऐसी मुस्कान जैसी एवरेस्ट की चोटी पर पहुंचने के बाद तेनसिंह और हिलेरी के होठों पर रही होगी।

सबसे पहले गोमती से कहा उसने–''अब बोलो गोमती देवी, क्या तुम अपने पतिदेव के बारे में ऐसा सोच सकती थीं कि यह किसी औरत

के साथ रेप की कोशिश कर सकता है? औरत भी वह जो इसकी मालकिन थी?''

बेचारी गोमती!

उसके मुंह में जुबान कहां!

''अब शायद तुम समझ गए होंगे कि रंगराज सोनम के कौनसे गुरूर को रौंद देना चाहता था!'' ये शब्द सलबटे ने एसआई से कहे थे–''और यह भी समझ गए होंगे कि इंस्पेक्टर सलबटे का कोई भी अनुमान गलत नहीं होता। टेप बता रहा है कि जिन दिनों रंगराज राजेश कुमार का ड्राइवर था, उन दिनों इसने सोनम मैडम से रेप करने की कोशिश की थी। उनके रिवॉल्वर निकाल लेने के कारण कामयाब न हो सका। वे चाहतीं तो इसे उसी वक्त पुलिस के हवाले कर सकती थीं मगर इसके गिड़गिड़ाने पर तरस खाकर केवल नौकरी से निकाल देने की सजा दी और यही उनकी भूल साबित हुई। मौका लगते ही इसने पुनः वही कोशिश की। इस बार भी सफल तो न हो सका मगर सोनम को जान गंवानी पड़ी और अब तुम यह भी समझ गए होंगे कि उनके मोबाइल को यह अपने साथ क्यों ले आया था। जानता जो था कि इसमें इसकी करतूत कैद है और यह पुलिस के हाथ लग गया तो पुलिस सबकुछ समझ जाएगी। बस . . . यही कल्पना नहीं कर सका बेचारा कि पुलिस यहां भी पहुंच जाएगी और मोबाइल को ही नहीं बल्कि राजेश कुमार और सोनम के खून से सने इसके कपड़ों और जूतों को भी बरामद कर लेगी। इसने सोचा होगा, बाद में इस सामान को कहीं ठिकाने लगा देगा। अपनी तरफ से काफी परफेक्ट काम किया था इसने लेकिन इसे क्या मालूम था कि सलबटे को ऐसे ही परफ़ेक्ट मुजरिमों को पकड़ने की बीमारी है।''

एकाएक रंगराज कह उठा–''य . . . यह सच है इंस्पेक्टर साहब कि मुझसे यह गुनाह हो गया था लेकिन मेरी समझ में नहीं आ रहा आप क्या कह रहे हैं! दोबारा मैंने सोनम मैडम के साथ वैसी हरकत कभी

नहीं की और . . . ये क्या कह रहे हैं आप! उन्हें अपनी जान गंवानी पड़ी! क्या वे अब इस दुनिया में नहीं हैं? आज की रात तो मैं यहां से कहीं गया ही नहीं इंस्पेक्टर साहब और ये कपड़े, ये जूते! ये मेरे नहीं हैं। मुझे नहीं पता इन पर किसका खून कहां से लगा।''

''हरामजादे!'' सलबटे दांत पीस उठा–''तू तो जरूरत से ज्यादा ही घुटा हुआ लगता है। अगर ये सारा सामान तेरा नहीं है तो तेरे घर के अंदरूनी कमरे के टांड पर कैसे पहुंच गया?''

''म–मुझे नहीं मालूम।''

''ये कपड़े और जूते तुझे थाने में पहनाकर देखेंगे। फिलहाल सिर्फ उस सवाल का जवाब दे जिसका जवाब अभी तक इंस्पेक्टर सलबटे के जेहन में नहीं घुसा है। तुझे यह बात कैसे पता थी कि आज रात राजेश कुमार और सोनम मैडम नशा मुक्ति केंद्र जा रहे हैं क्योंकि यह पता लगे बगैर तो तूने उन्हें वहां घेरा नहीं होगा!''

''मुझे यह बात पता नहीं थी इंस्पेक्टर साहब।''

''यानी तब तक अड़ा रहेगा जब तक थाने में ले जाकर जमकर खातिरदारी न की जाए!''

''म–मैं सच बोल रहा हूं इंस्पेक्टर साहब।''

(पाठक जानते हैं कि रंगराज सच बोल रहा है लेकिन पंकज ने उसके खिलाफ़ इतने पुख्ता सबूत बिछाए थे कि अपनी आत्मप्रशंसा में मुग्ध रहने वाला इंस्पेक्टर सलबटे किसी हालत में उसकी बातों पर यकीन नहीं कर सकता था, वही हुआ।)

उसने रंगराज के बाल पकड़कर ऊपर उठाते हुए कहा–''अच्छा ये बता, राजेश कुमार के बाद कहां नौकरी की?''

''अ. . . आरोग्य अस्पताल में।''

''आरोग्य अस्पताल!'' इन शब्दों ने सलबटे का दिमाग फिरकनी की मानिंद घुमा दिया और फिर, घूमता हुआ दिमाग नैना पर जाकर स्थिर हो गया। वह भी तो आरोग्य अस्पताल की ही स्थायी नर्स है।

बकौल उसी के, सोनम उसे वहीं से तो लाई थी। तो क्या रंगराज और नैना की कोई सांठगांठ है? क्या नैना ने रंगराज को बताया था कि आज की रात राजेश कुमार और सोनम नशा मुक्ति केंद्र जाएंगे?

सलबटे ने जितना सोचा–बात उतनी ही जमती चली गई।

मेट्रन सुबह के दस बजे अस्पताल पहुंची थी।

सलबटे ने उसे कुर्सी पर बैठते ही घेर लिया। अपना परिचय देने के बाद उसका पहला सवाल था–''रंगराज नाम का ड्राइवर आप ही की गाड़ी चलाता है न!''

''चलाता था।''

''था?''

''पिछले हफ्ते मैंने उसे नौकरी से निकाल दिया।''

''क्यों?''

''निहायत ही गंदा आदमी था वह। नौकरी पर रखने से पहले जब मैंने इंटरव्यू लिया तो उसने बताया था कि फिल्म स्टार राजेश कुमार के यहां ड्राइवर था। वहां से इसलिए नौकरी छोड़ी क्योंकि राजेश कुमार की पत्नी सोनम उसे वहां नहीं चाहती थी। उसने उसे चोरी के इल्जाम तक में फंसाने की कोशिश की लेकिन पिछले हफ्ते सोनम खुद यहां, मेरे पास आई। वह बहुत गुस्से में थी। रंगराज से मिलने के लिए कहने लगी। मैंने कारण पूछा तो बोली–उसे बुलाइए। उसी के सामने बताऊंगी। मैंने रंगराज को बुला दिया। रंगराज की तो उसे मेरे सामने देखते ही सिट्टी-पिट्टी गुम हो गई। तब, सोनम ने अपने मोबाइल में मौजूद एक टेप सुनाया। उसमें सोनम और रंगराज की आवाज़ें थीं और साबित होता था कि उसने रंगराज को नौकरी से इसलिए निकाला था क्योंकि उसने सोनम से रेप करने की कोशिश की थी। रंगराज के पास अपनी सफ़ाई में कहने के लिए कुछ न था। हम दोनों उसे पुलिस

के हवाले करना चाहती थीं लेकिन वह हमारे कदमों में सिर रखकर गिड़गिड़ाने लगा।''

बात सलबटे ने पूरी की–''आपको तरस आ गया और आपने उसे सिर्फ नौकरी से निकाल देने की सजा दी!''

''हां।''

''आपने भी वही गलती की जो सोनम पहले कर चुकी थी और उसने तो दूसरी बार की जबकि पुलिस यह प्रचार करते-करते थक गई है कि किसी नौकर की ऐसी गलती किसी हालत में पुलिस से न छुपाई जाए। आप जैसे लोग जब ऐसी गलतियां करते हैं तो अंजाम ऐसे ही भयावह होते हैं।''

''कैसे?''

''जैसा सोनम का हुआ।''

''क्या हुआ उसे?''

''अब वह इस दुनिया में नहीं है।''

''क–क्या?'' मैट्रन इतनी बुरी तरह चौंकी थी कि अपनी कुर्सी से कई इंच उछल पड़ी–''य–ये क्या कह रहे हैं आप! अभी दो ही दिन पहले तो वह मेरे पास आई थी। बिल्कुल ठीक-ठाक थी वो।''

''आपसे बेहतर इस बात को कौन समझ सकता है कि दुनिया से जाने के लिए आदमी को बस एक क्षण चाहिए।''

''वो तो ठीक है लेकिन–लेकिन सोनम को क्या हुआ?''

''रंगराज ने एक बहुत ही घातक कदम उठाया है। मुझे पता लगा–यह कदम उसने इसलिए उठाया था क्योंकि सोनम ने उसे अपमानित किया था। फिर मेरे सामने वह टेप आया जिसे सोनम ने आपको सुनाया था। उसे सुनकर मुझे लगा–यह सही है कि सोनम ने रिवॉल्वर के बूते पर उसे खुद से रेप नहीं करने दिया लेकिन ऐसा तो कुछ नहीं किया जिसकी वजह से उसने इतना खतरनाक कदम उठाया लेकिन अब . . . आपसे बात करके मुझे पूरा कारण पता लग गया है। सोनम ने जो वह

टेप आपको सुनाया, इससे अपमानित महसूस किया उसने। इसी के कारण उसकी यह नौकरी भी चली गई। सोनम के इसी गुरूर को तोड़ना चाहता था वह।''

''आप क्या कह रहे हैं, मेरी समझ में कुछ नहीं आ रहा।''

''इसी अपमान का बदला लेने के लिए रंगराज ने सोनम से पुनः रेप करने की कोशिश की, कामयाब तो वह इस बार भी न हो सका मगर बचने के प्रयास में सोनम अपनी जान गंवा बैठी।''

''मॉय गॉड! क्या आप मुझे पूरी बात बताएंगे?''

सलबटे ने बताने के बाद कहा–''अब मैं आपसे यह जानना चाहता हूं कि दो दिन पहले सोनम आपके पास क्यों आई थी?''

''अपने पति की देखभाल के लिए उसे नर्स की जरूरत थी।''

''किसी भी नर्स की–या खास नैना की?''

''बड़ा अजीब सवाल किया है आपने। मुझे भी उस वक्त अजीब ही लगा था। सोनम से पूछा भी था। जवाब तो उसने मुझे दिया था लेकिन मैं संतुष्ट नहीं हुई थी। फिर भी, मैंने उस मामले में ज्यादा घुसने की कोशिश नहीं की और नैना को उसके साथ भेज दिया।''

''क्या कह रही हैं आप? जरा खोलकर बताइए!''

''जब सोनम ने एक नर्स की डिमांड की तो मैं सविता नाम की नर्स को उसके साथ भेज रही थी पर उसने कहा–मुझे नैना चाहिए। जाहिर हैं– मैं चौंकी। पूछा कि नैना ही क्यों? उसने मुस्कराकर बस इतना ही कहा–वह मुझे रिसेप्शन पर मिली थी। बड़ी प्यारी बच्ची है। जैसा कि मैंने पहले ही कहा, उसके जवाब से मैं संतुष्ट नहीं हुई थी लेकिन इस मामले में ज्यादा न घुसते हुए नैना को ही उसके साथ भेज दिया। भला मुझे इस बात से क्या फ़र्क पड़ने वाला था कि सविता जाए या नैना और अब आपने भी यह पूछ लिया कि क्या वह खासतौर पर नैना को चाहती थी! मतलब क्या हुआ इस बात का?''

''ऐसी बातों में दिमाग खपाने की ड्यूटी मेरी है, आपकी नहीं।

फिलहाल आप मुझे यह बताइए–सोनम को यह कैसे पता लगा कि इंटरव्यू के दरम्यान रंगराज ने आपसे उसके बारे में झूठ बोला था।''

''मैं इस बारे में नहीं जानती।''

''क्यों?''

''मैंने सोनम से नहीं पूछा।''

''बड़ी अजीब बात है।'' सलबटे ने पहली बार पुलिसिया नजरों से मैट्रन को देखा–''बहरहाल, कहीं न कहीं से तो सोनम को यह पता लगा ही होगा कि रंगराज ने आपके सामने उसके बारे में क्या-क्या बकवास की है। तभी तो वह यहां आई?''

''सो तो जाहिर है।''

''फिर आपने यह स्वाभाविक बात पूछी क्यों नहीं?''

''बस नहीं आई दिमाग में। आप यह भी कह सकते हैं कि उस वक्त माहौल ही कुछ ऐसा बना। टेप सुनते ही रंगराज इस कदर रोने गिड़गिड़ाने और हमारे कदमों में सिर पटकने लगा था कि किसी और तरफ तबज्जो ही न गई।''

''क्या आपको नैना और रंगराज का टांका फ़िट लगता है?''

''ज . . . जी?'' मैट्रन बुरी तरह भन्ना गई। ऐसा शायद सलबटे द्वारा अचानक ही पूछे गए बेहद अजीब सवाल के कारण हुआ था।

''मैंने बहुत ही सीधा सवाल पूछा है मैट्रन जी।'' सलबटे इस तरह बोला जैसे उससे भोला आदमी कई-कई कोस तक दूसरा कोई न हो–''क्या नैना और रंगराज के बीच कोई चक्कर चल रहा था?''

''हमारे हॉस्पिटल में इस तरह की हरकतें नहीं होतीं।'' मैट्रन ने जिस सख्ती से कहा था उसी से जाहिर था कि उसे सलबटे का सवाल जरा भी पसंद नहीं आया था।

''आप तो बुरा मान गई लगती हैं मैट्रन जी, हालांकि इसमें इतना

ज्यादा बुरा मान जाने वाली कोई बात नहीं है। आजकल किसी का भी टांका किसी के साथ फ़िट हो जाने में ज्यादा देर नहीं लगती।''

''कहा न! हमारे हॉस्पिटल में ऐसा नहीं है बल्कि यहां का तो नियम है कि अगर किसी नर्स का कोई ब्वॉय फ्रेंड होगा तो उसे नौकरी से निकाल दिया जाएगा।''

''जवानी फिर भी धृष्टता करा देती है।''

''मेरे संज्ञान में ऐसा कुछ नहीं है और . . .''

''और?''

''प्लीज, हरेक के बारे में अपने पुलिसिया अंदाज में सोचना बंद कीजिए। रंगराज के बारे में तो खैर क्या कहूं लेकिन उस लड़की की मैं गारंटी ले सकती हूं जिसका नाम नैना है। वह हरगिज ऐसी नहीं है। बहुत ही प्यारी, बहुत ही मासूम लड़की है वह।''

''चेहरे से तो मुझे भी लगी।''

''चेहरे से ही नहीं, वह सचमुच . . .''

''सलबटे ने अपने जीवन में ऐसे बहुत चेहरे देखे हैं जो देखने से सीता के नजर आते हैं लेकिन होते रीटा के हैं।'' कहने के बाद वह मैट्रन के सामने से खड़ा हो गया था।

सलबटे यह कहकर अस्पताल के कमरे से बाहर निकल गया था कि– 'अब मैं सोनम मैडम के हत्यारे को सलाखों के पार पहुंचाने के बाद ही आपसे मिलूंगा।' और. . . राजेश कुमार, पंकज, नैना तथा नर्स दरवाज़े पर झूल रहे पर्दे को देखते रह गए थे। काफी देर तक कमरे में खामोशी छाई रही।

बोलना तो दूर, एक-दूसरे से आंखें तक नहीं मिली थीं उनकी।

फिर एकाएक, राजेश कुमार ने शांति भंग की–''सिस्टर।''

''जी काकू जी!'' नर्स ने चौंककर उसकी तरफ देखा। अंदाज बता रहा था कि वह भी उसके फ़ैंस में से एक है।

पंकज और नैना ने भी उसकी तरफ देखा था।

''हमें छुट्टी चाहिए।''

''छ . . . छुट्टी!'' नर्स के मुंह से ऐसा लहजा निकला जैसे उसने किसी नाजायज वस्तु की मांग कर ली हो–''अभी छुट्टी कैसे मिल सकती है! आपको गोलियां लगी हैं।''

''मालूम है, लेकिन डॉक्टर हमें यह भी बता चुका है कि गोलियां केवल छूकर निकल गई थीं। उतनी सीरियस कंडीशन नहीं है।

थोड़ा सा खून बह गया था सो तुम लोगों ने चढ़ा ही दिया है।''

''फिर भी . . .

''डॉक्टर गुलाटी को जानती हो?''

''उन्हें कौन नहीं जानता?''

''उसे बुला दो।''

''पर वे तो इस हॉस्पिटल में विजिट नहीं करते।''

''विजिट पर नहीं, खुद से मिलने के लिए बुला रहे हैं हम उसे। तुम तो जानती ही होगी कि वह हमारा दोस्त है!''

''हां। जानती हूं। मैंने उन्हें टीवी पर देखा था। मीडिया को आपके स्वास्थ्य के बारे में बता रहे थे।''

''उसी को बुलाने के लिए कह रहा हूं।''

''फिर भी, मैं सीनियर डॉक्टर के कहे बगैर डॉक्टर गुलाटी को यहां नहीं बुला सकती।''

''तो जाओ, उनसे पूछ लो।''

''ओके। आप आराम कीजिए और आप लोग मेरे साथ बाहर चलिए।'' अंतिम शब्द उसने पंकज और नैना से कहे थे।

राजेश कुमार ने कहा–''इन्हें यहीं रहने दो।''

नर्स अनमने भाव से चली गई।

अपने होठों पर बहुत ही फ़ीकी मुस्कान सजाए राजेश कुमार ने उन दोनों की तरफ देखा।

जाने क्यों, पंकज को उस मुस्कान से डर लगा था।

''यकीन नहीं आ रहा कि हम तुम दोनों को देख रहे हैं।'' राजेश कुमार कहता चला गया–''हमें मार डालने में कोई कसर तो छोड़ी नहीं थी उसने। सोनम को तो मार ही डाला। बहुत प्यार तो नहीं था उससे लेकिन यह भी नहीं सोचा था कि उसकी मौत ऐसी होगी।''

नैना बोली–'' मेरे ख्याल से अभी आपको आराम की जरूरत है। प्लीज सर, ज्यादा न बोलें।''

''ज्यादा कहां बोल रहे हैं!''

''चुप!'' नैना ने हुक्म-सा दिया–''आंखें बंद कीजिए।''

''तुम यहीं रहोगी।''

''आंखें बंद नहीं करोगे तो चली जाऊंगी।''

''लो मेरी अम्मा।'' उसने आंखें बंद कर लीं।

''मुंह भी बंद। अब कुछ नहीं बोलेंगे आप।''

सचमुच वह कुछ नहीं बोला।

पंकज को वह चुप्पी चुभे चली जा रही थी। उसे मालूम था कि सलबटे और एसआई के रंगराज के घर पहुंचने पर क्या होने वाला है बल्कि यह कहा जाए तो ज्यादा बेहतर होगा कि उसे पक्का यकीन था–खून से सने रंगराज के नाप के कपड़े, जूते, रिवॉल्वर, और खासतौर पर सोनम का मोबाइल रंगराज को हमेशा-हमेशा के लिए जेल की चारदीवारी के पीछे धकेल देगा।

यही सब सोचकर तो वह सब किया था मगर उसे राजेश कुमार की हत्या के इल्जाम में जेल जाना था, जाएगा सोनम की हत्या के इल्जाम में। यह हुआ तो हुआ क्या और कैसे?

बस यही बात समझ में नहीं आ रही थी।

उसके द्वारा चलाई गई उन गोलियों का क्या हुआ जो राजेश कुमार के सीने और पेट में लगी थीं? कंधे और बाजू में किसने गोलियां मार दीं? राजेश कुमार के तन पर मौजूद कपड़े कैसे चेंज हो गए? उसने

सलबटे को झूठी कहानी क्यों सुनाई?

नकाबपोश की कद-काठी और लंबाई वह क्यों बताई जो रंगराज की है? वास्तव में तो नकाबपोश मैं था। मेरी शक्ल भले ही न देखी हो उसने लेकिन मेरी कद-काठी क्यों नहीं बताई?

इसका तो एक ही मतलब निकलता है, यह कि वह भी रंगराज को ही फंसाना चाहता है। कैसे हो सकता है ऐसा संयोग?

नहीं, यह संयोग नहीं है।

यह तो साजिश है।

सोच-समझकर बनाई गई . . . बल्कि अंजाम दी गई साजिश और इस साजिश का कर्ता-धर्ता एक और सिर्फ एक ही आदमी हो सकता है–वह, जो इस वक्त उसके सामने पड़े बैड पर आंखें बंद किए लेटा है–राजेश कुमार।

उफ्फ!

क्या ये हो सकता है?

सारे के सारे तर्क तो यही इशारा कर रहे हैं।

यदि ऐसा है तब तो . . . तब तो इस शख्स को यह भी मालूम होगा कि मैंने सोनम के साथ मिलकर इसकी हत्या की योजना बनाई थी . . . योजना ही नहीं बनाई थी बल्कि उस पर काम कर रहा था।

पूरी योजना को अंजाम दिया था। मैं ही था वह शख्स जिसने इसके सीने पर और पेट में गोलियां उतारी थीं।

जैसे-जैसे सोचता गया, दिमाग गर्म होता चला गया और उसी अनुपात में जिस्म पसीना उगलने लगा।

दिल घबराने लगा।

जब जेहन में यह बात आई कि यदि इसे इतना सब मालूम है तो– तब तो सोनम का हत्यारा भी यही है। इसी ने खोला होगा उसे। इसी ने उसके पेट पर वह ठोकर मारी होगी जिसके परिणाम स्वरूप वह मशीन के नुकीले हैंडिल पर लटकी रह गई।

यह सब सोचकर तो उसके होश ही फाख्ता हो गए।

सीने और पेट पर गोली का जख्म न होने का तो एक ही मतलब है, यह कि वह खेल था–उसकी आंखों को धोखा देने वाला कोई बड़ा खेल। यकीनन उसके रिवॉल्वर में भरी गोलियां नकली थीं।

मरने का केवल नाटक किया था इस शख्स ने।

धोखा दिया था मुझे और सोनम को।

हे भगवान! ये सब क्या आ रहा है मेरे दिमाग में?

क्या सच यही था?

जितना सोचा–बात उतनी ही जमती चली गई।

यदि इसे सब कुछ मालूम है, यही असली कर्ता-धर्ता है तो पुलिस को झूठी कहानी सुनाकर मुझे बचा क्यों रहा है? इसे तो मेरा भी वही अंजाम करना चाहिए जो सोनम का किया। क्या कोई आदमी उसे बचाने की कोशिश कर सकता है जिसके बारे में उसे मालूम हो कि उसने अपनी तरफ से मेरी हत्या करने में कोई कसर नहीं छोड़ी थी?

नहीं–हरगिज नहीं।

इसका मतलब उसे हकीकत नहीं मालूम। पर हकीकत मालूम न होती तो रंगराज को फंसाने वाला बयान क्यों देता?

पंकज बुरी तरह उलझ गया।

कुछ समझ में नहीं आया उसकी।

लेकिन फिर अचानक ही दिमाग के तंतु जैसे खुलते चले गए।

उसमें यह विचार कौंधा था कि–'वह पुलिस से तुझे इसलिए बचा रहा है गधे ताकि सही वक्त आने पर अपने हाथों से तेरी करतूत की सजा दे सके। वैसी ही सजा जैसी सोनम को दी है।'

इस विचार ने उसकी रीढ़ की हड्डी में सिहरन दौड़ा दी।

उस क्षण, आंखें बंद किए बैड पर लेटा वह शख्स उसे संसार का सबसे खतरनाक, सबसे डरावना शख्स लगा था।

जिस वक्त पंकज को उसके अपने ही ख्याल अंदर से बुरी तरह डराए हुए थे उस वक्त अचानक नैना ने उसकी कलाई छुई।

हल्के से स्पर्श मात्र से वह इस कदर चौंका था जैसे बिच्छु ने डंक मारा हो। चेहरा पसीने-पसीने था। कुछ कहने वाला था कि नैना ने होठों पर अंगुली रखकर चुप रहने का इशारा किया।

डरी-डरी आंखों से वह नैना को देखता रह गया।

असल में समझ ही न पा रहा था कि बोले भी तो क्या बोले।

नैना ने राजेश कुमार की तरफ इशारा किया। पंकज ने देखा– राजेश कुमार की नाक हौले-हौले खर्राटे ले रही थी।

नैना ने कमरे से बाहर निकलने का इशारा ही नहीं किया बल्कि उसकी कलाई पकड़े दबे पांव दरवाज़े की तरफ बढ़ गई।

वह इस तरह उसके साथ चल दिया जैसे नींद में चल रहा हो, जैसे उसका अपना कोई अस्तित्व ही न हो।

कारीडोर में आकर नैना ने पूछा–''तुम्हें क्या हुआ है?''

''म . . . मुझे!'' खुद को सामान्य दर्शाने की कोशिश में वह बुरी तरह हड़बड़ा गया–''मुझे क्या होता?''

''कुछ तो हुआ है?''

''क्या हुआ है?''

''वही तो पूछ रही हूं। इतनी हवाईयां क्यों उड़ रही हैं फ़ेस पर? सारा जिस्म पसीने में क्यों भीगा हुआ है?''

''न . . . नहीं तो। नहीं तो।''

''नहीं तो क्या पंकज? मैं अपनी आंखों से तुम्हारी हालत देख रही हूं। हो क्या गया है तुम्हें? जरा-जरा-सी बात पर चौंक पड़ते हो! कमरे में जब मैंने तुम्हें छुआ था तो इस तरह कांप गए थे जैसे हाड़ मांस के बने आदमी नहीं बल्कि शाख पर लटके सूखे पत्ते हो।''

''तुम्हे वहम हुआ है नैना। कोई खास बात नहीं है। उस वक्त शायद मैं यह सोच रहा था कि राजेश सर किस्मत से ही बच गए वरना इस

वक्त जैसे हम सोनम मैडम को नहीं देख सकते, उसी तरह उन्हें भी न देख रहे होते। बाल-बाल बचे हैं वे।''

उस वक्त नैना उसकी तरफ ऐसी नजरों से देख रही थी जैसे लोग अजनबी को देखते हैं जिस वक्त कारीडोर में दूर से डॉक्टर गुलाटी आता नजर आया। उसके साथ वही नर्स तथा एक और डॉक्टर था जो पर्सनेल्टी से ही यहां का सीनियर नजर आ रहा था।

वे नजदीक आए तो नैना ने कहा–''वे सो रहे हैं सर।''

''सो नहीं रहे, दवाओं के नशे में हैं।'' कहता हुआ सीनियर डॉक्टर कमरे के अंदर चला गया। उसके पीछे नर्स और गुलाटी ही नहीं, नैना और पंकज भी कमरे में जा पहुंचे। आहट सुनकर राजेश कुमार ने आंखें खोल दी थीं। गुलाटी पर नजर पड़ते ही वह बोला–''आ गया तू! इस वक्त मुझे तेरी सबसे ज्यादा जरूरत थी। ये लोग . . .''

''मैं एक्सरे और रिपोर्ट्स देख चुका हूं।'' गुलाटी उसकी बात काटकर बोला–''भाग्य से बच गया प्यारे। वरना तेरा राम नाम सत्य होने में कोई कसर बाकी नहीं रह गई थी।''

''तू भी इन्हीं की भाषा बोलता चला आया!''

''इस वक्त मैं तेरा दोस्त नहीं बल्कि डाक्टर हूं और मरीज के लिए हर डॉक्टर की भाषा एक ही होती है। इस वक्त आराम ही तेरे लिए सबसे बड़ी दवा है।''

''आराम तो घर पर भी कर सकता हूं।''

''घर-घर होता है यार, अस्पताल-अस्पताल।''

''सारे इंतजाम घर पर ही कर लिए जाएं तो वह भी अस्पताल बन सकता है। तू जानता ही है–नैना कितनी अच्छी नर्स है और डॉक्टर तो तू है ही। तुम दोनों की मौजूदगी में मेरा घर ही अस्पताल बन जाएगा। यहां मेरा दम घुट रहा है यार। मुझे घर ले चल।''

गुलाटी ने पुनः अपनी बात कही लेकिन राजेश कुमार को न मानना था, न माना। अंततः गुलाटी को सीनियर डॉक्टर से कहना पड़ा–''मुझे

मालूम है डॉक्टर कि मेरे दोस्त से बड़ा जिद्दी धरती पर शायद दूसरा नहीं है। इसे घर जाना है तो जाना है। भेज दीजिए। इतना सीरियस भी नहीं है। मैं देखभाल कर लूंगा।''

''आप गारंटी ले रहे हैं तो मेरे कहने के लिए बचता ही क्या है?''

राजेश कुमार ने पुनः आंखें बंद कर लीं।

वे बैंग्लो पहुंच गए। गुलाटी और नैना उसे बैडरूम में लिटाना चाहते थे लेकिन राजेश कुमार ने लॉबी में पड़े दीवान पर आराम करने की जिद पकड़ ली और . . . उसकी जिद के सामने भला किसकी चल सकती थी! अंततः गुलाटी नैना को यह हिदायत देकर चला गया कि वह उसे दीवान से न उठने देगी।

पंकज की जुबान को जैसे लकवा मार चुका था। वह समझ न पा रहा था कि बोले तो क्या बोले! अपने ही विचारों से अंदर ही अंदर बुरी तरह डरा हुआ था वह। जो हुआ था, उस पर गौर करने के बाद उसे पक्का यकीन हो चुका था कि राजेश कुमार उसके और सोनम के प्लान से पहले ही से परिचित था।

सोनम का हत्यारा वही है और उसे पुलिस से इसलिए बचा रहा है ताकि मौका आने पर अपने हाथों से हलाल कर सके।

इसी सबके कारण कई बार दिमाग में यह ख्याल आया कि इस बैंग्लो से, शहर से बल्कि इस मुल्क से ही दूर, बहुत दूर चला जाए।

इतनी दूर जहां किसी हालत में राजेश कुमार के हाथ न पहुंच सकें।

मगर, ऐसा कर न सका।

पूरी बात जाने बगैर 'गायब' होना उसे बेवकूफी लगी थी और पूरी बात तभी पता लग सकती थी जब उसे और राजेश कुमार को एकांत में बात करने का मौका मिले। वह उसी फिराक में था कि . . .

कॉलबेल बजी।

तीनों की नजरें मिलीं।

फिर, पंकज दरवाज़ा खोलने के लिए आगे बढ़ गया। काश उस वक्त उसे यह मालूम होता कि एक और धमाका होने वाला है।

दरवाज़ा खोलने पर उसने देखा–तीन सूटेड-बूटेड और देखने मात्र से ही एजुकेटिड अधेड़ शख्स खड़े थे।

सबसे आगे भुरांट सफ़ेद बालों वाला, वह गोरा-चिट्टा शख्स था जिसकी आंखों पर आई साइड का चश्मा बहुत फब रहा था।

उसके पीछे खड़े थोड़े गुट्टे शख्स के हाथ में एक फाइल थी।

जबकि उसकी बगल में खड़ा शख्स कोयले की तरह काला होने के बावजूद प्रभावशाली व्यक्तित्व का मालिक था।

उसके हाथ में एक टेपरिकार्डर था।

पंकज ने कहा–''कहिए!''

''मिस्टर राजेश कुमार हैं?'' सफ़ेद बालों वाले ने पूछा।

''हां। हैं तो सही मगर. . .''

वह अपनी ही धुनक में बोला–''हमें उनसे मिलना है।''

पंकज को उसके द्वारा बात काटना अच्छा नहीं लगा इसलिए उखड़कर बोला–''अभी वे बात करने की पोजीशन में नहीं हैं।''

''अस्पताल से तो हमें पता लगा है कि वे बात कर सकते हैं।''

''आप अस्पताल गए थे?''

''प्लीज, उनसे कहिए–नेशनल इंश्योरेंस कंपनी से आए हैं।''

पंकज के जेहन में धमाका-सा हुआ–नेशनल इंश्योरेंस कंपनी से! मतलब क्या हुआ? बीमा तो राजेश कुमार का था, मरी सोनम है, फिर ये लोग यहां क्यों आए हैं? पर राजेश कुमार का बीमा तो हिंदुस्तान इंश्योरेंस कंपनी का था।

''क्या सोचने लगे आप?'' उनमें से किसी ने पूछा।

पंकज के कुछ कहने से पहले पीछे से राजेश कुमार की आवाज़

आई थी–''कौन है पंकज?''

पंकज कुछ ऐसी पोजीशन में पहुंच चुका था कि राजेश कुमार के सवाल का जवाब न दे सका। एक ओर हटते हुए उसने आगंतुकों से बस इतना कहा था–''आइए।''

वे लॉबी में आ गए।

पंकज के ज़ेहन में सवालों के गुच्छे चकरा रहे थे जबकि राजेश कुमार के करीब पहुंचते हुए सफ़ेद बालों वाले ने कहा–''मैं नेशनल इंश्योरेंस कंपनी का क्लेम डायरेक्टर रितीश माधवन हूं मिस्टर राजेश और ये दोनों मेरे सहायक हैं–मिस्टर मलिक और जयवर्धने।''

''बैठिए।''

''हम आपका स्टेटमेंट लेने आए हैं।'' माधवन ने उसके सामने बैठते हुए कहा–''वैसे यह सिर्फ औपचारिकता है।''

''आप लोगों को मेरा स्टेटमेंट क्यों चाहिए?''

''क्लेम देने का मौका आने पर हमारी कंपनी दूसरी इंश्योरेंस कंपनियों की तरह न अनावश्यक रूप से नुक्ता-चीनी करती है और न ही लोगों को चक्कर कटवाती है। हमारी नजर पॉलिसी देने और क्लेम देते वक्त एक ही रहती है। इसका सबसे बड़ा प्रमाण ये है कि सोनम जी के साथ पेश आए हादसे की सूचना मिलते ही हम आपके सामने बैठे हैं, आपके क्लेम करने तक की प्रतीक्षा नहीं की।''

''कह क्या रहे हैं आप?'' राजेश कुमार के मस्तक पर लकीरें खिंच गई थीं–''क्या सोनम ने कोई बीमा पॉलिसी ले रखी थी?''

''आपको नहीं मालूम?'' माधवन ने आश्चर्य के साथ पूछा। ''बिल्कुल नहीं, कमाल की बात है। हमें ऐसी किसी पॉलिसी के बारे में इल्म तक नहीं है।'' उसके चेहरे पर आश्चर्य और चौंकने के इतने स्वाभाविक भाव थे कि कोई बिरला भी यह नहीं ताड़ सकता था कि वे नकली हैं मगर पंकज समझ सकता था कि इस वक्त वह शख्स अपनी पूरी क्षमताओं के साथ एक्टिंग कर रहा है जिसे किसी

जमाने में एक्टिंग का बादशाह कहा जाता था। यह खिताब यूं ही हासिल नहीं था उसे। जब वह रोता था तो हॉल में बैठे हर दर्शक की आंखें बह रही होती थीं और इस वक्त भी, यदि पंकज को बैकग्राउंड पता न होती तो वह भी इंश्योरेंस कंपनी के ओहदेदारों की तरह इस धोखे में आ जाता कि उसे वाकई सोनम की पॉलिसी के बारे में पता न था। पंकज तो इसलिए सीधे तौर पर यह बात समझ गया कि वह एक्टिंग कर रहा है क्योंकि जानता था कि सोनम का हत्यारा वही है और–अब तो वजह भी सामने थी। सोनम का काम-तमाम उसने सिर्फ इसलिए नहीं किया था क्योंकि वह उसका काम-तमाम करने की फिराक में थी बल्कि इसलिए किया था कि उसे उसकी पॉलिसी की रकम भी मिलने वाली थी।

कितना खतरनाक था यह शख्स!

सोचकर पंकज के रोंगटे खड़े हो गए।

उसके कानों में माधवन की आवाज़ पड़ी थी–''हैरत की बात है, सोनम जी ने इतनी बड़ी पॉलिसी ले रखी थी। उसके नोमिनी भी आप हैं और आपको पता तक नहीं।'' कहने के साथ उसने मलिक के हाथ में मौजूद फाइल ली और उसे खोलकर राजेश कुमार की आंखों के सामने कर दिया।

''कसम से, हमें इस बारे में कुछ नहीं मालूम।'' फाइल पर नजर डाले बगैर उस शख्स ने बेहद मासूमियत के साथ कहा जो पंकज की नजरों में इस कायनात का सबसे खतरनाक और शातिर शख्स था–''कितने की पॉलिसी ले रखी थी सोनम ने?''

''पचपन करोड़ की।''

''प . . . पचपन करोड़! मॉय गॉड!'' उसने आश्चर्य 'व्यक्त' किया जबकि पंकज के जिस्म का रोंयां-रोंयां इस तरह खड़ा हो गया था जैसे अभी-अभी गोली उसकी खोपड़ी को स्पर्श करती निकली हो। दिमाग में आया–इस शख्स की पॉलिसी से भी पांच करोड़ ज्यादा। ''क्या

करेंगे हम पचपन करोड़ का!'' कहते वक्त सुपरस्टार की आंखें भर आई थीं–''किसी चैरेटी को दे दीजिएगा।''

''हम तो पॉलिसी के नोमिनी को ही देने के लिए बाध्य हैं, आप भले ही चाहे जिस चैरेटी को दे दें।''

''कुदरत भी आदमी को कैसे-कैसे अजीब खेल दिखाती है!''

आंखों में आंसू भरे वह कहता चला गया–''पिछले हफ्ते हमसे बड़ा कंगाल पूरी फिल्म इंडस्ट्री में नहीं था। फिर अचानक धन की बारिश हो गई। मैजिक मूवीज ने दो करोड़ अमेरिकी डॉलर्स में हमारी पुरानी फिल्मों के राइट्स खरीद लिए और अब ये–पचपन करोड़ . . . उफ्फ! ऐसा पैसा किसी को न देना ऊपर वाले।''

पंकज देख रहा था–उसकी आंखों में आंसू देखकर नैना तो रोने ही लगी थी। माधवन, मलिक और जयवर्धने की आंखें भी नम हो उठीं। यह था उसकी एक्टिंग का जलवा। वातावरण क्योंकि गमगीन हो गया था इसलिए माधवन ने थोड़ा गैप देकर कहा–''हम यह जानने आए हैं कि उस वक्त क्या-क्या हुआ था।''

''इंस्पेक्टर सलबटे से पूछ लीजिएगा। उसे बता चुके हैं।''

''उससे बात कर चुके हैं हम।''

''फिर?''

''फिर भी आपके मुंह से सुनना मजबूरी है। हमें आपका स्टेटमेंट टेप करना है ताकि रिकार्ड रहे। इसीलिए तो कहा था कि हम आपका औपचारिक स्टेटमेंट लेने आए हैं। वैसे तो इंस्पेक्टर सलबटे हमें सबकुछ बता ही चुके हैं। ढेर सारे सबूतों के साथ कातिल को अरेस्ट भी कर लिया है उन्होंने।''

''कातिल को अरेस्ट कर लिया है?''

''आपको नहीं मालूम?''

''नहीं, हमें यह भी नहीं मालूम। कौन है कातिल?''

''आपका पुराना ड्राइवर। रंगराज।''

''रंगराज! उसने हम पर यह ज़ुल्म क्यों किया? क्या बिगाड़ा था हमने उसका?''

माधवन ने वह सब बताया जो सलबटे को रंगराज के घर और मैट्रन से पता लगा था। यह भी कि उसने क्या-क्या सबूत जुटा लिए हैं। तब, राजेश कुमार ने पूछा–''गुनाह कुबूल कर लिया उसने?''

''बकौल सलबटे, बहुत ही बड़ा ढीठ है। बार-बार यही कहे जा रहा है कि वह अपने घर में सो रहा था मगर उसके कबूल करने न करने से कोई फ़र्क नहीं पड़ता। सबूत इतने ज्यादा और पुख्ता हैं कि उसे कम से कम उम्रकैद होगी।''

''ओह!'' राजेश कुमार के चेहरे पर विषाद के भाव फैल गए।

''अब तो औपचारिकता पूरी कर दीजिए।''

और फिर, बगैर किसी हील-हुज्जत के राजेश कुमार चालू हो गया। उसने अक्षरशः वही सब कहा जो सलबटे से कहा था।

जयवर्धने ने उसका बयान टेप कर लिया था।

उसके बाद, माधवन ने फाइल में मौजूद कुछ कागजों पर कई जगह राजेश कुमार के साइन लिए और फिर वे चले गए।

राजेश कुमार ने सिर का पिछला हिस्सा तकिए पर टिकाया और इस तरह आंखें बंद करके लेट गया जैसे थक गया हो।

पंकज समझ सकता था यह सब नैना को दिखाने के लिए है जबकि अंदर ही अंदर वह अपनी कामयाबी पर इतरा रहा होगा।

नैना की आंखों में उसके लिए सहानुभूति नजर आ रही थी। वह बहुत ही धीमी आवाज़ में बोली–''सर।''

राजेश कुमार ने आंखें खोलीं। उफ्फ! कितनी वेदना नजर आ रही थी उनमें। जैसे सोनम की मौत का उससे ज्यादा अफ़सोस किसी को न हो। वह कुछ बोला नहीं, बस सूनी-सूनी आंखों से नैना की ओर देखता रहा।

नैना ने ही कहा–''आपको भूख लगी होगी!''

''भ . . . भूख!'' अंदाज ऐसा था जैसे इस शब्द का मतलब ही न जानता हो। साथ ही होठों पर फ़ीकी मुस्कान फिसला ली।

''हां। मुझे तो लगी है। आपको भी लगी है न मिस्टर पंकज!''

वह दोनों में किसी के भी जवाब की प्रतीक्षा किए बगैर कहती चली गई–''लगी क्यों नहीं होगी! हम लोगों ने खाया ही क्या है?''

कहने के साथ उसने अपनी समझ में राजेश कुमार की नजरों से बचाकर पंकज को आंख मारी थी।

पंकज ने वही कहा जो वह चाहती थी–''लगी तो है।''

''ओके। मैं अभी कुछ बनाकर लाती हूं।'' कहने के साथ वह किचन की तरफ मुड़ी ही थी कि . . .

राजेश कुमार ने कहा–''हमारे लिए नहीं नैना।''

''क्यों?'' वह घूमी।

''मन नहीं है।''

''बात मन की नहीं, जरूरत की है।'' वह चहकती हुई कहती चली गई–''आपको कुछ न कुछ जरूर खाना पड़ेगा। मैं आलू के परांठे बहुत अच्छे बनाती हूं। वही बनाकर लाती हूं।''

''प्लीज नैना, तुम लोग खाओ। हम–''

''सर।'' नैना वापस उसके करीब आती हुई भावुक स्वर में बोली थी–''जितना प्यार आप सोनम मैडम से करते थे, उतना न सही, उससे बहुत कम तो मुझसे भी करते होंगे न!''

''क . . . कैसी बात कर रही हो तुम?''

''आपको उतने ही प्यार की कसम, एक परांठा जरूर खाना होगा।'' कहने के बाद उसका जवाब सुनने के लिए वह वहां ठहरी नहीं बल्कि दौड़ती हुई किचन की तरफ चली गई।

पंकज सोच रहा था–कितनी मासूम और भोली है उसकी नैना! उस खतरनाक इंसान को सोनम के गम में डूबा समझ रही थी जो

उसका हत्यारा था। सोच रही थी–वह उसके गम में खाने से इंकार कर रहा है।

काश, वह नैना को हकीकत बता सकता!

यही सब सोचते-सोचते नजर दीवान पर लेटे राजेश कुमार पर पड़ी तो वहीं चिपकी रह गई। उसके होठों पर बेहद जीवंत मुस्कान थी पर पंकज को वह एक वाचाल आदमी की कुटिल मुस्कान लगी।

कुछ ऐसा था उस मुस्कान में कि पंकज की रीढ़ की हड्डी में सिहरन बनकर दौड़ती चली गई। ठीक से अपनी प्रतिक्रिया तक निर्धारित नहीं कर सका वह। भाव-शून्य-सा चेहरा लिए बस देखता रह गया राजेश कुमार की तरफ।

''कहो दोस्त!'' वह बोला–''कैसा रहा हमारा ये नया ट्विस्ट?''

''ज . . . जी?'' वह बुरी तरह सकपका गया था।

''लोग यह उम्मीद लगाए बैठे होंगे कि सुपरस्टार का मर्डर होने वाला है पर ऐन वक्त पर उसकी बीवी का क्रियाकर्म हो जाएगा।''

''अ . . . आप . . .''

''युवा हीरो द्वारा सुपरस्टार पर गोलियां चलाकर वहां से लौटने तक लोगों को यही लगेगा कि सुपरस्टार मर गया है। हमारे ख्याल से यहीं फिल्म का इंटरवल होना चाहिए।''

''य–ये क्या कह रहे हैं आप?'' खौफ़ की ज्यादती के कारण पंकज चीख पड़ा था।

''धीरे।'' वह बोला–''धीरे बोलो दोस्त। आवाज़ किचन तक पहुंच गई तो स्टोरी में एक और ट्विस्ट आ जाएगा-एक अनचाहा ट्विस्ट। ऐसा जो स्टोरी में शायद न तुम्हें पसंद आए, न हमें।''

पंकज के मुंह से बोल न फूट सका। राजेश कुमार के उस चेहरे को देखता रह गया वह जिसके जर्रे-जर्रे पर इस वक्त केवल धूर्तता ही धूर्तता थी। आंखों में कोबरा की आंखों जैसी चमक।

गर्दन या सिर को जरा-भी जुम्बिश दिए बगैर, केवल आंखों की पुतलियों को घुमाकर उसने किचन की तरफ देख लिया था। जब उसके गेट से नैना निकलती नजर न आई तो पुतलियों को पंकज के चेहरे पर केंद्रित करता बोला–''ज्यादा आश्चर्यचकित होकर मत दिखाओ, हम समझ चुके हैं कि तुम सबकुछ समझ चुके हो।''

पंकज के मुंह से अब भी आवाज़ न निकल सकी। उसकी ऐसी हालत राजेश कुमार की स्वीकारोक्ति के अंदाज पर थी। सारा इल्म हो जाने के बावजूद उसे उम्मीद नहीं थी कि वह इस लच्छेदार तरीके से अपनी करतूत कुबूलेगा।

बस इतना ही पूछ सका वह–''कैसे किया यह सब?''

''हम नहीं समझते तुम इतने बड़े गधे हो।''

''स . . . समझ तो गया हूं लेकिन–''

''लेकिन?''

''बहुत से सवाल बाकी हैं।''

''जैसे?''

''सबसे बड़ा सवाल–मैं क्यों जिंदा हूं?''

बहुत हौले से हंसा वह। बोला–''सुपरस्टार को सुपरस्टार कहा ही इसलिए जाता है क्योंकि वह निर्दोष की हत्या नहीं करता।''

''निर्दोष और मैं!'' पंकज के होठों पर बहुत ही फीकी मुस्कान उभरी थी–''सोनम दोषी थी तो मैं निर्दोष कैसे?''

''अच्छा सुनो।'' वह ऐसे अंदाज में बोला जैसे कोई टीचर किसी स्टूडेंट को गणित का जटिल सवाल समझाने की कोशिश कर रहा हो–''रंगराज ने मैट्रन को दिए इंटरव्यू में कहा था न कि सोनम शायद राजेश कुमार का मर्डर करना चाहती है?''

''कहा तो था।''

''क्या तुम हमें इतना बड़ा बेवकूफ समझते हो कि जो बात हफ्ते भर में उसकी समझ में आ गई थी, वह हमारी समझ में सोनम का

लाइफ पार्टनर होने के बावजूद न आई होगी?''

पंकज के दिमाग के तंतु खुलने शुरू हुए। मुंह से बस यही एक सेंटेंस निकला–''ज . . . जरूर आ गई होगी।''

''उसके 'नेक इरादे' की भनक लगते ही यह सोचते हुए हमने उसी का काम-तमाम करने का फ़ैसला कर लिया था कि–तू हमें क्या मारेगी हरामजादी, हम ही तुझे इस फ़ानी दुनिया से मुक्त कर देंगे। यह किस्सा तुम्हारे बैंग्लो में कदम रखने से पहले का है। अब बात को यूं समझ सकते हो कि जब तुमने बैंग्लो में कदम रखा तब वह हमारी हत्या की फिराक में थी, हम उसका काम-तमाम करने के चक्कर में। यह न समझने लगना कि हमने तुम्हें बैंग्लो में इसलिए रोका क्योंकि सोनम की हत्या के अपने मिशन में हम तुम्हारा कोई इस्तेमाल करना चाहते थे। नो, ऐसा बिल्कुल नहीं था। तुम्हें रोकने का मकसद केवल यह था कि सोनम अपने मकसद में कामयाब न हो पाए। असल में हम अपनी पीने की लत से डरे हुए थे। इस पर हमारा काबू न था। डर रहता था कि कहीं वह इसका लाभ उठाकर हमारा क्रियाकर्म न कर दे।''

''यानी आपने मुझे अपनी सुरक्षा के लिए रखा था!''

''करेक्ट। ये करेक्ट शब्द है। हमें लगा–तुम्हारे रहते वह ऐसा नहीं कर पाएगी और . . . समय ने सिद्ध कर दिया कि हमें गलत नहीं लगा था। देख लो, वही हुआ। उस रात तुमने हमें नहीं मरने दिया जिस रात वह सीढ़ियों से लुढ़काकर मार डालना चाहती थी।''

पंकज के चेहरे पर हैरत के भाव उभर आए। शब्द स्वतः मुंह से फिसलते चले गए–''अ . . . आपको यह मालूम है?''

''यकीनन उस रात हम इतने नशे में थे कि पता ही नहीं चला कि सोनम कब बैंग्लो में पहुंच गई। कब उसने हमारे जिस्म को कंधे पर लादा और सबसे ऊपर वाली सीढ़ी से नीचे लुढ़का दिया। चेतना तब लौटी जब किसी के ज़ोर-ज़ोर से चीखने की आवाज़ चेतना को बेंधकर कानों तक पहुंची। वह आवाज़ तुम्हारी थी पंकज। उस क्षण

हमने महसूस किया कि तुम हमारे जिस्म को बीच सीढ़ी पर अपने पैर से रोके हुए हो। तुम दोनों के बीच बहस चल रही थी। वह हमें खत्म कर देने पर आमादा थी और तुम हमें बचाने के लिए जी-जान एक किए हुए थे। फिर तुमने हमें हमारे सुईट में पहुंचाया। तब तक हम पूरी तरह होश में आ चुके थे। अपने सुईट के बंद दरवाज़े के की होल से देखा और सुना–जो हुआ था, तुम उसकी सूचना सौ नंबर वालों को देने पर अड़ गए। जबकि वह तुम्हें यह समझाने की पुरज़ोर कोशिश कर रही थी कि तुम्हारा फायदा भी हमारे खात्मे में ही है मगर तुम तैयार न थे। तुम्हारे अड़ियल रवैए पर वह बौखला गई थी। इस कदर कि अंततः तुम्हें अपने सुईट में ले गई। जो कुछ तुम्हारे और उसके बीच रिसॉर्ट में हुआ था, उसकी फिल्म दिखाई और उसे नैना को दिखाने की धमकी दी। तुम टूट गए। तुम्हारी जगह हम भी होते तो टूट जाते। मजबूर होकर बल्कि अगर यह कहें कि ब्लैकमेल होकर तुम हमारा मर्डर करने को तैयार हुए तो गलत न होगा।''

पंकज हैरान रह गया था। पूछा–''उसके बाद?''

''तुम्हारी एक-एक हरकत पर हमारी नजर गड़ गई थी। हमारा प्लॉन तुम्हीं लोगों के प्लॉन पर चलकर अंततः उस छिनाल औरत का खात्मा कर देना था। यह भी कहें कि हमने तुम्हें खुद अपनी हत्या का प्लान बनाने के लिए उकसाया तो गलत न होगा। उसके बाद तुमने बगैर सोनम को बताए न सिर्फ अपने दिमाग में प्लान बनाया बल्कि उस पर अमल भी शुरू कर दिया। प्लान तुमने सोनम को भले ही न बताया हो पर तुम्हारी हरकतों से हमारी समझ में सबकुछ आ रहा था। जब तुमने हमें मैजिक मूवीज से यह अफ़वाह उड़ाने की सलाह दी कि उन्होंने हमारी फिल्मों के राइट्स खरीद लिए हैं तो हम समझ गए तुम क्या चाहते हो। खुद को इंसुलिन लगवाने और कुछ देर बाद डॉक्टर गुलाटी को बुलाने का तो आइडिया ही तुम्हें हमने दिया था। हमने तुम्हारे बीच होने वाली उस वक्त की बातें भी सुनीं जब तुमने सोनम

को पूरा प्लान बताया था। उसके बाद . . . तुम्हारे प्लान के ऊपर हमें अपने प्लान को अंजाम देने में भला क्या दिक्कत पेश आनी थी!''

''इ . . . इसका मतलब आपने मेरे रिवॉल्वर की गोलियां चेंज कीं!'' वह मुस्कराया था–''ऐसा न करते तो सोनम की जगह हमारी राम नाम सत्य न हो जाती!''

''कैसे किया आपने?''

''हूबहू असली नजर आने वाली नकली गोलियां बाजार में खूब मिलती हैं। सोनम से लेने के बाद रिवॉल्वर को तुमने अपने कमरे में, उसी बैग में रखा था जिसमें बाजार से खरीदकर लाए गए रंगराज के नाप के पुराने कपड़े, ग्लब्स और नकाब आदि थे। तुम्हें पता भी नहीं लगा और हमने गोलियां चेंज कर दीं। यहां यह बता देना जरूरी है कि उसमें केवल दो गोलियां थीं। जो रिवॉल्वर सलबटे रंगराज के यहां से बरामद करेगा वह खाली होगा। वह कभी नहीं जान पाएगा कि उससे नकली गोलियां चली थीं।''

''और वह खून, जो मेरे गोलियां चलाने पर निकला था?''

''हमारे लिबास में छुपे खून से भरे गुब्बारे थे जिन्हें हमने तुम्हारे फायर करने के क्रम में फोड़ा। याद रहे, सलबटे जब घटनास्थल पर पड़े खून को चैक कराएगा तो हमारा ही पाएगा क्योंकि गुब्बारों में बाजार से खरीदे गए हमारे ही ग्रुप का ब्लड था।''

''मतलब मेरे वहां से जाते ही आप उठे। झोंपड़ी में पहुंचे और सोनम का वह हाल किया जो सबने देखा!''

''कहानी क्योंकि ऐसी घड़नी थी कि पुलिस को लगे–हमलावर का असली मकसद सोनम से रेप करना था लेकिन रेप करना नहीं था क्योंकि ऐसा कर दिया जाता तो सीमेंस बता देते कि रेप रंगराज ने नहीं किया है।

इसलिए, सीन ऐसा बनाना पड़ा जिससे पुलिस की समझ में यह आए कि रेप करने की कोशिश में हमलावर ने गुस्से में उसे ठोकर मारी

और रेप होने से पहले ही दुर्घटनावश वह हमेशा के लिए मशीन के नुकीले हैंडिल पर झूल गई। इसके लिए रेशम की उस डोरी को खोलना पड़ा जिससे तुम उसे बांध आए थे। मुंह से कपड़ा निकालना पड़ा। अर्थात् काफी मशक्कत करनी पड़ी हमें लेकिन सच कहें–उस कमीनी औरत को मारने में मजा खूब आया।''

उस क्षण पंकज ने चौंककर राजेश कुमार की तरफ देखा था और उसके चेहरे पर अब भी सोनम के प्रति घृणा ही घृणा नजर आई थी।

इतनी ज्यादा घृणा कि बहुत देर तक पंकज कुछ बोल न सका।

खुद को संतुलित करके पंकज ने पूछा–''आपके कंधों तथा बाज़ू पर गोलियां कैसे लगीं?''

''शशांक पांडे को जानते हो?''

''कैसी बात कर रहे हैं! उससे क्या मैं मिला नहीं हूं! शशांक पांडे आपके नटराज स्थित आफिस को संभालता था।''

''सबसे ज्यादा उसी ने हमारा साथ दिया। वह मदद न करता तो हमारे लिए अपने प्लान पर अमल करना नामुमकिन था। हमने उसे सबकुछ बताया-सबकुछ। यह कि तुम और सोनम क्यों, कहां और किस तरह हमारा मर्डर करने वाले हो। यह भी कि हम किस तरह बचकर, किस तरह सोनम को उसके किए की सजा देंगे। सुनने के बाद उसकी आंखें हैरत से फटी रह गई थीं और उस वक्त तो उसके होश ही उड़ गए जब हमने कहा कि उन घटनाओं के बीच तुम झोंपड़ी के आसपास ही होगे बल्कि हमारे और सोनम के पहुंचने से पहले ही जाकर वहां छुप जाओगे और किसी भी हालत में हमारे द्वारा सोनम का काम-तमाम होने से पहले सामने न आओगे। तुम्हारा काम उसके बाद शुरू होगा। उसने कांपती आवाज़ में पूछा था–मुझे क्या करना होगा? हम जानते थे जो उसे करना है उसके बारे में बता दिया तो वह डर जाएगा। इसलिए केवल इतना ही कहा कि समय आने पर बताएंगे

और समय तब आया जब सोनम के प्राण पखेरू उड़ चुके। झोंपड़ी से निकलने के लिए हम उसके दरवाज़े की तरफ घूमे ही थे कि पांडे पर नजर पड़ी। वहां खड़ा वह थर-थर कांप रहा था। हमने उसे सांत्वना दी, अपनी गाड़ी के करीब ले गए। पिछली सीट पर पड़ी अटैची में हमारे और सोनम के कई जोड़ी कपड़े थे क्योंकि लंबे समय के लिए नशा मुक्ति केंद्र के लिए निकले थे।

कपड़े चेंज किए। खून से सने कपड़े हाथ में लिए ठीक उस स्थान पर पहुंचे जहां तुमने हम पर गोलियां चलाईं थीं और जहां हमारे द्वारा गुब्बारे फोड़े जाने के कारण जमीन पर खून पड़ा था। बुरी तरह डरा हुआ पांडे हमारी सारी कार्रवाई देख रहा था मगर कुछ समझ न पा रहा था। खून सने कपड़े एक तरफ रखने के बाद हमने जेब से ठीक वैसा रिवॉल्वर निकाला जैसे से तुमने हम पर गोलियां चलाई थीं। वह रिवॉल्वर पांडे के हाथ में पकड़ाकर जब हमने कहा कि तुम्हें दो कदम दूर जाकर हम पर गोली चलानी है तो . . .''

''क . . . क्या बात कर रहे हैं आप!'' पंकज के हलक से चीख-सी निकल गई थी–''आपने खुद, खुद को गोलियां लगवाईं?''

''जरूरी था।''

''मतलब?''

''जिस तरह तुम्हारे प्लान के मुताबिक पुलिस को सोनम का ऐसी हालत में मिलना जरूरी था कि उसे सपने तक में घटना नकली न लगे, उसी तरह हमारा पुलिस को ऐसी हालत में मिलना जरूरी था जिससे पुलिस को जरा भी शक न हो कि घटना नकली है। इसके लिए खुद को असली गोलियां लगवाना जरूरी था।''

पंकज की आंखों के सामने साठ वर्षीय शशांक पांडे चकरा रहा था। ये शब्द मुंह से निकलते चले गए–''आपने उस बूढ़े शख्स से खुद पर असली गोलियां चलवाईं!''

''क्या समझते हो तुम उस बूढ़े शख्स को! उसने फिल्म इंडस्ट्री में

शूटर के रूप में ही कदम रखा था। एक जमाने में उसे इंडस्ट्री का सबसे सधा हुआ शूटर माना जाता था। फिर, नई-नई टेक्नोलॉजियां आती गईं और शशांक पांडे जैसे लोगों को काम मिलना बंद हो गया। बेरोजगार हो जाने की सूरत में उसने हमारा आफिस संभाला था।''

''फ . . . फिर भी, मैंने देखा है–उसके हाथ कांपते हैं।''

''इसके बावज़ूद उसने जो किया, तुम देख ही रहे हो।''

''हद कर दी आपने।'' मुंह से निकला–''ये तो जुनून था।''

''ऐसे काम जुनून में ही होते हैं।'' राजेश कुमार ने उसकी आंखों में झांका–''और पंकज, खुद को ठिकाने लगाने का यह जुनून हममें उसी कुतिया ने भरा था। तुम कहो, दिल पर हाथ रखकर कहो दोस्त कि क्या वह इसी लायक न थी! हिंदुस्तानी औरतें अपने सुहाग की लंबी आयु के लिए सारे जीवन अपनी मांग में सिंदूर सजाए रखती हैं और उसने उसी सुहाग को मौत के घाट उतारने का षड्यंत्र रचा! इस घृणित काम के लिए उसने उस जिस्म तक को गैर मर्द के हवाले कर दिया जिसे अपवित्र होने से बचाने के लिए भारतीय नारी अपने प्राणों की आहुति दे देती है। यह घिनौना काम उसने सिर्फ इसलिए किया क्योंकि जान गई थी कि जब तक तुम पूरी तरह उसके शिकंजे में नहीं फंसोगे तब तक तुम्हारा इस्तेमाल न कर सकेगी।''

''भले ही मेरी मजबूरी चाहे जो रही हो सर।'' पंकज ने एक-एक शब्द नापतौल कर बोला था–''लेकिन हकीकत ये है कि आपके इस मर्डर प्लान में मैं उसका बराबर का साथी था। बल्कि उससे ज्यादा ही कहूं तब भी गलत न होगा। मजबूरी में ही सही लेकिन प्लान तो सारा मैंने ही बनाया था।''

''अब भी नहीं समझा बेवकूफ! प्लान तूने नहीं, हमने बनाया था–हमने।'' वह बहुत ही फ़ीकी मुस्कान के साथ बोला–''अपनी हत्या के ऊपर उस घृणित औरत की हत्या का प्लान। तू तो सिर्फ और सिर्फ हमारे दिमाग के इशारे पर नाच रहा था। हर कदम पर तूने वही

किया जो हम कराना चाहते थे। यह कहें तो गलत न होगा कि तू तो मोहरा था हमारा। ऐसा मोहरा जिसके कंधे पर बंदूक रख कर हमने एक खतरनाक और बदजात औरत से हमेशा के लिए निजात पाई। हमें आज भी याद है, बिल्कुल अंत में, उसे अपना पूरा प्लान बताने से पहले तूने कसमसाते हुए, दांत भींचकर उससे कहा था–'वाकई! तुम इतनी घिनौनी औरत हो कि अगर उस रात तुमने मुझे अपने रूपजाल में फंसाकर वो सब न करा लिया होता और उसकी सीडी न बना ली होती तो मैं किसी कीमत पर सर की हत्या के इस आयोजन में तुम्हारे साथ न होता'।''

पंकज ने उस क्षण को लाख-लाख धन्यवाद दिया जब उसके मुंह से वे शब्द निकले थे। वे शब्द, जो खुंदक में उसने कहे भले ही सोनम से हों लेकिन सुन राजेश कुमार ने भी लिए थे। उन्हीं चंद शब्दों ने उसे राजेश कुमार की नजरों में निर्दोष साबित कर दिया था। इसमें शक नहीं कि उसने सिर्फ सीडी की खातिर इस मिशन को अंजाम न दिया था बल्कि जब उसे राजेश कुमार की मौत में पर्सनल फायदा नजर आने लगा था तो पूरे दिल से इस मिशन को अंजाम देने में जुट गया था। मगर, यह बात केवल उसके दिल में थी। कभी किसी से नहीं कही और जो बात सिर्फ उसके दिल में थी, उसे राजेश कुमार कैसे समझ सकता था? समझ में तो उसके वही बात आनी थी जो उसने कही और सोनम से कहा उसने हमेशा यही था कि वह सीडी के कारण उसका साथ दे रहा है।

''गौर से सोचो पंकज . . . गौर से सोचो।'' जुनूनी अवस्था में राजेश कुमार कहता चला जा रहा था–''न तुमने कुछ गलत किया है, न हमने। न सोनम सभ्य समाज में सांस लेने लायक थी, न ही रंगराज को यह हक था। हमारी हत्या के जुर्म में बिल्कुल सही शख्स को फंसाने का प्लान बनाया था तुमने। इसीलिए तो हमने उस प्लान को ज्यों का त्यों रहने दिया। बस इतना परिवर्तन किया उसमें कि हमारी

नहीं सोनम की हत्या के इल्जाम में जेल गया और अब उसे उम्रकैद या फ़ांसी से कोई नहीं बचा सकता।''

सच्चाई यह थी कि राजेश कुमार की बातें सुनकर उसके सिर से बोझ-सा उतर गया था। मन बहुत हल्का हो गया था।

खौफ़ का साया जो हट गया था उससे!

यह भी लिख दिया जाए तो गलत न होगा कि हर शंका से मुक्त होने के बाद इस वक्त उसका मन-मयूर नाच उठने को कर रहा था।

परंतु अभी-भी जेहन में एक सवाल था, वही किया–''क्या आपको पचपन करोड़ की पॉलिसी के बारे में वाकई मालूम न था?''

''किसने कहा?''

''एलआईसी वालों से आप ही ने।''

''वह उनसे कहने की बात थी, तुमसे छुपाने की नहीं।'' एक बार फिर उसके होठों पर जीवंत मुस्कान थी।

''म . . . मतलब?''

''बात को समझो गधे, पूरी बात को पूरे तौर पर समझो।''

''मेरी समझ में नहीं आ रहा कि आप क्या कह रहे हैं।''

''तुम्हारे बैंग्लो में कदम रखने से भी पहले जिस क्षण हमने सोनम को ठिकाने लगाने का फ़ैसला लिया, उसी क्षण दिमाग में यह सवाल भी उभरा था–इस कमीनी के खून से हाथ रंगने से हमें मिलेगा क्या? कई दिन तक विचार करते रहे। फिर, इसी दिमाग ने सवाल उगला–क्यों न बीमा करा लिया जाए! इसकी मौत के बाद कम से कम उसकी रकम तो मिलेगी और हमने फौरन अपने विचार को अमलीजामा पहना दिया। वह कूढ़मगज स्वप्न में भी नहीं सोच पाई थी कि हमने कितनी दूर तक की सोच ली है।''

''मतलब मुझसे कहानी लिखवाना, आपका बार-बार खुद को सुपरस्टार साबित करने की बात कहना, सब दिखावा था।''

''एक बार फिर वही कहेंगे, ऐसा किसने कहा तुमसे?''

''आपकी बातों का निचोड़ तो यही निकला!''

''नहीं, हमने ऐसा कुछ नहीं कहा। मजे की बात ये है कि तुमने वह समझ लिया जो हमने नहीं कहा और वह नहीं समझा जो तुमसे हुई पहली मुलाकात से ही लगातार कहते आ रहे हैं।''

''क्या कहते आ रहे हैं?''

''यह कि सुपरस्टार जरूर बनेगी। हमारे पास और किसी काम के लिए पैसा हो, न हो मगर इस काम के लिए पूरा इंतजाम कर रखा है। क्या तुम अब भी नहीं समझे गधे!''

''क . . . क्या वो इंतजाम ये था!'' पंकज की आवाज़ बुरी तरह कांप गई थी–''शुरू से ही यह प्लान बना रखा था आपने कि सुपरस्टार सोनम की मौत के बाद मिलने वाले पचपन करोड़ से बनेगी!''

''अब जाकर समझे तुम।'' राजेश कुमार ने इस तरह कहा जैसे गणित का जटिल सवाल समझाने में कामयाब हो गया हो।

यह सोचकर पंकज की आंखें आश्चर्य से फैलती चली गईं कि कितना लंबा प्लान बनाया था राजेश कुमार ने!

वह चुप रह गया।

जैसे कहने के लिए कुछ बचा ही न हो।

हकीकत ये है कि राजेश कुमार का मुकम्मल प्लान सुनने के बाद उसे सचमुच ऐसा लग रहा था जैसे बुरी तरह ठगा गया हो क्योंकि अचानक पता लगा था कि उसने तो कुछ किया ही नहीं। जो किया, राजेश कुमार ने किया है। वह तो बस उसके दिमाग के नजर न आने वाले धागों पर कठपुतली की मानिंद नाचता रहा था।

फिर भी, काफी देर की खामोशी के बाद कुछ कहने के लिए मुंह खोला ही था कि नैना किचन से निकलती नजर आई। उसके हाथ में एक प्लेट और प्लेट में गर्मागर्म आलू का परांठा था। भाप छोड़ता सुर्ख परांठा।

ऐसा, जिसे देखते ही किसी का भी मन उसे खाने के लिए करने

लगे। नजदीक आते ही उसने प्लेट राजेश कुमार के फ़ेस के आगे करते हुए कहा–''ये देखिए सर, कैसा है?''

राजेश कुमार ने एक्टिंग जारी की–''नैना तुम . . .''

''आपको मेरी कसम सर।'' नैना पहले ही समझ गई थी वह क्या कहने वाला है–''एक तो खाना ही पड़ेगा।''

राजेश कुमार पुनः कुछ कहने वाला था कि एसआई के साथ इंस्पेक्टर सलबटे ने लॉबी में कदम रखा।

''वाह! इतना शानदार आलू का परांठा!'' दीवान की तरफ आते सलबटे ने अपनी लंबी नाक से लंबी सांस लेते हुए कहा था–''खुश्बू बता रही है कि देसी घी से बना है।''

एक बार को तो ऐसी खामोशी छा गई जैसी किसी महफ़िल में अवांछनीय शख्स के आने पर छा जाती है।

किसी पर भी कुछ कहते न बन पड़ा। फिर चहकती हुई नैना ही बोली–''अगर आपको भी आलू के परांठे पसंद हैं तो मैं जरूर खिलाऊंगी लेकिन . . .''

''अड़ंगा क्यों?''

''एक परांठा राजेश सर को खिला दीजिएगा। इन्हें समझाइए कि मरने वाले के साथ मरा नहीं जा सकता।''

सलबटे ने नैना को ऐसी नजरों से देखा जैसे शिकारी शिकार को देखता है। फिर, जानबूझकर चुभने वाली बात कही–''यहां तो सोनम मैडम के इंतकाल की खुशी में परांठा पार्टी चल रही है भैया। क्यों न बहती गंगा में हम भी गोता लगा लें!''

''मिस्टर सलबटे।'' राजेश कुमार के मुंह से गुर्राहट निकली थी–''जुबान संभालकर बात कीजिए। पार्टी नहीं चल रही बल्कि नैना हमें कुछ खिलाने की कोशिश कर रही थी।''

सलबटे अपनी सफ़लता पर आनंदित हुआ मगर अंदर ही अंदर, प्रत्यक्ष में तो यूं कहा उसने–''सॉरी सर, ज़ुबान फिसल गई।''

‘‘क्यों आए हो यहां?’’ लहजे में अब भी नाराजगी थी।

‘‘अपनी प्रोग्रेस रिपोर्ट देने।’’

‘‘रिपोर्ट हमें मिल गई है।’’

‘‘यानी मेरा यह अनुमान भी सेंट-परसेंट खरा उतरा।’’ उसने एसआई की तरफ देखते हुए कहा–‘‘क्यों एसआई साहब!’’

‘‘मतलब?’’ राजेश कुमार ने पूछा।

‘‘एसआई साहब जानते हैं कि सलबटे के अनुमान सेंट-परसेंट खरे उतरते हैं। मेरा अनुमान था कि मुझसे पहले नेशनल इंश्योरेंस कंपनी वाले आपसे मिल लेंगे, वही हुआ है।’’

राजेश कुमार खामोश रहा।

जब से सलबटे की नॉलिज में पचपन करोड़ की पॉलिसी आई थी, तब से उसका दिमाग ठनका हुआ था।

जेहन का कोई अज्ञात कोना बार-बार फुसफुसा रहा था–‘सोनम के कत्ल के पीछे कहीं ये पॉलिसी तो नहीं है!’ लेकिन, इस फुसफुसाहट का मिलान जब वह प्राप्त सबूतों से करता तो कोई तालमेल बैठता नजर न आता। फिर भी, इस एंगिल पर राजेश कुमार को टटोलने का फ़ैसला किया और कहा–‘‘एक बात कहने के लिए मेरे पेट में गैस का गोला-सा उठ रहा है सर। नहीं कहूंगा तो अफ़ारा हो जाएगा। एडवांस बुकिंग के तहत बुरा न मानने की गारंटी दें तो कहूं?’’

‘‘क्या कहना चाहते हो?’’

‘‘दिन बड़े गोल्डन चल रहे हैं आपके।’’

‘‘मतलब?’’

बाज नहीं आया वह, कह ही दिया–‘‘पिछले हफ्ते दो करोड़ अमेरिकी डॉलर्स की लाटरी लगी और अब ये पचपन करोड़ का . . .’’

‘‘मिस्टर सलबटे।’’ इस बार राजेश कुमार न केवल दांत भींच कर गुर्रा उठा बल्कि एक ही झटके में उठ भी बैठा। नैना झपटकर उसके नजदीक आई और सहारा देती बोली–‘‘नो सर, नो–प्लीज, आपका

इस तरह उठना ठीक नहीं है और गुस्सा तो बिल्कुल नहीं।''

''फोन दो पंकज। हमें कमिश्नर से बात करनी है। उन्हें बताना है कि उनके इंस्पेक्टर को बात करने की तमीज नहीं है।''

''मैंने एडवांस में बुरा न मानने की गारंटी पर यह बात कही है जनाब।'' वह इसलिए कहता चला गया क्योंकि जानता था, राजेश कुमार के पुलिस कमिश्नर से बहुत अच्छे संबंध हैं।

''बुरा न मानने की गारंटी का मतलब क्या ये है कि जो मुंह में आएगा, तुम बके चले जाओगे!''

''मर्डर हुआ है सर, इन्वेस्टिगेशन करना मेरी ड्यूटी है।''
''इन्वेस्टिगेशन करने का ये कौनसा तरीका है तुम्हारा?''

''क्या गलत तरीका इस्तेमाल कर लिया मैंने! आपके सुनहरे दिनों की ही तो बात की है! मेरे कहने का मतलब ये था कि अगर हफ्ते भर पहले आपका दो करोड़ अमेरिकी डॉलर का कांट्रेक्ट न हुआ होता तो इस वक्त आप घोर संकट में पड़े होते।''

''क्या मतलब हुआ इस बकवास का?''

''अगर ऐसे शख्स का मर्डर हो जाए जिसका पचपन करोड़ का बीमा हो तो पुलिस और बीमा कंपनी का सीधा शक उसके नोमिनी पर जाता है और . . . नोमिनी अगर कंगला हो, जैसे कि आप मैजिक मूवीज की घोषणा से पहले थे तो समझो–पुलिस के हाथ सीधे उसकी गर्दन पर जा जमते हैं। इस मामले में शक यदि आप पर नहीं जा रहा तो सिर्फ इसलिए क्योंकि पिछले हफ्ते ही आपने दो करोड़ अमेरिकी डॉलर कमाए हैं। यह बात आपके हक में है कि ऐसा शख्स पचपन करोड़ के लिए बीवी का कत्ल क्यों करेगा? इस लिहाज से अगर मैंने आपके दिनों को सुनहरे दिन कह दिया तो क्या गलती कर दी!''

''बहुत ही घटिया सोच वाले इंस्पेक्टर हो तुम। क्या कोई पति केवल पचपन करोड़ के लिए अपनी पत्नी का मर्डर कर सकता है?''

''पति तो सलबटे ने ऐसे-ऐसे भी देखे हैं जनाब जो सिर्फ पचपन रुपए के लिए पत्नी की बलि चढ़ा देते हैं।''

''और खुद को गोलियां भी मार लेते हैं!''

''ये भी।'' सलबटे ने शब्द जमाए–''ये भी एक ऐसा प्वाइंट है जो मुझे रटे-रटाए पेटर्न पर नहीं सोचने दे रहा।''

''जब रंगराज के घर से हमारे खून से सने उसके कपड़े, सोनू का मोबाइल, ग्लब्स, नकाब और वह रिवॉल्वर तक बरामद कर चुके हों जिससे हम पर गोलियां चलाई गईं तो दूसरी किसी दिशा में तुम सोच ही कैसे सकते हो?''

''इस सबके बावजूद वह गुनाह कुबूल नहीं कर रहा। बार-बार यही भजे जा रहा है कि वह रात में कहीं गया ही नहीं, उसे नहीं पता सारा सामान उसके घर के टांड पर कैसे पहुंच गया!''

''मुजरिम कभी अपना जुर्म कुबूल करता है?''

''करता है हुजूर, टार्चररूम में तो आदमी वह भी कुबूल कर लेता है जो उसने कभी किया ही नहीं होता लेकिन वो पट्ठा है कि मेरी सारी कोशिशों के बावजूद . . .''

''हमसे क्या चाहते हो?''

''नैना।'' एक झटके से कहने के साथ सलबटे ने अपनी नजरें नैना पर जमा दी थीं।

राजेश कुमार बुरी तरह चौंका–''मतलब?''

''वैसे आप नहीं भी देंगे तो मैं इसे ले जाऊंगा।''

''क्या बक रहे हो?''

''मेरे दिमाग में सवाल था–रंगराज को पता कैसे लगा कि आज रात आप और सोनम मैडम नशा मुक्ति केंद्र जाएंगे?''

''पूरी बात बोलो, क्या कहना चाहते हो?''

''मेरी नॉलिज के मुताबिक इस बारे में आप दोनों के अलावा सिर्फ तीन लोगों को पता था–पंकज, गुलाटी और नैना।''

उसकी बात ने राजेश कुमार को . . . बल्कि उससे भी ज्यादा अंदर ही अंदर पंकज को बुरी तरह आंदोलित कर दिया था। नैना तो अभी तक समझ ही नहीं पा रही थी कि सलबटे क्या कह रहा है। राजेश कुमार के हलक से दहाड़-सी निकली थी–''तुम्हारा दिमाग खराब हो गया है इंस्पेक्टर, कहना क्या चाहते हो तुम?''

''वही, जो आप समझ चुके हैं।''

''क्या समझ चुके हैं हम?''

सलबटे ने एक झटके से कह दिया–''यह कि आप लोगों के प्रोग्राम की जानकारी रंगराज को नैना ने दी।''

''य–ये क्या कह रहे हो इंस्पेक्टर साहब!'' बात समझ में आते ही नैना चीख पड़ी–''मैं क्यों उसे कुछ बताऊंगी? भला मेरा क्या मतलब रंगराज से?''

''तुम आरोग्य अस्पताल की नर्स हो और रंगराज वहां की मैट्रन का ड्राइवर रह चुका है।''

''त–तो?''

''जरूर तुम लोगों का कोई टांका है।''

''अरे! ये क्या कह रहे हो तुम?'' एकाएक नैना ने राजेश कुमार की तरफ पलटते हुए कहा–''सर, ये क्या कह रहे हैं इंस्पेक्टर साहब, इन्हें समझाइए–मैं ऐसी लड़की नहीं हूं।''

इस कल्पना ने पंकज के जिस्म का रोंया-रोंया खड़ा कर दिया था कि सलबटे के शक की सुंईं नैना पर आ टिकी है। राजेश कुमार की खोपड़ी भी झन्नाट हो गई थी। पंकज का दिल चाह रहा था, सलबटे का खोपड़ा तोड़ दे मगर वह कोई ऐसी हरकत नहीं कर सकता था जिससे उसके और नैना के अंतरंग संबंध उजागर होने का खतरा हो। राजेश भी सीमित दायरे में ही प्रतिक्रिया कर सकता था।

एक-एक शब्द को संभालता हुआ बोला वह–''नैना वाकई ऐसी लड़की नहीं है इंस्पेक्टर।''

‘‘आपके संपर्क में आए तो अभी इसे एक हफ्ता भी नहीं गुजरा है, फिर आप ऐसा कैसे कह सकते हैं!’’

‘‘इसकी मासूमियत . . . इसका भोलापन।’’

‘‘मेरा वास्ता अक्सर मासूम और भोलेभाले चेहरे वाले शातिरों से ही पड़ता है सर, क्या आपको इसकी बैकग्राउंड मालूम है?’’

‘‘बैकग्राउंड?’’

‘‘पुलिस का काम किसी पर हाथ डालने से पहले उसकी जन्म कुंडली खंगालना होता है जनाब। वह मैं कर चुका हूं। यह जानकर शायद आपको शॉक लगे कि इसका भाई अपने इलाके का मवाली है। उसका काम है–आए दिन झगड़े फ़साद करना, राहजनी, चोरी चकारी, चाकू हमेशा उसकी फैंट में लगा रहता है।’’

‘‘सिर्फ मेरा भाई ऐसा है।’’ नैना चीखी–‘‘हमारी चाल में रहने वाले लोगों से मेरे मां-बाप के बारे में पूछो, मेरे बारे में पूछो। सब यही कहेंगे कि हम उससे यह सब न करने के लिए कहते रहते हैं। हममें से कभी किसी ने उसकी हरकतों को पसंद नहीं किया।’’

राजेश कुमार हैरान रह गया था, क्योंकि उसे नैना के भाई के बारे में कुछ पता नहीं था। फिर भी कहा–‘‘भाई के ऐसा होने का मतलब यह नहीं है इंस्पेक्टर की बहन भी . . .’’

‘‘यह सब आगे की इन्वेस्टिगेशन से पता लगेगा सर।’’ राजेश कुमार से कहने के बाद सलबटे एसआई से बोला–‘‘ले चलो इसे।’’

एसआई ने आगे बढ़कर नैना की कलाई पकड़ ली। रोती हुई नैना उसके मजबूत हाथ से कलाई छुड़ाने का असफ़ल प्रयास करती बोली–‘‘अरे! ये क्या कर रहे हो? सर, कुछ कीजिए–मैंने कुछ नहीं किया। रंगराज से मेरा कोई संबंध नहीं है।’’

उसकी चीखों और रुदन ने पंकज के दिलो-दिमाग में हाहाकार मचा दिया था। मुट्ठियां भिंच गई थीं। दांतों पर दांत जम गए थे। जिस्म का

सारा खून चेहरे पर इकट्ठा हो गया था। जी चाह रहा था अभी आगे बढ़े और एसआई के चेहरे पर एक घूंसा जड़कर अपनी नैना को छुड़ा ले मगर–किस अधिकार से? कैसे सलबटे को समझा दे कि उसके और नैना के बीच कैसे संबंध हैं?

एसआई चीखती-चिल्लाती और रोती हुई नैना को लगभग घसीटता हुआ दरवाज़े की तरफ ले जा रहा था। जैसे ही सलबटे दरवाज़े की तरफ मुड़ा, राजेश कुमार ने कहा–''ठहरो।''

वह ठिठका। घूमा।

''क्या रंगराज ने इसका नाम लिया है?''

''बता चुका हूं–अभी तो ज़ुर्म ही कुबूल नहीं किया है उसने। किसी का नाम कैसे लेगा?''

''फिर किस आधार पर ले जा रहे हो?''

''अनुमान के आधार पर। कुछ देर पहले फ़रमा चुका हूं कि मेरे अनुमान सेंट परसेंट खरे होते हैं। घुटे हुए रंगराज ने तो अभी तक कुछ उगला नहीं है लेकिन मेरा आगे का अनुमान है कि ये टार्चर चेयर पर बैठते ही सबकुछ उगल देगी। मेरा अनुमान यह भी है कि इसे पंजे में देखकर रंगराज भी लाइन पर आ जाएगा। आखिर आशिक को अपनी जान की जान अपनी जान से ज्यादा प्यारी होती है!''

राजेश कुमार पर कुछ कहते न बन पड़ा जबकि एसआई नैना को घसीटता हुआ दरवाज़े की तरफ ले जा रहा था और . . . बुरी तरह फड़फड़ा रही नैना गिड़गिड़ा रही थी–''कुछ कीजिए सर, मुझे बचा लीजिए, मदद कीजिए मेरी। मैंने कुछ नहीं किया।''

एसआई के पीछे घिसटती चली जा रही नैना ने आंसू भरी आंखों से पंकज की तरफ भी देखा था। उसकी आंखों में मौजूद मदद की याचना ने पंकज को जैसे पागल-सा कर दिया था मगर विवेक कह रहा था–'विरोध करके भी उसे नैना को ले जाने से न रोक सकेगा। फालतू

में नैना और तेरे संबंध और सामने आ जाएंगे। उससे पता नहीं और क्या लफड़ा फैल जाए!'

नैना को साथ लिए सलबटे और एसआई दरवाज़ा पार कर चुके थे। लॉबी में छाए सन्नाटे में अभी तक दूर होती जा रही नैना की चीखें और उसके रोने की आवाज़ें गूंज रही थीं।

''नहीं। मैं ऐसा नहीं होने दूंगा सर।'' पंकज मानो पागल हो गया था– ''अपनी नैना के साथ मैं ऐसा नहीं होने दे सकता। हमारे किए की सजा वह नहीं भोग सकती।''

''होश में आओ पंकज, जितनी समझदारी का परिचय सलबटे की यहां मौजूदगी तक दे रहे थे, अब भी उतनी ही समझदारी का परिचय दो क्योंकि भावुक होने से कुछ नहीं होगा।''

''वो साला सलबटे उसे ही मुजरिम बनाए दे रहा है! नहीं, ये नहीं हो सकता। उसने क्या किया है? नैना सजा क्यों भोगे?''

''हमारे सुईट में बोतलें रखी हैं, एक ब्लैक लेबल ले आओ।''

''आप पागल हो गए हैं सर, मैं कुछ कह रहा हूं।''

''हम भी कुछ कह रहे हैं।'' ये शब्द राजेश कुमार ने कुछ ऐसे प्रभावशाली अंदाज में कहे थे कि कुछ कहने के लिए मुंह खोलने के बावजूद पंकज कुछ न कह सका। कुछ देर तक, जहां खड़ा था, इस तरह वहीं खड़ा रहा जैसे किसी महात्मा ने श्राप दे दिया हो और फिर लगभग दौड़ते हुए सीढ़ियां चढ़ीं।

सुईट में पहुंचा।

ब्लैक लेबल की बोतल लेकर दौड़ता हुआ वापस आया।

राजेश कुमार ने बेसब्र अंदाज में बोतल ली।

पंकज तब तक कुछ न बोला जब तक राजेश कुमार ने एक बार बोतल मुंह से लगाने के बाद हटा न ली। इस एक ही बार में उसने करीब सौ ग्राम व्हिस्की हलक से नीचे उतार ली थी।

''कुछ कीजिए सर।'' जिस तरह राजेश कुमार पीने के लिए बेसब्र था, ठीक उसी तरह पंकज अपनी बात कहने के लिए बेसब्र था– ''अगर एक बार उसने मेरी नैना को टार्चर चेयर पर बैठा दिया तो–तो मर जाएगी मेरी नैना।'' कहने के साथ वह रोने लगा था।

''संभालो पंकज, संभालो खुद को।''

''कैसे सर? कैसे संभालूं। वो नैना को–''

''न प्लान बनाते वक्त तुमने एक बार भी सोचा, न हमारे ही दिमाग में यह बात आई कि ऐसा भी हो सकता है जबकि कितनी स्वाभाविक बात है ये! रंगराज और नैना, दोनों ही आरोग्य अस्पताल से कनेक्टिड हैं। तुम्हें क्यों नहीं सूझा कि इससे नैना खतरे में पड़ सकती है! अपनी समझ में सलबटे ठीक है।''

''खाक ठीक है वो। बेवकूफ है एक नंबर का। हमें छोड़ कर उस मासूम पर हाथ डाल रहा है जिस बेचारी का इस झमेले से दूर-दूर तक कोई वास्ता नहीं है। उस गधे को तो ये भी नहीं पता कि नैना वो चीज है जिसे अगर यह पता लग जाए कि इस सबमें मैं इन्वॉल्व था तो मुझसे बेइंतहा मुहब्बत करने के बावजूद खुद ही पुलिस स्टेशन जाकर मेरे खिलाफ़ बयान दे देगी।''

''वह इस सबको नहीं देख रहा, वह तो वो देखेगा जो उसके सामने है और सामने ये है कि . . .''

''अब जो भी है सर, आपको कुछ करना होगा। मेरी नैना को उस शैतान के पंजे से निकालने के लिए कुछ कीजिए।''

''वही सोच रहे हैं।'' कहने के बाद एक बार फिर बोतल मुंह से लगा ली और पचास ग्राम के करीब गटकने के बाद बोला–''समझ में नहीं आ रहा क्या किया जा सकता है।''

''आपकी समझ में नहीं आ रहा तो मुझे करना पड़ेगा।''

''तुम! तुम क्या करोगे?''

''मैं . . . मैं थाने जाऊंगा। दोनों हाथों से उस साले इंस्पेक्टर का

गिरेबान पकड़कर कहूंगा कि–मैंने तुझसे बड़ा मूर्ख पहले कभी नहीं देखा। अबे कूढ़मगज, ये सब मैंने किया है–मैंने। नैना भी निर्दोष है और रंगराज भी। सारा सामान मैंने उसके घर में प्लांट किया था।''

''क . . . क्या?'' राजेश कुमार उछल पड़ा–''तुम यह कहोगे?''

भभकते चेहरे वाला पंकज गुर्राया–''बिल्कुल कहूंगा।''

''इससे तो तुम हमेशा के लिए अंदर चले जाओगे!''

''चला जाऊं। कोई परवाह नहीं। मगर मेरी नैना को कोई हाथ नहीं लगा सकता। उसका बाल भी बांका नहीं होने दूंगा मैं।'' जुनूनी अवस्था में वह कहता चला गया।

''क्या तुम सचमुच ऐसा कर सकते हो?''

''नैना की कसम सर, मैं ऐसा ही करूंगा।''

राजेश कुमार ने पंकज के फ़ेस पर चल रही जज्बातों की आंधी को देखा। मुकम्मल जिस्म का सारा खून सिर्फ और सिर्फ उसके चेहरे पर इकट्ठा हो गया था। जिस्म बुरी तरह कांप रहा था। उसे देखते ही देखते राजेश कुमार को लगा, वह गलत नहीं कह रहा था। और नैना की कसम तो वह झूठी खा ही नहीं सकता था। उसकी हालत देखकर एकाएक ही राजेश कुमार के होठों पर मुस्कान फैल गई। उस मुस्कान ने पंकज को अंदर तक सुलगा दिया। विस्फारित अंदाज में चीख पड़ा वह–''आप मुस्करा रहे हैं?''

''बात है मुस्कराने की।''

''आपको यह मुस्कराने की बात नजर आ रही है! मेरे साथ-साथ आप भी सारी जिंदगी जेल की कोठरी में बैठकर रोएंगे क्योंकि जब मैं पुलिस को सारी बात बताऊंगा तो . . .''

''वो तो हम समझ रहे हैं।''

''फिर भी मुस्करा . . .''

''मुस्करा हम इसलिए रहे हैं पंकज क्योंकि तुम्हारे इस वक्त के रियेक्शन से हमें यह क्लू मिल गया कि 'सुपरस्टार' के हीरो का प्यार

कैसा होना चाहिए। मुहब्बत उसे कहते हैं जो इस वक्त तुम्हारे चेहरे पर नजर आ रही है। इसे कहते हैं इश्क कि खुद मर मिटना है लेकिन दिलबर को कांटा तक नहीं चुभना चाहिए।''

''अ . . . आपको इस वक्त सुपरस्टार की कहानी सूझ रही है!''

वह हलक फाड़कर चीख पड़ा था।

''चिंता मत करो, करते हैं कुछ। नैना को बचाने के लिए तुम्हें अपनी कुरबानी नहीं देनी पड़ेगी।'' कहने के बाद एक बार फिर उसने बोतल मुंह से लगा ली थी।

इस बार पंकज कुछ बोल न सका। बस देखता रह गया उसकी तरफ। जब काफी देर तक भी राजेश कुमार कुछ न बोला तो बोला था–''जो भी करना है, जल्दी कीजिए। एक बार यदि वह मेरी नैना को टार्चर चेयर पर ले गया तो . . .''

''फोन दो।''

पंकज ने इतनी फ़ुर्ती के साथ जेब से मोबाइल निकालकर उसकी तरफ बढ़ाया जैसे पल के हजारवें हिस्से की देर भी हो गई तो कयामत आ जाएगी लेकिन राजेश कुमार ने उसे लेने की कोई कोशिश किए बगैर कहा–''ये नहीं, हमारा।''

पंकज ने बौखलाकर राजेश कुमार के मोबाइल की तलाश में इधर-उधर देखा। वह उसे सेंट्रल टेबल पर रखा नजर आया था। वह यूं झपटा जैसे मौका लगते ही कोई खुद पर रिवॉल्वर ताने शख्स पर झपटा हो। मोबाइल राजेश कुमार को देता हुआ बोला– ''कमिश्नर साहब से कह दीजिएगा सर, सख्ती के साथ नैना को छोड़ देने के लिए कहें। कई बार इंस्पेक्टर अपने अधिकारी की भी नहीं सुनते।''

''तुमसे किसने कहा हम कमिश्नर को फोन कर रहे हैं?''

''अ . . . और किसे करेंगे?'' वह बौखला गया था।

''सलबटे को हमने उसी किस्म का इंस्पेक्टर महसूस किया है जो

अफ़सरों की नाजायज बात नहीं मानते। यकीनन वह कमिश्नर को यह कहकर टाल देगा कि नैना को शक के आधार पर पकड़ा है। पूछताछ में वह निर्दोष साबित होगी तो छोड़ देगा। उस अवस्था में कमिश्नर कुछ नहीं कर पाएगा। उल्टे, सलबटे यह सोचने लगेगा कि हमने नैना की सिफ़ारिश क्यों की। उसके जेहन में यह बात घुसेड़ना समझदारी नहीं होगी। वैसे ही पट्ठे का दिमाग पचपन करोड़ की पॉलिसी के नोमिनी होने के कारण हम पर अटका हुआ है।''

''फ . . . फिर किसे फोन करेंगे आप?''

''देखते और सुनते रहो।'' कहने के साथ उसने फोन बुक से एक नंबर निकाला। ग्रीन बटन दबाया और संपर्क स्थापित होने पर जिससे जो बातें कीं, उन्हें सुनकर पंकज की आंखें आश्चर्य से फैल गई थीं। उसे यकीन नहीं आ रहा था कि ऐसा भी हो सकता है।

''प्लीज . . . प्लीज मुझे छोड़ दो इंस्पेक्टर साहब। कसम खाकर कहती हूं मैंने कुछ नहीं किया। वो मैट्रन का ड्राइवर था और मैं उसी अस्पताल में नर्स। बस, इससे ज्यादा मेरा उससे कोई संबंध नहीं था। मैंने तो कभी उससे बात तक नहीं की। आप चाहें तो मैट्रन को बुला लीजिए। उन्हीं से पूछ लीजिए कि . . .''

''सबसे पहले तो इसका ये टेपरिकार्ड बंद करो।'' कहने के साथ भन्नाए हुए सलबटे ने नैना को दो लेडी कांस्टेबल्स की तरफ इतना तेज धक्का दिया कि अगर सही मौके पर उनमें से एक ने नैना को पकड़ न लिया होता तो वह जमीन पर जा गिरती।

''साली ने कान पका दिए मेरे।'' सलबटे ने अपने एक कान में अंगुली डालकर उसे हिलाते हुए कहा–''राजेश कुमार के घर से यहां तक बस वे ही शब्द दोहराए जा रही है जो तुमने अभी-अभी सुने।''

''सच यही है इंस्पेक्टर साहब, आप अस्पताल में किसी से भी पूछ

लें।'' बुरी तरह रोती नैना कह उठी–''मेरे रंगराज से कोई संबंध नहीं थे। किसी ने मुझे उससे बात करते तक नहीं देखा होगा।''

दोनों लेडी कांस्टेबल्स ने उसे पकड़ लिया था। उस वक्त वे सलबटे की तरफ देख रही थीं जब वह उन्हीं पर गुर्रा उठा–''तुम मुझे ऐसे क्यों देख रही हो जैसे गूंगी गुड़ को देखती है?''

दोनों सकपका गईं।

एक ने पूछा–''क्या करना है सर?''

''थाल ले के आओ।'' सलबटे झल्लाया–''आरती उतारनी है इसकी। उसमें धूपबत्ती भी जला लेना।''

''ज . . . जी?''

''लेकर हवालात में चलो सुसरियों, पता नहीं औरतों को कौन पुलिस में भर्ती कर लेता है! वहां अपने तरीके से आरती उतारेंगे तो इसके गले में फंसी केसिट चेंज होगी और तुम सुनो।'' वह एसआई की तरफ घूमता हुआ बोला था–''ये बैंच यहां से उठाकर हवालात में रख दो। उसे इस पर लिटाकर आरती उतारनी पड़ेगी।''

फिर उसने थाने में मौजूद लगभग सारे स्टाफ को अलग-अलग आदेश देने शुरू कर दिए। किसी की समझ में नहीं आया वह क्या करना चाहता है मगर सभी आदेशों का पालन करने के लिए भाग दौड़ करने लगे क्योंकि जानते थे–उनका इंस्पेक्टर जब गुस्से में होता है तो किसी को नहीं बख्शता।

सीलन और बदबूयुक्त दस बाई दस की हवालात में रंगराज पहले ही से मौजूद था। रस्सियों की मदद से मजबूती के साथ एक कुर्सी से बंधा बैठा था वह। जिस्म पर सिर्फ अंडरवियर था। आंखें ही नहीं, सारा मुंह सूजा हुआ था उसका। देखने मात्र से पता लगा रहा था कि उसकी खातिर जमकर की गई है।

थाने में नया शोर-शराबा होने से पहले उसका चेहरा छाती पर लटका हुआ था। शोर-शराबे का कारण जानने के लिए ही उसने गर्दन

सीधी की थी। यही समय था जब रोती-चीखती नैना को जकड़े दोनों लेडी कांस्टेबल्स और उनके पीछे सलबटे अंदर दाखिल हुआ। उस क्षण, बहुत ही गौर से उसने रंगराज के चेहरे को रीड किया था। वह यह देखना चाहता था कि नैना को देखकर उसके चेहरे पर क्या भाव उभरते हैं मगर अपनी आशा के अनुरूप भाव न पाकर थोड़ा निराश हुआ। निराशा के कारण ही झपटकर उसके नजदीक पहुंचा और–बगैर किसी चेतावनी के ज़ोरदार घूंसा उसके जबड़े पर रसीद करता गुर्राया– ‘‘देख साले, देख–तेरी माशूका को उठा लाए हैं हम। अब देख हम इसके साथ क्या करते हैं।'' रंगराज बेचारे को चीखने से फ़ुर्सत हो तो कुछ बोले!

‘‘इसी से पूछ लो इंस्पेक्टर साहब।'' रोती हुई नैना ने एक बार फिर कहा–‘‘इसी से पूछ लो, मैंने तो इससे कभी बात तक . . .''

‘‘एक थाली के चट्टे-बट्टे एक ही भाषा बोलते हैं। कुछ देर बाद तुम वो भाषा बोलोगे जो मैं चाहूंगा। अरे बैंच यहां रखो न एसआई साहब और तुम दोनों इसे इस पर लिटा दो। रस्सियों से उसी तरह बैंच के साथ बांध दो जैसे इसका यार कुर्सी के साथ बंधा है। जल्दी करो–इसके हिमायती की पहुंच कमिश्नर तक है। वहां से फोन आ गया तो सरकारी कामकाज में बाधा पड़ सकती है।''

चीखती-चिल्लाती और रोती-गिड़गिड़ाती नैना को जब बैंच के साथ बांध दिया गया तो सलबटे ने एक कांस्टेबल से कहा–‘‘तुम दोनों हाथों से इसका मुंह खोलो। ध्यान रहे, मुंह हर हाल में खुला रहे। किसी भी हालत में बंद नहीं होना चाहिए और . . . पाइप कहां गया?''

‘‘ये रहा सर।'' एक सिपाही ने जल्दी से अपने हाथ में मौजूद प्लास्टिक का पाइप दिखाया।

सलबटे ने पहले सिपाही की शक्ल देखी, फिर पाइप देखा और यह भी देखा कि पाइप सिपाही के हाथ से होता हुआ हवालात के बाहर

की तरफ चला गया था। पुनः भड़क उठा वह–''इस पाइप का क्या मुझे अचार डालना है?''

''ज . . . जी! आप ही ने तो कहा था कि . . .''

''अबे इसका दूसरा सिरा नल की टोंटी में घुसेड़कर आ और समरसिबल पंप चला दे। पानी की इतनी मोटी धार चाहिए मुझे जितना मोटा ये पाइप भी नहीं है।''

सिपाही पाइप का सिरा वहीं छोड़कर बाहर की ओर भाग गया। किसी की समझ में नहीं आ रहा था कि सलबटे क्या करना चाहता है। एक नजर उसने हवालात के फर्श पर पड़े पाइप के सिरे पर डाली। फिर, दूसरी महिला कांस्टेबल से बोला–''इसे उठा।''

कांस्टेबल ने फास्टफारवर्ड अंदाज में झुककर उसे उठाया।

यही क्षण था जब उससे पानी की मोटी धार निकली। पाइप का कनेक्शन नल से करने के बाद शायद समरसिबल पंप चला दिया गया था। अचानक ही धार सीधी कांस्टेबल के चेहरे पर पड़ी थी।

बौखलाकर उसने पाइप का सिरा दूसरी तरफ घुमा दिया।

अब पानी की धार हवालात की एक दीवार पर पड़ रही थी और फर्श पर पानी इस तरह बह रहा था जैसे बारिश पड़ रही हो।

''अरी क्यों वेस्ट कर रही है पानी! आजकल बड़ा महंगा हो गया है। सुना है, अगली वर्ल्ड वार ही पानी को लेकर होने वाली है।''

''क . . . करना क्या है सर?''

''मुंह में डाल।'' वह नैना के खुले मुंह की तरफ इशारा करता बोला–''सीधी इसके मुंह में डाल पानी की धार मैं देखूंगा यह कितना पानी पीती है। मुंह की जगह चेहरे पर भी धार पड़ जाए तो कोई हर्ज नहीं है। नेति क्रिया के मुताबिक आदमी को नाक, कान और आंखों से भी तो पानी पीना चाहिए। मैं लड़की को सांस तक लेने देना नहीं चाहता। शुरू हो जा . . . जल्दी।''

उसका अंतिम आदेश सुनकर वहां मौजूद हर आदमी की रूह फ़ना

हो गई थी। टार्चर का यह नया तरीका उनके रोंगटे खड़े कर देने के लिए काफी था। लेड़ी कांस्टेबल ने उसके आदेश का पालन करना शुरू कर दिया था। अब पानी की धार सीधी नैना के खुले हुए मुंह में पड़ रही थी, चेहरे को भिगो देती। मुंह बंद करने की कोशिश की तो उसे जकड़े दूसरी लेडी कांस्टेबल ने ऐसा नहीं करने दिया।

अब, बैंच पर बंधी नैना इस तरह तड़प रही थी जैसे गर्म रेत पर पड़ी मछली। खुले हुए मुंह से ठीक से चीखें भी नहीं निकल पा रही थीं। मुंह में निरंतर पड़ रही पानी की मोटी धार के कारण अजीब सी गुड़ुम-गुड़ुम की आवाज़ निकल रही थी। सांस तक नहीं ले पा रही थी वह। पानी मुंह के ही नहीं आंख और नाक के जरिए भी जिस्म में घुसा जा रहा था। मुंह से बाहर आ रहा था।

बुरी हालत होती जा रही थी उसकी।

सलबटे बीच-बीच में उससे नजरें हटाकर रंगराज को देख लेता था मगर एक बार भी उसे उसके चेहरे पर वे भाव नजर न आए थे जिनकी ख्वाहिश कर रहा था।

तभी, वातावरण में एक मोबाइल के बजने की आवाज़ गूंजी।

नाकामी के कारण बुरी तरह झल्लाया हुआ सलबटे गर्जा– ''किसका मोबाइल है ये? बंद करो।''

एसआई दौड़ता हुआ हवालात से बाहर चला गया क्योंकि आवाज़ वहीं से आ रही थी। इस झमेले में नैना के चेहरे पर पानी की धार डाल रही कांस्टेबल का हाथ रुक गया था।

सलबटे चीखा–''रुक क्यों गई! तेरी अम्मा मर गई है क्या?''

घबराकर उसने पुनः अपना काम जारी कर दिया।

कुछ देर बाद मोबाइल की आवाज़ हवालात में ही गूंजने लगी।

कारण ये था कि एसआई उसे उसी पोजीशन में लेकर हवालात में आ गया था। भन्नाया हुआ सलबटे उसकी तरफ पलटता हुआ दहाड़ा–''अबे यहां क्यों ले आया इसे?''

''य–ये रंगराज का मोबाइल है सर।''

''तो?'' उसने आंखें निकालीं–''मेरे सिर में मारेगा?''

''म–मैंने सोचा शायद आप कॉल रिसीव करना चाहें!''

''क्यों? मैं इस उल्लू के पट्ठे की कॉल क्यों रिसीव . . .।'' अपनी बात अधूरी छोड़कर खुद ही रुक गया वह और इस तरह एसआई की तरफ देखने लगा जैसे अब जाकर उसकी बात समझ में आई हो। उसके हाथ से बजता हुआ मोबाइल लेने के लिए सलबटे ने हाथ बढ़ाया ही था कि उसने बजना बंद कर दिया। मोबाइल लेते हुए सलबटे ने पूछा–''किसका फोन था?''

''म–मुझे क्या पता सर?'' एसआई सकपकाया।

''क्यों देखा नहीं तुमने!'' कहने के साथ सलबटे ने मिस कॉल फ़ीचर में जाने की प्रक्रिया शुरू कर दी थी।

उधर, एसआई ने कहा–''मैंने देखने की कोशिश ही नहीं की सर, मैंने तो सोचा–शायद आप बात करना चाहें इसलिए मेज से उठाकर जल्दी से यहां ले आया।''

इधर, सलबटे ने देख लिया था कि मिस कॉल 'चचा' की थी।

''क्यों बे!'' सलबटे ने रंगराज के बाल पकड़कर चेहरा ऊपर की तरफ उठाते हुए पूछा–''चचा कौन है तेरा?''

जवाब देने के लिए रंगराज ने मुंह खोला ही था कि मोबाइल पुनः बजने लगा। कॉल चचा की ही थी।

सलबटे बड़बड़ाया–''साला मरा जा रहा है।'' फिर वह लेडी कांस्टेबल्स की तरफ पलटता हुआ गुर्राया–''अरी रुको, तुम तो एटोमेटिक मशीन की तरह जुटी पड़ी हो।''

उनके हाथों को ब्रेक लग गए।

मोबाइल बजे जा रहा था। सलबटे ने उससे ऊंची आवाज़ में रंगराज से कहा–''कॉल रिसीव कर। दूसरी तरफ वाले को अगर यह पता लग गया कि तू हवालात में है तो फौरन एड्रेस बदल दूंगा तेरा, यानी

खुदागंज पहुंचा दूंगा।'' कहने के साथ उसने स्पीकर ऑन करते हुए मोबाइल रंगराज के कान से लगा दिया।

मोबाइल के ऑन होते ही दूसरी तरफ से आवाज़ आई–''तू कहां है रंगराज? फोन क्यों नहीं उठा रहा?''

''थ . . . थोड़ा दूर रखा था।'' वह मुश्किल से कह पाया।

''आवाज़ को क्या हुआ तेरी? ठीक तो है?''

''ह . . . हां। ठीक हूं।''

''कहां है?''

''घ . . . घर ही हूं।'' उसने डरी हुई नजरों से सलबटे की ओर देखते हुए कहा था–''थ . . . थोड़ी तबियत खराब है।''

''क्या हुआ?''

''ए . . . ऐसे ही।'' वह कुछ बता न सका।

पूछा गया–''रात कहां था?''

''र . . . रात! यहीं था।''

सख्त लहजे में पूछा गया–''झूठ तो नहीं बोल रहा?''

''झ . . . झूठ क्यों बोलूंगा!''

''मुंबई-पूना हाईवे पर तो नहीं था?'' दूसरी तरफ से जब यह पूछा गया तो एसआई और सलबटे के कान खड़े हो गए।

''व . . . वहां क्यों जाऊंगा मैं?''

''तुझे पता जो था कि सर और मालकिन नशा मुक्ति केंद्र जानेवाले हैं! मुझसे बहुत कुरेद-कुरेदकर पूछ रहा था तू।''

''क . . . क्या बात कर रहे हो चचा, तुम भी . . .।'' रंगराज के होश फाख्ता हो गए थे–''मैंने तुमसे कब कुरेद-कुरेदकर पूछा! इस बारे में मेरी बात ही कहां हुई तुमसे . . . बस।

सलबटे ने कनेक्शन ऑफ कर दिया था।

अब, रंगराज बुरी तरह डर चुका था। आंखों में खौफ़ लिए वह सलबटे की तरफ देखता बोला–''चचा झूठ बोल रहे हैं सर, मुझे नहीं

पता वे ऐसा क्यों कर रहे हैं। मैं कसम खाकर कहता हूं–मेरी उनसे तो क्या, किसी से भी इस बारे में कोई बात नहीं हुई।''

उसकी बात पूरी होते-होते सलबटे के हाथ का एक झन्नाटेदार चांटा रंगराज के गाल पर पड़ा। चेहरा दूसरी तरफ घूम गया उसका।

हलक से चीख निकली थी। सलबटे उसके बाल पकड़कर गुर्राया था–''पता बता अपने चचा का। कहां मिलेगा ये?''

दादर ईस्ट की गली नंबर चार।

बिल्डिंग–तक्षशिला।

तक्षशिला में सारे फ्लैट दो कमरों के थे मगर सलबटे को इस वक्त दो सौ तीन नंबर फ्लैट के अलावा किसी से कोई मतलब नहीं था क्योंकि रंगराज ने वही पता बताया था।

उसके आदेश पर ड्राइवर ने पुलिस जीप तक्षशिला के गेट पर रोकी थी। जीप के रुकते ही वह इस तरह बाहर कूदा जैसे यहां किसी आतंकवादी को पकड़ने आया हो। एसआई भी उसी तरह कूदा था और फिर उसके पीछे-पीछे दौड़ने लगा।

लगभग भागते हुए उन्होंने सीढ़ियां चढ़ीं। सैकेंड फ्लोर पर पहुंचे और फिर, सलबटे का अंगूठा दो सौ तीन के कॉलबेल स्वीच पर था।

अंदर से गायत्री मंत्र की आवाज़ आई।

गायत्री मंत्र पूरा होते-होते दरवाज़ा खुला।

दरवाज़ा खोलने वाली करीब पचपन वर्षीय महिला थी। उसकी आंखों पर मोटे लैंसों का चश्मा चढ़ा हुआ था। अपने सामने दो पुलिस वालों को देखकर चेहरे की रौनक थोड़ी गायब हुई। इससे पहले कि वह कुछ कह पाती, सलबटे बोला–''हमें शशांक पांडे से मिलना है।''

''क . . . क्या काम है?''

''ये बताओ–वो है या नहीं?''

''हैं तो सही पर . . .''

''कुछ बात करनी है।''

''आओ। अंदर आ जाओ।'' चेहरे पर सशंकित से भाव लिए वह एक तरफ हट गई।

सलबटे और उसके साथ एसआई भी उस कमरे में दाखिल हो गया जिसमें पुराना साफा, सेंटर टेबल और एक दीवान पड़ा हुआ था। महिला ने सोफे की तरफ इशारा करते हुए कहा–''बैठो।''

सलबटे ने कुछ कहने के लिए मुंह खोला ही था कि शशांक पांडे ने अंदर वाले कमरे से बाहर वाले कमरे में आते हुए कहा–''कौन है संतोष की अम्मा?'' और–जवाब देने की जरूरत किसी को भी न पड़ी क्योंकि सलबटे और एसआई उसकी आंखों के सामने थे।

वर्दी बता रही थी कि वे कौन हैं।

उन्हें देखते ही शशांक के चेहरे पर चौंकने के भाव उभरे थे और आंखें थोड़ी सुकड़कर गोल हो गई थीं।

मुंह से निकला–''अ–आप लोग?''

''समझ ही गए होगे कि हम यहां क्यों आए हैं!'' इस सवाल से अक्सर सलबटे सामने वाले को पढ़ा करता था।

''नहीं, मैं नहीं समझा।'' वह बोला–''क्या आप बताएंगे?''

''रंगराज से क्या बातें हुई थीं तुम्हारी?''

''रंगराज से!'' एकाएक शशांक पांडे के चेहरे की आभा गायब हो गई, मुंह से शब्द जैसे फिसलते चले गए हों–''क्या वो सब उसी ने किया है? मेरी शंका कहीं ठीक ही तो नहीं थी!''

''क्या शंका थी तुम्हें?''

''यह कि . . . यह कि . . .।'' वह कुछ कहता-कहता रुक गया, अब उसके चेहरे पर उड़ती हवाईयां साफ नजर आ रही थीं। बात का रुख बदलते हुए पूछा उसने–''क्या किया है उसने?''

''पहले तुम बताओ, तुम्हें क्या शंका थी?''

''कल रात वह मुझे ठेके पर मिला था। सर के बारे में बातें करने लगा। कहने लगा . . .''

''कौन सर?''

''आप नहीं जानते! मैं प्रसिद्ध फिल्म अभिनेता राजेश कुमार के नटराज स्टूडियो आफिस को संभालता था।''

''था?''

''अब नहीं संभालता, आफिस ही नहीं रहा न! मगर अब जल्दी ही सबकुछ हो जाएगा। जो था, उससे भी बढ़िया। आपको पता ही होगा। हालीवुड वालों ने उनकी पुरानी फिल्मों के . . .''

''उसे छोड़ो।'' सलबटे ने बात काटी–''ये बताओ, क्या तुम रंगराज को और वह तुम्हें पहले से जानते थे?''

''हां-हां। क्यों नहीं! एक हफ्ते राजेश सर की ड्राइवरी उसी ने की थी। उस एक हफ्ते में करीब पांच दिन तो वह सर को लेकर नटराज आया ही होगा। रोज मुलाकात होती थी। सर आफिस में बैठ जाते थे, हम सारे दिन बाहर वाले रूम में बातें करते रहते थे।''

''और फिर कल रात वह तुम्हें ठेके पर मिला?''

''हां।''

''अक्सर मिलता रहता था या कल रात ही मिला?''

''मिला तो कल रात ही था।''

''कितने बजे?''

''करीब आठ बजे थे।''

''फिर वह गया कितने बजे?''

''साढ़े आठ या पौने नौ बजे होंगे।''

''ओह! अब बताओ–राजेश और उनकी मिसेज के बारे में वह क्या बातें कर रहा था?''

''मुझे देखते ही वह कहने लगा–'और सुनाओ चचा, आजकल तो पांचों अंगुली घी में और सिर कढ़ाई में होगा! तुम्हारे सर की दो करोड़

अमेरिकी डॉलर की लाटरी निकली है।' मैंने भी कह दिया कि मालिक के दिन अच्छे आएंगे तो नौकरों का भी कुछ भला ही होगा। 'क्या भला होगा?' वह बोला–'मेरे ख्याल से तो कुछ भला-वला होने वाला नहीं है उस आदमी का। दो करोड़ अमेरिकी डॉलर्स को भी वह शराब में बहा देगा।' मैं तैश में आ गया साब। कह बैठा–'अब ऐसा नहीं होगा। वे आज ही मैडम के साथ नशा मुक्ति केंद्र जा रहे हैं। दिल से छोड़ना चाहते हैं वे और मुझे मालूम है–जब वे दिल से किसी काम को करने पर आमादा हो जाते हैं तो करके ही मानते हैं।' उसके बाद वह कुरेद कुरेदकर यह पूछने लगा कि वे कितने बजे नशा मुक्ति केंद्र के लिए निकलेंगे? कौन-कौन साथ होगा? नशे की झोंक में मैं सबकुछ बताता चला गया लेकिन आज सुबह, कुछ ही देर पहले टीवी देखा तो चौंक पड़ा। उस पर खबर थी कि नशा मुक्ति केंद्र जाते वक्त सर और मैडम पर किसी ने हमला किया है। सर को गोली लगी है और मैडम तो रही ही नहीं। मेरे पैरों तले से धरती खिसक गई साब। आंखों के सामने पिछली रात मेरे और रंगराज के बीच होने वाली बातें नाचने लगीं। मुझे डर हुआ कि यह सब कहीं उसी ने तो नहीं कर दिया!''

''उसके बाद तुमने क्या किया?''

''मैंने फौरन उसे फोन किया। ठीक से बात नहीं कर रहा था वह। जब मैंने कहा–कल तुम कुरेद-कुरेदकर मुझसे सर और मैडम का प्रोग्राम पूछ रहे थे तो सिरे से मुकरने लगा। कहने लगा, हमारे बीच इस विषय को लेकर बातें ही कब हुईं! उसके इस बिहेव पर तो मेरा माथा ठनक गया साब। मैंने और बातें करनी चाहीं तो फोन काट दिया। उसके बाद से लगातार मिला रहा हूं, स्वीच बंद आ रहा है। अब तो मुझे लग रहा है–मेरा शक ठीक ही है।''

''हमने तो सुना था उनके नशा मुक्ति केंद्र जाने के बारे में केवल उनके डॉक्टर, नर्स और पंकज को पता था! तुम्हें किसने बताया?''

''सर ने ही बताया था सर।''

''राजेश कुमार ने?''

''जी।''

''कब?''

''कल शाम ही। मैंने उन्हें फोन किया था। हमेशा की तरह कहा था–पीना कम कर दीजिए सर, वे हंसते हुए कहने लगे–कम की बात छोड़ो पांडे, अब हम पीने-पिलाने का यह किस्सा ही खत्म करने वाले हैं। ऐसा तो वे अक्सर कह दिया करते थे। हर शराबी कहता है। इसलिए यकीन नहीं आया और जब उन्हें मेरी बातों से लगा कि मैं विश्वास नहीं कर रहा हूं तो बताने लगे कि वे आज ही रात मैडम के साथ नशा मुक्ति केंद्र जा रहे हैं।''

''क्या तुम कल्पना कर सकते हो कि तुम्हारी बेवकूफी के कारण आज सोनम मैडम इस दुनिया में नहीं है और तुम्हारे सर भी मरते मरते ही बचे हैं!''

पांडे का चेहरा सफ़ेद कागज की मानिंद निस्तेज पड़ गया। कई पल तक मुंह से आवाज़ न निकली। आंखों में खौफ़ के साए नाचते नजर आ रहे थे। फिर बड़ी मुश्किल से बोल सका–''इसका मतलब तो ये हुआ इंस्पेक्टर साहब कि मेरी शंका ठीक निकली, वह सब उसी हरामजादे ने किया है!''

''तुमने शायद गौर नहीं किया हमारी बात पर!'' सलबटे गुर्राया था–''जितना गुनाहगार रंगराज है, उतने ही तुम भी हो। न तुमने उनके नशा मुक्ति केंद्र जाने का प्रोग्राम बताया होता न ही यह सब होता। अब तुम्हें हमारे साथ थाने चलना होगा।''

''नहीं-नहीं, इन्होंने कुछ नहीं किया।'' एकाएक पचपन वर्षीय महिला गिड़गिड़ा उठी–''इन्हें क्या मालूम था रंगराज ऐसा करेगा! आप खुद ही समझ सकते हैं, इनके मन में चोर होता तो खुद ही यह सब क्यों बताते! इन्हें थाने क्यों ले जाएगे आप?''

''तुम चुप रहो संतोष की मां।'' पांडे बोला–''जाने-अंजाने में जैसे भी हुई, गलती तो हमसे हुई ही है।''

''अजी कैसे चुप रहूं! मैं खुद राजेश सर के पास जाऊंगी। उन्हें बताऊंगी कि क्या कैसे हुआ है। वे जरूर हमारी मदद करेंगे।''

''चलो।'' एसआई ने पांडे का बाजू पकड़ लिया था।

उसके बाद, पचपन वर्षीय महिला काफी शोर-शराबा मचाती रही। अपनी तरफ से भरपूर विरोध किया उसने मगर सलबटे या एसआई में से किसी ने एक न सुनी। शशांक पांडे चुपचाप उनके साथ चल दिया था।

बड़े गहरे सदमे में नजर आ रहा था वह।

''अभी तक तो कुछ हुआ नहीं है सर।'' बुरी तरह अधीर नजर आ रहे पंकज ने कहा–''आप ही थाने फोन कर लीजिए।''

लगातार पी रहे राजेश कुमार ने कहा–''इस तरह की व्यग्रता हमेशा दुख देती है पंकज, हमारा फोन करना सलबटे को खटक जाएगा। धैर्य रखो, वही होगा जो हमने कहा है।''

''अगर रंगराज को किए गए पांडे के फोन के बाद सलबटे ने वह न सोचा जिसकी आपको उम्मीद है तो . . .''

''हम जैसे शख्स द्वारा चला गया पैंतरा तब टांय-टांय फ़िस्स होता है जब सामने वाला पैंतरा चलने वाले के दिमागी स्तर से बहुत नीचे हो अर्थात् वह तक न सोच पाए जो स्वाभाविक रूप से सोचना चाहिए। मगर, सलबटे वैसा नहीं है। हम अच्छी तरह रीड कर चुके हैं। वह आत्मप्रशंसा से घिरा रहने वाला एक समझदार पुलिसिया है। यकीनन वह पांडे के फोन के बाद रंगराज से पूछेगा कि शशांक पांडे कौन है। रंगराज को बताना पड़ेगा और फिर वह उसे गिरफ्तार करने उसके घर जा पहुंचेगा।''

''लेकिन सर, क्या रंगराज आपके लिए . . .''

"हमें दुख है–तुम अभी तक नहीं समझे कि वह हमारे लिए जान भी दे सकता है हालांकि इस मामले में उसका बाल भी बांका होने वाला नहीं है।"

पंकज चुप हो गया।

जैसे कहने के लिए कुछ बचा ही न हो।

उपरोक्त बातें भी उसने खुद को बातों में लगाए रखने के लिए कही थीं क्योंकि चुप होते ही उसे नैना की चिंता सताने लगती थी। हर पल उसका दिमाग यही सोच रहा था कि–अब नैना के साथ क्या हो रहा होगा? किस हाल में होगी वह? ज्यों-ज्यों समय बढ़ रहा था, त्यों-त्यों उसकी बेचैनी बढ़ती जा रही थी।

राजेश कुमार पीने में मग्न था।

फिर, वह समय आया जब सलबटे और एसआई नैना को साथ लिए वहां पहुंचे। नैना को देखते ही पंकज का दिल हाहाकार कर उठा था। पूरी तरह गीली थी वह। आंखें ही नहीं, पूरा चेहरा सूजा हुआ था। आंखों के बारे में तो खैर वह अनुमान लगा सकता था कि वह रोई होगी लेकिन चेहरा क्यों सूजा है, समझ न सका।

एक लफ्ज भी नहीं बोली थी वह। सूजी आंखों में शिकायतों का अंबार लिए बस उन्हें देखती भर रही।

पंकज की इच्छा हो रही थी, आगे बढ़े। बांहों में भर ले अपनी नैना को और अंतिम सांस तक उसे चूमता ही रहे मगर, ऐसा कर नहीं सकता था वह। अतः कसमसाकर रह गया।

"माफी चाहूंगा राजेश सर।" सलबटे ने कहा–"इस मामले में आप ही ठीक थे। वाकई काफी भोलीभाली और मासूम लड़की है ये। रंगराज को आप तक पहुंचाने वाली यह नहीं थी इसलिए जिस तरह ले गया था, उसी तरह–साबुत की साबुत लौटा रहा हूं।"

"क्यों?" राजेश कुमार ने नशे में होने का अभिनय किया–"सेंट परसेंट खरे उतरने वाले तुम्हारे अनुमान का क्या हुआ?"

''पुलिस वाले भी आदमी होते हैं सर और वैसे भी, बगैर किसी बेस के तो अनुमान लगाया नहीं था मैंने!''

''कैसे पता लगा ये लड़की वो नहीं है?''

''मैंने पता लगा लिया है कि वह कौन है?''

''कौन है?''

''आप खुद।''

''हम?'' राजेश कुमार ने चौंककर दिखाया।

''न आप अपने नशा मुक्ति केंद्र जाने की बात शशांक पांडे को बताते, न वह रंगराज को बताता और न ही . . .''

''क्या बात कर रहे हो तुम?'' एक बार फिर पंकज के सामने राजेश कुमार की शानदार एक्टिंग का नमूना पेश था–''क्या तुम यह कहना चाहते हो कि रंगराज को हमारे प्रोग्राम के बारे में . . .''

''यह सच है।''

''मान ही नहीं सकते . . . हम मान ही नहीं सकते सलबटे, हम दावे के साथ कह सकते हैं कि तुम एक बार फिर गलत हो। सच पूछो तो पांडे पर हम इस लड़की से भी ज्यादा यकीन करते हैं। वह किसी हालत में रंगराज को कुछ नहीं बता सकता।''

''वह कुबूल कर चुका है सर कि उसी ने बताया।''

''नामुमकिन।'' कहने के साथ उसने बोतल मुंह से लगा ली थी, दो घूंट हलक से उतारने के बाद बोला–''पूरा किस्सा बताओ।''

सलबटे ने सबकुछ सच-सच बता दिया।

सुनने के बाद राजेश कुमार के चेहरे पर ऐसे भाव उभर आए थे जैसे अब मामले को समझा हो।

बोला–''देखा तुमने! रंगराज हम तक भले ही पांडे के जरिए पहुंचा हो लेकिन इसमें पांडे की कोई दुर्भावना नहीं थी। वह तो बेचारा सोच भी नहीं सकता था कि उसके द्वारा यूंही कही गई बात का रंगराज इस कदर दुरुपयोग करेगा। वह इन्नोसेंट है, बेगुनाह है–क्या तुम उसे भी . . .''

''गिरफ्तार तो करना ही पड़ेगा सर।''

''क्या तुम बेगुनाहों को भी गिरफ्तार करते हो?''

''वह बेगुनाह नहीं है सर, कानून की भाषा में वह गैर-इरादतन अपराध में शामिल था।''

''संजय पुजारी का नाम सुना है तुमने?''

''उन साहिबान को भला कौन नहीं जानता! मुंबई के सबसे बड़े लॉयर हैं। जिस केस को अपने हाथ में ले लें . . .''

''शशांक पांडे हमारा बहुत पुराना और अत्यंत वफादार आदमी है इंस्पेक्टर, तुम उसका कुछ नहीं बिगाड़ सकोगे। उसकी पैरवी के लिए हम कोर्ट में संजय पुजारी को खड़ा कर देंगे।''

''मैं उसका कुछ बिगाड़ना भी नहीं चाहता।''

''मतलब?''

''आपको कोर्ट में संजय पुजारी साहब को भेजने की जरूरत नहीं पड़ेगी। उनके किसी जूनियर-वूनियर वकील को मेरे पास थाने ही में भेज दीजिएगा। मैं उसकी जमानत लेकर छोड़कर दूंगा।''

''फिर अरेस्ट कर ही क्यों रहे हो?''

''जो हुआ है, उसमें उसकी इन्वॉल्वमेंट तो दिखानी ही पड़ेगी।''

''क्या कहना चाहते हो?''

''समझने की कोशिश कीजिए सर,यह आप ही के हक में है। अगर मैं कोर्ट को यह नहीं बताऊंगा कि रंगराज घटनास्थल पर कैसे पहुंचा तो केस में एक कमज़ोरी रह जाएगी और इस कमज़ोरी का फायदा उठाकर वह निर्दोष साबित हो सकता है और . . . यह तो शायद आप भी नहीं चाहेंगे कि आप पर प्राणघातक हमला करने वाला, उससे भी ज्यादा–आपकी हयाते शरीक के हत्यारे को सजा ही न मिले, यूं ही बरी हो जाए वह।''

''वो तो ठीक है लेकिन . . .''

''केस को मजबूत करने के लिए मैं रंगराज को सरकारी गवाह

बनाऊंगा। वह कोर्ट को वही बयान देगा जो सच है। कोर्ट खुद भी समझ जाएगी कि वह बेकसूर है और वैसे भी, इतना तो आप जानते ही होंगे कि कोर्ट सरकारी गवाह को सजा नहीं देती बल्कि यह मानती है कि उसने इंसाफ तक पहुंचने में कानून की मदद की।''

''अगर तुम उसे अभी छोड़ रहे हो तो थाने पहुंचो, हम किसी वकील को भेज रहे हैं। उसकी जमानत ले लो।''

''जैसी आज्ञा।'' कहने के साथ वह मुड़ा और दरवाज़े की तरफ बढ़ गया। जाहिर है, एसआई उसके साथ था लेकिन, दरवाज़े के करीब पहुंचकर ठिठका, रुका और वापस उनकी तरफ पलटता हुआ बोला– ''नैना के साथ थोड़ी ज्यादती हो गई थी, उसके लिए माफी चाहता हूं। हम पुलिसवालों से कभी-कभी हो जाता है ऐसा।''

उसके बाद, किसी को भी कुछ कहने का मौका दिए बगैर वह दरवाज़ा पार कर गया था।

पंकज हैरान भी था और रोमांचित भी। क्या पैंतरा था राजेश कुमार का!

जब उसने पांडे को फोन करके समझाया था कि उसे क्या, किस तरह करना है, यह सोचकर रोमांचित तो पंकज उस वक्त भी हुआ था कि–क्या चाल चल रहा है राजेश कुमार मगर अब, जबकि सबकुछ हो चुका था, पंकज यह देख और महसूस करके हैरान और रोमांचित था कि कदम-कदम पर वह और केवल वही हुआ था जो उसने पहले ही बता दिया था कि होगा।

उसने साफ कहा था कि इस सारे झमेले में शशांक पांडे का बाल तक बांका नहीं हो पाएगा। सलबटे स्वयं इस नतीजे पर पहुंचेगा कि उसका कोई कसूर नहीं है और उसके साथ उसकी सहानुभूति होगी।

वही हुआ था।

उसने पांडे को एक स्टोरी के साथ प्लेट में सजाकर सलबटे के सामने प्रस्तुत किया और सलबटे को जरा भी एहसास नहीं हुआ कि

उसे कहां किस तरह ठग लिया गया है।

कितनी आसानी से बाहर आ गई नैना!

उस वक्त राजेश कुमार मोबाइल पर संजय पुजारी को किस्सा समझा रहा था। कुछ देर बाद उसने उसे थाने पहुंचकर शशांक पांडे की जमानत लेने का निर्देश देकर फोन काट दिया और बोतल पंकज की तरफ बढ़ाता बोला–''तूने फिर हमें यह लाकर दे दी यार, जा बाहर फैंककर आ इसे। हमें नहीं चाहिए।''

शुरू में तो उसके शब्दों ने पंकज को चौंका ही दिया था लेकिन जल्दी ही उसकी समझ में यह बात आ गई कि ऐसा उसने नैना की मौजूदगी के कारण कहा है अतः झपटकर बोतल उसके हाथ से ले ली, यही क्षण था जब भन्नाई हुई नैना ने कहा–''अब मुझे यह सब सुनाने की जरूरत नहीं है। मुझे इस बात से कोई मतलब नहीं कि आप कितनी पीते हैं कितनी नहीं, आप पीते-पीते मर जाएं मेरी बला से। मैं जा रही हूं यहां से।''

कहने के बाद वह तेजी से पलट कर दरवाज़े की तरफ बढ़ गई थी।

दोनों हक्के-बक्के रह गए।

अचानक ही नैना से इस व्यवहार की कल्पना शायद किसी ने न की थी। इसीलिए, इस एक पल के लिए उन्हें कुछ सूझा ही नहीं। फिर, जैसे पंकज की चेतना लौटी।

''नैना।'' आर्तनाद-सा करता वह उसके पीछे लपका और पलक झपकते ही उसकी कलाई पकड़ता बोला–''कहां जा रही हो?''

''कहीं भी जाऊं मैं! तुमसे मतलब?'' कहने के साथ उसने ज़ोरदार झटका देकर अपनी कलाई छुड़ाई।

''न . . . नहीं। तुम इस तरह नहीं जा सकतीं।''

''तुम कौन होते हो मुझे रोकने वाले!'' नैना ने अपनी आंखों से उस पर बिजलियां गिराई थीं।

अब, नैना को हकीकत बताना पंकज को मजबूरी लगी।

सो, बोला–''मैं सर को तुम्हारे और अपने बारे में बता चुका हूं।''

कुछ देर तक नैना उसकी तरफ देखती रही। जैसे समझने की कोशिश कर रही हो कि वह क्या कह रहा है।

फिर दांत पीसती हुई बोली–''तो? क्या करूं मैं?''

''सर भी हमारे संबंध से बहुत खुश हैं। ये हमारी शादी . . .''

''शादी और तुमसे! तुम जैसे कायर से! भाग्य ही फूट गए होंगे उस लड़की के जो तुम जैसे कायर से शादी करेगी। कान खोलकर सुनो मिस्टर पंकज, मैं तुमसे जरा भी प्यार नहीं करती।''

राजेश कुमार कह उठा–''ऐसा मत कहो नैना।''

''आप कौन होते हैं बीच में बोलने वाले! आपसे तो मेरा वैसे ही कोई संबंध नहीं है। एक नर्स और मरीज का संबंध ही क्या होता है! मुझे यहां सोनम मैडम लाई थीं, वे ही न रहीं तो . . . नौकरी खत्म। संबंध खत्म। इस नौकरी को तो मैं पहले ही लात मार चुकी हूं।''

''ऐसा मत कहो नैना।'' राजेश कुमार तड़प उठा।

''ज्यादा नाटक करके मत दिखाओ मुझे। जब मैं चीख रही थी, गिड़गिड़ा रही थी, रो-रोकर कह रही थी कि मैं बेकसूर हूं, मुझे बचा लो और वे घसीटते हुए मुझे यहां से ले जा रहे थे, तब कहां थी तुम्हारी ये तड़प? और तुमसे . . . तुमसे तो भला शिकायत ही क्या हो सकती है मुझे! तुम मेरे कोई होते तो शिकायत भी होती। शिकायत तो इससे है।'' उसकी आंखें पंकज पर जम गई थीं–''इससे! जो मुझसे मुहब्बत करने का दम भरता था। आंखों में कैसी याचना भरकर मदद मांगी थी मैंने इससे मगर पत्थर की मूर्ति की तरह खड़ा रहा।''

''स . . . समझने की कोशिश करो नैना, सलबटे के सामने मैं कैसे तुम्हारे और अपने संबंधों को उजागर कर सकता था और तब तक तो हमारे बारे में मैंने सर को भी नहीं बताया था।''

''तुम्हारे लिए हमारे संबंधों को छुपाए रखना जरूरी था, मुझे उस जालिम के पंजे से निकालना नहीं!''

''नैना।'' राजेश कुमार बोला–''कोशिश तो करो समझने की!

तुम्हारे जाने के बाद हमने देखी है पंकज की तड़प। तुम्हारे लिए कुछ न कर पाने के कारण किस तरह छटपटाया था ये! पैरों में गिर गया था हमारे। बार-बार कहने लगा था कि हम कुछ करें। हम चौंके। तब इसने तुम्हारे और अपने संबंधों के बारे में बताया और तभी से हम दोनों इस कोशिश में थे कि . . .''

''तुम कोशिश ही करते रहते और वह मुझे जान से मार देता। क्या किया तुमने! वो तो मेरी ही किस्मत अच्छी थी कि रंगराज के मोबाइल पर किसी चचा का फोन पहुंच गया और सलबटे के सामने हकीकत आ गई। ऐसा न होता तो मुझे ही पता है मेरा क्या होता।''

दोनों चुप।

''यहां आकर मुझे मिला ही क्या! वो हो गया मेरे साथ जिसकी अपने जीवन में कभी कल्पना भी नहीं की थी। मेरे लिए आरोग्य अस्पताल ही ठीक है, वहीं जा रही हूं और तुम सुनो मिस्टर पंकज, आइंदा मेरे आसपास नजर आने की कोशिश मत करना। मुझे तुमसे कोई संबंध नहीं रखना है।'' कहने के बाद वह उनमें से किसी को भी बोलने का मौका दिए बगैर दरवाज़ा पार कर गई थी।

दोनों इस तरह खड़े रह गए थे जैसे ठगे गए हों।

बहुत देर तक किसी के मुंह से बोल न फूटा। करीब दो मिनट बाद कहा था पंकज ने–''वो समझ रही है कि रंगराज के मोबाइल पर पांडे का पहुंचना इत्तफ़ाक था। नैना सोच भी नहीं सकती कि वह हमारी ही कोशिश का परिणाम था। उसे हकीकत बतानी होगी।''

''शायद उसकी जरूरत न पड़े।''

''मतलब?''

''यह सब टैंपरेरी है। इस वक्त गुस्से में है वह और शायद डरी हुई

भी और यह स्वाभाविक भी है, उस जैसी मासूम लड़की के साथ जो हुआ, उससे वह खौफजदा नहीं हो जाएगी तो क्या होगा! बाद में किसी दिन, जब उसका दिमाग शांत हो तो बात करना, यह बात उसकी समझ में आ जाएगी कि जब सलबटे उसे ले जा रहा था, उस वक्त तुम्हारा रिएक्ट करना ठीक न था।''

''उसने तो कहा है मैं उसके आसपास नजर न आना चाहिए!''

''ऐसा ही होता है गधे, ऐसा ही होता है प्यार में। कुछ समय बाद . . . एक रात गुजरते ही, शायद वही तेरी याद में तड़पने लगे।'' राजेश कुमार ने मुस्कराते हुए कहा था–''ला, बोतल दे हमें।''

पंकज जितनी टेंशन से गुजरा था, उसके कारण उसकी इच्छा भी पीने की हुई। राजेश कुमार को भला क्या आपत्ति हो सकती थी!

इस तरह, दोनों पीने लगे।

काफी देर बाद पंकज ने कहा–''आपको एक ऐसी बात बतानी है सर, जिसे बताने का मौका ही न मिला।''

''क्या?'' राजेश कुमार ने सामान्य स्वर में पूछा।

''पिछली रात सोनम के कमरे में कोई आया था।''

''सोनम के कमरे में?'' वह हौले से चौंका–''कौन आया था और उसके कमरे में किसी के आने का क्या मतलब?''

पंकज ने पूरी बात बताई।

राजेश कुमार के मस्तक पर त्रिशूल-सा बना नजर आने लगा था। बोला–''हमें ऊपर ले चलो।''

''आपकी हालत अभी ऐसी नहीं–''

''गधेपन की बात मत करो, कुछ नहीं हुआ है हमें।''

पंकज उसे सहारा देकर ऊपर, सोनम के सुईट में ले गया।

बहुत देर तक वह दरवाज़े पर ही खड़ा कमरे की हालत देखता रहा। जैसे ऑब्जर्व करने की कोशिश कर रहा हो कि वहां क्या हुआ है।

उसकी बगल में खड़े पंकज की नजरें भी सारे रूम में घूम रही थीं और फिर, एक खास बात देखकर वह बुरी तरह चौंका।

मुंह से एक ही शब्द निकला–''अरे!''

''क्या हुआ?'' राजेश कुमार ने उसकी तरफ देखा।

''य . . . यहां तो उसके बाद भी कोई आया है।'' पंकज के चेहरे पर सारे संसार का आश्चर्य नृत्य कर रहा था।

''किसके बाद?''

''जब मेरे और उसके बीच फ़ाइट हुई थी।''

''कैसे कह सकते हो?''

पंकज ने उस खिड़की की तरफ इशारा किया जिसका कांच कटा हुआ था–''वह खिड़की खुली पड़ी है।''

''तो?''

''उसे मैंने बंद किया था।''

''लेकिन . . .''

''कोई लेकिन-वेकिन नहीं सर, हंडरेड परसेंट कोई यहां उसके बाद भी आया है।'' इस बार उसकी नजर एलसीडी पर स्थिर हो गई थी। कहता चला गया वह–''उस वक्त यह एलसीडी दीवार पर टंगा हुआ था, वैसे ही जैसे टंगा रहता था मगर इस वक्त रेफ्रीजिरेटर के टॉप पर रखा है और इसे पीछे की तरफ से खोला भी गया है।''

''कोई और नहीं पंकज, दोबारा भी वही आया होगा।''

''जो शख्स पहली ही बार बड़ी मुश्किल से जान बचाकर भाग सका था, क्या आपको लगता है उसने दूसरी बार आने की हिम्मत की होगी! क्या ज्यादा ही बड़ा रिस्क नहीं लिया था उसने! कोई इतना रिस्क क्यों लेगा?''

''दोनों सवालों का एक ही जवाब है।''

''क्या?''

''जिस चीज की भी उसे तलाश थी, तुम्हारे आने के कारण वह

अधूरी रह गई थी। उसी तलाश को पूरी करने उसे दोबारा आना पड़ा और . . . उसके इतना रिस्क लेने से जाहिर है–जिस चीज की उसे तलाश थी, वह उसके लिए बेहद-बेहद इंपोर्टेंट थी। इतनी ज्यादा कि वह चीज उसे हर हालत में चाहिए थी।''

''क्या चीज हो सकती है वह?''

''क्या कहा जा सकता है!''

''स . . . सीडी।'' एकाएक पंकज के दिमाग में स्पार्किंग-सी हुई, उत्तेजित अवस्था में बोला वह–''वह चीज सीडी हो सकती है।''

''कैसी सीडी?''

''वही जिसके जरिए ब्लैकमेल करके सोनम ने मुझे आपकी हत्या के लिए मजबूर किया था। वह सीडी, जो सोनम ने जेपी रिसॉर्ट के सोलह नंबर कमरे में बनाई थी।'' पंकज कहता चला गया–''मेरे और सोनम के हमबिस्तर होने की सीडी।''

एक ही झटके में बात जैसे राजेश कुमार को जम गई, वह भी उत्तेजित अंदाज में कह उठा–''त . . . तुम ठीक कह रहे हो पंकज, वह जो भी था, उसे उसी सीडी की तलाश हो सकती है।''

पंकज का चेहरा इस कल्पना मात्र से पीला पड़ गया था कि वह सीडी यदि किसी और के हाथ लग गई तो क्या होगा। रोने जैसी आवाज़ में कह उठा वह–''अगर सीडी किसी के हाथ लग गई है तो मैं तो वहीं का वहीं हूं सर, जहां सोनम के जीते जी था। उसे अगर उसने नैना को दिखा दिया तो फिर . . . फिर तो नैना हमेशा के लिए मुझसे इतनी दूर चली जाएगी कि मैं उसे हासिल नहीं . . .''

''होने को तो कुछ भी हो सकता है पंकज लेकिन सिर्फ अपनी सोचों से हमें इतना ज्यादा आतंकित होने की जरूरत नहीं है क्योंकि अभी तो यही पक्का नहीं है कि सच वही है जो हम सोच रहे हैं। हो सकता है उसे किसी और ही चीज की तलाश हो!''

''वो तो ठीक है सर लेकिन . . .''

''वैसे भी, वह जो भी है और उसने सीडी हासिल कर भी ली है तो उसे यूं ही नैना को नहीं दिखा देगा। हमारे ख्याल से उससे पहले वह हमें ब्लैकमेल करेगा। इसके लिए उसे सामने आना पड़ेगा और जब वह सामने आएगा तो देखेंगे क्या किया जा सकता है। मतलब ये कि इस वक्त हम वेट एंड वॉच के अलावा कुछ नहीं कर सकते।''

''अ . . . आपको क्यों और किस बेस पर ब्लैकमेल करेगा वह? सीडी में आपके खिलाफ़ क्या है! जो है, मेरे खिलाफ़ है।''

''खौफ़ की ज्यादती के कारण तुम ठीक से नहीं सोच पा रहे हो पंकज।'' राजेश कुमार ने कहा–''सोचो तो सही, अगर हमारी शंका ठीक है तो इसका मतलब तो यह भी हुआ कि उसे यह भी मालूम है कि सोनम के साथ क्या हुआ है और . . . अगर उसे यह मालूम है तो इस वक्त उसके हाथ में तुम्हारी ही नहीं, हमारी भी कमज़ोर नस है। उसे मालूम है कि सोनम की हत्या हमने की है।''

राजेश कुमार की बात पंकज के जेहन में पैर जमाती चली गई और जैसे-जैसे इस बात ने पैर जमाए–उसके चेहरे पर पहले ही से छाया पीलापन बढ़ता चला गया।

फिर, वह कमरे में तितर-बितर हुए सामान पर यूं झपट पड़ा था जैसे कुत्ता गोश्त की बोटी पर झपटता है। उसे सीडी की तलाश थी लेकिन भरपूर कोशिश के बावजूद निराशा हाथ लगी। वे सोच भी नहीं सकते थे कि अभी तो एक और मुसीबत उनका इंतजार कर रह है, मुसीबत भी ऐसी जो उनके छक्के छुड़ा देगी।

वे नीचे आए।

लॉबी में कदम रखते ही राजेश कुमार चौंका।

मुंह से निकला–''अरे, यह क्या?''

''क्या हुआ सर?'' पहले ही से डरा हुआ पंकज और डर गया।

‘‘ये सीडी कैसी है!’’ राजेश कुमार दीवार पर टंगे बिग स्क्रीन एलसीडी के करीब पहुंच गया था। आंखें उसके नीचे बने बॉक्स के टॉप पर रखी सीडी पर स्थिर थीं।

उसकी निगाहों का पीछा करते और . . . सीडी पर नजर पड़ते ही पंकज का चेहरा ऐसा नजर आने लगा जैसे अचानक किसी ने उस पर ढेर सारी हल्दी पोत दी हो।

दिल, रबर की गेंद की मानिंद उछल-उछलकर जैसे कंठ में अटक जाना चाहता हो। हाथ-पैर ठंडे-से पड़ते चले गए थे। मुंह से शब्द स्वतः फूटे–‘‘व . . . वही है। वही है सर।’’

‘‘मतलब?’’ राजेश कुमार उसकी तरफ घूमा।

‘‘यह सीडी वही होगी सर, बल्कि उसकी कापी। इसे यहां वही रख गया होगा ताकि हम इसे देखें और . . .’’

‘‘रुक क्यों गए? बात पूरी करो।’’

‘‘समझें, कि उसने क्या हासिल कर लिया है। उसे यह थोड़ी पता होगा कि हम पहले ही, सोनम के रूम में ही समझ चुके होंगे कि वह वहां से सीडी ले गया है!’’

‘‘बात तो तुम्हारी ठीक है।’’ राजेश कुमार ने सीडी उठाकर उसे गौर से देखते हुए कहा–‘‘बताना तो शायद वह यही चाहता है।’’

कोशिश के बावजूद पंकज के मुंह से बोल न फूटा।

राजेश कुमार ने सीडी, सीडी प्लेयर में डाली ही थी कि पंकज झपटकर नजदीक आता बोला–‘‘नो सर, नो। इसे मत देखिए–मैं आपके साथ इसे नहीं देख सकता।’’

‘‘चिंता मत करो, उस नागिन को तुम्हारे ही नहीं, हमें किसी के साथ भी देखकर कोई पीड़ा नहीं होगी।’’ कहने के साथ उसने सीडी प्लेयर ही नहीं, एलसीडी भी ऑन कर दिया।

‘‘मैं नहीं देख सकूंगा।’’ कहकर पंकज न सिर्फ सोफे पर जा गिरा था बल्कि अपनी आंखें भी बंद कर ली थीं।

स्क्रीन पर दृश्य उभरे और . . . जो दृश्य उभरे उन्होंने राजेश कुमार के जेहन के परखच्चे उड़ा दिए थे। यह लिख दिया जाए कि उसके हलक से चीख निकल गई थी तो अतिश्योक्ति न होगी।

उस चीख को सुनकर पंकज की आंखें खुलीं और खुली की खुली रह गईं बल्कि यह लिखा जाए तो ज्यादा बेहतर होगा कि फटी की फटी रह गईं क्योंकि . . .

स्क्रीन पर नजर आने वाले दृश्य ही ऐसे थे।

झोंपड़ी के दृश्य थे वे। इस वक्त स्क्रीन पर राजेश कुमार द्वारा सोनम को होश में लाने की कोशिश का दृश्य चल रहा था। फिर, वह होश में आई। राजेश कुमार ने उसे खोला। उस समय उनके बीच हुए पूरे संवाद इस वक्त बैंग्लो की लॉबी में गूंज रहे थे।

राजेश कुमार ने जो कुछ बताया था उस सबको पंकज इस वक्त स्क्रीन पर साक्षात देख रहा था। राजेश कुमार द्वारा मारी गई ठोकर के बाद उसने न सिर्फ सोनम को कुट्टी काटने वाली मशीन के नुकीले हैंडिल पर झूलते देखा बल्कि उसकी अंतिम चीख भी सुनी। राजेश कुमार का गाना, सोनम के पेट से साफ करता जूते का निशान। उसके बाद, जैसे ही वह दरवाज़े की तरफ पलटा।

वहां खड़ा, उस दृश्य को देखकर बुरी तरह कांप रहा शशांक पांडे। उसे सांत्वना देता राजेश कुमार। उसे अपनी गाड़ी तक ले गया राजेश कुमार। गाड़ी से कपड़े निकालकर चेंज करता राजेश कुमार।

संक्षेप में अगर यह लिख दिया जाए कि पांडे द्वारा राजेश कुमार को मारी गई गोलियों के बाद राजेश कुमार के जिस्म को ढलान पर लुढ़कने तक के सभी दृश्यों को पंकज ने अपनी आंखों से देखा था तो गलत न होगा बल्कि . . . अब तो उसके सामने वह चल रहा था जिसके बारे में राजेश कुमार ने भी कुछ नहीं बताया था।

ढलान पर लुढ़कता हुआ राजेश कुमार स्क्रीन पर गायब हो चुका था। अब तो कैमरा शशांक पांडे पर स्थिर था . . .

ढलान के किनारे पर खड़ा वह काफी देर तक नीचे, तालाब की तरफ देखता रहा था। जैसे जानने की कोशिश कर रहा हो कि उसका मालिक जिंदा भी है या नहीं।

इसमें शक नहीं कि वह अभी-भी बुरी तरह कांप रहा था।

फिर, वह वहां से हिला तो एक तरफ को दौड़ता चला गया।

कैमरा लगातार उसका पीछा कर रहा था। दौड़ते ही दौड़ते उसने रिवॉल्वर जेब में रख लिया था।

ऊंची और सूखी झाड़ियों में पहुंचा।

उनके बीच लिटाकर छुपाई गई एक साइकिल उठाई।

राजेश कुमार के खून से सने कपड़े कैरियर पर लगाए और साइकिल पर चढ़कर तेजी से पैडिल मारता कैमरे से दूर होने लगा।

कैमरा अब उसकी पीठ दिखा रहा था।

साइकिल पर चले जा रहे शशांक पांडे का अक्स छोटा . . . और छोटा होता चला गया और अंत में गायब हो गया।

दोनों में से किसी की भी नजर अब भी स्क्रीन से हटने को तैयार न थी क्योंकि कैमरा अभी-भी चालू था।

स्क्रीन पर वह दिशा नजर आ रही थी जिधर साइकिल चलाता पांडे गायब हुआ था।

फिर, कैमरा ऑफ हो गया।

स्क्रीन पर अंधेरा छा गया था, इसके बावजूद वे उसी तरफ देखे जा रहे थे–पंकज को जैसे लकवा मार गया हो।

पंकज से पहले राजेश कुमार ने ही खुद को नियंत्रित किया। वह बोला था–''यह तो उससे कई गुना ज्यादा खतरनाक चीज निकली जिसकी हमने कल्पना की थी।''

पंकज ने उसकी तरफ देखा और यह देखकर आश्चर्यचकित रह गया कि इस वक्त उसके चेहरे पर वैसी हवाईयां न थीं जैसी कुछ देर पहले उड़ रही थीं। काफी नियंत्रित था वह और कमाल की बात तो ये

है कि उसने मुस्कराने की चेष्टा भी की थी।

पंकज उसे देखता रह गया था।

वह पंकज, जिसने कल्पना की थी कि यह सब देखने के बाद राजेश कुमार बेहोश भी हो सकता है।

आगे बढ़कर उसने सेंटर टेबल पर रखी बोतल उठाई और मुंह से लगाकर चेहरा ऊपर उठा लिया। तीन-चार घूंट से उतारने के बाद जब उसने चेहरा सीधा किया तो पंकज यह कहे बगैर न रह सका–''आप ऐसा कैसे कर सकते हैं?''

''कैसा?'' वह हंसा था।

''किसी के पास आप द्वारा किए गए पूरे कर्म की सीडी है। फिर भी आप इतने निश्चिंत हैं!''

''हमारी निश्चिंतता का भी एक कारण है।''

''ऐसा क्या कारण हो सकता है?''

''निश्चिंतता का कारण ये है पंकज कि गौर से सोचो, जिसके पास भी यह सीडी है, अगर वह हमारा खात्मा चाहता तो इसे हमारे नहीं, सीधे पुलिस के पास पहुंचाता। हम स्वतः खत्म हो जाते। मगर उसने ऐसा न करके सीडी हमारे पास पहुंचाई। जाहिर है, वह हमसे कुछ और चाहता है।''

''पर क्या?''

''इस सवाल का जवाब खोजने के चक्कर में व्यर्थ ही अपनी खोपड़ी घुमाकर हमें अपने दिमाग का भुर्ता बनाने की कोई जरूरत नहीं है। जिसने यह सीडी भेजी है, आने वाले समय में खुद वही बताएगा कि हमसे क्या चाहता है।''

''फिर भी, आप इतने बेफ़िक्र कैसे हो सकते हैं!''

''वह हमें खौफ़ और चिंताओं के साए में घेरकर मारना चाहता है और . . . हमें वही नहीं होने देना है पंकज क्योंकि जो चिंताओं से घिर गया, उसे जीते जी मरा हुआ कहा जाता है।''

पंकज राजेश कुमार को देखता रह गया।

उसकी बातें तर्कसंगत होने के बावजूद वह कल्पना नहीं कर सकता था कि एक आदमी इतना दृढ़ भी हो सकता है।

पुनः दो-तीन घूंट हलक से उतारने के बाद उसने कहा–''बहुत होशियार समझ रहे थे हम खुद को लेकिन बेवकूफ साबित हुए। हमारी पिक्चर बनाने वाला कैमरा बता रहा है कि जिस वक्त हम झोंपड़ी में सोनम से किलोल कर रहे थे उस वक्त वह कुट्टी काटने वाली मशीन के पीछे छुपा अपना काम कर रहा था और हमें भनक तक न लगी। उसके बाद, कैमरा हाथ में लिए वह लगातार हमारे पीछे लगा रहा और हम अंजान रहे।''

''वह हो कौन सकता है सर?''

''वही, जिसने सोनम के कमरे को खंगाला और वही, जिसने उस वक्त सीडी यहां पहुंचाई जब हम सोनम के कमरे में थे।''

पंकज के जिस्म में सनसनी दौड़ गई थी।

जैसे-जैसे लोगों को घटना के बारे में पता लगता रहा, वैसे-वैसे वे राजेश कुमार के बैंग्लो पर इकट्ठा होते गए।

उनमें राजेश कुमार के डॉक्टर गुलाटी जैसे वे दोस्त तो थे ही जिन्होंने बुरे वक्त में भी उसका साथ न छोड़ा था बल्कि वे लोग भी थे जो उससे मुंह चुराने लगे थे।

राजेश कुमार खासतौर पर सेठ घनश्यामदास जैसे उन लोगों को देखकर रोमांचित था, जिनसे उसने कर्ज लिया हुआ था। वह समझ सकता था कि उनकी उपस्थिति इस कारण है क्योंकि वे जान चुके हैं कि जल्दी ही उसे मैजिक मूवीज से दो करोड़ अमेरिकी डॉलर मिलने वाले हैं। पैसे से ही संबंध रखने वाले ये लोग न केवल एक बार फिर उसके आसपास मंडराने लगे थे बल्कि जानबूझकर उसे अपनी शक्ल दिखा रहे थे।

सलबटे ने शशांक पांडे को जमानत पर छोड़ दिया था। वह भी बैंग्लो के लॉन में लगी भीड़ में मौजूद था।

नैना भी थी वहां। उस वक्त उसके चेहरे पर पंकज या राजेश कुमार के प्रति कोई शिकायत नजर नहीं आ रही थी।

पोस्टमार्टम के बाद उसी शाम सोनम की बॉडी मिल गई।

अंतिम संस्कार भी राजेश कुमार के हाथों ही हुआ। उसे एक गाड़ी में बैठाकर शमशान ले जाया गया था।

फिर, तीन दिन का शोक मनाया गया।

लोग आते-जाते रहे।

पंकज को हर पल, हर घड़ी यह शंका सताती रही कि जाने कब वह शख्स कोई धमाका कर दे जिसे अब अगर उनका राजदार कहा जाए तो गलत न होगा मगर, वैसा कुछ न हुआ।

उसे लग रहा था कि यह तूफ़ान से पहले की शांति है।

साबित भी यही हुआ।

तीसरे दिन पगड़ी आदि की रस्म भी कर ली गई और वही दिन था जब नेशनल इंश्योरेंस वालों ने पचपन करोड़ का चैक दे दिया।

उसी रात करीब ग्यारह बजे व्हिस्की पीते हुए राजेश कुमार ने चैक जेब से निकाला और उसे ऊपर उठाता बोला–''ये हमारी कमाई है पंकज–मेहनत की कमाई। मुझ अकेले की नहीं, बल्कि हम दोनों की। अब हम पार्टनर हैं। बात समझ में आ रही है तुम्हारी! अब तुम 'सुपरस्टार' में केवल राइटर नहीं हो बल्कि पार्टनर हो हमारे। उसकी रिलीज के बाद जो प्रॉफिट होगा . . .''

''अभी तो फिल्म बनी भी नहीं है सर।'' अंदर से डरे हुए पंकज ने उसकी बात काटी–''और आप प्रॉफिट की बात करने लगे!''

''क्यों, क्या तुम्हें अब भी सुपरस्टार के बनने में शक है? यह चैक हमारे हाथ में होने के बावजूद शक कर रहे हो तुम!''

''आप शायद उस शख्स को भूल रहे हैं जिसके . . .''

''हम कुछ नहीं भूला करते पंकज, कुछ नहीं भूला करते हम।''

वह उसकी बात काटकर कहता चला गया–''वो जो भी कोई है, हम उसे देख लेंगे मगर जो संकल्प हम एक बार ले लेते हैं उसे पूरा करने के बाद ही दम लेते हैं। ये हमारी हिस्ट्री है और तुम जानते हो, हमारा नया संकल्प है–सुपरस्टार बनाना और उसे रिलीज करना। दुनिया की कोई ताकत हमें इस संकल्प को पूरा करने से नहीं रोक सकती। सुपरस्टार बनेगी और रिलीज ही नहीं होगी बल्कि सुपर-डुपर हिट भी होगी। हम एक बार फिर साबित करके रहेंगे कि सुपरस्टार राजेश कुमार के अलावा न कोई था, न कोई है लेकिन . . .''

''लेकिन?'' पंकज अटक गया।

''स्टोरी में एक बहुत बड़ी कमी है।''

यह शब्द पंकज के मुंह से स्वतः निकला–''क्या?''

''उसमें एक्शन नहीं है।''

''एक्शन?''

''बगैर एक्शन के भी आजकल कोई फिल्म नहीं चलती।''

''कहानी में एक्शन डाल भी दिया जाए सर तब भी, उसे शूट कैसे किया जा सकेगा?''

''क्या दिक्कत है?''

''एक्शन तो आप तब भी नहीं करते थे जब जवान थे, मैंने सुना है–आपके सभी एक्शन सीन गौतम करता था। वह, जो आपका डुप्लीकेट था। खबरों के मुताबिक उसकी डैथ हो चुकी है।''

''उसके बाद भी हम एक्शन दृश्यों को बखूबी फिल्माएंगे।''

''कैसे?''

''समय आने पर दिखाएंगे तुम्हें।'' कहते वक्त उसके होठों पर एक ऐसी रहस्यमय मुस्कान थी जिसका अर्थ कम से कम उस वक्त पंकज की समझ में न आया था।

जबकि वह कहता चला गया–''इस फ़िक्र को छोड़ो कि एक्शन

दृश्य कैसे फिल्माए जाएंगे। तुम बस कहानी में एक्शन डालो। ऐसे-ऐसे एक्शन जो आज तक हिंदी फिल्मों के दर्शकों ने देखे न हों। लोग दांतों तले अंगुली दबा लें।''

''वो काम तो खैर एक्शन डायरेक्टर का है मगर मेरे ख्याल से तो एक्शन डालने के चक्कर में हमारी स्टोरी खिचड़ी बन जाएगी।''

''मतलब?''

''अभी तक जो स्टोरी तैयार हुई है वह सीधी-सीधी एक ट्राएंगिल लव-थ्रिलर है। इसमें एक्शन की गुंजाइश कहां है?''

''गुंजाइश निकालनी पड़ेगी।''

''बात ठूंसी हुई लगेगी।''

''यही तो कारीगरी होनी चाहिए तुम्हारी, बात ठूंसी हुई न लगे। एक्शन को भी कहानी में उसी तरह पिरोना पड़ेगा जिस तरह तुमने नई लड़की को पिरोया है।''

''लेकिन कहानी वो रही ही कहां सर? आपने तो ये नया ट्विस्ट डालकर यानी सुपरस्टार की जगह उसकी बीवी का मर्डर डालकर पूरी कहानी को ही हिला दिया है। अब तो सबकुछ नए सिरे से सोचना पड़ेगा। सारी सिच्वेशन ही बदल गई है।''

''तो सोचो, तुम्हारा और काम क्या है?''

''कुछ सूझ नहीं रहा है सर।''

''तुम तो हथियार डाल रहे हो यार!''

''ऐसे टेंशन भरे माहौल में आप ही फिल्म बनाने और स्टोरी पर डिस्कस करने जैसे काम कर सकते हैं। मुझे लगता है–कम से कम मेरा दिमाग तब तक इस दिशा में काम नहीं कर सकता जब तक सिर पर वह तलवार लटक रही है।''

''तुम्हारा इशारा सीडी वाले शख्स की तरफ है?''

''और किस तरफ होगा?''

''भूल जाओ यार, ये हमारी नहीं उसकी टेंशन है। जब उसे हमसे

कुछ चाहिएगा तो खुद हमें याद करेगा।''

''मुझे आपके एटीट्यूड पर हैरत है सर।''

''छोड़ो दोस्त, हमारे दिमाग में एक आइडिया आया है।''

''कैसा आइडिया?''

''क्यों न सुपरस्टार की बीवी का एक प्रेमी दिखाएं!''

''प्रेमी।''

''ऐसा प्रेमी जिसे उसने अपने पति यानी सुपरस्टार से ही नहीं बल्कि हमारे युवा हीरो से भी छुपाकर रखा था। यह भी हो सकता है कि यह प्रेमी उसकी स्टूडेंट लाइफ का हो। असल में सुपरस्टार से शादी उसने की ही पैसों की खातिर हो। समझ रहे हो न, कहना हम यह चाहते हैं कि सुपरस्टार की बीवी पहले ही से किसी से मुहब्बत करती थी लेकिन दोनों फ़क्कड़ थे और ऐसा समझते थे कि बगैर पैसे के जिंदगी खुशनुमा नहीं हो सकती। प्रेमी ने प्रेमिका को सुपरस्टार को फंसाकर उससे शादी करने की सलाह दी। प्लान यह था कि उसके बाद वे सुपरस्टार का खात्मा कर देंगे। सुपरस्टार की सारी दौलत प्रेमिका की हो जाएगी और कुछ दिन बाद वे शादी कर लेंगे। मगर, इसमें पहला पेंच यह आया कि सुपरस्टार अंदर से फक्कड़ निकला। फिर उन्होंने पुराने कापीराइट्स के चक्कर में सुपरस्टार का मर्डर करने का मंसूबा बनाया। तभी नया लड़का यानी अपना हीरो उनकी स्टोरी में आ घुसा। फिर कुछ ऐसा चक्र घूमा, जो कि हम पहले ही सोच चुके हैं, कि उन्होंने युवा लड़के यानी अपने हीरो को बेस बनाकर सुपरस्टार के मर्डर का प्लान रच डाला।''

''लेकिन हो गया उल्टा! यानी मर्डर बीवी का हो गया।''

''करेक्ट। छुपे हुए प्रेमी को सबकुछ मालूम है। उसका मकसद है–प्रेमिका के मर्डर का रिवेंज लेना। सुपरस्टार या हीरो पर हमला करता या कराता है, हो गया एक्शन शुरू। बोलो, कैसी रही–'' राजेश कुमार की बात ठीक से पूरी भी न हो पाई थी कि . . . छनाक्!

एक कांच टूटने की ज़ोरदार आवाज़।

स्वाभाविक रूप से दोनों की नजर उधर घूमी ही थी कि . . .

धांय!

गोली की आवाज़ से मुकम्मल बैंग्लो थर्रा गया।

और . . . इस गोली ने राजेश कुमार के हाथ में मौजूद व्हिस्की के गिलास को फोड़ दिया था। उसे फोड़ती हुई गोली सामने वाली दीवार में जा धंसी थी। अभी दोनों हड़बड़ा ही पाए थे, ठीक से समझ नहीं पाए थे कि ये क्या हो रहा है कि एक और गोली चली।

उसने मेज पर रखी व्हिस्की की बोतल को शहीद कर दिया था।

''बाप रे! ये तो वाकई एक्शन शुरू हो गया।'' कांपती आवाज़ में कहने के साथ राजेश कुमार सेंटर टेबल के नीचे छुप गया था।

उसका वह हाथ बुरी तरह कांप रहा था जिसमें कुछ देर पहले तक व्हिस्की का गिलास था जबकि पंकज ने एक साए को उस खिड़की के पार देख लिया था जिसका कांच टूटा था।

सोफे से उसने सीधी जम्प मेनगेट की तरफ लगाई थी।

जब तक उसे खोलकर बाहर निकला तब तक साया खिड़की से पोर्च की तरफ दौड़ लगा चुका था। उस तक पहुंचने के लिए पंकज ने सीढ़ियां तय नहीं कीं बल्कि जोश में सभी सीढ़ियों को छोड़ते हुए नीचे की तरफ जम्प लगा दी।

साया, जिसे अब नकाबपोश कहना मुनासिब होगा क्योंकि पंकज देख चुका था कि उसके चेहरे पर काला नकाब है, उसे देखकर और तेजी से ढलान की तरफ दौड़ा।

पंकज की रफ्तार उससे ज्यादा थी इसलिए उनके बीच की दूरी घटती चली गई। पंकज को लग रहा था कि वह जल्दी ही उसे दबोच लेगा लेकिन तभी, अचानक नकाबपोश उसकी तरफ पलटा।

रिवॉल्वर उसकी तरफ तानता हुआ गर्जा वह–''ज्यादा उछल कूद की तो एक ही गोली में भेजा उड़ा दूंगा।''

पंकज इस तरह रुका जैसे अचानक बेहद तेज चल रही गाड़ी में पूरी पावर से ब्रेक लगा दिए गए हों। चेहरा उत्तेजना की ज्यादती के कारण सुलग रहा था। सांस धौंकनी की मानिंद चल रही थी।

उसे घूर रही रिवॉल्वर की नाल छक्के छुड़ाए दे रही थी।

उस एक पल के लिए दिमाग जड़-सा हो गया था।

समझ न पाया उसे क्या करना चाहिए।

''तुमसे कोई दुश्मनी नहीं है मेरी लेकिन, राजेश कुमार की ढाल बनने की कोशिश करोगे तो सबसे पहले तुम्हें ही ढेर करूंगा।'' वह बहुत ही खूंखार लहजे में बोला था–''उसे अपने किए की सजा भोगनी पड़ेगी। तुम उसकी मौत को न ही ओढ़ो तो बेहतर होगा।''

''क . . . कौन हो तुम?''

''जानने की कोशिश करोगे तो मारे जाओगे।''

अब, कहने के लिए पंकज को कुछ न सूझा।

कहने की तो बात ही दूर, उसे तो यह भी नहीं सूझ रहा था कि इन हालात में उसे करना क्या चाहिए!

''उस तरफ मुंह करो, मेरी तरफ पीठ।'' उसने हुक्म दिया।

पंकज ज्यों का त्यों खड़ा रहा।

जैसे समझ न पाया हो कि नकाबपोश ने क्या हुक्म दिया है।

''इस तरह नहीं मानोगे तुम।'' दांतों पर दांत जमाने के साथ जो उसने ट्रिगर पर रखी अंगुली में जान डाली तो पंकज गिड़गिड़ा उठा था–''न . . . नहीं, प्लीज–गोली मत चलाना।''

''तो मेरी तरफ पीठ करो।''

पंकज ने तुरंत आदेश का पालन किया क्योंकि समझ चुका था, वर्तमान हालात में वह उसका बाल भी बांका न कर सकेगा जबकि वह सचमुच, जब चाहे उसे गोली से उड़ा सकता है।

''सीधे वहीं चले जाओ जहां से आए हो।'' उसने अगला आदेश

दिया–''मुड़कर मेरी तरफ देखने की कोशिश की तो वह इस धरती पर तुम्हारा आखिरी एक्शन होगा।''

पंकज ने वही करने में भलाई समझी जो उसने कहा था अर्थात् अपने सामने नजर आ रही बैंग्लो की इमारत की तरफ बढ़ना शुरू कर दिया। पीछे से उसे भागते कदमों की आवाज़ आ रही थी, वह आवाज़ जो प्रतिपल दूर होती जा रही थी।

पंकज समझ सकता था कि नकाबपोश बैंग्लो के मुख्यद्वार की तरफ दौड़ा चला जा रहा है। जब उसे लगा कि कदमों की आवाज़ रिवॉल्वर की रेंज से दूर चली गई है तो हिम्मत करके पलटकर देखा।

बहुत दूर, विपरीत दिशा में भागते साए की पीठ नजर आई।

वापस लॉबी में पहुंचने पर पंकज ने जो दृश्य देखा, उसे देखकर जहां उसे घोर आश्चर्य हुआ, वहीं गुस्सा भी आया, खीझ भी हुई। राजेश कुमार दोनों पैर सेंटर टेबल पर पसारे, सोफे पर बैठा सिगरेट फूंक रहा था।

यूं–जैसे कुछ हुआ ही न हो।

पंकज के सारे जिस्म में चिंगारियां-सी सुलग गईं। पतंगे लग गए। उससे, कदाचित पहली बार वह ऐसे जले-भुने लहजे में बोला था–''आप यहां आराम से बैठे सिगरेट फूंक रहे हैं!''

''और हम कर ही क्या सकते थे?''

''मेरी तरह उसे पकड़ने की कोशिश कर सकते थे।''

''जवान आदमी हो यार, क्या इस उम्र में तुम हमसे वैसी जम्प की उम्मीद कर रहे हो जैसी लगाकर खुद बाहर गए थे!''

''क्या आपको पता है मैं मरते-मरते बचा हूं?''

''गलत।''

''क्या गलत?'' पंकज भन्ना गया।

''यही कि तुम मरते-मरते बचे हो।''

''आपका दिमाग खराब हो गया है।'' वह खुद पर नियंत्रण न रख सका–''आप तो यहां बैठे हैं। जानते भी हैं बाहर क्या हुआ!''

''तुमने उसे रोकने की कोशिश की होगी लेकिन कामयाब न हो सके होंगे क्योंकि उसके हाथ में रिवॉल्वर था और तुम निहत्थे। हमें मालूम है–इससे ज्यादा कुछ नहीं हुआ होगा।''

''वह मुझे गोली मार सकता था।''

''फिर गलत। ऐसा करने नहीं आया था वह।''

''आपको क्या मालूम?''

''आदमी थोड़ा-सा दिमाग इस्तेमाल कर ले तो उसे मालूम पड़ जाता है।'' वह कहता चला गया–''जरूरत से ज्यादा फ़िक्रमंद या उत्तेजित होने की जरूरत नहीं है, आराम से बैठकर बात करो।''

पंकज गुस्से की अधिकता के कारण हलक फाड़कर चिल्ला उठा था–''उसने मुझसे खुद कहा।''

''क्या कहा?''

''कि वह आपको नहीं छोड़ेगा।''

''तुम्हें डराने के लिए कह दिया होगा।''

''पता नहीं आप कौनसी खुशफ़हमी के शिकार हैं! मुझे डराने के लिए वह आपको मारने की बात क्यों कहेगा।''

''और क्या कहा उसने?''

''यह कि मुझसे उसकी कोई दुश्मनी नहीं है। मुझे नहीं मारना चाहता वह लेकिन अगर मैंने आपकी ढाल बनने की कोशिश की तो सबसे पहले मुझे ही ढेर करेगा।''

''ओह! अब आई बात समझ में।''

''क्या समझ में आ गया आपके?''

''उसके यहां आकर यह सब करने का दूसरा उद्देश्य।''

''जरा मैं भी तो सुनूं!''

''वह हम दोनों में फूट डालने आया था।''

''फूट डालने?''

''इस तरह उत्तेजित रहकर, अपने दिमाग को टेंशन में रखकर सुनोगे तो कुछ समझ में नहीं आएगा। आराम से बैठो, दिमाग को शांत करो। हो सके तो हमारी तरह एक सिगरेट सुलगा लो, फिर गौर से हमारी बात सुनोगे तो सबकुछ समझ में आ जाएगा।''

इस बार चाहकर भी पंकज कुछ बोल न सका। असल में राजेश कुमार की निश्चिंतता उसे पगलाए दे रही थी।

यह बात उसकी समझ में आकर नहीं दे रही थी कि इतनी हौलनाक घटना के बाद कोई आदमी इतना बेफ़िक्र कैसे हो सकता है!

बहरहाल, उन पर हमला हुआ था–वह भी गोलियों से। उसके बावजूद उसके चेहरे पर खौफ़ का तो क्या, चिंता का भी कोई भाव न था। उसे तो राजेश कुमार एब्नार्मल आदमी लगा। फिर भी, वह गिरने के-से अंदाज में उसके सामने वाले सोफे पर बैठता हुआ बोला था–''बताइए, क्या समझाना चाहते हैं?''

''सिगरेट सुलगा लो।''

''इच्छा नहीं है।''

''उसका निशाना पांडे से भी ज्यादा एक्यूरेट था। पट्ठे ने हमारे हाथ में मौज़ूद गिलास फोड़ना चाहा तो फोड़ दिया, मेज पर रखी बोतल उड़ानी चाही तो उड़ा दी।''

''शुक्र है कि यह बात आपकी समझ में आ गई।''

''हमारी समझ में पहले से आई हुई है। जरूरत तुम्हें समझने की है। समझो–अगर उसका निशाना इतना पक्का था और वह हमें मारने आया था तो गिलास और बोतल क्यों तोड़ी! सीधे-सीधे खोपड़ी क्यों नहीं तोड़ दी हमारी?''

कुछ कहने के लिए खुला पंकज का मुंह, खुला का खुला रह गया। पलक झपकते ही बात उसकी समझ में आ गई थी। फिर भी बोला–

''अगर आप इस बात को उसी वक्त समझ गए थे कि वह आपको मारना नहीं चाहता तो सेंटर टेबल के नीचे क्यों छुप गए थे? आपको तो गोली मार नहीं रहा था वह!''

''अजीब अहमक आदमी हो यार, अच्छे से अच्छे निशानेबाज का निशाना भी तो चूक सकता है! किसी और चीज पर चलाई गई गोली को हमारी खोपड़ी में लगते कितनी देर लगनी थी!''

''ओह! तो उस वक्त इसलिए चूहे बन गए थे आप!''

''आग उगलते रिवॉल्वर के सामने समझदार आदमी को चूहा ही बन जाना चाहिए दोस्त वरना लाश बनना पड़ता है।''

''और बाद में उस तरह सीना चौड़ाकर सोफे पर बैठ जाना चाहिए जिस तरह इस वक्त आप बैठे हैं!''

''खतरा टलने पर ऐसा करने में क्या बुराई है?''

''आप यह कहना चाहते हैं कि वह हममें से किसी को मारने नहीं आया था। उसका मकसद केवल हमें टैररा़इज करना था!''

''क्या इस बात में तुम्हें अभी-भी शक है?''

''पर क्यों? वह हमें टैरराइज क्यों करना चाहता था?''

''अभी हमें नहीं पता वह क्या चाहता है। पर जो भी चाहता है, उस डिमांड को, अपनी समझ में हमारे सामने तब रखना चाहता है जब हम उसे नामंजूर करने की मानसिक स्थिति में न हों। संक्षेप में यूं समझो कि डिमांड रखने से पहले वह हमें यह समझा देना चाहता है कि अगर उसकी डिमांड न मानी गई तो वह हमें उड़ा देगा।''

''और उसने साबित कर दिया है कि वह उड़ा सकता है।''

''अगर तुम्हारी ऐसी मानसिकता बन गई है तो हम यह कहेंगे कि वह अपने मकसद में कामयाब है।''

''मानसिकता नहीं बन गई है सर, मैं जान चुका हूं कि वह जब चाहेगा, हमें उड़ा देगा और . . .''

''और?''

''अब मुझे आपके इस बैंग्लो में नहीं रहना।'' गुस्से में वह कहता चला गया–''जा रहा हूं यहां से।''

राजेश कुमार बुरी तरह चौंका–''और सुपरस्टार?''

''भाड़ में गई सुपरस्टार। मुझे कोई फिल्म-विल्म नहीं बनवानी।''

''तुम जानते हो, हम संकल्प ले चुके हैं और हमारा संकल्प . . .''

''तो आपको कब रोका है मैंने! आप बनाइए फिल्म। मेरा उससे कोई मतलब नहीं। मैं इसी वक्त खुद को इस प्रोजेक्ट से अलग कर रहा हूं। मेरी शुभकामनाएं आपके साथ हैं।''

राजेश कुमार ने ऐसी नजरों से पंकज की तरफ देखा जैसे यकीन न कर पा रहा हो कि उसके कानों ने वही सुना है, जो उसने कहा है।

आंखों में हल्की-सी नमी नजर आई थी उसकी। चेहरे से जैसे पलक झपकते ही एक जलजला-सा गुजरा हो लेकिन फिर जल्दी ही ऐसा लगा जैसे खुद को नियंत्रित करने की कोशिश कर रहा हो।

गंभीर स्वर में बोला–''यह फ़ैसला समझदारी भरा नहीं है पंकज।''

''जैसा भी है, मेरा फ़ैसला यही है।''

एक बार फिर ऐसा लगा जैसे पंकज के शब्द उसके सीने पर घूंसे की शक्ल में लगे हों। पुनः नियंत्रित होता बोला–''समझने की कोशिश करो दोस्त, जैसा कि हम बता चुके हैं। यहां आने के उसके दो उद्देश्य थे। पहला–हमें टैरराइज करना। दूसरा–तुम्हें हमसे अलग करना और तुम वही कह रहे हो। अर्थात् वह अपने मकसद में कामयाब हो गया!''

''जो होगा देखा जाएगा पर अब मुझे यहां नहीं . . .''

''तो जाओ–जाओ यहां से।'' अचानक वह ऐसे हिस्टीरियाई अंदाज में चिल्लाया कि पंकज उछल पड़ा।

चौंककर उसकी तरफ देखने लगा वह। उसकी तरफ–जिसके जिस्म का सारा खून सिर्फ और सिर्फ उसके चेहरे पर इकट्ठा हो गया था। वही

खून इस वक्त उसकी आंखों में नजर आ रहा था। बुरी तरह हांफ रहा था वह।

यूं, जैसे मैराथन दौड़कर आया हो।

''जाओ न! अब बैठे क्यों हो यहां?'' वह फिर चिल्लाया।

पंकज को ख्वाब तक में उससे ऐसी प्रतिक्रिया की उम्मीद न थी।

मुंह से निकला–''अ . . . आपको क्या हो गया है सर?''

''कुछ नहीं हुआ है हमें और . . . हुआ भी है तो तुम फ़िक्र क्यों करते हो! लगते ही क्या हैं हम तुम्हारे! किसी को जबरदस्ती तो कोई रोक नहीं सकता। जाओ पंकज, प्लीज।'' वह फिर पागलों की मानिंद चिल्लाया था–''गारत हो जाओ हमारी आंखों से।''

''इ . . . इस तरह तो मैं नहीं जाऊंगा सर।''

वह फिर चीखा–''और अब हम तुम्हें नहीं रखेंगे।''

''प्लीज, यह तो बताइए–आप ऐसा क्यों कर रहे हैं?''

''यह जानना चाहते हो तुम! यह जानना चाहते हो कि हमें हो क्या गया है। तो आओ।'' कहने के साथ वह एक झटके से खड़ा हो गया। झपटकर उसने उसकी कलाई पकड़ी और सीढ़ियों की तरफ खींचता चीखा–''हमारे साथ आओ, हम तुम्हें दिखाते हैं कि हमें क्या हो गया है।''

''अरे! अरे!'' उसके साथ खिंचते चले जा रहे पंकज के मुंह से ये शब्द निकलते चले गए–'' कहां ले जा रहे हैं मुझे?''

''हमारे साथ आओ जलील लड़के–साथ आओ हमारे।'' उसे लिए राजेश कुमार जुनूनी अवस्था में सीढ़ियां चढ़ता चला गया ।

जबकि पंकज बार-बार कह रहा था कि–''सर, आपके लिए इतना गुस्सा ठीक नहीं है। इतनी तेजी से सीढ़ियां मत चढ़िए।'' मगर, राजेश कुमार पर तो जाने कौनसा जुनून सवार था कि उसकी एक न सुनी उसने।

उसी तरह चीखता-चिल्लाता और अपने शब्दों को दोहराता उसे अपने सुईट में ले गया।

एक झटके से अपनी पर्सनल सफ़े खोली और उसमें से एक फोल्डर निकालकर उसके मुंह पर मारता हुआ चीखा–''ये हो गया है . . . ये हो गया है हमें।''

''य . . . ये क्या है सर?''

''पढ़ो इसे।'' कहने के बाद वह एक सोफे पर जा गिरा था और बुरी तरह हांफने लगा।

फोल्डर क्योंकि कारपेट पर गिर गया था इसलिए पंकज उसे उठाने के लिए झुका और जैसे ही फोल्डर को देखा, उसे लगा–इस फोल्डर को उसने पहले भी कहीं देखा है।

उठाकर पढ़ा तो सब याद आ गया। साथ ही, आंखें आश्चर्य से फैलती चली गईं। चेहरे पर ऐसे भाव उभर आए जैसे संसार के सबसे बड़े आश्चर्य को फोल्डर में मौजूद कागज पर नृत्य करते देख रहा हो। उसे यकीन ही नहीं आ रहा था कि सच वही है जो उसकी आंखें देख रही हैं। वह जहां खड़ा था, मूर्ति की मानिंद वहीं खड़ा रह गया। यह भी होश न रहा कि फोल्डर कब हाथों से फिसलकर पुनः कदमों में जा गिरा!

काफी देर बाद चेतना लौटी उसकी। सोफे पर निढाल-से पड़े राजेश कुमार की तरफ देखा। तब तक वह भी अपनी उखड़ी हुई सांसों को काफी हद तक काबू में कर चुका था।

पंकज आहिस्ता-आहिस्ता चलता उसके करीब पहुंचा। सोफे के नजदीक पहुंचकर घुटनों के बल कारपेट पर बैठा और बोला–''सर, आप पागल हैं क्या?''

''हां।'' राजेश कुमार में जैसे फिर चेतना लौटी–''साबित तो यही हुआ है कि हम पागल हैं।''

''नोमिनी में मेरा नाम क्यों डाला?''

उसकी आंखों में पानी नजर आया–''पागल जो ठहरे।''

''मैं हूं ही कौन आपका?''

''वही बताने तो यहां लाए हैं।'' राजेश कुमार की आवाज़ भर्राने लगी थी–''वह बताने, जो नहीं बताना चाहते थे। जिसके बारे में चाहते थे कि तुम्हें हमारी मौत के बाद ही पता लगे पर तुमने मजबूर कर दिया। बार-बार पूछने लगे कि हमें क्या हो गया है। चुपचाप चले जाते तो यह सब न होता।''

''कब किया आपने ऐसा?''

''तुम्हारे साथ ही तो गए थे। फ़र्क बस इतना था कि तुम्हें गाड़ी के पास छोड़कर, अंदर अकेले चले गए थे। तुम्हें बताना जो नहीं चाहते थे कि हम वहां क्या एप्लीकेशन देने गए हैं।''

''आपने ऐसा क्यों किया?''

''सबसे पहले इसमें प्राची का नाम था। वह जिंदगी से ही बाहर हो गई। फिर सोनम का नाम डलवाया। पता लगा–वह तो काम ही हमारे खात्मे के मिशन पर कर रही है। एक ही आदमी बचा, वह जिसने हमें मरने से बचाया था। बोलो, अगर हम मर जाएं तो यह इनाम हमें मारने वाले को मिलना चाहिए था या बचाने वाले को?''

पंकज की जुबान जैसे तालु से जा चिपकी।

''फिर भी, हमने तुम्हें हिंट दिया था।''

''वो कहानी डिस्कशन की बात थी सर, मैंने सोचा–स्टोरी में ऐसा हो सकता है लेकिन असल जिंदगी में नामुमकिन है। मैंने नहीं देखा किसी ने अपनी इतनी मोटी पॉलिसी का नोमिनी उसे बनाया हो, जिससे उसका कोई रिलेशन न हो।''

''यही तो . . . यही तो है वह चुभन जो हमारे दिल को शूल बनकर बेंध गई।'' एक बार फिर जैसे राजेश कुमार के दिल से जहरीला तीर टकराया हो–''तुमने हमसे कोई रिलेशन ही नहीं माना जबकि . . .

''ऐसा मत कहिए सर, प्लीज–ऐसा मत कहिए कि मैंने आपसे कोई रिलेशन नहीं माना।''

''माना होता तो यूं छोड़कर जाने की बात न करते।''

''व–वो बात अलग थी सर।''

''हमने तुम्हें कितना समझाया! दूसरे तरीके से तुम्हें रोकने की कितनी कोशिश की क्योंकि हम तुम्हें इस फोल्डर के बारे में कुछ नहीं बताना चाहते थे लेकिन तुम माने ही नहीं और फिर . . . चले ही जाते तब भी बात शायद इस फोल्डर तक न पहुंचती मगर तुम गए भी तो नहीं। बार-बार पूछने लगे हमें क्या हो गया है। यह न पूछते तो ज्यादा से ज्यादा क्या होता! यही न कि एक और एप्लीकेशन दे देते हिंदुस्तान इंश्योरेंस कंपनी को। यह कि–हमारा कोई नोमिनी नहीं है। हमारी मौत के बाद रकम अनाथालय को दे दी जाए। उसकी रकम तो अनाथालय को ही दी जाती है न जिसका कोई न हो!'' कहने के बाद वह फूट-फूटकर रोने लगा था।

''नो सर . . . नो।'' पंकज की आंखें भी नम हो गई थीं, उसे बांहों में भरता कह उठा वह–''आप अनाथ नहीं हैं।''

पंकज बैंक गया हुआ था।

लॉकर से उसे अपने और सोनम के बीच हुए कांट्रेक्ट को लाना था। उसने और राजेश ने यह तय किया था कि कांट्रेक्ट को वहां से निकालकर डिस्ट्राय कर दिया जाए क्योंकि जब सोनम ही न रही तो उस कांट्रेक्ट का करना क्या था!

राजेश कुमार उस वक्त लॉबी में बैठा पी रहा था जब कालबेल बजी। अकेला होने के कारण उसे ही उठना पड़ा।

काफी नशे में होने के बावजूद वह संतुलित कदमों से मेनगेट पर पहुंचा। उसे खोला–सामने कोरियर वाला खड़ा था।

उसने एयरटेल के मोबाइल का बिल दिया।

लिफाफा हाथ में लिए राजेश कुमार यह सोचकर दरवाज़ा अंदर से बंद किए बगैर ही वापस आ गया कि कुछ देर बाद पंकज को बैंक से आना ही है, फिर खोलने के लिए उठना पड़ेगा।

लिफाफे को लापरवाही से सेंटर टेबल पर डालने के बाद वह पुनः अपने सदाबहार काम में जुट गया।

पीते-पीते नजर लिफाफे पर गई और इस बार उसने जाने उसमें क्या देखा कि चेहरे पर चौंकने के भाव उभरे।

झपटकर इस तरह लिफाफा उठाया जैसे यदि उसने नहीं उठाया तो कोई और उठा लेगा तथा गौर से उसे देखने लगा।

फिर कांपते हाथों से उसे खोला।

राजेश कुमार के चेहरे के भाव और उसकी गतिविधियां बता रही थीं कि वह लिफाफे के अंदर की चीज को जल्दी से जल्दी देखने के लिए उद्वेलित हो उठा है।

हालांकि लिफाफे से मोबाइल का बिल ही निकला था लेकिन उसे देखकर राजेश कुमार की आंखों में ऐसी चमक उभर आई जैसे अचानक कारून का खजाना मिल गया हो।

बहुत देर तक वह उसे इस तरह देखता रहा था जैसे कोई गरीब अचानक मिल गए हजार के नोट को देख रहा हो।

फिर, एक झटके से खड़ा हुआ।

सीढ़ियों की तरफ लपका और फिर इस तरह सीढ़ियां चढ़ता चला गया जैसे एक बूंद भी न पी रखी हो।

सोनम के सुईट में पहुंचा। कुछ देर तक तितर-बितर हुए सामान को देखता रहा। फिर, जाने क्या सोचकर जेब से अपना मोबाइल निकाला। वह नंबर मिलाया जिसका बिल उसके हाथ में था।

स्वीच ऑफ आ रहा था।

वह बड़बड़ा उठा–''यही उम्मीद थी।''

फिर वह पुनः उस सुईट की तलाशी लेने लगा जिसकी कोई पहले ही जमकर तलाशी ले चुका था।

इस वक्त राजेश कुमार की हालत ऐसी नजर आ रही थी जैसे हर तरफ से निराश हो चुके शख्स को आशा का सूरज चमक गया हो।

सुईट में बिखरे पड़े एक-एक सामान को उलट-पलट कर देख रहा था वह। हर दराज, हर अलमारी चैक कर रहा था।

बाथरूम में पहुंचा।

फ्लश टंकी के ढक्कन को अपने स्थान पर न देखकर पहले चौंका और फिर होठों पर ऐसी मुस्कान दौड़ गई जैसे कोई पहेली सुलझा ली हो। जैसे पहेली को सुलझाकर अंदर ही अंदर चरमआनंद का सुख भोग रहा हो।

ढक्कन टंकी के ऊपर, यानी जहां होना चाहिए था, वहां न होकर, नीचे–कमोड की बगल में रखा था।

आहिस्ता-आहिस्ता चलता वह टंकी के करीब पहुंचा।

अब वह उसमें भरे पानी को देख सकता था।

वह कमोड के नजदीक फर्श पर घुटने मोड़कर बैठ गया तथा ध्यान से टंकी के ढक्कन को देखने लगा–उस पर धूल थी लेकिन उसी धूल के बीच दोनों किनारों पर अंगुलियों के निशान थे।

स्पष्ट था–वे निशान उसके थे जिसने बड़े आराम से ढक्कन को टंकी के ऊपर से हटाकर वहां रखा होगा।

राजेश कुमार ने ढक्कन को छेड़ा नहीं बल्कि दृष्टि निशानों पर स्थिर किए बड़बड़ाया–''अगर इन निशानों को पुलिस लेबोरेट्री में भेज दिया जाए तो हम दावे के साथ कह सकते हैं कि ये 'तुम्हारे' ही निकलेंगे। हद्द हो गई! तुम हमारे इतने नजदीक थे और हम पहचान न सके। पहचानना तो दूर, शक तक न हो सका हमें। मगर अब . . . अब देखेंगे हम तुम्हें और तुम देखना–हमारा पैंतरा।''

इंस्पेक्टर सलबटे उछल पड़ा।

बात ही उछलने की थी। वह कल्पना तक नहीं कर सकता था कि राजेश कुमार कभी उसके थाने में भी आ सकता है। आफिस की कुर्सी पर बैठे-बैठे उसने एक खिड़की से राजेश कुमार की तीन गाड़ियों में से

एक को थाने के प्रांगण में दाखिल होते देखा था।

उधर राजेश कुमार ड्राइविंग डोर खोलकर बाहर आ रहा था, इधर सलबटे अपनी कुर्सी पर बैठा न रह सका।

वह उठा और तेजी से बाहर निकला।

प्रांगण में मौजूद पुलिसिए उस दृश्य को देखकर हैरान रह गए क्योंकि अपने थाना इंचार्ज को उन्होंने पहले कभी किसी का इस अंदाज में स्वागत करते नहीं देखा था।

''आइए . . . आइए राजेश कुमार जी।'' नजदीक पहुंचकर सलबटे ने उसकी तरफ हाथ बढ़ाया।

राजेश कुमार ने भी उससे कुछ खास ही गर्मजोशी के साथ हाथ मिलाया था। दोनों एक-दूसरे को देखकर मुस्कराए थे।

सलबटे को क्योंकि उसका यहां आना हज्म नहीं हो रहा था इसलिए अधीर होकर पूछ बैठा–''आप यहां कैसे?''

''इतनी भी क्या बेचैनी इंस्पेक्टर!'' राजेश कुमार ने हंसते हुए कहा था–''पहले कहीं बैठा तो लो!''

''आइए-आइए।'' कहने के साथ एक तरह से उसने उसे सहारा दिया था जबकि राजेश कुमार बोला–''अरे नहीं भई, हमें सहारे की जरूरत नहीं है। पता नहीं क्यों, सब हमें सहारा देना चाहते हैं।''

वे आफिस में पहुंचे।

राजेश कुमार को विजिटर चेयर पर बैठाने के बाद खुद अपनी कुर्सी पर बैठते ही सलबटे ने बैल बजाने के साथ पूछा–''क्या लेंगे?''

उधर, जिन्न की तरह दरवाज़े पर एक सिपाही प्रकट हुआ, इधर राजेश कुमार ने अजीब अंदाज में हंसते हुए कहा था–''जो हम लेते हैं वो तुम पिला नहीं सकोगे।''

''वाकई!'' वह बोला–''यहां तो नहीं।''

''और कहीं पिला सकते हो?''

''क्यों नहीं?''

राजेश कुमार ने उसकी आंखों में झांकते हुए पूछा–''कहां?''

''अपने घर पर, किसी बॉर में, कहीं भी।'' वह कहता चला गया था–''बस ड्यूटी पर नहीं होना चाहिए।''

''ओके। कभी तुम्हारी दावत भी कबूल करेंगे।''

''दावत तो इस वक्त भी कबूल करनी पड़ेगी आपको, सिपाही अभी तक खड़ा है। क्या लेंगे–ठंडा या गर्म?''

''कुछ नहीं।''

''ऐसा तो हो नहीं सकता।''

''चलो।'' राजेश कुमार ने हंसते हुए कहा–''अगर नहीं ही हो सकता तो ठंडा मंगा लो।''

सिपाही परमीशन मिलते ही अपने स्थान से गायब हो गया था। तब, राजेश कुमार ने कहा–''हम एक खास काम से आए हैं।''

''कहिए।''

राजेश कुमार ने जेब से एक कागज निकालकर मेज पर रखा। सलबटे उसे उठाकर देखता हुआ बोला–''ये तो मोबाइल नंबर है।''

''करेक्ट।''

''किसका?''

''इस फेर में न ही पड़ो तो बेहतर है।''

''ज . . . जी?''

''हमें यह मालूम करना है कि यह कहां है।''

''गुम है क्या?''

''तभी तो।''

''हो जाएगा, मैं इसे अभी सर्विलांस पर लगवा देता हूं।''

''इसीलिए आए थे हम यहां और अब . . . जरा गौर से हमारी बात

सुनो।'' राजेश कुमार ने पुनः उसकी आंखों में झांका था–''इस फोन को बरामद नहीं कराना है हमें। सिर्फ मालूम करना है कि इस वक्त कौन-से इलाके में है। इससे ज्यादा तुम्हें कुछ नहीं करना है।''

''पर क्यों? क्या यह आपका नहीं है?''

''कहा न, इस फेर में मत पड़ो।''

''बड़ी अजीब बात कर रहे हैं आ...''

आगे के शब्द सलबटे के मुंह से न निकल सके क्योंकि उससे पहले राजेश कुमार उसके हाथ से कागज छीनकर कहना जारी कर चुका था–''हमें इसी शर्त पर इसकी लोकेशन पता लगवानी है। जाने को तो कमिश्नर के पास भी जा सकते थे लेकिन यहां क्यों आए! सोचो सलबटे, यहीं क्यों आए हम?''

''क . . . क्यों आए?''

''क्योंकि जो काम रिवॉल्वर की गोली से चल सकता है उसे करने के लिए तोप का इस्तेमाल करना समझदारी नहीं होती।''

सलबटे के मुंह से निकला–''ओह!''

''तुम नहीं करोगे तो मजबूरी में वहीं जाना पड़ेगा।''

''ये आपसे किसने कहा कि मैं ये काम नहीं करूंगा!''

''सवाल बहुत कर रहे हो तुम।''

''ओके। ओके। अब सवाल नहीं करूंगा।'' वह हंसता हुआ बोला–''अब तो कागज दे दीजिए!''

राजेश कुमार ने कागज उसकी तरफ बढ़ा दिया।

तभी, कोल्डड्रिंक हाजिर हो गई थी।

''खर्चे की चिंता मत करना करकरे।'' राजेश कुमार ने मुंबई के सबसे उम्दा सैट डिजाइनर से कहा–''सुपरस्टार का सैट ऐसा बनना चाहिए जैसा बॉलीवुड में पहले कभी न बना हो।''

''आप चिंता न करें, मुझे क्या आपका टेस्ट मालूम नहीं है!''

करकरे नामक उस व्यक्ति ने कहा जिसका कद साढ़े चार फुट से ज्यादा न था और राजेश कुमार की गर्दिश के दिनों में जो उसे दूर ही से देखकर कन्नी काटकर निकल जाता था–''लोग जब आप पर टिप्पणियां करते थे तो मैं तो हमेशा ही सबसे कहता था कि हमारे काकू जी इतनी आसानी से खत्म हो जाने वाली चीज नहीं हैं। देख लेना, वे ज़ोरदार कमबैक करेंगे और वही हुआ। अब देखिएगा, सैट को देखकर अगर पूरी इंडस्ट्री यह न कहने लगे कि काकू की वापसी उसी शॉन से हुई है जिस शॉन से वह जिया था तो बात ही क्या है!''

राजेश कुमार मुस्कराया।

मुस्कराया वह इसलिए था क्योंकि जानता था कि उसके बारे में करकरे क्या टिप्पणियां किया करता था लेकिन वैसा कुछ कहा नहीं। कहा यह–''गुड, हम यही चाहते हैं।''

करकरे कुछ कहना ही चाहता था कि राजेश कुमार की जेब में पड़ा मोबाइल बजने लगा। इधर, करकरे ने अपना मुंह बंद कर लिया उधर राजेश कुमार ने मोबाइल निकाला।

स्क्रीन पर पंकज का नाम स्पार्क कर रहा था।

उसने कॉल रिसीव की–''हां पंकज।''

''कहां चले गए आप?'' आवाज़ थोड़ी घबराई हुई थी।

''घबराओ नहीं यार, काम शुरू कर दिया है और तुम तो जानते ही हो–बहुत काम करना है। फिल्म बनाना मजाक थोड़ी है! इस वक्त सैट डिजाइनर के पास बैठे हैं।''

''तुरंत बैंग्लो आ जाइए।''

''बात क्या है?''

''मेरे साथ बड़ी अजीब घटना घट गई है।''

''अजीब घटना?'' राजेश कुमार चौंका–''क्या हुआ?''

''फोन पर नहीं बता सकता सर, फौरन आ जाइए।'' बस, इतना

कहकर उसके जवाब की प्रतीक्षा किए बगैर फोन काट दिया गया था। पंकज की आवाज़ के कंपन ने ही राजेश कुमार को बता दिया था कि कोई न कोई अनहोनी जरूर हुई है।

करकरे से परमीशन लेकर वह तुरंत उठ खड़ा हुआ और करीब आधे घंटे बाद बैंग्लो के पोर्च में गाड़ी रोकी।

पंकज उसका वहीं इंतजार कर रहा था।

राजेश कुमार को गाड़ी से उतरता देखते ही वह लपककर उसके नजदीक आया। राजेश कुमार स्वयं अधीर अवस्था में था। अतः गाड़ी से बाहर निकलते ही पूछा–''क्या हुआ?''

पंकज ने बताया–''मैं लॉकर से कांट्रेक्ट निकालकर आ रहा था सर कि अचानक एक साइकिल वाला लड़का गाड़ी के सामने आ गया। ब्रेक लगाते-लगाते भी गाड़ी उससे टच हो गई। उसने तो इतनी-सी बात पर हंगामा खड़ा कर दिया। सड़क पर लोग भी उसी का साथ देने लगे। बड़ी मुश्किल से लड़के को हजार रुपए देकर पीछा छुड़ाया लेकिन थोड़ा आगे जाते ही पाया कि–बगल वाली सीट पर रखा वह छोटा-सा हैंडबैग गायब है जिसे मैं लॉकर से निकालकर लाया था। जिसमें मेरे और सोनम के बीच हुआ कांट्रेक्ट था।''

''नहीं।'' सुनने के बाद राजेश कुमार ने कहा–''पक्के तौर पर वह एक्सीडेंट नहीं था। साइकिल वाला लड़का जानबूझकर तुम्हारी गाड़ी के सामने आया। वो सारा ड्रामा ही कांट्रेक्ट को उड़ाने के लिए किया गया। तुम झमेले में फंस गए और . . .''

''म . . . मेरा ख्याल भी यही है सर लेकिन वो कांट्रेक्ट तो मेरी मौत का परवाना है। उसमें साफ-साफ लिखा है कि मैं और सोनम मिल कर आपकी हत्या करने वाले हैं। वह जिस किसी के हाथ लगेगा, उसके हाथ में मेरी गर्दन होगी।''

''वह किसी और के नहीं, उसी के हाथ लगा होगा जिसके हाथ में

दोनों सीडियां हैं इसलिए, इतना घबराने की जरूरत नहीं है। उसके हाथ में तो पहले ही से हमारी गर्दनें हैं।''

''क्या जरूरी है सर? कांट्रेक्ट किसी और के भी तो . . .''

''नो पंकज . . . नो। यदि कांट्रेक्ट साजिश के तहत छीना गया है तो जाहिर है–साजिश करने वाले की तुम पर पहले से नजर होगी। वह जानता होगा तुम लॉकर से क्या निकालकर ला रहे हो। ऐसा वही कर सकता है जो लगातार तुम पर नजर रखे हुए हो और ऐसा एक ही व्यक्ति है। वही, जिसके पास सीडी हैं।''

''जब हमारे खिलाफ़ पहले ही से उसके पास इतना सबकुछ है तो उसे कांट्रेक्ट की क्या जरूरत थी?''

''यह सब वह हमें और ज्यादा प्रेशर में लेने और, और ज्यादा टैरराइज करने के लिए कर रहा है।''

''यह कौन आदमी है सर और क्यों हमारे पीछे पड़ गया है?''

कुछ देर राजेश कुमार उसे देखता रहा, जैसे सोच रहा हो कि जो उसे पता है, वह बताए या नहीं। फिर, जरूरत से ज्यादा आतंकित नजर आ रहे पंकज पर तरस-सा खाकर बोला–''हम पता लगा चुके हैं दोस्त–कि वह कौन है।''

''क–क्या?'' पंकज को अपने कानों पर विश्वास न आया।

मुस्कराते हुए राजेश कुमार ने कहा–''यकीन मानो, हमने वही कहा है जो तुमने सुना।''

''आपने पता लगा लिया है कि वह कौन है!''

''हंडरेड परसेंट।''

''कौन है?''

''नाम सुनकर चौंक पड़ोगे क्योंकि तुम्हारे लिए भी वह अंजान नहीं है। कई बार मिल चुके हो उससे और . . .''

''और?''

''हमने तो उसका इलाज भी सोच लिया है।''

''इलाज?''

''बहुत सताया है उसने हमें और . . . तुम्हें भी। अब उसे हमारा पैंतरा देखना पड़ेगा।'' कहते-कहते राजेश कुमार की आंखें अंतरिक्ष में जा टिकीं। बड़ी ही गहरी चमक और बड़े ही सख्त भाव थे उनमें।

कहता चला गया–''अब हम उसे अपना जलवा दिखाएंगे। ऐसा जलवा, जिसके बारे में जब उसे पता लगेगा कि यह सब हम कर रहे थे तो उसके दिमाग के धुर्रे उड़ जाएंगे।''

''मेरी समझ में कुछ नहीं आ रहा आप क्या कह रहे हैं।'' बुरी तरह अधीर पंकज ने कहा–''यह तो बताइए, वह कौन है?'' उसके शब्दों पर गौर किए बगैर अपनी ही धुन में राजेश कुमार कहता चला गया–''पर उसमें तुम्हें हमारा साथ देना होगा।''

''किसमें?''

''उसके दिमाग के धुर्रे उड़ाने में।''

''मैं साथ क्यों नहीं दूंगा सर! मुझे क्या उसने कम हैरान किया है! लेकिन जब तक उसके पास सीडी और कांट्रेक्ट हैं–''

''करेक्ट। सबसे पहले हमें उसके पंजे से वही सब निकालना होगा–आओ, अंदर आओ।'' राजेश कुमार ने उसके कंधो पर हाथ रखते हुए कहा–''तुम्हें यह भी बताते हैं कि वह कौन है और यह भी कि–हम उसके पंजे से अपना सामान कैसे निकाल सकते हैं।''

अजीब उत्तेजना से भरा पंकज उसके साथ हो लिया।

रात का वक्त।

करीब एक बजा था।

पंकज के जिस्म पर गर्दन से लेकर पांव के पंजों तक काले रंग के चौंगे जैसा फ़ुल बाज़ू वाला लिबास था।

हाथों में काले दस्ताने।

दाएं हाथ में कांच काटने वाली छोटी-सी आरी।

इस वक्त वह बाहर की तरफ से बैंग्लो की एक बंद खिड़की का कांच काटने में मशगूल था। जल्दी ही उसने खिड़की के पल्ले पर फ़िक्स कांच में से दो बाई दो का हिस्सा काट लिया।

कटे हुए हिस्से को लापरवाही से नीचे फैंका।

कांच का वह टुकड़ा करीब चौदह फुट नीचे जमीन पर जाकर गिरा और चारों तरफ छाए सन्नाटे को बेंधता हुआ चूर-चूर हो गया।

मगर, इस बात की जरा भी परवाह न की उसने।

कांच काटने वाली आरी जेब में डालने के बाद, जब हाथ वापस आया तो उसमें एक नकाब था। जिस्म पर मौजूद काले चौंगे से मैच करता काला नकाब। उससे उसने सिर और चेहरा ढक लिया। अब नकाब से केवल दो आंखें झांक रही थीं और कोई नहीं कह सकता था कि वे आंखें पंकज की हैं। अब उसने हाथ कटे हुए हिस्से से अंदर डाला और अंदर से चढ़ी खिड़की की चटकनी खोल ली।

हाथ बाहर निकालने के बाद उसने खिड़की के पल्ले को हल्के से धकेला। पल्ला बगैर कोई आवाज़ किए खुल गया। अंदर हरे रंग के नाइट बल्ब की मद्धिम रोशनी थी। कुछ देर तक वह अंदर की स्थिति का जायजा लेता रहा।

स्थिति को अपने अनुकूल पाकर, दाएं पैर का जूता खिड़की की चौखट पर रखा और अंदर कूद गया। हल्की धप्प की आवाज़ हुई थी।

अब वह राजेश कुमार के सुईट में था।

राजेश कुमार इस वक्त वहां नहीं था अर्थात् सुईट खाली पड़ा था और नहीं कहा जा सकता था कि–जो पंकज चाहे जब, राजेश कुमार के सामने भी और उसकी अनुपस्थिति में भी, सीधे रास्ते से, यानी दरवाज़े के जरिए सुईट में आ सकता था, उसे इस तरह, चोरों की

मानिंद, चेहरे पर नकाब डालकर आने की क्या जरूरत पड़ी?

अब उसने सुईट की तलाशी लेनी शुरू की।

एक-एक अल्मारी खंगाल रहा था वह।

हर अल्मारी का हर सामान उसमें से निकालकर लापरवाही के साथ इधर-उधर फैंक रहा था। कुछ ही देर में उसने बैडरूम की ही नहीं, ड्राइंगरूम और लिविंग रूम की हालत भी वैसी कर दी जैसी अज्ञात व्यक्ति ने सोनम के कमरे की, की थी।

शायद फिर भी, उसे इच्छित वस्तु न मिली थी।

तभी तो, तलाश जारी रही।

अंततः वह बैडरूम के बीच खड़ा होकर कुछ सोचने लगा।

अंदाज ऐसा था जैसे अपनी नाकामी पर झल्ला रहा हो। फिर, जाने क्या सूझा! दीवार के सहारे खड़ी उस अल्मारी की तरफ बढ़ा जिसे पहले ही बुरी तरह खंगाल चुका था।

इस बार उसने अल्मारी के पीछे झांका।

अल्मारी की पीठ और दीवार के बीच।

जाने वहां क्या नजर आया कि अगले ही पल अल्मारी को उसके स्थान से हटाने की कोशिश करने लगा।

अल्मारी भारी थी।

सामान्य अवस्था में एक आदमी उसे हिला तक नहीं सकता था लेकिन पंकज इस वक्त सामान्य अवस्था में कब था!

टाइम तो जरूर लगा मगर अल्मारी को एक तरफ सरकाने में कामयाब हो गया और अब वहां, जहां कुछ देर पहले अल्मारी खड़ी थी, दीवार में एक लॉकर का दरवाज़ा नजर आ रहा था।

इस्पात का बना दो फुट बाई दो फुट का दरवाज़ा था वह।

एक मजबूत हैंडिल भी था।

उसे जानबूझकर उस अल्मारी के पीछे छुपाया गया था जिसे पंकज ने काफी मेहनत के बाद सरकाकर एक तरफ कर दिया था। अब पंकज

लॉकर के की-होल का मुआयना करने लगा। चौंगे की लंबी जेब में हाथ डाला।

हाथ जब वापस आया तो उसमें ढेर सारी चाबियों का एक रिंग था। वैसा ही रिंग जैसा अक्सर चाबी बनाने वालों के पास होता है।

उसने रिंग में मौजूद एक-एक चाबी लाकर के की-होल में फंसा कर उसे खोलने की कोशिश शुरू कर दी।

करीब पच्चीसवीं चाबी की-होल में घूमी और साथ ही 'क्लिक' की आवाज़ हुई थी। फिर उसी तरह उसने दो बार और चाबी घुमाई, दो बार और 'क्लिक-क्लिक' की आवाज़ हुई।

अब उसने लॉकर के ढक्कन का हैंडिल पकड़कर नीचे किया।

फिर, ढक्कन को अपनी तरफ खींचा तो वह खिंचता चला गया।

बेचैन होकर उसने लॉकर के अंदर हाथ डाला। नए नोटों की कुछ गड्डियां हाथ आईं लेकिन उनमें उसने कोई दिलचस्पी न दिखाई बल्कि इस तरह बैडरूम में बिछे कालीन पर डाल दीं जैसे कूड़ा हों।

कुछ ज्वैलरी हाथ लगी।

उसका भी वही हश्र किया।

फिर कुछ कागज निकालकर कारपेट पर डाले।

अंततः जब उसका हाथ लॉकर से बाहर आया तो उसमें करीब दो फुट लंबी तांडव करते भगवान शंकर की मूर्ति थी।

बहुत देर तक पंकज अपने हाथ में मौजूद उस मूर्ति को देखता रहा और फिर उसे लिए खिड़की की तरफ बढ़ गया।

अन्य किसी चीज को छुआ तक नहीं था उसने। जाहिर था कि वह वहां सिर्फ उस मूर्ति को लेने आया था।

राजेश कुमार और पंकज इस वक्त लॉबी में बैठे थे। दोनों की नजरें दीवार पर लगे एलसीडी पर स्थिर थीं।

स्क्रीन पर रात के दृश्य चल रहे थे।

वे ही दृश्य जब पंकज नकाबपोश बनकर राजेश कुमार के सुईट में दाखिल हुआ था। उन दृश्यों को सुईट में लगे सीसी कैमरे ने कैद कर लिया था। मगर, उसमें पंकज को पहचाना नहीं जा सकता था क्योंकि जिस्म, चेहरा और हाथ क्रमशः चौंगे, नकाब और दस्तानों के पीछे छुपे थे। स्क्रीन पर केवल इतना ही देखा जा सकता था कि वह सारी कार्रवाई एक नकाबपोश ने की है।

जब नकाबपोश मूर्ति लेकर खिड़की के पार हो गया तो राजेश कुमार ने अपने हाथ में मौजूद रिमोट से टीवी ऑफ कर दिया।

साथ ही उसके मुंह से निकला था–''गुड। वेरीगुड। ठीक वैसा ही काम हुआ है, जैसा हम चाहते थे।''

''अगर फिर भी उसने मुझे पहचान लिया?'' पंकज बोला।

''क्या तुम खुद को पहचान पा रहे हो?''

''नहीं।''

''फिर वह कैसे . . .''

''वह, वह है सर।''

''बेवजह मत डरो पंकज। उसके द्वारा तुम्हें पहचानने का कोई सवाल ही नहीं उठता बल्कि तुम्हें बताना है कि नकाब के पीछे कौन है और हमने उसे कैसे पहचाना।''

''वो सब तो ठीक है लेकिन . . .

''फिर लेकिन?''

''काम बहुत खतरनाक है।''

''सो तो है परंतु मजबूरी है। तुम जानते हो पंकज, इसके अलावा कोई चारा भी नहीं है। हमारे पास यही एक रास्ता है।''

''मुझे नहीं लगता सर कि वह . . .''

''तुम्हें करना पड़ेगा।''

''न माने तो?''

''तुम फ़ेल हो गए तो हमें मैदान में उतरना पड़ेगा और हमने

नाकामी का मुंह देखा ही नहीं है।''

''ठीक है सर, पहले मैं ही कोशिश करता हूं।''

''गुड।'' राजेश कुमार के मुंह से निकला।

आरोग्य अस्पताल में लंच टाइम चल रहा था। स्टाफरूम में बैठी नैना अन्य नर्सों के साथ लंच ले रही थी कि अचानक उसकी नजर दरवाज़े पर पड़ी और वहीं ठहरकर रह गई।

दरवाज़े पर पंकज खड़ा था।

नैना के चेहरे पर बुरी तरह चौंकने के भाव उभरे थे इसलिए वहां मौजूद लगभग सभी नर्सों ने नैना की नजरों का पीछा किया और एक बाहरी 'लड़के' को देखकर सभी हक्की-बक्की रह गईं।

पंकज के चेहरे पर वेदना के साथ अजीब-सी दृढ़ता नजर आ रही थी जबकि नैना की हालत ऐसी थी जैसे मुंह में ज़ुबान ही न हो। आगे बढ़ते हुए पंकज ने गंभीर लहजे में कहा–''मैं और नहीं सह सकता नैना . . . और नहीं सह सकता मैं।''

नैना के मुंह से निकला–''कौन हो तुम?''

''मुझे मालूम है तुम ऐसा मैट्रन के डर से कह रही हो।'' उससे कहने के बाद वह अन्य नर्सों से संबोधित हुआ–''आप सबसे मेरी रिक्वेस्ट है, यहां होने वाली बातों का जिक्र मैट्रन से न करना।''

किसी के मुंह से बोल न फूटा। सभी के चेहरों पर खौफ़ के भाव थे क्योंकि समझ गई थीं–लड़का नैना का ब्वॉयफ्रेंड है और . . . मैट्रन को यह पता लगने का मतलब था–नैना की नौकरी गई।

''नैना!'' पंकज उसके करीब पहुंच गया था–''अब ये मैट्रन को कुछ नहीं बताएंगी। हम खुलकर बात कर सकते हैं।''

''मैं ये पूछ रही हूं कि तुम हो कौन?'' वह चिल्लाई।

''मैं पंकज हूं नैना–तुम्हारा पंकज।'' दीवानगी के आलम में वह कहता चला गया–''आज पंद्रह दिन हो गए, तुमने मुझे एक बार भी

फोन नहीं किया। तुम्हारे घर और इस अस्पताल के बाहर के जाने कितने चक्कर काटे हैं! घंटों-घंटों खड़ा रहा हूं लेकिन तुम एक बार भी नजर न आईं। पता नहीं कब आती और कब निकल जाती हो।

इन पंद्रह दिनों में मैंने यह जाना है कि मैं तुम्हारे बगैर एक पल भी नहीं रह सकता नैना। इसलिए, आज यहीं आ गया हूं।''

अब, शायद नैना को लगा कि नर्सों के सामने पंकज से अंजान बने रहने का कोई फायदा नहीं है इसलिए, एक झटके के साथ कुर्सी से खड़ी हो गई वह। मासूम चेहरा गुस्से की आग से सुलगकर लाल हो गया था।

कंठ फाड़कर चिल्लाई–''तुम्हें याद है न, मैंने क्या कहा था! मुझे तुम जैसे कायर और स्वार्थी लड़के से कोई संबंध नहीं रखना। कितनी रोई थी मैं! कितनी गिड़गिड़ाई थी!''

''तुम उस वक्त भी बात को नहीं समझ रही थीं नैना, इस वक्त भी नहीं समझ रही हो।'' कहते-कहते पंकज की आंखों में आंसू भर आए थे–''सोचो तो सही, उस वक्त कैसे और क्या सहायता कर सकता था मैं तुम्हारी? वैसा करता तो हमारे संबंध उजागर हो जाते और . . . तुमने हमेशा कहा था–इन संबंधों को छुपाकर रखना है।''

''हर चीज की एक सीमा होती है पंकज, उस वक्त जो हो रहा था, उसे होते रहने से बेहतर था–संबंधों को उजागर कर देना।''

''तुम ऐसा समझती हो तो मैं अपनी गलती मानता हूं। दिल से स्वीकार करता हूं कि उस वक्त मैं सही फ़ैसला न कर पाया। आगे से कभी ऐसा नहीं होगा।''

''आगे मैं तुम्हें ऐसा कोई मौका देने वाली ही नहीं हूं।'' नैना ने सर्द और सपाट लहजे में कहा–''मेरा तुमसे कोई संबंध . . .''

''नहीं नैना, ऐसा मत कहो। मैं तुम्हारे पैर पड़ता हूं।'' कहने के साथ वह वाकई उसके कदमों में गिर गया था–''मुझे माफ़ कर दो।''

''अ . . . अरे! ये क्या कर रहे हो?'' नैना बुरी तरह बौखला गई।

‘‘मुझे माफ़ कर दो नैना–माफ़ कर दो मुझे। तुम्हारे बगैर मैं अपनी कल्पना तक नहीं कर सकता।’’

नैना पीछे हटी।

उसके चेहरे पर घृणा का सैलाब उमड़ पड़ा था। एक-एक शब्द को चबाती हुई वह कहती चली गई–‘‘और मैं थाने की हवालात में गुजारी गई उस रात को नहीं भूल सकती जो सिर्फ और सिर्फ तुम्हारी वजह से गुजारनी पड़ी थी। पुलिस वालों ने मेरे चेहरे और मुंह पर पानी की ऐसी बौछार की थी कि मैं सांस तक नहीं ले पा रही थी।

हर पल ऐसा लग रहा था जैसे बस यही पल मेरी जिंदगी का आखिरी पल है। अब जिंदा नहीं रहूंगी मैं और वह बैंग्लो! वह बैंग्लो नहीं, भूत बंगला है। उसमें जाना मेरी सबसे बड़ी भूल थी और गई भले ही सोनम के साथ थी लेकिन गई तुम्हारे लिए थी।’’

‘‘म . . . मुझे मालूम है नैना।’’ पंकज खड़ा हुआ तो सबने देखा, वह आंसुओं से रो रहा था–‘‘मुझे मालूम है कि तुम वहां सिर्फ मेरे लिए गई थीं लेकिन एक गलती–क्या तुम मेरी एक गलती माफ़ नहीं कर सकतीं! क्या इतना भी हक नहीं है मेरा!’’

नैना की आंखें नम हुई ही थीं कि . . .

‘‘क्या हो रहा है यहां?’’ मैट्रन की कड़क आवाज़ गूंजी। सभी कांप गए थे। एक साथ सबकी नजरें दरवाज़े की तरफ उठीं। चेहरे फ़क्क् पड़ गए। रोएं खड़े हो गए थे। अपने स्थान से हिल तक न सका था कोई। ऐसी हालत हो गई जैसे हिरनियों की सभा में अचानक सिंहनी पहुंच गई हो।

नैना की हालत सबसे ज्यादा खराब थी।

कम से कम एक मिनट तक तो किसी के मुंह से बोल ही न फूटा फिर, बुरी तरह कांपती आवाज़ में नैना ने ही कहा था–‘‘मैं इसे नहीं जानती मैडम, पता नहीं ये कौन लड़का . . . मैट्रन दांत भींचकर गुर्राई–‘‘झूठ मत बोलो।’’

नैना की सिट्टी-पिट्टी गुम!

अकेली नैना की ही क्यों, सभी नर्सों की हालत बैरंग हो गई थी। जबकि आगे बढ़ती हुई मैट्रन ने कहा–''तुम पर सबसे ज्यादा यकीन किया था मैंने। इंस्पेक्टर सलबटे से दावे के साथ कहा था नैना ऐसी नहीं हो सकती। मगर . . . मगर ठीक तो उसी ने कहा था। उसने कहा था कि मासूम और भोलेभाले चेहरे वाले सबसे ज्यादा शातिर होते हैं। तुमने मेरी नाक कटवा दी।''

''ए . . . ऐसी बात नहीं है मैडम।'' बुरी तरह घबराई हुई नैना ने कांपती आवाज़ में कहने की हिम्मत की–''वो तो मेरा नाम रंगराज के साथ जोड़ रहा था।''

''क्या फ़र्क है इस लड़के और रंगराज में?''

''प . . . पर मैडम, अब इससे भी मेरा कोई संबंध नहीं है। आप किसी से भी पूछ लीजिए। सबके सामने खुद इसी ने कहा कि पंद्रह दिन से न मैं इससे मिली हूं, न ही फोन पर बात की है। अब भी बार-बार यही कह रही हूं–यही मेरे पीछे पड़ा है।''

''पंद्रह दिन पहले संबंध था न?''

नैना के सामने गर्दन झुका लेने के अलावा कोई चारा न था।

''नजरें झुका लेने से काम नहीं चलेगा।'' वह गर्जी–''ऊपर देखो, हमारी तरफ। हमारी आंखों में।'' कांपती नैना को वैसा करना पड़ा।

''संबंध था न!''

''ज . . . जी।''

''उस वक्त भी अस्पताल का रूल मालूम था न तुम्हें?''

''जी।''

''क्या रूल है?''

नैना चुप।

''बोलो।'' वह दहाड़ी–''क्या रूल है?''

''कोई नर्स ब्वॉय फ्रेंड नहीं रख सकती।''

''किस्सा खत्म। अब जाओ यहां से।'' वह कड़क लहजे में कहती चली गई–''इसी क्षण से तुम यहां की नर्स नहीं हो।''

''ऐसा मत कहिए मैडम, प्लीज।'' पंकज आर्तनाद-सा कर उठा था–''ऐसा मत कहिए। नौकरी मत छीनिए मेरी नैना की।''

''मैं तुमसे बात नहीं कर रही।''

''म . . . मेरी बात तो सुनिए मैडम।'' वह गिड़गिड़ाया–''कोशिश तो कीजिए समझने की। मेरे और नैना के संबंध वैसे नहीं हैं जैसे आज कल के लड़के-लड़कियां रखते हैं। हमारे बीच बहुत ही पवित्र प्यार है। प्यार करते हैं हम एक-दूसरे को और . . . और प्यार करना कोई गुनाह तो नहीं है मैडम! जल्दी ही हम शादी कर लेंगे।''

''मुझे इससे कोई मतलब नहीं है।''

''मैडम प्लीज–प्लीज मैडम।'' बुरी तरह तड़पता हुआ पंकज लपका और मैट्रन के कदमों से लिपट गया–''मेरी गलती की सजा नैना को मत दीजिए। अगर आपने ऐसा कर दिया तो फिर नैना मुझे कभी माफ़ नहीं करेगी। मैं मर जाऊंगा मैडम . . . मर जाऊंगा मैं।''

''ऐ!'' मेट्रन ने एक सीनियर नर्स से कहा–''गार्ड्स को बुलाओ, उनसे कहो–इस लड़के को उठाकर अस्पताल से बाहर फैंक दें।''

''बिल्कुल करेक्ट।'' ग्लूकोमीटर से राजेश कुमार की शुगर चैक करने के बाद डॉक्टर गुलाटी ने कहा–''तुम्हारी शुगर ठीक उतनी है जितनी एक स्वस्थ आदमी की होनी चाहिए और ऐसा पहली बार नहीं हुआ है। जितनी बार चैक की, उतनी ही बार ठीक निकली, सिवाय एक बार के और उस बार इतनी डाउन थी कि मुझे आज तक हैरत है। आखिर कैसे हो गई थी इतनी डाउन?''

राजेश कुमार ने हंसते हुए कहा–''तू मुझसे पूछ रहा है?''

''और किससे पूछूं?''

''अबे! डॉक्टर तू है या मैं?''

''मैं डॉक्टर हूं, इसीलिए तो खोपड़ी घूमी हुई है। ऐसा केस मेरे जीवन में पहले कभी नहीं आया कि किसी पेशेंट की शुगर जीवन में केवल एक बार इतनी डाउन हुई हो।''

''आगे से मत कहना ऐसा।''

''मतलब?''

''अब तेरे जीवन में आ जो गया है ऐसा पेशेंट।'' कहकर राजेश कुमार बहुत ज़ोर से हंसा था। ''तू भी यार . . . ओके-ओके। नहीं कहूंगा।'' गुलाटी भी हंस दिया था–''और सुना, सुना है पिक्चर बना रहा है!''

''पिक्चर नहीं दोस्त, बाप बना रहा हूं पिक्चर का। एक ऐसा तहलका मचाने जा रहा हूं जैसा बालीवुड में पहले कभी नहीं हुआ। लोग कहने पर मजबूर हो जाएंगे कि इंडियन फिल्म इंडस्ट्री में राजेश कुमार का तोड़ न कभी था, न होगा।''

''हां प्यारे, अब तो ऐसा कर ही सकता है। बहरहाल, मैजिक मूवीज से इतनी मोटी रकम मिलने वाली है और . . .''

''पैसा होता किसलिए है यार!'' थोड़ा गंभीर नजर आया गुलाटी, बोला–''एक बात कहूं?''

''हां-हां बोल!'' राजेश कुमार ने कहा–''तुझे कुछ कहने के लिए इस तरह पूछना पड़ेगा क्या?''

''बुरा तो नहीं मानेगा?''

''अबे! पागल हो गया है क्या? तेरी बात का बुरा मानूंगा मैं!''

''जब आदमी किसी नशे में होता है और सामने वाला उस नशे के खिलाफ़ बात कहे तो कहने वाला चाहे जितना अजीज हो, जो नशे में होता है, उसे बात बुरी लग जाती है।''

''ऐसा क्या कहना चाहता है तू?''

''बाज नहीं आऊंगा कहे बगैर, आखिर दोस्त हूं तेरा!''

‘‘बोल ना!’’

‘‘मेरी राय नहीं है कि मैजिक मूवीज से मिलने वाले दो करोड़ डॉलर्स को तू इस नए नशे में डूबकर इस तरह उड़ा दे।’’

‘‘मतलब?’’

‘‘मैं तेरा बचपन का दोस्त हूं। तब का, जब तू कुछ भी नहीं था। फिर देखते ही देखते सुपरस्टार बन गया और फिर उसके बाद देखते ही देखते वह राजेश कुमार बन गया जो आज से पंद्रह दिन पहले था। तेरे हर उतार-चढ़ाव का साक्षी हूं मैं। साथ ही, तेरा सच्चा दोस्त भी हूं। इसलिए कह रहा हूं–इस उम्र में पिक्चर-विक्चर बनाने का नशा छोड़ और जो रकम मिलने वाली है, उससे कर्जे निपटाने के बाद जो बचे, उससे बाकी जिंदगी ऐश से गुजार।’’

‘‘मैं समझ गया तुझे क्या डर सता रहा है।’’

‘‘क्या डर सता रहा है?’’

‘‘यार है ना अपना! भला चाहता है मेरा। पुनः उस हालत में नहीं देखना चाहता जिसमें पंद्रह दिन पहले था। तुझे डर है कि कहीं मैं वह सारी रकम सुपरस्टार की भेंट न चढ़ा दूं।’’

‘‘मैं उसे सुपरस्टार नहीं, तेरा नशा कह रहा हूं।’’

‘‘देख प्यारे, सबसे पहले तो अपने दिमाग से यह डर निकाल कि सुपरस्टार में लगने वाली रकम डूबने वाली है।’’ पूरे विश्वास के साथ राजेश कुमार कहता चला गया–‘‘दूसरी बात अपनी खोपड़ी में यह बैठा कि मैजिक मूवीज वाले दो करोड़ में मेरे राइट्स खरीदने के लिए भले ही तैयार हों लेकिन मैं बेचने के लिए तैयार नहीं हूं।’’

‘‘क . . . क्या?’’ गुलाटी चौंका–‘‘क्यों?’’

‘‘क्योंकि आने वाले समय में अर्थात् सुपरस्टार की रिलीज के बाद उनकी कीमत दुगुनी हो जाएगी। तू देखना, ये ही मैजिक मूवीजवाले उन्हें चार करोड़ डॉलर में खरीदने इंडिया आएंगे। साइन करने के लिए मुझे वहां नहीं बुलाएंगे वे।’’

''उन्हें नहीं बेचेगा तो पिक्चर कहां से बनाएगा?''

''सोनम के क्लेम की रकम से।''

''तू पागल है क्या? उनसे कर्जा चुकाएगा या . . .''

''पागल तू है गुलाटी। फिल्म इंडस्ट्री के चलन और तेरे डॉक्टरी के पेशे में बहुत फ़र्क है। जिस दुनिया में हूं उसमें सब भेड़चाल है। मैजिक मूवीज की घोषणा से पहले में और आज में जमीन-आसमान का फ़र्क है। उस समय कर्जदार अपने सारे हथियार लेकर मुझ पर बस टूट ही पड़ने वाले थे कि मैजिक मूवीज सामने आ गई। सब जहां के तहां रुक गए क्योंकि उनकी रकम खतरे से बाहर आ चुकी थी। वैसे भी, मैं तेरे अलावा तो किसी को बताने वाला हूं नहीं कि अपने राइट्स बेचने का फिलहाल मेरा कोई मूड नहीं है। जो भ्रम बना है, बना रहे। मेरा क्या जाता है!''

''मतलब तू कर्जमुक्त होना ही नहीं चाहता?''

''कर्जमुक्त कौन नहीं होना चाहता दोस्त! लेकिन तू देखना, वह दिन सुपरस्टार की रिलीज के बाद आएगा। अभी तूने सुपरस्टार की कहानी नहीं सुनी है न! सुनाऊंगा कभी। जो रकम उसमें लगेगी वह अगर चौगुनी नहीं तो दुगुनी होकर तो वापस आएगी ही।''

गुलाटी जैसे थक गया। हथियार डालता हुआ बोला–''मैं समझ गया–तू न समझेगा, न सुधरेगा।''

राजेश कुमार ने कुछ कहने के लिए मुंह खोला ही था कि मेनगेट पार करते हुए पंकज ने लॉबी में कदम रखा।

स्वाभाविक रूप से दोनों की तवज्जो उधर चली गई।

चेहरे ही से नजर आ रहा था कि वह बुरी तरह परेशान ही नहीं, पूरी तरह टूटा हुआ है। आंखें साफ बता रही थीं कि वह जमकर रोया है। उसकी हालत ही ऐसी थी कि ये शब्द राजेश कुमार के मुंह से फिसलते चले गए–''क्या हुआ पंकज?''

''मैं बरबाद हो गया सर, तबाह हो गया मैं।'' कहने के साथ वह

इस तरह रो पड़ा जैसे बांध टूट गया हो, जैसे बहुत देर से खुद को इस तरह रोने से रोके हुए हो। इतना ही नहीं, दौड़कर उसने अपना चेहरा राजेश कुमार की गोद में छुपा लिया था और बच्चों की तरह फूट-फूटकर रोने लगा।

उसकी इस हालत पर राजेश कुमार ही नहीं, गुलाटी भी चकरा गया था। दोनों के चेहरों पर सवाल ही सवाल नाच रहे थे। उसके सिर पर हाथ फिराते राजेश कुमार ने कहा–''क्या हुआ पंकज, कुछ बताओ तो सही।''

पंकज ने कुछ न बताया।

रोता रहा . . . रोता रहा और बस रोता रहा।

इतनी देर तक कि सांत्वना देता-देता राजेश कुमार भी थक गया। वह बार-बार पूछ रहा था कि आखिर बात क्या है। बेचैन होकर गुलाटी ने भी पूछा मगर पंकज बताने की मानसिक स्थिति में हो तो बताए भी। अंततः जब राजेश कुमार ने कहा–''हम तुम्हारी प्रॉब्लम हल करने की कोशिश करेंगे पंकज, लेकिन प्रॉब्लम बताओगे ही नहीं तो हल कैसे करेंगे। कुछ तो बताओ।''

''कोई नहीं कर सकता सर।'' उसने आंसुओं से तर चेहरा ऊपर उठाया–''मेरी प्रॉब्लम कोई हल नहीं कर सकता।''

''बताओ तो सही, आखिर बात क्या है?''

''न . . . नैना ने मुझे हमेशा के लिए ठुकरा दिया है।'' कहकर वह पुनः हिचकियों के साथ रोने लगा।

राजेश कुमार ने सख्त लहजे में पूछा–''तुम नैना से मिले थे?''

पंकज ने मुंह से जवाब न देकर, स्वीकृति में गर्दन हिलाई।

''हमारे मना करने के बावजूद!'' राजेश कुमार फिर गुर्राया।

''मैं खुद को नहीं रोक सका सर।''

गुलाटी की समझ में पलक झपकते ही आ गया था कि मामला इश्क का है और . . . यह समझ में आते ही होठों पर मुस्कान उभरी थी।

खुद को कहने से न रोक सका वह–''नहीं रोक सकता प्यारे, कोई भी खुद को नहीं रोक सकता।''

इतना कहने के बाद उसने राजेश कुमार से कहा था–''तूने! तूने पहरा बैठाने की जुर्रत की थी इसके प्यार पर! तूने कहा था कि अपनी लवर से न मिले! अपना टाइम भूल गया! सारे दोस्त मिलकर तुझे प्राची से न मिलने के लिए कितना कहा करते थे लेकिन तू कभी माना! हम सबसे छुपकर, हमें चकमा देकर आए दिन मिलने पहुंच जाता था। तूने कोई गलती नहीं की पंकज और सुन–खूब रो, और रो ले। जब प्यार होता है तो रोने में भी अलग ही आनंद आता है। मगर मेरी बात याद रखियो दोस्त, अनुभव कहता है कि सब ठीक हो जाएगा। कोई कहर नहीं टूट पड़ा है तुझ पर। हर प्यार करने वाले के साथ ऐसा होता है और होना चाहिए। यही तो मजा है!''

''नहीं डॉक्टर साहब।'' पंकज बोला–''यह झगड़ा वैसा नहीं है जैसा आप सोच रहे हैं। बात बहुत बढ़ गई है। मेरी वजह से नैना की नौकरी भी छूट गई।''

''नौकरी छूट गई!'' राजेश कुमार चिहुंका–''अस्पताल ही पहुंच गया था क्या गधे?''

उसने पुनः स्वीकृति में गर्दन हिलाई।

''क्या हुआ वहां? पूरी बात बता।''

एक बार शुरू हुआ तो पंकज सबकुछ बताता चला गया। सब कुछ बताने के बाद भी चुप नहीं हुआ वह।

कहता चला गया–''मैंने मैट्रन को मनाने की खूब कोशिश की लेकिन बड़ी जिद्दी और दंभी औरत है वो। टस से मस नहीं हुई। मुझे गार्ड्स से उठवाकर बाहर फ़िंकवा दिया। फिर, कुछ ही देर बाद रोती हुई नैना बाहर निकली। मैंने एक बार फिर उसके पैर पकड़ लिए लेकिन उसका तो मारे गुस्से के बुरा हाल था। कहने लगी–'बेरोजगार करके बरबाद तो कर ही दिया है मुझे, और क्या चाहते हो?' वह

बार-बार एक ही बात कह रही थी–'मुझे तुमसे कोई संबंध नहीं रखना और अब परेशान करोगे तो अपने भाई से कह दूंगी। वह खुद तुम्हें देख लेगा।' मैं तब भी नहीं माना। लपककर उसकी कलाई पकड़ने लगा तो उसने वहीं, सड़क पर, सबके सामने मुझे चांटा मार दिया सर।''

''चांटा नहीं मारती तो और क्या करती गधे!'' राजेश कुमार ने कहा–''सड़क पर ड्रामा करने की क्या जरूरत थी?''

''और मैं क्या करता?''

''तुम्हें वहां जाना ही नहीं चाहिए था।''

इस बार वह सोफे में मुंह छुपाकर रोने लगा था। काफी देर तक वहां सिर्फ और सिर्फ उसके रोने की आवाज़ें गूंजती रहीं।

फिर, राजेश कुमार ने गुलाटी से कहा–''इस मामले में तो तुझे ही कुछ करना पड़ेगा गुलाटी।''

''म . . . मुझे?'' गुलाटी उछल पड़ा–''मैं क्या कर सकता हूं?''

''तू डॉक्टर है और नैना नर्स। अच्छा भला अस्पताल है तेरा।''

''तो?''

''उसकी नौकरी चली गई है।''

कई पल के लिए चुप रह गया गुलाटी।

फिर बोला–''समझ रहा हूं कि तू क्या कहना चाहता है।''

''समझ मत, जो चाहता हूं उसे कर।'' राजेश कुमार कहता चला गया–''तूने तो देखी है। बड़ी प्यारी बच्ची है। मुझे भी बहुत पसंद है और नौकरी की तलबगार भी है।''

''यानी उसे अपने अस्पताल में नौकरी दे दूं!''

''स्टाम्प पेपर मंगा।'' भन्नाए हुए राजेश कुमार ने कहा–''उस पर लिखकर हुक्म देता हूं तुझे।''

गुलाटी हंसने लगा।

राजेश कुमार पंकज की तरफ पलटता हुआ बोला–''नैना को आरोग्य हॉस्पिटल से कितनी सेलरी मिलती थी?''

''म . . . मुझे नहीं पता। कभी पूछी ही नहीं मगर . . .''

''मिमिया क्यों रहे हो? अब तो खुश होकर दिखाओ! हमने तुरंत तुम्हारी नैना की नौकरी लगवा दी है।''

''ब . . . बात वो नहीं है सर।''

''तो क्या बात है?''

''नौकरी लगने से भी अब मेरी नैना मुझे वापस नहीं मिल . . .''

''तो मना कर दें गुलाटी से?''

''नहीं-नहीं। ऐसा मत करना। मुझे इतना मालूम है कि उसका परिवार उसकी नौकरी से ही चलता है।''

''मेरे बार-बार पूछने पर भी आप बता क्यों नहीं रहे!'' गाड़ी की बगल वाली सीट पर बैठे पंकज ने कहा–''कहां ले जा रहे हैं मुझे?''

''बताने से बात हल्की हो जाती है प्यारे।'' हमेशा की तरह तेज गाड़ी चला रहे राजेश कुमार ने हाथ में मौजूद हिप फ्लास्क से दो घूंट नीचे उतारी और बोला–''बस यूं समझ लो कि आज हम तुम्हें एक ऐसा चमत्कार दिखाने ले जा रहे हैं जिसे देखने के बाद तुम्हारी आंखें चकाचौंध हो जाएंगी और दिल हैरानियों से भर जाएगा।''

''ऐसा क्या दिखाने वाले हैं आप मुझे?''

''देखोगे तो पता लगेगा।''

पंकज ने चुप हो जाने में ही भलाई समझी।

करीब पांच मिनट बाद उनकी गाड़ी मैनरोड छोड़कर चूनाभट्टी की एक गली में घुस गई। वहां गली के अंदर गली थी और गलियों के उसी जाल में गाड़ी कभी इधर मुड़ती, कभी उधर।

गनीमत यह थी कि गलियां इतनी चौड़ी थीं कि उनमें गाड़ी जा पा

रही थी। हां, यह बात अलग थी कि यदि उसी समय सामने से दूसरी गाड़ी आ जाती तो दोनों क्रॉस नहीं हो सकती थीं।

दाएं-बाएं और जहां-तहां स्कूटर, मोटरसाइकिल, साइकिल और रिक्शा ठेले आदि जैसे अनेक वाहन खड़े मिले थे।

कई बार उन्हें हॉर्न देकर हटवाना पड़ा था।

गलियों के किनारे गंदगी के ढेर लगे थे।

ज्यादातर लोग भी गंदे-संदे कपड़े पहने हुए थे।

फिर, राजेश कुमार ने गली के एक ऐसे स्थान पर गाड़ी किनारे लगा दी, जो अपेक्षाकृत थोड़ा चौड़ा था।

पंकज समझ नहीं पा रहा था कि राजेश कुमार आखिर उसे ले कहां जा रहा था। ऐसे इलाके में उसे कौनसा चमत्कार दिखाने वाला था वह? जबकि राजेश कुमार के कदम इस तरह बढ़ रहे थे जैसे उसे पक्के तौर पर अपना लक्ष्य पता हो।

फिर वह एक ऐसी गली में घुस गया जिसमें राजेश कुमार की गाड़ी तो क्या, नैनो भी नहीं आ सकती थी।

वैसी गलियों का पूरा जाल बिछा हुआ था वहां।

जैसे-जैसे वे जाल में घुसते गए, वैसे-वैसे गरीबी और दरिद्रता के लक्षण बढ़ते गए। फिर, एक स्थान पर ठहरकर राजेश कुमार ने अपने दरवाज़े पर खड़ी औरत से पूछा–''सांगले का घर कौनसा है?''

''सांगले!'' औरत ने घृणा से कहा–''वो बेवड़ा?''

''ओह।'' राजेश कुमार बोला–''पीने लगा है वो!''

इस बार औरत ने बगैर कुछ कहे सामने वाली रो के चौथे मकान की तरफ अंगुली उठा दी।

राजेश कुमार उस तरफ बढ़ गया।

पंकज पीछे था।

अब वह यह समझने की कोशिश कर रहा था कि यह सांगले कौन हो सकता है जिससे मिलने राजेश कुमार जैसी हस्ती इस

गंदे इलाके में आई है। जिसे उस औरत ने बड़ी घृणा से बेवड़ा कहा था।

वहां मौजूद ज्यादातर मकानों की तरह सांगले के मकान का भी कोई ऐसा दरवाज़ा नहीं था जिसे खोला या बंद किया जा सकता।

जीर्णशीर्ण चौखट पर बस एक पर्दा पड़ा हुआ था।

पहले राजेश कुमार और उसके पीछे पंकज पर्दा हटाकर अंदर दाखिल हो गए। मुश्किल से दस बाई दस का कमरा था वह। वही ड्राइंगरूम, वही बैडरूम, वही किचन और टॉयलेट जाने कहां था।

दाएं कोने में ऐसा फ़ोल्डिंग पड़ा था जिसकी ज्यादातर पट्टियां टूट चुकी थीं। उसी पर बैठा एक शख्स दिन के इस वक्त भी पी रहा था। सामने एक स्टूल था और स्टूल पर ठर्रा का हाफ़।

कोई नमकीन आदि नहीं।

उनके आने का आभास होने पर उसने आंखें उठाकर दरवाज़े की तरफ देखा था और . . . यही क्षण था जब पंकज को ऐसा लगा जैसे किसी ने बिजली का नंगा तार उसे हल्के से स्पर्श करा दिया हो।

ऐसा लगा था जैसे राजेश कुमार ने उनकी तरफ देखा हो। आज के राजेश कुमार ने नहीं बल्कि पच्चीस साल पहले राजेश कुमार ने।

वही आंखें, वही चेहरा, वही बनावट, वही अंदाज।

एक ही झटके में पंकज की समझ में यह बात आ गई कि राजेश कुमार उसे यहां क्या चमत्कार दिखाने लाया है।

''कौन?'' नशे की ज्यादती के कारण लड़खड़ाती ज़ुबान से जब सांगले ने पूछा तो पंकज को दूसरा झटका लगा।

उसकी तो आवाज़ भी राजेश कुमार से मिलती थी।

''कहो।'' राजेश कुमार ने पंकज की तरफ देखा–''कैसा है?''

पंकज के मुंह से एक ही लफ्ज निकला–''हैरतअंगेज।''

''लोग धोखा खाएंगे या नहीं?''

‘‘आप धोखा खाने की बात कर रहे हैं! मेरा कहना तो ये है कि इसमें छोटे-छोटे बस चंद चेंज कर दिए जाएं तो लोग यही समझेंगे कि पच्चीस साल पहला राजेश कुमार वापस आ गया है। मैं सोच भी नहीं सकता था कि दो लोगों में इतनी समानता हो सकती है।’’

राजेश कुमार के होठों पर ऐसी मुस्कान उभरी जैसे किसी चित्रकार ने अपनी पेंटिंग की तारीफ़ सुनी हो।

सांगले ने कहा–‘‘कौन हो भाई? बोलते क्यों नहीं?’’

‘‘पहचाना नहीं हमें!’’ राजेश कुमार ने कहा।

सांगले की आंखें सुकड़कर गोल हुईं, जैसे पहचानने की कोशिश कर रहा हो। पंकज पुनः रोमांचित हो उठा क्योंकि वह अंदाज भी ठीक पच्चीस साल पहले राजेश कुमार वाला था।

उसे लगा–कहीं ये राजेश कुमार का बेटा ही तो नहीं है।

कहीं किसी जमाने में ऐसा तो नहीं हुआ था कि . . .

‘‘नहीं भैया, मैं नहीं पहचान सका।’’ उसने एक-एक लफ्ज संभाल-संभालकर बोला था।

‘‘हम राजेश कुमार हैं बेटे।’’

‘‘र–राजेश कुमार!’’ जैसे करंट का बहुत तेज झटका लगा था सांगले को। एक झटके के साथ फोल्डिंग से खड़ा हो गया था वह।

इस चक्कर में पैर स्टूल में लगा और वह ठर्रा के हाफ़ को साथ लिए जमीन पर जा गिरा मगर सांगले ने उसकी जरा भी परवाह न की थी।

उसके चेहरे पर तो गुस्से के ऐसे भाव उभरे थे जैसे उसने अपने सबसे बड़े दुश्मन को सामने खड़ा देख लिया हो।

चेहरा भभकने लगा था उसका।

सुर्ख आंखों में राजेश कुमार के लिए असीम घृणा नजर आई।

पंकज को लगा–शायद वैसा ही कोई मामला है जैसा उसे लगा था। शायद सांगले को पता है कि वह उसी का बेटा है और यह भी कि

उसने उसकी मां को धोखा दिया था। उससे संबंध बनाने के बावजूद उसने उसे अपनाया नहीं था।

कुछ उसी अदाज में दहाड़ा था सांगले–''तेरी यहां आने की हिम्मत कैसे हुई राजेश कुमार?''

''बैठने के लिए नहीं कहोगे?'' उसने शांत स्वर में कहा।

''बैठने के लिए! और तुझे?'' राजेश कुमार के प्रति उसके चेहरे पर मौजूद घृणा में इजाफ़ा हो गया–''तुझे तो ठोकर मार-मारकर इस घर से निकाल देना चाहिए।''

''क्यों?'' आशा के विपरीत राजेश कुमार मुस्कराया–''जब तुम और गौतम आए थे, तब क्या हमने ठोकर मारकर निकाला था?''

''जो तुमने किया था, उसकी जगह ठोकर मारकर निकाल देते तो अच्छा होता।'' अपने अंदर भरी जाने कौनसी आग को सांगले उगलता चला गया–''मुझे आज भी याद है, अपने बैंग्लो में, करोड़ों के सोफे पर बड़े सम्मान के साथ बैठाया था तुमने मुझे और मेरे बाप को। मेरी तारीफ़ भी बहुत की थी। कहा था कि मुझे देखकर ऐसा लगता है जैसे तुम जवान हो गए हो। मेरे बाप को तो अपने साथ बैठाकर अंग्रेजी शराब भी पिलाई थी तुमने लेकिन जब उसने मेरे लिए काम मांगा तो क्या कहा था तुमने! याद है?''

''हमने कहा था–कोशिश करेंगे।''

''की?''

''यकीन मानो, की और भरपूर कोशिश की। मगर तुममें एक टेलेंट के अलावा दूसरा कोई टेलेंट नहीं था। यह कि तुम्हारी शक्ल हमसे मिलती थी और–जब हमें ही काम नहीं मिल रहा था तो भला तुम्हें कहां से मिलता?''

''और हम बरबाद हो गए। हम तुम्हारे आश्वासन के कारण बरबाद हो गए राजेश कुमार।'' पंकज को ठीक ऐसा लग रहा था जैसे पच्चीस

साल पहला राजेश कुमार डायलाग बोल रहा हो–''मैं और मेरा बाप-दोनों। तुझे क्या दोष दूं! गलती तो साले मेरे बाप की ही थी। उसकी शक्ल भी तुझसे मिलती थी और शायद इसीलिए मेरी शक्ल भी तुझसे जा मिली। वह एक ही बात कहता था–काकू सर की वजह से ही रोजगार मिल गया मुझे। न कुदरत ने मुझे उन जैसी शक्ल दी होती, न मुझे उनके डुप्लीकेट के रोल मिला करते। दो कौड़ी नहीं कमा सकता था मैं। उन्हीं की बदौलत घर परिवार चल रहा है। इस तरह पूजा करता था वह तेरी जैसे लोग देवी-देवताओं की पूजा करते हैं। अपने मंदिर में तस्वीर लगा ली थी उसने तेरी।''

''मैं भी गौतम की बहुत इज्जत करता था।''

''इज्जत को क्या धरकर चाट लिया हमने! मलाई तो तूने खाई। असली मलाई नगद होता है। वो तू पीटता रहा। इसलिए पीटता रहा राजेश कुमार क्योंकि मेरा बाप अपनी जान जोखिम में डालकर कैमरे के सामने जो कुछ करता था, उसे पर्दे पर तेरा किया समझकर लोग तालियां पीटते थे। सीटियां बजाते थे। वाह-वाह करते थे। सारी दुनिया में डंका बज जाया करता था तेरा कि क्या एक्शन किया है! इतनी मलाई खाई तूने कि करोड़ों कमा लिए। विदेशी गाड़ियां खरीद लीं। वो महल जैसा बैंग्लो बना लिया और जो असली हकदार था, मेरे बाप को क्या मिला–ये झोंपड़ी!''

''उस वक्त हमारे हाथ में कुछ नहीं था बेटे, पिक्चर तो बनाते नहीं थे हम। प्रोड्यूसर या डायरेक्टर तो थे नहीं। बस आर्टिस्ट थे। प्रोड्यूसर जो हमें देता था, हम ले-लेते थे। जो गौतम को मिलता था, वह ले लेता था। आर्टिस्ट और डुप्लीकेट के मेहनताने में फ़र्क तो होता ही है। आज भले ही तुम यह सब कह सकते हो लेकिन उस समय गौतम को जो मिलता था, उससे वह खुश था। फिर भी, जब हम प्रोड्यूसर बने तो काफी कुछ दिया हमने उसे।''

''तभी तो–तभी तो ऐसी मौत नसीब हुई उसे कि मैं ठीक से उसका कफ़न तक न जुटा सका। चंदे से जलाया गया था उसे।''

''तब हमारी हालत किसी की मदद करने लायक न थी।''

''मेरे बाप का दिमाग छोटा-सा था। ये साले गरीब लोगों के दिमाग होते ही छोटे हैं। छोटी ही बातें सोचते हैं। इसीलिए तुम्हारी तरह कोठी-बंगले नहीं बना पाते। मुझे देख-देखकर खुश होता रहता था मेरा बाप। खासतौर पर इसलिए क्योंकि मैं ठीक उस जैसा, ठीक तुझ जैसा निकल रहा था। हमेशा कहता रहता था–जिस तरह मैंने सारी जिंदगी काकू सर से मिलती-जुलती शक्ल के बूते पर कमाया, वैसे ही तू भी खा-कमाएगा। इसीलिए तो तेरे बैंग्लो पर मुझे तुझसे मिलाने ले गया था। उस वक्त तो मैं भी बहुत खुश था। क्या जानता था कि वह खुशी हमारी बेवकूफी थी। इस भ्रम में कि इस शक्ल के बूते पर काम मिल जाएगा, जीवन में कुछ सीखा ही नहीं, कुछ किया ही नहीं। कुछ करने की आदत कहां से पड़ती! और जो कुछ नहीं करते उनकी वही हालत होती है जो तू मेरी देख रहा है। देख रहा है न! आवारा कुत्ते से भी बदतर जिंदगी जी रहा है तेरे डुप्लीकेट का बेटा। कोई जानता तक नहीं है मुझे और जो जानता है–वो नफ़रत करता है। सोचता है–कल का मरता आज मर जाए। अपने बाप की लाश को ठिकाने लगाने वाला मैं था तो सही। मेरी लाश को तो ठिकाने लगाने वाला भी नहीं मिलेगा। जब शादी ही नहीं होगी तो औलाद कहां से होगी! और जिसके पास खुद के खाने को पैसे नहीं हैं, उससे कौन शादी करेगी! तू देखना, जिंदा रहा तो देखना–मैं मर भी जाऊंगा तो कोई यह पूछने वाला नहीं मिलेगा कि मैं कहां गया। कोई जानने की, तलाश तक करने की कोशिश नहीं करेगा। आस पड़ोस वाले भी साले यह सोचकर इस मकान को कब्जा लेंगे कि चलो, मर-खप गया होगा कहीं। अच्छा ही हुआ। रोज पीकर बखेड़ा करता था। मकान तो फ्री में मिला।''

''हम ऐसा नहीं होने देंगे सांगले।''

''क्यों? तू रोक लेगा होने से! भगवान है तू!''

''भगवान तो नहीं हैं।''

''फिर?''

''हम एक फिल्म स्टार्ट कर रहे हैं।''

''अच्छा!'' वह नशे की ज्यादती के कारण हंसा, फिर खिल्ली सी उड़ाता बोला–''इस बुढ़ापे में हीरो बनेगा तू!''

''हां।'' कहते वक्त राजेश कुमार के जबड़े भिंच गए थे।

उस वक्त, पंकज ने पहली बार महसूस किया कि वह अपने अंदर से उमड़ने वाले गुस्से को जब्त कर रहा है।

''गुड। वैरीगुड। जरूर बना पिक्चर। एक बार फिर सुपरस्टार बन जा।'' सांगले कहता चला गया–''पर यहां क्यों आया है? मैं इसमें क्या कर सकता हूं?''

''डुप्लीकेट की जरूरत पड़ेगी।''

''ड . . . डुप्लीकेट!'' जैसे एक ही झटके में बात सांगले की समझ में आई। कुछ देर तक वह राजेश कुमार को अजीब-सी नजरों से देखता रहा। फिर एकाएक हंस पड़ा। बोला–''मुझे मेरे बाप की तरह बेवकूफों का सरदार समझता है क्या?''

''मतलब?''

''जा। मैं नहीं करता तेरे डुप्लीकेट का रोल।''

पंकज को लगा–सांगले ने अगर रोल नहीं किया तो राजेश कुमार के सारे मंसूबों पर पानी फिर जाएगा लेकिन राजेश कुमार के चेहरे पर चिंता का कोई भाव नजर न आया।

धैर्यपूर्वक बोला वह–''ठीक है, हम तो यह सोचकर आए थे कि हमारे डुप्लीकेट का रोल निकला है तो सबसे पहला हक तुम्हारा है। तुम्हारी इस हालत में भी कुछ सुधार हो जाता। खैर, तुम्हारी किस्मत। तुम नहीं करोगे तो किसी और से कराना पड़ेगा। कुछ ही सीन हैं। नहीं दिखाएंगे शक्ल। पीछे से शूट कर लेंगे। चलो पंकज।''

कहने के साथ वह दरवाज़े की तरफ मुड़ा ही था, अभी पंकज नहीं मुड़ पाया था कि सांगले चीखा–''हां-हां। चला जा। कौन परवाह करता है! बड़ा आया एहसान करने वाला। सुधार लाएगा मेरी हालत में! किस्मत बदल देगा मेरी! हा . . . हा . . . हा . . . हा।''

''इरादा तो ऐसा ही था।'' उसने बगैर मुड़े पीछे देखते हुए कहा था–''मगर तुम्हारे दिमाग में कचरा भरा है।''

''भगवान बनता है साला, लाख-दो लाख में मेरी किस्मत नहीं बदलने वाली। मुझे तो यही ठर्रा पीनी . . .''

''क्या मांगते हो?'' उसने सांगले की बात काटी।

सांगले यूं बोला जैसे चेतावनी दे रहा हो–''पांच लाख देगा?''

''दस।'' राजेश कुमार वापस घूम गया।

सांगले की आंखें आश्चर्य से फटी की फटी रह गईं। बहुत देर तक राजेश कुमार की तरफ देखता रह गया था वह। जैसे कहने के लिए कुछ रहा ही न हो। फिर चेतना-सी लौटने पर बोला–''आप मजाक तो नहीं कर रहे हैं काकू जी! अपने गरीब दोस्त के गरीब बेटे का मजाक उड़ाने तो नहीं आए हैं यहां?''

''नहीं सांगले, मैं उस दोस्त के बेटे का मजाक नहीं उड़ा सकता जिसकी बदौलत राजेश कुमार काकू बना।''

बेहद गंभीर स्वर में वह कहता चला गया–''आज से पहले तुम्हारी हैल्प करने का बहाना ही नहीं बना था और सच पूछो तो हम किसी की मदद करने लायक ही न रहे थे। आज बहाना बना तो यह सोचकर चले आए, हमारी किस्मत बदली है तो तुम्हारी बदलने का भी हक है। मगर तुम तो हमारे लिए अपने दिल में इतना जहर लिए बैठे हो कि . . .''

''स . . . सॉरी काकू जी, माफी मांगता हूं। कान पकड़ता हूं।''

उसने सचमुच अपने दोनों कान पकड़ लिए–''गुस्से और नशे में पता नहीं क्या-क्या बक गया!''

''नहीं, देखा जाए तो तुमने भी कुछ गलत नहीं कहा। हमें गौतम की हालत पर ध्यान देना चाहिए था। अपने प्रभाव का इस्तेमाल करके ज्यादा मेहनताना दिलवाना चाहिए था उसे।''

''अ . . . आप मुझे सचमुच दस लाख देंगे?'' उसकी सूईं वहीं अटकी पड़ी थी।

''गौतम जानता था, हम झूठ नहीं बोलते।''

''एक लाख एडवांस लूंगा।''

राजेश कुमार ने कोट की एक जेब में हाथ डाला। हजार के नोटों की दो गड्डियां निकालीं। उन्हें देखकर सांगले की आंखों में साफ-साफ लालच भरी चमक नजर आई। लार-सी टपकने को तैयार थी उसकी और उस वक्त तो, जो कुछ हो रहा था, उसे सपना-सा लगा जब राजेश कुमार ने दूसरी जेब से वैसी ही तीन गड्डियां निकालकर सारी की सारी उसकी तरफ बढ़ाते हुए कहा–''ये पांच हैं। इतने ही तुम्हारी शूटिंग खत्म होने पर मिल जाएंगे।''

सांगले ने पांचों गड्डियां यूं झपटी जैसे देर होते ही राजेश कुमार का इरादा बदल जाने का खतरा हो। इस हड़बड़ाहट में दो गड्डियां नीचे जा गिरी थीं। झुककर उन्हें वापस उठाने में सांगले ने जरा भी देर नहीं लगाई।

फिर वह इस तरह पलक झपकता हुआ राजेश कुमार की तरफ देखने लगा जैसे पुष्टि कर रहा हो कि वह सपना नहीं देख रहा है। बोला–''श . . . शूटिंग पर कब से आना है?''

''एक मोबाइल ले लेना।'' राजेश कुमार ने जेब से निकालकर उसे एक कागज देते हुए कहा–''उससे इस नंबर पर बात करना। हमारा नंबर है ये। तुम्हारा नंबर हमारे पास आ जाएगा। फिर जिस दिन शूटिंग होगी, हम तुम्हें बता देंगे।''

''ठ . . . ठीक है। मैं आज ही मोबाइल खरीद लूंगा।''

''पर एक शर्त है।''

''शर्त?''

''किसी को नहीं बताओगे कि तुम हमारे डुप्लीकेट का रोल कर रहे हो। किसी को भी नहीं।'' राजेश कुमार ने अपने एक-एक शब्द पर ज़ोर दिया–''यह फिल्म की बेहतरी के लिए जरूरी है।''

''बिल्कुल नहीं बताऊंगा।''

''ये बात कहनी आसान है, निभानी मुश्किल।''

''जी?''

''तुम्हारे पड़ोसी और जानने वाले अचानक ही बदल जाने वाले तुम्हारे लिविंग स्टेंडर्ड आदि के बारे में जरूर पूछेंगे। क्या कहोगे?''

''पहली बात तो कोई पूछेगा ही नहीं, यहां कोई किसी से खास मतलब नहीं रखता। पूछेगा भी तो मैं बताऊंगा नहीं। कह दूंगा, तुमसे मतलब? अपने काम से काम रखो।''

''नहीं, यह नहीं कहोगे।''

''और क्या कहूं?''

''कह देना, गांव में तुम्हारा पुश्तैनी मकान था, वह बिक गया है। यह भी कहना–अभी तो तुम्हारी वहां और भी जमीन पड़ी है।''

''ताकि अगले पांच लाख खप सकें!''

''समझदार हो।'' राजेश कुमार मुस्कराया।

''पर इतनी पर्देदारी क्यों?''

''तुम शायद समझ न पाओगे लेकिन फिर भी बताते हैं।'' वह एक-एक शब्द को जमाता हुआ, कहता चला गया–''लोग जब पर्दे पर हमें ऐसे-ऐसे एक्शन करते देखेंगे जिसे हमारी उम्र का आदमी किसी हालत में नहीं कर सकता तो दांतों तले अंगुली दबा लेंगे। यह बात फिल्म को सुपर-डुपरहिट कर देगी। उन्हीं दर्शकों को यदि यह पता लग गया कि यह सब एक जवान लड़के ने किया है तो सारे किए कराए पर पानी फिर जाएगा। याद रखना–अगर फिल्म हिट हो गई तो कम से कम दस और मिल सकते हैं।''

''अ . . . आप सच कह रहे हैं!''

''प्रॉफिट हो तो जिन्होंने मेहनत की है, उनका हक बनता है।''

''मैं कसम खाकर कहता हूं, किसी को कुछ नहीं बताऊंगा।''

''इसी में तुम्हारा फायदा है।'' कहने के साथ राजेश कुमार ने उसका कंधा थपथपाया और पलटकर बाहर निकल गया। पंकज उसके पीछे लपका था।

''अब कहां जा रहे हैं हम?'' गलियों के जाल से निकलकर मेन रोड पर पहुंचते ही पंकज ने पूछा।

''वहां।'' राजेश कुमार ने कहा था–''जहां पहुंचते ही तुम्हारी तबियत प्रसन्न हो जाएगी।''

''तबियत प्रसन्न हो जाएगी! मतलब?''

''तुम सवाल बहुत करते हो।''

''और आप जवाब ऐसा देते हैं जिसे सुनने के बावजूद कुछ समझ में नहीं आता। खुद-ब-खुद दूसरा सवाल पैदा हो जाता है।''

''हमने कहा था, चमत्कार दिखाएंगे–दिखाया कि नहीं?''

''वाकई! सांगले जीता-जागता चमत्कार है।''

''अब कह रहे हैं कि जहां जा रहे हैं, वहां पहुंचकर तबियत प्रसन्न हो जाएगी तो–हो जाएगी। न हो, तब कहना।''

पंकज को चुप रह जाने में ही भलाई नजर आई क्योंकि समझ चुका था–समय से पहले राजेश कुमार कुछ भी बताने वाला नहीं था। यह उसकी आदत थी।

जेहन सांगले और उसे लेकर बनाई गई राजेश कुमार की प्लानिंग में जा अटका था। यह आइडिया उसे बहुत ही पसंद आया था कि लोगों को यह पता ही न लग पाए कि फिल्म में राजेश कुमार के किसी डुप्लीकेट ने भी काम किया है। वाकई लोग एक्शन दृश्यों को देखकर यह सोचकर दांतों तले अंगुली दबा लेंगे कि

पचास साल के राजेश कुमार ने वे कैसे किए होंगे।

सोचने मात्र से पंकज रोमांचित-सा होने लगा।

अब उसका दिमाग एक से एक खतरनाक एक्शन सोचने की दिशा में बढ़ने लगा था लेकिन अचानक जेहन में कोई बात खटकी तो कहा– ''पर यह काफी मुश्किल होगा सर।''

''क्या मुश्किल होगा?''

''सांगले को छुपाए रखना।''

''क्यों?''

''यूनिट को तो सांगले के बारे में पता होगा ही। मीडिया हर वक्त इंडस्ट्री से चटपटी खबरें निकालने में लगा रहता है। यूनिट के किसी आदमी ने खबर लीक कर दी तो दर्शकों तक पहुंच जाएगी और दर्शकों तक पहुंच गई तो . . .''

''ऐसा नहीं होने देंगे हम।''

''यूनिट में डेढ़-दो सौ आदमी होते हैं। किस-किस को . . .''

''यूनिट में किसी को भी सांगले के बारे में पता नहीं होगा बल्कि यूं समझो कि हमारे और तुम्हारे अलावा किसी को पता नहीं होगा।''

''ऐसा कैसे हो सकता है सर, चलिए–यूनिट के दूसरे लोगों की बात छोड़िए। उसे पचास साल के आदमी का, आपका आज का लुक देने के लिए मेकअप तो करना पड़ेगा! और यह काम करेगा मेकअपमैन। उससे हकीकत कैसे छुपाई जा सकेगी?''

''उसका मेकअप फिल्म का रेगुलर मेकअपमैन नहीं करेगा।''

''और कौन करेगा?''

''वह, जिसने 'पा' में अमिताभ का किया था।''

''मतलब?''

''सांगले के लिए मेकअपमैन हालीवुड से आएगा। उसका आना-जाना गुप्त रखा जाएगा। सांगले के सारे सीन छांटकर हम एक ही क्रम में उनकी शूटिंग कर लेंगे। ज्यादा से ज्यादा एक हफ्ते का काम निकलेगा।

मेकअप हमारे बैंग्लो में होगा और सांगले हमारी ही गाड़ी में उसी तरह शूटिंग स्थल पर जाएगा जैसे हम गए हों।

यूनिट के बाकी लोग यही समझेंगे कि हम ही आए हैं। उस दिन हम शूटिंग पर नहीं जाएंगे। मेकअपमैन जिस खामोशी के साथ आएगा, अपना मेहनताना लेकर उसी खामोशी के साथ अमेरिका लौट जाएगा।''

पंकज को एक बार फिर मानना पड़ा कि यह आदमी, जिसका नाम राजेश कुमार है, बहुत बड़ा प्लानर है। यह आगे तक की बारीक से बारीक बात को ध्यान में रखकर प्लान बनाता है। जो सवाल उसके दिमाग में अब उभर रहे हैं, उसके दिमाग में पहले ही न केवल उभर चुके हैं बल्कि उनके जवाब भी सोच चुका है। गाड़ी अंधेरी के सात बंगला इलाके में पहुंच चुकी थी और फिर वह 'ताज' नामक बिल्डिंग के बंद गेट पर जाकर रुकी।

राजेश कुमार ने हॉर्न बजाया। दो वर्दीधारी सिक्योरिटी गार्ड्स ने दरवाज़ा खोला। उनमें से एक गाड़ी के नजदीक आया ही था कि अपनी साइड के कांच को थोड़ा नीचे करने के साथ राजेश कुमार ने कहा– ''वन वन टू फोर।'' गार्ड ने ज़ोर से सैल्यूट मारा।

पंकज समझ गया–गार्ड राजेश कुमार को पहचानता है।

राजेश कुमार ने गाड़ी आगे बढ़ाई। बहुत ही शानदार धनुषाकार सड़क पार्किंग तक चली गई थी। सड़क के दोनों तरफ ऐसी हरी घास का मैदान था जैसे कारपेट बिछा हो और बगीचे में तरह-तरह के फ़ूल खिले हुए थे।

एक वाटर फॉल था और स्वीमिंग पूल भी। उस सबके बीच बनी करीब इक्कीस मंजिली शानदार बिल्डिंग मानो आकाश को चूमने के लिए व्याकुल थी।

इतने दिन से मुंबई में रह रहा पंकज इतना तो जान ही गया था कि इस इमारत में एक फ्लैट की कीमत किसी भी तरह दस-पंद्रह करोड़ से

कम न होगी। मतलब साफ था–यहां राजेश कुमार किसी बड़ी हस्ती से मिलने आया है।

पंकज सोचने लगा–अजीब है मुंबई शहर।

एक तरफ चूनाभट्टी की वे तंग और गंदी गलियां जहां सांगले रहता था, दूसरी तरफ–यह जीती-जागती जन्नत!

गाड़ी पार्क करने के बाद वे लिफ्ट जोन में पहुंचे। उनमें से एक लिफ्ट में दाखिल होने के बाद राजेश कुमार ने ग्यारहवीं मंजिल का बटन पुश कर दिया। सरसराती लिफ्ट ने कुछ देर बाद उन्हें ग्यारहवीं मंजिल पर पहुंचा दिया था और उसके कुछ देर बाद जब वन वन टू फ़ोर का दरवाज़ा खुला तो पंकज चकाचौंध रह गया।

दरवाज़ा खोलने वाली प्राची थी।

भले ही वह प्राची से पहले कभी न मिला हो लेकिन टीवी के पर्दे पर, रंगीन मैग्जींस के पेजों पर वह उसे अनेक बार देख चुका था। जितनी खूबसूरत वह उनमें नजर आती थी, इस वक्त पंकज को लगा–वह तो कुछ भी खूबसूरती न थी।

वाकई, कोई भी कैमरा प्राची की असली खूबसूरती को अपने में कैद नहीं कर सका था। अपने सामने राजेश कुमार को खड़ा देख कर उसकी बड़ी-बड़ी काली आंखों में हल्का-सा आश्चर्य उभरा था। फिर, बड़ी ही सॉफ्ट-सी आवाज़ वातावरण में गूंजी–''त . . . तुम?''

''अंदर आने को नहीं कहोगी?'' राजेश कुमार ने पूछा। वह बोली–''पहले भी कई बार कह चुकी हूं काकू, वक्त बहुत आगे निकल चुका है।''

''आज मैं वह सब कहने नहीं आया।''

''फिर?''

''क्या हम आराम से बैठकर बातें कर सकते हैं?''

इस बार कोई जवाब न दिया उसने। कुछ देर खामोशी के साथ उसकी ओर देखती रही फिर, न केवल एक तरफ हटी बल्कि उनकी तरफ पीठ करके लॉबी वाले हिस्से की तरफ बढ़ गई।

अपनी तरफ उसकी पीठ होते ही राजेश कुमार ने हौले से पंकज को कोहनी मारी, जैसे पूछ रहा हो–'तबियत प्रसन्न हुई या नहीं!' पंकज ने अपने होठों पर मुस्कान बिखेर ली।

इसमें शक नहीं कि प्राची एक बेहद खूबसूरत लेडी थी। यदि पंकज से उसकी और सोनम की तुलना कराई जाए तो वह बहुत ही आराम से कह सकता था–खूबसूरती में तो दोनों एक-दूसरे की टक्कर की थीं मगर सोनम के जिस्म को देखकर मन में जहां 'काम' का भाव आता था, वहीं, प्राची को देखकर आंखों को सुकून मिलता था। मन करता था–देखते रहो, बस देखते रहो। ठीक यूं, जैसे ताजमहल को–देखते रहो, बस देखते रहो।

ईश्वर द्वारा पूरे मूड और फ़ुर्सत में बनाए गए अपने जिस्म पर, इस वक्त उसने चूड़ीदार पैजामा और ऊंची एड़ी की सैंडिल्स पहनी हुई थीं। ऊपरी हिस्से में कोहनी तक की बाज़ू वाला गहरे हरे रंग का कढ़ाईदार कुर्ता और उसी से मैच करता दुपट्टा था।

दुपट्टे को वह अपने बाएं कंधों पर डाले हुए थी। आधा पीठ पर, आधा वक्ष से होता हुआ पेट तक। वक्षस्थल पुष्ट था लेकिन जो भी था, कुर्ते के अंदर था क्योंकि कुर्ते का गला भी ज्यादा डीप न था। सुराहीदार गर्दन में पड़ी हरे रंग के बहुत ही छोटे-छोटे मोतियों की माला बेहद सुंदर लग रही थी।

कानों में सॉलिटेयर डायमंड्स और नाक में बहुत ही छोटा हीरा दमक रहा था। रंग ऐसा था जैसे पकने की तरफ बढ़ रहा सेव। उम्र पैंतालीस के करीब होने के बावजूद फेस की त्वचा एकदम कसी हुई थी। बालों को क्योंकि माथे के चारों तरफ से समेटकर सख्ती के साथ बांधा गया था इसलिए उसका चौड़ा मस्तक साफ दृष्टिगोचर हो रहा

था। गुलाबी होंठ और छोटी-सी नाक उसकी खूबसूरती में चार चांद लगाए दे रहे थे।

उसकी दाईं कलाई में डायमंड्स की लड़ी वाली दो चूड़ियां और बाईं में किसी विदेशी कंपनी की रिस्टवॉच थी।

एक बाई लॉबी में आई।

प्राची ने कुछ लाने के लिए कहा।

वह किचन की तरफ चली गई।

''ये बहुत अच्छा राइटर है। पंकज रावत।'' सोफे पर बैठते हुए राजेश कुमार ने पंकज की तरफ इशारा किया।

प्राची ने उसकी तरफ देखा, मुस्कराई और हौले से सिर हिलाकर अभिवादन किया। उसके अंदाज, खासतौर पर उसकी मुस्कान ने पंकज के दिल में गुदगुदी-सी की थी।

पंकज भी उसकी तरफ देखकर केवल मुस्करा ही सका था।

''ये मेरी फिल्म लिख रहा है।''

''फ. . . फिल्म! हां, सुना तो है कि तुम फिल्म बना रहे हो।''

''कहां सुन लिया?''

''चर्चा है इंडस्ट्री में और खासतौर पर चर्चा अगर तुम्हारे बारे में हो तो लोग मुझ तक जरूर पहुंचा देते हैं। पर तुम्हारे दिमाग में यह फिल्म बनाने का विचार कैसे आया?''

''क्यों? नहीं बनानी चाहिए क्या?''

''बनानी क्यों नहीं चाहिए! अभी तुम्हारी उम्र ही क्या है! सिर्फ पचास साल! इंडस्ट्री में नब्बे-नब्बे साल के लोग काम कर रहे हैं। मैं तो कहती हूं आदमी को तब तक काम करते रहना चाहिए जब तक सांस चल रही है। खाली बैठने का मतलब ही क्या है?''

''इसीलिए प्राची, मैं इसीलिए लाइक करता हूं तुम्हें।'' एकाएक राजेश कुमार भावुक नजर आने लगा–''तुम्हारी सोच सबसे अलग है और तुम कभी किसी को डिमोरलाइज नहीं करतीं। हमेशा सामने

वाले को प्रोत्साहित ही करती हो। मुझे मालूम है कि मेरे फ़ैसले को लेकर आजकल इंडस्ट्री में किस किस्म की चर्चाएं हैं। खिल्ली उड़ा रहे हैं लोग मेरी लेकिन तुमने . . . तुम देखना प्राची, मैं इन सबका मुंह बंद कर दूंगा। यह सोचने पर मजबूर कर दूंगा मैं इन्हें कि . . .''

''मैं जानती हूं काकू।'' वह बात काटकर बोली–''तुम्हारे बारे में इतना तो जानती ही हूं मैं कि एक बार तुम जो करने की ठान लेते हो, उसे करके ही दम लेते हो। तुमने ठान लिया है कि फिल्म बनानी है तो बना लोगे। वैसे भी, जब तक तुम्हारे कापीराइट नहीं बिके थे, तब तक की बात और थी। बगैर पैसे के किया ही क्या जा सकता है लेकिन अब . . . जब पैसे हैं तो उनका सदुपयोग भी होना चाहिए।''

''थैंक्यू प्राची।''

''वैसे मेरे ख्याल से हम गलत टॉपिक छेड़ बैठे। सबसे पहले मुझे सोनम के बारे में पूछना चाहिए था। कैसे हुआ वह सब?''

''मीडिया के जरिए तुम्हें सबकुछ पता लग गया होगा।''

''सो तो है लेकिन . . .''

''उससे ज्यादा मैं उसके बारे में कोई बात नहीं करना चाहता।''

''ओके। तो फिर किस बारे में बात करने आए हो?''

आश्चर्यजनक तरीके से प्राची मतलब की बात पर आ गई।

''मुझे तुम्हारी मदद की जरूरत है।''

''मेरी मदद?''

''तुम्हें मेरी फिल्म में एक रोल करना होगा।''

''क . . . क्या? रोल! और मैं!'' वह बुरी तरह चौंकी थी–''दिमाग तो खराब नहीं हो गया है तुम्हारा?''

''मेरे शब्दों पर गौर करो प्राची, यह बात मैंने तुमसे पूछी नहीं है बल्कि बताई है कि तुम मेरी फिल्म में रोल कर रही हो। यह बात मैंने किसी अधिकार के तहत कही है।''

एकाएक ही प्राची गंभीर हो गई। अपनी बड़ी-बड़ी आंखों से राजेश कुमार की तरफ ऐसी नजरों से देखने लगी वह जैसे उसके चेहरे पर कुछ तलाश करने की कोशिश कर रही हो।

राजेश कुमार को पूछना पड़ा–''ऐसे क्या देख रही हो?''

''अभी-अभी कौनसे अधिकार की बात कही तुमने! मुझ पर कौनसा अधिकार बाकी रह गया है तुम्हारा?''

''क . . . कौनसा अधिकार!'' राजेश कुमार बुरी तरह बौखला गया था–''म–मैं वैसे किसी अधिकार की बात नहीं कर रहा हूं।''

''फिर?''

''प–प्रोफेशनल अधिकार की बात कर रहा हूं।''

''प्रोफेशनल अधिकार! ये क्या होता है! खैर छोड़ो।'' विषय चेंज करके खुद प्राची ने ही उसे दुविधा से निकाल दिया था–''मेरा फ़ैसला सुनो, मैं कोई रोल-वोल करने वाली नहीं हूं।''

''ऐसा मत कहो प्राची।'' उसके इंकार पर राजेश कुमार की जैसे जान निकल गई थी–''मेरा सारा सपना बिखर जाएगा।''

''सपना?''

''हालांकि कुछ कल्पनाएं भी मिक्स की गई हैं लेकिन बेसिकली यह स्टोरी मेरी रीयल लाइफ पर है। और तुम तो जानती हो कि तुम मेरी लाइफ में आई एक इंपोर्टेंट . . . बल्कि शायद सबसे ज्यादा इंपोर्टेंट किरदार हो। तुम्हारे बगैर मेरी जिंदगी की कहानी लिखी ही नहीं जा सकती। मैं चाहता हूं कि अपना किरदार तुम खुद पर्दे पर जियो।''

पंकज ने महसूस किया–अचानक ही प्राची की आंखों में एक खास चमक नजर आने लगी थी। लगातार राजेश कुमार की आंखों में देखती हुई वह बोली–''काफी दिलचस्प बातें कर रहे हो!''

''असल में ये दिलचस्प बातें मेरे नहीं, इसके दिमाग से निकली हैं।'' राजेश कुमार ने उत्साहित अंदाज में पंकज की तरफ इशारा करने

के साथ कहा–''यह आइडिया मुझे पंकज ने ही दिया था कि मुझे अपनी लाइफ हिस्ट्री पर फिल्म बनानी चाहिए।''

इस बार प्राची ने पंकज की तरफ खास नजरों से देखा।

अंदर ही अंदर पंकज आनंदित हो उठा क्योंकि प्राची की आंखों में उसने अपने लिए प्रशंसा का भाव देखा था।

अपनी धुन में राजेश कुमार कहता चला जा रहा था–''इसके प्रचार की पंच लाइन भी यही होगी। मेरी लाइफ का बड़ा ही शानदार खाका खींचा है पंकज ने। रोल के बारे में हां या ना करने से पहले तुम इसके मुंह से कहानी सुन सकती हो। इसीलिए साथ लाया हूं इसे। मेरा दावा है कि तुम सांस रोककर सुनोगी।''

''वो तो खैर बाद की बात है लेकिन . . .''

''प्राची।'' वह बोला–''माना कि अपनी बेवकूफ़ियों से मैंने तुम्हें किसी भी किस्म का आदेश देने का अधिकार खो दिया है लेकिन रिक्वेस्ट करने का अधिकार तो है! समझ लो रिक्वेस्ट ही कर रहा हूं मैं। इस रोल को कर लो। फिल्म की सफलता के लिए यह बहुत जरूरी है। जरा सोचो, जब मीडिया में यह खबर जाएगी कि राजेश कुमार अपनी रीयल लाइफ पर फिल्म बना रहा है और उसमें प्राची का रोल खुद प्राची कर रही है तो क्या ये फिल्म रिलीज से पहले ही सुपरहिट नहीं हो जाएगी?''

''बात तो ठीक कह रहे हो और–''

''और?''

''मेरे कहने के लिए तो तुम कुछ छोड़ ही नहीं रहे हो!''

''यानी तैयार हो! तुम तैयार हो प्राची!'' राजेश कुमार इतना खुश हुआ कि अपने स्थान से उठकर खड़ा हो गया।

''पूरी कहानी तो खैर मैंने नहीं सुनी है लेकिन निस्संदेह इस लड़के का आइडिया रोमांचित कर देने वाला है। यह ख्याल ही अपने आप में हिट होने वाला है कि लोग अपने जमाने के सुपरस्टार की

रीयल लाइफ को पर्दे पर देखेंगे। उसमें तुम जो ये रंग भर रहे हो, वह सोने पर सुहागे जैसा है–यह रंग कि अपना रोल खुद प्राची करने वाली है।'' वह कहती चली गई–''तलाक भले ही हो गया हो काकू मगर तुम जानते हो–मैंने हमेशा तुम्हारी कामयाबी की तमन्ना की है।''

''थैंक्यू. . . थैंक्यू वेरी मच प्राची।'' एक बार को तो ऐसा लगा जैसे खुशी से पगलाया राजेश कुमार सामने खड़ी प्राची को बांहों में ही भरने वाला है लेकिन फिर–खुद ही खुद को रोक लिया उसने। प्राची उसकी हालत पर मुस्कराकर रह गई।

हालांकि पंकज गुलाटी को पूरा पता बता चुका था मगर फिर भी, चाल में घुसते ही उसने अपने सामने पड़े पहले आदमी से पूछा था–''क्या आप मुझे नैना के घर का नंबर बता सकते हैं?''

उस आदमी ने गुलाटी को ऊपर से नीचे तक देखा और फिर एक पेड़ के नीचे बने चबूतरे पर बैठे लड़के की तरफ इशारा करता बोला–''पहले उससे मिल लो।''

''वो कौन है?''

''नैना का भाई–शिब्बन।''

गुलाटी उस तरफ बढ़ गया।

नजदीक पहुंचते-पहुंचते देखा–शिब्बन एक घिसी-पिटी पुरानी जींस पहने हुए था। उसके ऊपर काले रंग की टी-शर्ट। गले में लाल रंग के एक रूमाल को डालकर उसमें गांठ लगाई गई थी।

बाल लंबे थे उसके।

चेहरे की हड्डियां उभरी हुई।

उसके बाएं हाथ की दो अंगुलियों के बीच एक खाली सिगरेट थी। खाली इसलिए क्योंकि सारा तंबाकू दाएं हाथ की हथेली पर था और उसे वह बाएं हाथ के अंगूठे से रगड़ रहा था। गुलाटी समझ

गया–वह तंबाकू में सुल्फा मिला रहा है। उसके नजदीक पहुंचकर कहा–''हैलो।''

''क्या है?'' चेहरा ऊपर उठाकर पूछने के बावजूद अंगूठा हथेली पर अपना काम करता रहा था।

''मुझे बताया गया है कि तुम नैना के भाई हो।''

अंगूठा यूं रुक गया जैसे अचानक उसमें ब्रेक लगा दिए गए हों।

शिब्बन की आंखों में ऐसे भाव उभर आए थे जैसे अभी उस पर झपट पड़ेगा। अक्खड़ लहजे में बोला–''तू कौन है?''

''डॉक्टर गुलाटी।'' गुलाटी ने हाथ उसकी तरफ बढ़ाया।

शिब्बन बगैर हाथ मिलाए बोला–''तू डॉक्टर है?''

''हां।''

''नैना को किसलिए पूछता है?''

''मैंने सुना है आरोग्य अस्पताल से उसकी नौकरी छूट गई है।''

''तो?''

''अपने अस्पताल में नौकरी देने आया हूं।''

''नौकरी देने आया है!'' शिब्बन ने पहली बार उसे ऊपर से नीचे तक घूरा–''नौकरी देने भी आता होगा कोई! मेरे ख्याल से तो लोग नौकरी मांगने जाते हैं।''

''नर्स अच्छी हो तो नौकरी चलकर दरवाज़े पर आती है।''

''अच्छा! इतनी अच्छी नर्स है नैना!''

गुलाटी ने उसे खुश करने के लिए कहा–''बहन किसकी है।''

''मस्का मारता है?'' शिब्बन ने उसे घूरा था।

''क्या मैं उससे मिल सकता हूं।''

''अभी मिलाता हूं। थोड़ा सबर कर।'' कहने के साथ उसने तंबाकू और सुल्फ़े के मिक्सचर को सिगरेट में भरना शुरू किया। सिगरेट पूरी भरने के बाद सुलगाई। दो-तीन कश लिए जाने तक भी गुलाटी ने धौर्य बनाए रखा मगर जब उसने उसकी दरख्वास्त पर ध्यान ही नहीं दिया तो

बोला–''तुम मुझे नैना से मिलाने के मूड में हो या नहीं?''

''कहा न, सबर कर। मिलाता हूं।'' फिर हाथ में मौजूद सिगरेट की तरफ इशारा करता बोला–''इसे बाप के सामने थोड़ी पियूंगा!'' गुलाटी मुस्कराकर रह गया।

सिगरेट खत्म होने पर उसने उसका टोडा एक तरफ उछाला और एक बंद चाकू बाएं हिप्स की जेब से निकालकर दाएं हिप्स की जेब में रखता हुए बोला–''चल, मिलाता हूं।''

गुलाटी चाकू को एक जेब से निकालकर दूसरी जेब में रखने की उसकी हरकत पर मुस्कराए बगैर न रह सका

मगर कुछ बोला नहीं, चुपचाप उसके पीछे चल दिया।

वह उसे चाल की दूसरी मंजिल पर स्थित बाइस नंबर घर में ले गया। दरवाज़े पर ही से हांक-सी लगाई थी उसने–''ऐ नैना, तुझसे मिलने कोई डॉक्टर–क्या नाम बताया था तुमने अपना?''

इससे पहले कि गुलाटी कुछ कह पाता अंदर वाले कमरे से नैना बाहर वाले कमरे में आई और गुलाटी को देखकर बुरी तरह चौंकती हुई बोली–''अरे, डॉक्टर गुलाटी आप! आप यहां?''

''देख लो।'' गुलाटी हंसा–''हमने तुम्हारा घर ढूंढ ही लिया।''

''क . . . कैसी बात कर रहे हैं डॉक्टर साहब!'' नैना बौखला गई थी–''मुझसे कहा होता, मैं ही चली आती। अरे मम्मी–पापा, जरा बाहर आइए। देखिए तो कौन आए हैं।''

''कौन है बेटी?'' एक मर्दानी, दूसरी जनानी, दोनों आवाज़ें साथ आईं और फिर बूढ़ा-बूढ़ी साथ ही बाहर वाले कमरे में आए।

''पापा, ये डॉक्टर गुलाटी हैं। बहुत बड़ा अस्पताल है इनका।'' गुलाटी हाथ जोड़कर दोनों से नमस्कार करता बोला–''बड़ा-वड़ा तो खैर क्या है, बस एक छोटा-सा अस्पताल अपने बंगले में ही खोल रखा है। नीचे अस्पताल है, ऊपर रेजीडेंस।''

''बैठो बेटा।'' नैना की मां ने कमरे में पड़ी टूटी-फूटी चार कुर्सियों

की तरफ इशारा करने के साथ कहा।

गुलाटी एक कुर्सी पर बैठ गया।

अपने स्थान पर खड़ा शिब्बन लगातार हिल रहा था। उसकी हालत बाप ने देखी तो जैसे तुरंत समझ गया इस वक्त वह कौनसी धुनक में है। बाप ने उसे डांटते हुए कहा–''तू यहां खड़ा क्या कर रहा है? बाहर जाकर अपने दोस्तों के साथ आवारगी कर।''

''मैं तो इसलिए आ गया था कि शायद मेरी जरूरत पड़ जाए।'' कहते हुए उसने गुलाटी को एक बार फिर ऊपर से नीचे तक देखा था और फिर बाहर चला गया। वह ठीक से बाहर जा भी नहीं पाया था कि नैना के पापा ने कहा–''उसने तुम्हें परेशान तो नहीं किया बेटा, कोई बदतमीजी तो नहीं की उसने?''

''नहीं।''

''कमबख्त ने जनम दुखी कर रखा है। पता नहीं कौनसी घड़ी में पैदा हुआ था। मरता भी तो नहीं।'' तब तक नैना की मां एक गिलास पानी ले आई थी। पानी पीने के बाद गुलाटी ने कहा–''नैना, तुम तो जानती हो, क्वालिफाइड नर्सों की आजकल कितनी कमी है!''

''आप यहां क्यों आए हैं डॉक्टर साहब?''

''तुम्हें नौकरी देने।''

नैना के मस्तक पर बल पड़े। बहुत गौर से गुलाटी की तरफ देखती बोली वह–''आपको कैसे मालूम हुआ कि मैं खाली हूं?''

''एक विजिट पर आरोग्य गया था, वहीं पता लगा।''

''किसने बताया?''

''मैट्रन ने।''

''तब तो उन्होंने यह भी बताया होगा कि . ..''

''उन्होंने मुझे सबकुछ बताया।'' उसकी बात काटता गुलाटी एक नजर उसके मां-बाप पर डालता बोला–''पर वो उनके रूल्स हैं, उनका नजरिया है। मेरा नजरिया वैसा नहीं है। मेरे ख्याल से सर्विस हावर्स के

बाद हर व्यक्ति की अपनी लाइफ होती है। उसे वह चाहे जैसे जिए। हर आदमी स्वतंत्र है।''

''वो तो ठीक है लेकिन . . . मुझे आपके यहां सर्विस नहीं करनी।''

''अरे मगर क्यूं? ऐसा क्यों बोल रही है तू?'' मां ने तुरंत दखल दिया–''नौकरी की जरूरत तो तुझे है। नौकरी नहीं करेगी तो कैसे घर चलेगा? इनके बसका तो कुछ है नहीं और शिब्बन कुछ . . .''

''प्लीज मम्मी, आप चुप रहें।''

असमंजस में फंसी नैना की मां चुप रह गई।

''तुम जो सोच रही हो, वह बात कहीं से कहीं तक नहीं है।''

गुलाटी ने नैना के नयनों में झांकते हुए कहा था–''उन्हें तो यह भी नहीं पता है कि मैं यहां आया हूं और–चाहोगी तो कम से कम मेरे जरिए उन्हें कभी यह पता नहीं लगेगा कि तुम मेरे हॉस्पिटल में हो।''

''अ . . . आप सच बोल रहे हैं?''

''मैं झूठ क्यों बोलूंगा?''

''तो ठीक है।''

जैसा कि राजेश कुमार चाहता था–इस बात की चर्चा तो सारे देश में हो गई कि राजेश कुमार अपनी रीयल लाइफ पर पिक्चर बना रहा है लेकिन फिल्म इंडस्ट्री में तो जैसे तूफ़ान ही आया हुआ था।

हर तरफ, हरेक के आफिस में बस यही एक चर्चा थी।

शुरू में ज्यादातर लोग जहां यह कह रहे थे कि–बुढ़ापे में काकू का दिमाग खराब हो गया है। उसका यह कदम बेवकूफ़ियों भरा है वहीं, धीरे-धीरे माहौल बदलने लगा। ऐसा कहने वालों की संख्या कम होती गई और यह कहने वालों की संख्या बढ़ती गई कि–वह एक बार फिर खुद को सुपरस्टार साबित करने वाला है।

यह राजेश कुमार के प्रचारतंत्र का ही जादू था।

फिल्मसिटी की एक पहाड़ी पर जो सैट तैयार किया जा रहा था उसे तैयार करने में करकरे ने अपनी सारी योग्यताएं झोंक दी थीं।

सैट राजेश कुमार के बैंग्लो का ही था अर्थात् फिल्मसिटी की पहाड़ी पर करकरे ने राजेश कुमार का एक और बैंग्लो बनाया था।

दोनों के लुक में जरा भी फ़र्क न था।

पंकज ने जब वहां विजिट की तो सैट अस्सी परसेंट तैयार हो चुका था। अपने सामने खड़े राजेश कुमार के दूसरे बैंग्लो को देखकर हैरान रह गया था वह। बाहर से ही नहीं, सैट को अंदर से भी बैंग्लो का ही लुक दिया गया था।

वह कह उठा था–''अगर आपको इसी परिवेश में शूटिंग करनी थी सर तो यह सैट बनवाने में इतना खर्चा करने की क्या जरूरत थी?

बैंग्लो में ही शूटिंग कर लेते।''

राजेश कुमार इस तरह मुस्कराया था जैसे बचकानी बात सुनी हो। बोला–''तुम सिर्फ राइटर हो पंकज, फिल्म मेकिंग और बिजनेस के बारे में कुछ नहीं जानते इसीलिए ऐसी बचकाना बात कही। भले ही प्रत्यक्ष देखा हो, टीवी पर या मैग्जींस में, हमारे हर चाहने वाले ने कम से कम बाहर से हमारे बैंग्लो को जरूर देखा है। जो कहानी तुमने तैयार की है उसमें रिएलिटी लाने के लिए हमें यही बैंग्लो चाहिए था और . . . वास्तविक बैंग्लो में शूटिंग शुरू होते ही यह चर्चा हो जाती कि काकू एक सस्ती फिल्म बना रहा है, अपने बैंग्लो में ही शूट कर रहा है जबकि अब . . . चर्चा ये होगी कि काकू पहले भी राजा आदमी था, आज भी राजा है। वह जो करता है, अलग और अनोखा होता है। वह बैंग्लो में ही शूटिंग कर सकता था लेकिन ऐसा नहीं किया। शूटिंग के लिए करोड़ों खर्च करके दूसरा बैंग्लो खड़ा किया है। बोलो–जादू उस चर्चा में था, या इस चर्चा में होगा!''

कम से कम उस वक्त बात पंकज की समझ में नहीं आई थी लेकिन जैसे-जैसे समय गुजरा और लोगों में ठीक वही चर्चा शुरू हुई जैसा राजेश कुमार ने कहा था तो बात समझ में आनी शुरू हो गई। हर टीवी चैनल, हर अखबार, हर मैग्जीन वही चर्चा कर रही थी और–चारों तरफ राजेश कुमार के शहंशाही अंदाज के चर्चे थे।

अभी केवल यह न्यूज फ्लैश की गई थी कि फिल्मसिटी में ठीक राजेश कुमार के बैंग्लो जैसा एक और बैंग्लो बनाया जा रहा है।

मीडिया को नहीं फटकने दिया गया था वहां।

किसी को फ़ोटो नहीं लेने दिया गया था।

राजेश कुमार की प्लानिंग के मुताबिक लोग उसे मुहूर्त वाले दिन ही देखने वाले थे। और फिर–मुहूर्त वाला दिन भी आ गया।

जहां मीडिया को खुलकर कार्ड पहुंचाए गए थे वहीं, इंडस्ट्री के केवल चुनिंदा लोगों को बुलाया गया था। बहुत से लोग तो ऐसे थे जो चर्चाएं सुनने के बाद मुहूर्त कार्ड का इंतजार कर रहे थे लेकिन कार्ड न मिलने के कारण दिल मसोसकर रह गए।

मुहूर्त दोपहर के दो बजकर छत्तीस मिनट पर था मगर मीडिया का जमावड़ा वहां सुबह से ही शुरू हो गया था। जिसने भी पहाड़ी पर खड़े राजेश कुमार के बैंग्लो को देखा, वही दंग रह गया।

मीडिया के लोग हर एंगिल से उसके फ़ोटो ले रहे थे, वीडियो बना रहे थे। लगभग सभी चैनल्स ने मुहूर्त शॉट को लाइव दिखाने की तैयारी कर ली थी। आज की ब्रेकिंग न्यूज यही थी। और आज का दिन–पंकज की जिंदगी का भी सबसे बड़ा दिन था। एकमात्र यही सपना लेकर तो मुंबई आया था वह।

उसने सिर्फ झुमरू को कार्ड दिया था।

मुहूर्त के मौके पर नैना के न होने का अफ़सोस ही नहीं, बल्कि दुख था–बहुत ही ज्यादा दुख।

मगर, हालात ही ऐसे थे कि वह उसे नहीं बुला सकता था। हालांकि

राजेश कुमार की तरफ से गुलाटी को कार्ड दिया गया था। उसके कई और गैरफिल्मी दोस्त भी आमंत्रित थे।

वह और राजेश कुमार बैंग्लो से एक ही गाड़ी में फिल्मसिटी के लिए निकले थे। गाड़ी हमेशा की तरह हिप फ्लास्क से व्हिस्की पीता राजेश कुमार चला रहा था। किसी के खुश होने में और जुनूनी अवस्था में होने में बहुत फ़र्क होता है। उस फ़र्क को पंकज इस वक्त राजेश कुमार के चेहरे पर साक्षात् देख रहा था।

जुनूनी अवस्था में कहता चला जा रहा था वह–''आज देखना पंकज, आज देखना तुम! जिस फिल्म इंडस्ट्री ने हमें रिजेक्ट कर दिया था, खलास मान लिया था, सुपरस्टार का मुहूर्त उस फिल्म इंडस्ट्री के गाल पर राजेश कुमार का ऐसा करारा तमाचा होगा कि इंडस्ट्री सालों तक अपना गाल सहलाती रहेगी।''

''सर।'' बहुत धीरे से कहा था पंकज ने।

''तुम्हारी आवाज़ को क्या हुआ?''

''क्या किसी तरह नैना मुहूर्त में शरीक नहीं हो सकती? भले ही वह मुझसे बात न करे, मेरी तरफ देखे तक नहीं लेकिन बस शामिल हो जाए। वो इस दिन के लिए भगवान आशुतोष के व्रत रखा करती थी सर। सारे-सारे दिन पानी तक नहीं पीती थी वो।'' पंकज की आवाज़ भर्रा गई थी–''मेरी जिंदगी में यह दिन आए, इसकी सबसे ज्यादा कामना उसी ने की थी।''

गाड़ी ड्राइव करते राजेश कुमार ने पंकज की तरफ देखा। पंकज की आंखों से निकलकर आंसू उसके गालों पर बह रहे थे।

राजेश कुमार भी सीरियस हो गया। बोला–''हम तुम्हारा दर्द समझ सकते हैं पंकज मगर . . . तुम जानते हो, जिस प्लानिंग पर हम काम कर रहे हैं, अगर उसे सफल होते देखना चाहते हैं तो ऐसा नहीं हो सकता और प्लानिंग की नाकामी हम अफोर्ड नहीं कर सकते।''

''फिर भी, कोई रास्ता निकाल लीजिए न!'' पंकज ने रिक्वेस्ट सी की–''आप तो बीहड़ों में से भी रास्ता निकालने में एक्सपर्ट हैं।''

''ऐसा क्या रास्ता हो सकता है?''

''गुलाटी से बात कीजिए न, वह ले आएगा।''

राजेश कुमार चुप रह गया।

जैसे सोच रहा हो कि वह किया जा सकता है या नहीं जो पंकज कह रहा था और पंकज उसकी तरफ ऐसी नजरों से देख रहा था जैसे इंटरव्यू देने के बाद प्रत्याशी फ़ैसले की प्रतीक्षा में इंटरव्यू लेने वालों की तरफ देखता है। फिर एकाएक, राजेश कुमार ने डैशबोर्ड पर रखा अपना मोबाइल उठाया और ड्राइव करते ही करते गुलाटी का नंबर लगा दिया। सबसे पहले पूछा–''निकला कि नहीं?''

''बस निकलने ही वाला था।'' गुलाटी की आवाज़ पंकज के कानों तक भी पहुंची। उस पंकज के कानों तक जिसका दिल 'धक-धक' की ज़ोरदार आवाज़ों के साथ उसकी पसलियों पर सिर पटकने लगा था। ''अपना मजनूं जरूरत से ज्यादा ही मरा जा रहा है यार।''

''मजनूं?''

''अबे राइटर अपना।''

''ओह! अच्छा!'' गुलाटी हंसा।

''उदास है। आज इसकी पहली फिल्म का मुहूर्त है, फिर भी उदास है। समझ रहा है न!''

''पहले नहीं समझ रहा था लेकिन अब समझ गया हूं।'' गुलाटी के ठहाका लगाने की आवाज़ सुनाई दी–''अपनी लैला की मौजूदगी चाहता होगा वहां। होता है यार, होता है ऐसा।''

''तो कुछ कर!''

''म . . . मैं! मैं क्या करूं?''

''नैना को ले आ।''

''वो आएगी?''

‘‘मना तो करेगी ही, लेकिन तू ले आ।’’

‘‘मजनूं तेरे आसपास है?’’

‘‘बगल वाली सीट पर बैठा आंसू बहा रहा है।’’ राजेश कुमार ने कहा–‘‘हम लोग तो निकल पड़े हैं न!’’

‘‘जरा फोन उसे दे।’’

राजेश कुमार ने मोबाइल पंकज की तरफ बढ़ा दिया। पंकज के मुंह से मरा-सा स्वर निकला–‘‘मैं बोल रहा हूं डॉक्टर साहब।’’

‘‘बोल कहां रहा है बेटा, तू तो मिमिया रहा है।’’ गुलाटी मजा लेता हुआ बोला–‘‘उस दिन आरोग्य अस्पताल में जाकर वो सारा ड्रामा करते वक्त नहीं सोचा था कि एक दिन यह दिन भी आएगा!’’

‘‘उस दिन के लिए कितनी बार गलती मानूं डॉक्टर साहब?’’

‘‘चाहे जितनी बार गलती मान ले बेटा, लेकिन नैना तुझे माफ़ करने वाली नहीं है। इधर-उधर की बातें करके कई बार मन टटोल चुका हूं उसका। हर बार एक ही बात महसूस की है–यह कि अब उसके दिल में तेरे लिए कोई जगह नहीं है।’’

‘‘मैं दिल में जगह की बात नहीं कर रहा डॉक्टर साहब, बस इतना चाहता हूं कि आज वह मुहूर्त पर मौजूद रहे।’’

‘‘मुश्किल है।’’

‘‘अ . . . आप कोशिश तो कीजिए।’’ पंकज का दिल बैठा जा रहा था–‘‘आप कोशिश करेंगे तो हो सकता है, मान जाए।’’

‘‘वो तो जब तू मेरे यार से सिफ़ारिश करा रहा है तो करूंगा ही लेकिन उम्मीद कम है, काफी जिद्दी लड़की है।’’ पंकज के कुछ कहने से पहले राजेश कुमार ने उससे मोबाइल छीना और बोला–‘‘कोशिश नहीं करनी है गुलाटी, उसे ले-के आना है यार। मजनूं के साथ-साथ पंकज मेरा राइटर भी है। मुहूर्त शॉट पर यही खुश नहीं रहेगा तो मेरी खुशी भी अधूरी रह जाएगी।’’

‘‘पर इस तरह तो उसे पता लग जाएगा कि तुम लोगों को पता है

कि इस वक्त वह मेरे अस्पताल में काम कर रही है!" "लगता है तो लग जाए, इससे उसे यह थोड़ी पता लग जाएगा कि तेरे यहां उसे हमने काम दिलवाया है!"

"बात तो ठीक है।"

"अब तू उसका बॉस है यार, प्यार से न माने, तर्कों से न माने तो बॉस बनकर हुक्म देना कि चलना है। अपने बॉस के हुक्म को नहीं टाल सकेगी वो।"

"इस वक्त तो इतना ही कह सकता हूं कि जब तू कह रहा है तो अपनी तरफ से भरपूर कोशिश करूंगा, आगे जैसी हरि इच्छा।"

"कोशिश करेगा तो जरूर कामयाब होगा। अब बस जल्दी से उसे साथ लेकर सैट पर पहुंच।" कहने के बाद राजेश कुमार ने संबंध विच्छेद किया और बोला–"अब तो हंस दे जालिम!"

"क्या पता वो कामयाब होगा या नहीं?"

"होगा क्यों नहीं? क्या नैना भी इस मौके पर मौजूद रहने के लिए उतनी ही नहीं तड़प रही होगी जितना तू तड़प रहा था?"

पंकज मुस्करा उठा।

काश उसे पता होता कि सैट पर एक धमाका होने वाला है।

हर तरफ कैमरे ही कैमरे।

चारों तरफ चमचमा रही फ्लश लाइटें।

ये लाइटें उसी क्षण से चमचमानी शुरू हो गई थीं जिस क्षण पंकज और राजेश कुमार नकली बैंग्लो के बाहर गाड़ी से उतरे थे।

उस वक्त कैमरों का केंद्र पंकज नहीं बल्कि राजेश कुमार था। हिचक के कारण वह एक तरफ होना चाहता था लेकिन राजेश कुमार ने उसका बाजू पकड़ा और खुद से चिपकाते हुए घोषणा की–"ये पंकज रावत है, सुपरस्टार का राइटर ही नहीं बल्कि पार्टनर। हमसे ज्यादा इसकी मेकिंग का श्रेय इसे ही जाएगा क्योंकि जिस कहानी को

दर्शक देखने जा रहे हैं उसका जन्मदाता यही है।''

उसके बाद तो पंकज भी ठीक उसी तरह कैमरों का केंद्र बन गया जैसे राजेश कुमार बना हुआ था। हर तरफ जबरदस्त शोर और उत्साह। हर शख्स के चेहरे पर मुस्कान।

पंकज को ऐसा लग रहा था जैसे किसी स्वप्निल दुनिया से गुजर रहा हो। जिस वक्त रिपोर्टर्स की भीड़ ने उसे बुरी तरह घेर रखा था उसी समय उसकी नजर झुमरू पर पड़ी।

वह भीड़ को चीरकर उसके पास आना चाहता था मगर सफ़ल न हो पा रहा था। भीड़ में मौजूद लोग उसे बार-बार धकेलकर पीछे हटा देते थे मगर पंकज वहीं से ज़ोर से चिल्लाया–''झुमरू।''

रिपोर्टर्स ने यह जानने हेतु उधर देखा कि उसने किसे इतना महत्व दिया था और–मौके का फायदा उठाता पंकज भीड़ को चीरकर उसके पास पहुंच गया।

झुमरू को अपने गले से लगा लिया उसने बल्कि अगर यह कहें तो ज्यादा मुनासिब होगा कि झुमरू ने ही खींचकर उसे अपने गले लगा लिया था। ज़ोर-ज़ोर से उसकी पीठ थपथपाते हुए कहा था उसने–''मुबारक हो याड़ी–मुबारक हो। मुझे मालूम था यार कि एक दिन इसी तरह कैमरे तेरा पीछा करेंगे।''

दोनों ने बुरी तरह एक-दूसरे को कस लिया था।

पंकज महसूस कर सकता था कि यहां जितने भी लोग हैं, उनमें सबसे ज्यादा झुमरू ही खुश है। ऐसा खुश था वह जैसे पंकज के ही अस्तित्व का एक हिस्सा हो।

उसने पूछा था–''नैना कहां है? नजर नहीं आ रही!''

''वो भी आ जाएगी।''

''आएगी न!''

''क्यों नहीं आएगी?''

''आएगी। जरूर आएगी। व्रत भी तो तोड़ना है उसे।'' झुमरू ने ज़ोर

से ठहाका लगाया था–''एक बात कहूं उस्ताद!''

''बोल ना यार!''

''अपने हाथ से पानी पिलाकर व्रत खोलना उसका।''

पंकज को लगा–जैसे सीने पर किसी ने ज़ोर से घूंसा मारा हो।

वह जानता था–यह काम वह नहीं कर पाएगा।

वर्तमान हालात में वैसा हो ही नहीं सकता था।

मगर, झुमरू बेचारे को क्या मालूम था! वह तो कहता चला गया–''सबसे ज्यादा, तुझसे भी ज्यादा खुश आज वो होगी।''

पंकज कुछ न कह सका।

असल में कहने के लिए उसके पास कुछ था ही नहीं। झुमरू ने उसका 'उतरा हुआ' चेहरा फौरन ताड़ लिया।

तभी तो कहा–''क्या हुआ पंकज? कुछ गड़बड़ है क्या?''

पंकज को लगा–झुमरू को अभी न समझाया गया तो गड़बड़ हो सकती है। सारी प्लानिंग धराशायी हो जाएगी क्योंकि झुमरू को वर्तमान हालात के बारे में कुछ भी पता नहीं है। अतः उसके कंधों पर हाथ रखकर एक तरफ को ले जाता बोला–''नहीं, मैं यहां सबके सामने उसका व्रत नहीं खुलवा सकूंगा बल्कि यहां तो हमें ऐसा नाटक करना है जैसे एक-दूसरे को जानते ही न हों।''

''क्यों?'' झुमरू चिंहुका।

''यहां किसी को पता थोड़ी है यार कि . . .''

''ओह! समझा!'' बात झुमरू की समझ में आ गई।

''तुझे भी नैना को देखकर ऐसा कुछ नहीं करना है जिससे लोगों को लगे कि तू उसे जानता है।''

''मुझे क्यों?''

''अभी नहीं बता सकता, बाद में बताऊंगा।''

''ठीक है।'' झुमरू ने गर्दन हिलाई। तभी, रिपोर्टर्स ने उसे अपनी तरफ खींच लिया था। फिर उससे कहानी के बारे में पूछा जाने लगा।

''थैंक्यू सर।'' कहने के बाद उसने नैना की तरफ देखा और चौंकता हुआ बोला–''अरे तुम भी नैना! बुलाना तो चाहता था मैं तुम्हें मगर आरोग्य वालों ने एड्रेस ही नहीं दिया। मैं वहां गया था। वहां से नौकरी क्यों छोड़ दी तुमने?''

गुलाटी दखलअंदाज हुआ–''अब नैना मेरे अस्पताल में है।''

''ओह! ये तो और भी अच्छा है।'' पंकज ने कहा।

''मगर वहां मत आना तुम।'' नैना से घृणापूर्वक कहा।

पंकज बौखलाया–''क . . . क्या मतलब?''

''एक्टिंग मत करो।'' नैना का लहजा ऐसा था जैसे पंकज को हंटर मारा हो–''गुलाटी सर को सब पता है और . . . यहां मैं तुम्हारे लिए नहीं, इनके लिए आई हूं।''

पंकज की शक्ल ऐसी हो गई जैसे किसी ने जूता मारा हो।

मुंह से एक लफ्ज न निकल सका था।

''आइए सर।'' वह आगे बढ़ गई।

मुस्कराते हुए गुलाटी ने सांत्वना देने वाले अंदाज में उसका कंधा थपथपाया और नैना के पीछे बढ़ गया।

पंकज के होठों पर रहस्यमय मुस्कान उभरी थी।

उसके बाद, वह ऐसा मौका ढूंढने लगा जब उसकी और नैना की नजर मिल जाए लेकिन नैना ने ऐसी कोई कोशिश न की थी।

उसकी तरफ देखा ही नहीं उसने। उसे फिर खाली-खाली लगने लगा मगर अब ऐसा नहीं था कि उसके दिल के किसी कोने में उमंग न हो। अब तो दौड़-दौड़कर काम कर रहा था वह। हंगामे के बाद।

सवा दो बजे राजेश कुमार ने माइक पर ऊंची आवाज़ में सबसे शांत हो जाने की अपील की क्योंकि मुहूर्त शॉट का टाइम लगभग हो गया था और उसे लेने की अंतिम तैयारियां शुरू हो चुकी थीं। धीरे-धीरे माहौल शांत होता चला गया। यूनिट के लोग और कैमरामैन बहुत पहले से अपनी तैयारियों में जुटे थे और अब लगभग तैयार थे।

मुहूर्त शॉट लॉबी में लिया जाना था।

कैमरा हालांकि अभी ऑन नहीं था लेकिन राजेश कुमार उसके सामने पहुंच चुका था। पंकज लगभग दौड़ता हुआ प्राची के पास पहुंचा। बोला–''आप भी वहां जाइए न, शॉट में आप भी हैं।''

प्राची उसके उत्साह पर मुस्कराई और बोली–''मालूम है।''

दो पैंतीस पर जबरदस्त भीड़ के बावजूद वहां ऐसा सन्नाटा छा गया जैसे कोई हो ही नहीं। कैमरों और लाइटों के अलावा कोई नहीं बोल रहा था। राजेश कुमार और प्राची मेन कैमरे के सामने पहुंच चुके थे। हमेशा की तरह राजेश कुमार के हाथ में जाम था। सभी लाइट्स के फ़ोकस में केवल वे दोनों थे।

फिर, ठीक–दो छत्तीस पर।

क्लैप दिया गया।

कैमरे के पीछे से कैमरामैन ने कहा–''एक्शन।''

''हा . . . हा . . . हा।'' हाथ में मौजूद जाम को ऊपर उठाता राजेश कुमार अपने सदाबहार अंदाज में हंसा और फिर प्राची की आंखों में आंखें डालकर बोला–''तुम देखना प्राची–हम एक बार फिर साबित कर देंगे कि हमारे अलावा इस दुनिया में न कोई सुपरस्टार था, न है और न होगा। सुपरस्टार सिर्फ हम हैं–हम।''

कैमरामैन के मुंह से निकला–''करेक्ट! मार्वलस शॉट।''

सारा सैट तालियों की गड़गड़ाहट से गूंज उठा। कैमरा अभी बंद भी नहीं हो पाया था कि . . .

धड़ाम्!

एक कर्णभेदी धमाका हुआ।

मौजूद लोगों के हलकों से चीखें निकल गईं। भगदड़ मच गई वहां। किसी को नहीं पता कौन किधर भाग रहा था, किसे रौंद रहा था। हरेक को बस अपनी जान बचाने की पड़ी थी।

विस्फोट सैट की बाल्कनी में हुआ था और इतना जबरदस्त था कि

उस जगह से सैट की छत उड़ गई थी।

बाल्कनी तो जैसे पलक झपकते ही गायब हो गई थी।

सैट के उस हिस्से में जबरदस्त आग लगी हुई थी।

हर तरफ धुवां ही धुवां।

ज्यादातर लोग बाहर की तरफ भागे थे। पंकज खुद नहीं समझ पाया था कि यह क्या हुआ। कुछ देर बाद राजेश कुमार के दहाड़ने की आवाज़ सुनी थी उसने–''फायर ब्रिगेड को फोन करो . . . जल्दी।''

''ये हुआ क्या सर?'' पंकज की आवाज़ जैसे किसी गहरे कुवें से बाहर आ रही थी–''बहुत ज्यादा नुकसान हो गया।''

ड्राइव करते राजेश कुमार ने हिप फ्लास्क मुंह से लगाया। दो घूंट हलक से उतारने के बाद बोला–''असली नुकसान तो तब होता जब फायर ब्रिगेड समय पर न पहुंच पाती। समूचा सैट ही जलकर खाक हो जाता। आग ने बहुत तेजी से फैलना शुरू किया था।''

''पर ये हुआ कैसे सर?''

''वहां पहुंची पुलिस और फोरेंसिक टीम ने बताया कि बाल्कनी में बम रखा गया था। ऐसा बम जिसे रिमोट से फोड़ा गया। गनीमत यह रही कि उस वक्त बाल्कनी में कोई न था। उन लोगों का कहना है–होता . . . तो न रहता और कोई कैज़ुअल्टी हो जाती तो हमेशा के लिए हम पर दाग लग जाता।''

''बम किसने रखा होगा?''

''गधेपन के सवाल मत करो, एक ही आदमी है।''

''व . . . वो!'' पंकज की आंखों में कोई अक्स उभरा–''वो ऐसा क्यों करेगा? ऐसा करने से उसे क्या फायदा?''

''हमें ज्यादा . . . और ज्यादा आतंकित करना।'' पंकज ने पहली बार राजेश कुमार को गुस्से में देखा–''हमें नुकसान पहुंचाना।''

''हमें नुकसान पहुंचाकर उसे क्या मिलेगा?''

"सामने आए तो पता लगे।"

"सामने तो है–हम उसे जानते हैं।"

"पर उसे बता तो नहीं सकते, सामने तो उसे ही आना पड़ेगा।"

"लेकिन सर, अगर वह सामने नहीं आया और हमें इसी तरह नुकसान पहुंचाता रहा तो . . . तब तो वह हमें बरबाद कर देगा।"

"तुम फिर भटक रहे हो पंकज। दिमाग में इस बात को अच्छी तरह जमा लो कि उसका मकसद हमें मारना या बरबाद करना नहीं है। वह हमें मानसिक रूप से तोड़ रहा है। जब उसकी नजर में टूट चुकेंगे, तब अपनी डिमांड रखेगा।"

"लेकिन कब?" पंकज के दांत भिंच गए–"कब डिमांड रखेगा वह? जी चाहता है उससे पहले ही साले को गोली से उड़ा दूं।"

"तुम जानते हो, यह बेवकूफी की तो हम तबाह हो सकते हैं।"

"यही तो . . . यही तो मजबूरी है।"

तभी, डैशबोर्ड पर रखा राजेश कुमार का मोबाइल बजा। राजेश कुमार ने उसे उठाकर ऑन किया ही था कि दूसरी तरफ से एक भारी आवाज़ उभरी–"कहो काकू! कैसी रही?"

आवाज़ क्योंकि पंकज के कानों तक भी पहुंची थी और राजेश कुमार की तरह वह भी समझ गया था कि यह वही शख्स है जिसने बम रखा था इसलिए उसके जबड़े भिंच गए मगर राजेश कुमार के चेहरे पर उत्तेजना का कोई भाव न उभरा। उसने बहुत ही सामान्य स्वर में कहा था–"तुम एक कायर आदमी हो।"

"तिलमिला रहे हो!"

"क्यों किया वो सब?"

"मैं तुम्हें फिल्म नहीं बनाने दूंगा।"

"इस काम से तो हमें भगवान भी नहीं रोक सकता।" वह सख्त लहजे में बोला था–"करकरे से कह कर आए हैं। सैट का जो हिस्सा क्षतिग्रस्त हो गया है, उसे वह तीन दिन में बना देगा।"

''मैं फिर एक बम रख दूंगा।'' कहा गया–''और इस बार का बम इतना हल्का नहीं होगा। पूरा सैट उड़ जाएगा।''

''हम फिर बनवा लेंगे।''

''मैं फिर उड़ा दूंगा। जितनी बार बनवाओगे, उड़ाता रहूंगा। तब भी नहीं माने तो तुम्हारी करतूत दुनिया के सामने आ जाएगी।''

''उससे तुम्हें कुछ भी मिलने वाला नहीं है।''

''इसीलिए तो अभी तक नहीं लाया।''

''हमारी फिल्म से क्या दुश्मनी है तुम्हारी?''

साफ और सपाट लहजे में कहा गया–''सोनम के बीमे की रकम से मैं तुम्हारा सपना पूरा नहीं होने दूगा।''

''उस रकम से तुम्हारा क्या मतलब?''

''रकम मेरी है।''

''पति हम हैं या तुम हो उसके?''

''तुम तो उसके हत्यारे हो।''

''और तुम प्रेमी!''

''अब तुम्हारे कुछ भी समझ जाने से मेरी सेहत पर कोई फ़र्क नहीं पड़ेगा। बहुत देर हो चुकी है।''

''राजेश कुमार उस हस्ती का नाम है जो उड़ती चिड़िया के पंख गिन लेता है पर एक बार उड़ती चिड़िया नजर तो आए! तुमने तो खुद को नजर ही नहीं आने दिया और तुम्हारी वो हरामजादी माशूका भी तुम्हें पर्दे में छुपाए रही। काफी शानदार प्लान था तुम्हारा। हमारा मर्डर। फिर पंकज का खात्मा। सबकुछ तुम दोनों का लेकिन समय रहते यह तुम भी नहीं ताड़ सके कि कहानी यूं उल्टी हो जाएगी।

अपने और सोनम के प्लान के मुताबिक तुम वहां पहले से मौजूद थे और तुम्हारे हिसाब से जब वहां अचानक सबकुछ उल्टा होने लगा अर्थात् हम ही उठकर खड़े हो गए तो तुम बुरी तरह बौखला गए। तुमने हमें उस कमीनी औरत का मर्डर करते देखा लेकिन सामने नहीं आए।

विरोध नहीं किया हमारा बल्कि केवल फिल्म बनाते रहे, इससे जाहिर होता है–दीवाने तुम भी नहीं थे उसके। तुम भी उसकी हरामजदगियों से वाकिफ़ थे और सिर्फ उसे इस्तेमाल कर रहे थे। इस्तेमाल करने के बाद शायद तुम भी उसका वही हश्र करते जो हमने किया। सारी दौलत तुम्हारी हो जाती।''

''पुरानी बातें करने से कोई फायदा नहीं।''

''तो नई बात करो, क्या चाहिए तुम्हें?''

''वैसे तो इतने समझदार बनते हो, अभी तक नहीं समझे?''

''समझ चुका हूं, पर तुम्हारे मुंह से सुनना अच्छा लगेगा।''

''कहा न, मैं सोनम के पैसे से पिक्चर नहीं बनाने दूंगा।''

''उसके बाद बनाने दोगे?''

''तुम कुछ भी करो, मुझे क्या?''

राजेश कुमार ने एक पल कुछ सोचा। फिर बोला–''आधे-आधे में फ़ैसला हो सकता है!''

''इकन्नी भी कम नहीं।''

''पांच करोड़ तो खर्च भी कर चुका हूं।''

''पचास अभी दो। पांच बाद में ले लूंगा।''

''बाद में कब?''

''जब तुम्हें मैजिक मूवीज से मिल जाएंगे।''

''सारे तभी ले लेना न!''

''तब तो पिक्चर मेरी सोनम के पैसों से बनी न, ऐसा मैं होने नहीं दूंगा। उन पर मेरा हक है।''

''ऐसा करते हैं।'' राजेश कुमार सौदेबाजी करने की कोशिश कर रहा था–''पच्चीस अभी ले लो, पच्चीस मैजिक मूवीज से मिलने के बाद ले लेना। तुम्हारा काम भी हो जाएगा और हमारा काम . . .''

''मंजूर।'' उसकी बात काटकर कहा गया–''दोनों सीडी और पंकज-सोनम के बीच हुआ कांट्रेक्ट दूसरी किस्त के बाद मिलेगा।''

''उससे हमें क्या फायदा?''

''पहली किस्त देकर तुम अपनी शूटिंग चालू कर सकते हो। मैं कोई अड़ंगा नहीं डालूंगा। कोई बम नहीं फोड़ूंगा।''

''यदि पचास दे दूं?''

''तुम्हारा सामान तुम्हारे हवाले।''

''क्या गारंटी है तुमने उनकी कापियां न कर ली होंगी?''

''कोई गारंटी नहीं है।''

''मतलब?''

''मतलब ये काकूजी महाराज कि यह काम तो तुम्हें बगैर गारंटी के ही करना पड़ेगा। अगर इसे गारंटी समझो तो समझ लो कि काली दुनिया में जुबान ही सबकुछ होती है और मैं जुबान दे रहा हूं कि पचास लेने के बाद न तुम्हारी शूटिंग रोकूंगा, न ही सीडी या करार में से किसी की कापी अपने पास रखूंगा।''

''बाकी पांच?''

''उसके बारे में मुझे तुम्हारी जुबान का एतबार करना होगा। वैसे भी, जिसे दो करोड़ अमेरिकी डॉलर मिलने वाले हैं उसके लिए पांच करोड़ रुपए नहीं . . . रुपल्ली होंगे।''

''ओके।'' राजेश कुमार ने जैसे हथियार डाल दिए–''बताओ, पचास करोड़ और हमारे सामान की अदला-बदली कहां होगी?'' फौरन कहा गया–''मुझे पचास करोड़ रुपए नहीं, एक करोड़ ग्यारह लाख डॉलर चाहिए।''

''इतने रुपयों को डॉलर में कन्वर्ट कराना तो . . .''

''जानता हूं मुश्किल काम है।'' उसकी बात काटकर कहा गया था–''पर ये तो तुम्हें करना ही पड़ेगा। कल शाम तक का टाइम देता हूं। रुपयों को डॉलर में कन्वर्ट करा लो।''

जवाब की प्रतीक्षा किए बगैर फोन काट दिया गया।

राजेश कुमार ने मोबाइल वापस डैशबोर्ड पर फैंक दिया और एक

गहरी सांस लेकर बोला–''हमने कहा था न, हमें बेचैन होने की जरूरत नहीं है। वह खुद डिमांड रखेगा। डिमांड क्योंकि मोटी थी, एक करोड़ ग्यारह लाख डॉलर की, इसलिए टैरेराइज कर रहा था।''

''फोन कहां से किया उसने?''

''इस किस्म की फ़िजूल छानबीन वे करते हैं जिन्हें पता लगाना होता है कि फोन करने वाला कौन है जबकि हम यह बात अच्छी तरह जानते हैं। वैसे हम बगैर देखे बता सकते हैं कि यह फोन किसी पब्लिक बूथ से किया गया होगा क्योंकि वह बेचारा तो नहीं जानता कि हम उसे जानते हैं। अपनी तरफ से तो उसने खुद को छुपाए रखने की कोशिश की ही होगी।''

''अब क्या किया जाए?''

''फिलहाल हमारा काम कल शाम से पहले रुपयों को डॉलर्स में कन्वर्ट कराना है। हो जाएगा। कम से कम हमारे लिए यह उतना मुश्किल नहीं है। जबकि दूसरे मामले में तुम्हें काफी कुछ करना है।''

पंकज चौंका–''दूसरा कौनसा मामला?''

''सैट पर जो विस्फोट हुआ है, वह शूट हो गया है। तुमने गौर किया होगा, उस वक्त तक कैमरा ऑन था।''

राजेश कुमार कहता चला गया–''इस विस्फोट को अपनी कहानी में डालो, इसे कहानी का हिस्सा बनाओ पंकज। हम जो सुपरस्टार की बीवी का कोई पुराना प्रेमी डालने की बात कर रहे थे, वही कर रहा है ये। उसका उद्देश्य अलग दिखाना। वह मत दिखाना जो इसका है जिससे अभी-अभी बात हो रही थी। इसके स्थान पर यह दिखा सकते हो कि वह सोनम का दीवाना है। मजा आ जाएगा।'' कहता ही कहता राजेश कुमार रोमांचित-सा नजर आने लगा था–''दर्शकों को जबदस्त सस्पेंस ही नहीं मिलेगा बल्कि उन्हें यह भी पता लगेगा कि एक शख्स ने इस फिल्म को बनाने में कितनी बाधाएं डालीं

लेकिन राजेश कुमार हर बाधा से जूझकर सुपरस्टार को उन तक पहुंचाकर ही माना। यह तत्व इस फिल्म को हिट करने में बहुत मदद करेगा।''

एक बार फिर पंकज उसे ऐसी नजरों से देखने लगा जैसे किसी पागल आदमी को देख रहा हो। करीब आधे मिनट की खामोशी के बाद बोला वह–''एक बात कहूं सर?''

''बोलो।''

''आप हर जगह से, हर बात में से, हर घटना में से उस तत्व को ढूंढ निकालते हैं जो सुपरस्टार को हिट कर सकता है। ऐसा लगता है जैसे आपके दिमाग में हर पल, चौबीस घंटे बस अपनी फिल्म ही घूम रही है।

दिमाग में दूसरा कुछ है ही नहीं–मैं यह पूछना चाहता हूं कि आप फिल्म बना रहे हैं या किसी जुनून से गुजर रहे हैं?''

''कामयाबी का राज जुनून में ही छुपा है पंकज।'' राजेश कुमार कहता चला गया–''अगर जुनून से न गुजरता तो अमिताभ आज अमिताभ न होता। सारी दुनिया को भूलकर सचिन अगर क्रिकेट और सिर्फ क्रिकेट न खेला होता तो आज सचिन तेंदुलकर न होता। वेदप्रकाश शर्मा पर अगर उपन्यास लिखने का जुनून सवार न हुआ होता तो आज वह वेदप्रकाश शर्मा न होता। मतलब ये कि हर कामयाब शख्स के पीछे सिर्फ और सिर्फ उसका जुनून है। इसलिए जो करो, जुनून के साथ करो। जिस काम को तुम कर रहे हो, खुद को पूरी तरह झोंक दो उसमें। कामयाब जरूर होंगे।''

पंकज चुप रह गया क्योंकि उसे लगा–बात अक्षरशः सत्य है लेकिन अब भी उसकी समझ में यह नहीं आ रहा था कि जिसके सिर पर ऐसे शख्स की तलवार लटक रही हो जो जिस क्षण चाहे उन्हें पूरी तरह तबाह कर सकता है, वह शख्स और कुछ सोच ही कैसे सकता है? और फिर सोचते ही सोचते उसका ध्यान नैना पर पहुंच गया। दिल

उससे मिलने के लिए, उससे बात करने के लिए और उसका व्रत तुड़वाने के लिए मचल उठा था।

रात के दो बजे पंकज गुलाटी के बंगले पर पहुंचा। इस वक्त उसकी आंखें उस बोर्ड पर स्थिर थीं जिस पर लिखा था– गुलाटी हॉस्पिटल।

अंदर से खुद को बहुत ही रोमांचित महसूस कर रहा था वह क्योंकि राजेश कुमार से छुपकर आया था। बैंग्लो से तब निकला था जब पक्का यकीन हो गया था कि वह नशे में धुत्त होने के बाद गहरी नींद के हवाले हो चुका है। जानता जो था कि यदि राजेश कुमार को यह भनक भी लग गई कि उसके जेहन में क्या चल रहा है तो हंगामा खड़ा हो जाएगा और अगर उसे यह पता लग जाए कि वह नैना से मिलने पहुंच गया है तो कयामत ही आ जाएगी। बैंग्लो से पैदल निकलने के बाद वह टैक्सी से यहां पहुंचा था।

चारों तरफ सन्नाटा छाया हुआ था।

सड़क वीरान पड़ी थी।

जैसा नजारा मुंबई के हर फुटपाथ का होता है, वैसा ही वहां का भी था अर्थात् जिनके घर नहीं थे वे फुटपाथ पर सोए पड़े थे।

वह पहले से जानता था कि बंगले के निचले हिस्से में अस्पताल था और ऊपरी मंजिल पर गुलाटी का रेजीडेंस।

लोहे वाला गेट बंद था।

उसके पीछे एक स्टूल पर बैठे हुए गनधारी गार्ड को पंकज वहां से साफ देख सकता था, जहां इस वक्त था।

और वह था–एक बस स्टाप की छांव में।

गार्ड के रहते नैना तक कैसे पहुंचे?

पंकज ने अपना राइटर वाला दिमाग घुमाया। एक छोटा-सा प्लान बनाया और फिर उस प्लान को अमलीजामा पहनाने के लिए अपने आसपास की जमीन पर नजर घुमाई।

तीन-चार पत्थर पड़े नजर आए। उसने सारे के सारे अपनी जेबों में ठूंस लिए और खुद को शेड में रखे एक तरफ को बढ़ गया।

दो मिनट बाद वह गुलाटी के बंगले की जगह उसके पड़ोसी के बंगले के सामने था। वहां से रोड क्रॉस की तथा दीवार के सहारे सहारे पुनः गुलाटी के बंगले की तरफ बढ़ गया। केवल पांच फुट ऊंची बाऊंड्री वॉल पर चढ़ने में उसे न केवल पसीने आ गए थे बल्कि सांस भी बुरी तरह फूल गई थी। अपने स्थान पर बैठे गार्ड ने अभी-अभी बीड़ी सुलगाई थी। पंकज निःशब्द बंगले के अंदर उतरा।

दबे पांव लपककर बंगले की उस दीवार से जा चिपका जिसके ऊपर, ऊपर वाली मंजिल की बाल्कनी की शेड थी। वह गार्ड की तरफ बढ़ा। धीरे-धीरे दोनों के बीच का फ़ासला केवल दस फुट रह गया।

वहां पहुंचकर पंकज को लगा–यहां से एक कदम भी और गार्ड की तरफ बढ़ाया तो वह देख लेगा। अब उसे अपने छोटे-से प्लान को अंजाम देना था। हाथ जेब में डाला। एक पत्थर मुट्ठी में कसा। हाथ हवा में उठाया और बुरी तरह डरा होने के बावजूद पूरी ताकत से बाऊंड्री वॉल के ही नहीं बल्कि सड़क के भी उस पार उछाला।

''हाय।'' एक इंसानी चीख से वातावरण दहला था।

फिर, पत्थर लुढ़कने की आवाज़।

एक रुदन–''हाय-हाय। मर गया। किसने मारा मुझे?''

''क्या हुआ?'' गेट पर लटकते-से गार्ड ने पूछा।

''किसी ने मुझे पत्थर मारा है चौकीदार साब।'' सड़क के पार से आवाज़ आई–''सिर में मारा है। खून निकल आया। मैं यहां पांच साल से सो रहा हूं। फिर कौन है साला! क्यों भगाना चाहता है मुझे?''

फुटपाथ पर सोए अन्य लोग भी जाग गए।

यह सुनते ही हंगामा-सा मच गया कि किसी ने उनके साथी को पत्थर मारा है। एक ने कहा–''हम तो सो रहे थे चौकीदार साब, तुम तो जाग रहे थे। तुमने जरूर देखा होगा पत्थर किसने मारा है।''

''मैंने नहीं देखा।'' चौकीदार ने कहा।

कहने का मतलब यह कि गार्ड उनमें उलझ गया और यही तो चाहता था पंकज। यही तो था उसका छोटा-सा प्लान।

जिस वक्त वह उनमें उलझा हुआ था उस वक्त बहुत ही तेजी से दबे पांव पंकज गार्ड के बेहद नजदीक लेकिन पीछे से गुजरकर उसके पीछे वाली उस गैलरी में पहुंच गया जिसमें हॉस्पिटल के अंदर जाने का दरवाज़ा था। यह सारा काम उसने सांस रोककर किया था और . . . सांस तभी लिया जब दरवाज़े के अंदर पहुंच गया।

अब गार्ड पलटकर अपने पीछे देखता भी तो पंकज उसे नजर आने वाला नहीं था क्योंकि वह तो अंदर वाली गैलरी में पहुंच चुका था जो केवल तीन फिट चौड़ी थी। वहीं से अंग्रेजी के अक्षर जेड का आकार बनाती सीढ़ियां ऊपर चली गई थीं।

अब भला उसे स्टाफ रूम ढूंढने में क्या दिक्कत आने वाली थी!

मुश्किल से आधा मिनट बाद उसने स्टाफ रूम का दरवाज़ा खोला।

अपनी आदत के अनुसार नैना कोई उपन्यास पढ़ रही थी।

दरवाज़ा खुलने की आवाज़ के कारण उसने उस तरफ देखा और पंकज को देखते ही न केवल कुर्सी से उछल पड़ी बल्कि चीखने के लिए उसका मुंह भी खुल गया था। पंकज गौरिल्ले की तरह झपटा। यदि सही समय पर उसका हाथ कूकर का ढक्कन बनकर नैना के मुंह से न जा चिपकता तो निश्चित रूप से मुकम्मल बंगला उसकी चीख से दहल जाने वाला था।

नैना के हलक से गूं-गूं की आवाज़ें निकल रही थीं। हैरत की ज्यादती के कारण आंखें विस्फारित अंदाज में फैली हुई थीं उसकी। उन फटी-फटी आंखों से वह पंकज को इस तरह देख रही थी जैसे संसार के सबसे बड़े आश्चर्य को देख रही हो।

''संभालो नैना।'' वह फुसफुसाया था–''संभालो खुद को। यह मैं ही हूं–तुम्हारा पंकज।''

फिर भी, खुद को नियंत्रित करने में नैना को काफी वक्त लगा और पंकज ने अपना हाथ उसके मुंह से तभी हटाया जब वह इशारे से ऐसा करने को कहने लगी।

''त . . . तुम यहां?'' होंठ आजाद होते ही वह बोली। पंकज मुस्कराया–''देख ही रही हो।''

''पागल हो क्या? यहां आने की बेवकूफी क्यों की?''

''सचमुच! प्यार इंसान को पागल बना देता है।''

''समझने की कोशिश करो पंकज।'' वह अभी तक आतंक से बाहर नहीं आ पा रही थी–''सारा प्लान चौपट हो सकता है।''

''भाड़ में गया प्लान।'' वह नैना को बांहों में भरता हुआ बोला था–''आज मैं उसी क्षण से तड़प रहा हूं जिस क्षण मुहूर्त हुआ। ऐरे गैरों ने बधाईयां दीं लेकिन उसने नहीं दी जिसकी चाहिए थी।''

''मैं भला सबके सामने बधाई कैसे दे सकती थी?''

''इसीलिए तो आना पड़ा।''

''राजेश सर से छुपकर आए होंगे!''

''बता देता तो क्या वे आने देते?''

''उन्हें पता लग गया तो?''

''छोड़ो न राजेश सर की बातें! नैना।'' उसने नैना के नयनों में झांका था–''इस वक्त सिर्फ अपनी और मेरी बातें करो। अपनी जान हथेली पर रखकर यहां मैं सिर्फ तुम्हारे लिए आया हूं।''

''वो तो देख ही रही हूं।'' नैना ने भी उसकी आंखों में झांका।

पंकज ने अपना चेहरा नैना के चेहरे पर झुकाया।

नैना की आंखें स्वतः बंद होती चली गईं। बंद होने के बाद उसकी पलकें ऐसी लग रही थीं जैसे सीप का ऊपरी हिस्सा। कांपते हुए पंकज के होंठ उन्हीं की तरफ बढ़े थे और फिर उन होंठों ने पहले एक सीप को चूमा, फिर दूसरे को और फिर, बहुत ही आहिस्ता-से कहा–''मुबारक

हो मेरे भाग्य की देवी, तुम्हारे भगवान आशुतोष के व्रत तुम्हें बहुत-बहुत मुबारक हों।''

''तुम्हें भी पंकज।'' सीप जब खुले तो पंकज ने देखा, बड़ी-बड़ी आंखों में खुशी के आंसू लरज रहे थे। आवाज़ भर्रा रही थी–''तुम्हें भी अपनी पहली फिल्म का मुहूर्त बहुत-बहुत शुभ हो।''

''ऐसे ही?'' पंकज के होठों पर शरारती मुस्कान उभरी।

नैना के मुंह से निकला–''मतलब?''

''मुंह मीठा नहीं कराओगी?''

''य . . . यहां तो मेरे पास कुछ भी नहीं है।''

''है न!''

''क्या?''

पंकज ने गुलाब की पंखुड़ियां चूम लीं। उस क्षण, नैना की आंखें एक बार फिर बंद हो गई थीं। करीब आधे मिनट तक वह उसके निचले होंठ को चूसता रहा था। हमेशा की तरह इस वक्त नैना ने विरोध न किया। बस लता की मानिंद लिपटी रही उससे और आंखें बंद करके आनंद के अथाह सागर में डूबी रही।

होंठ अलग करता पंकज बोला–''मीठे हैं, शहद से भी ज्यादा।''

''श . . . शैतान!'' नैना के मुंह से बस यही एक शब्द निकला।

''अब तुम्हें अपना व्रत खोलना है।'' पंकज की नशीली आंखों से शरारत झांक रही थी–''उसे खुलवाने ही तो आया हूं।''

''वो कैसे?''

पंकज ने अपने होंठ आगे किए।

यह समझते ही नैना का मुखड़ा हया की लाली से सुर्ख होकर दहक उठा कि वह क्या कह रहा है।

''व्रत नहीं खोलोगी तो आशुतोष भगवान रुष्ट हो जाएंगे। कहेंगे, मैंने मनोकामना पूर्ण की, तुमने फिर भी व्रत न खोला!''

''धत्त! ऐसे कहीं व्रत खुलता है!''

''प्यार करने वालों का व्रत ऐसे ही खुलता है।''

''नो, मुझसे यह सब नहीं होगा।''

''अच्छा मैं आंखें बंद कर लेता हूं।'' कहने के साथ इधर उसने आंखें बंद कीं उधर नैना ने झट-से उसके होंठ चूम लिए और . . . उस क्षण लाज की ऐसी तरंगों से गुजरी वह कि अपना चेहरा पंकज की छाती में छुपा लिया।

उसने कसकर पकड़ लिया था उसे।

''ये हुई न बात!'' पंकज ने उसे इस कदर भींच लिया था जैसे खुद में समा लेना चाहता हो–''मुझे अब कहीं जाकर लगा है कि आज का दिन मेरी जिंदगी का सबसे ज्यादा खुशी का दिन है।''

नैना कुछ न बोली इसलिए कमरे में खामोशी छा गई थी मगर यह खामोशी सिर्फ उनके लिए थी जिनके पास मन के कान नहीं होते, जिनके पास मन के कान होते हैं उनके लिए उस वक्त वहां खामोशी नहीं छाई हुई थी बल्कि दोनों के बीच बहुत सारी बातें हो रही थीं।

तूफ़ान चल रहे थे। अंधड़ आए हुए थे।

अंधड़ थोड़े शांत हुए तो नैना कुलमुलाई। पंकज अपनी पकड़ ढीली नहीं कर रहा था। नैना ने कहा–''छोड़ो न पंकज।''

''मन नहीं कर रहा।''

''दरवाज़ा खुला है, कोई आ गया तो . . .''

''आने दो। परवाह नहीं है।''

''ओफ्फो। अचानक ही बड़े बहादुर हो गए हो!''

''न होता तो इस तरह आ जाता!''

''लेकिन तुम इमारत के अंदर कैसे आए? लोहे वाले गेट पर तो बंदूकधारी गार्ड तैनात रहता है!''

पंकज ने जब वह किस्सा बताया तो नैना की आंखें आश्चर्य से फैल गईं। उनमें खौफ़ के लक्षण भी थे। मुंह से निकला–''तुम तो

सचमुच पागल हो गए लगते हो, इतना बड़ा खतरा उठाया तुमने?''

''तुम्हारे लिए तो मैं एवरेस्ट भी उठा सकता हूं।''

''फिर मजाक!'' नैना को शंकाएं खाए जा रही थीं–''किसी बेचारे भिखारी को पत्थर मारकर आ तो गए हो मगर जाओगे कैसे? गार्ड तो अभी-भी अपनी जगह पर होगा।''

''आना मेरा काम था, भेजना तुम्हारा है।''

''मेरा! मतलब?''

''तुम उसे अंदर बुलाकर कोई काम बताओगी अर्थात् किसी भी बहाने से गेट से हटाओगी . . . और मैं फ़ुर्र।''

''ओके। यही ठीक रहेगा। मैं उसे बुलाती हूं।''

''अरे!अरे! इतनी जल्दी नहीं मैडम।'' पंकज ने दरवाज़े की ओर बढ़ चुकी नैना की कलाई पकड़ी–''जब मैं जाऊंगा, तब।''

''तुम जा रहे हो।''

''अभी हरगिज नहीं।''

''अब क्या है! बधाईयां तो हम एक-दूसरे को दे ही चुके हैं।''

''अभी तो बहुत कुछ है नैना देवी। अभी तो मैंने तुम्हें सूंघा तक नहीं है जबकि इरादा कच्ची चबाने का है।''

पंकज ने आगे बढ़कर अंदर से दरवाज़े की चटकनी चढ़ा दी थी।

''म . . . मुझे डर लग रहा है पंकज।''

''डर के बीच प्यार करने का मजा ही कुछ और होता है।'' एक बार फिर वह उसके बेहद करीब आ गया था।

''ठीक है।'' उसने अपने एप्रिन की जेब में हाथ डालकर एक मोबाइल निकालते हुए कहा–''अब मैं तुम्हें पूरा मजा दे देती हूं।''

''मतलब?''

''ये वो फोन है जो राजेश सर ने मुझे दिया था। हमेशा वाइब्रेटर पर रहता है ताकि किसी को इसके बारे में पता न लगे और इस पर केवल मेरे और उनके बीच बातें होती हैं। उन्हें बता रही हूं कि तुम यहां हो,

मेरे साथ प्यार की पींगें बढ़ा रहे हो। तब पता लगेगा डर के बीच प्यार का मजा क्या होता है।''

''बस कर मेरी अम्मा, बस कर।''

''तो निकलो यहां से।'' नैना ने कहा–''वो तो मेरी और राजेश सर की सतर्कता है कि गुलाटी अब तक कुछ नहीं समझा वरना तुम ऐसी हरकतें करने से बाज नहीं आते जिनसे वह सब समझ जाएं।''

''ऐसी क्या हरकत कर दी मैंने?''

''तुम मुहूर्त पर भी बार-बार मेरी तरफ देख रहे थे।''

''तो उससे क्या समझ जाता वह? ज्यादा से ज्यादा यह कि मजनूं अपनी लैला की एक नजर का तलबगार है।''

''बेवकूफ मत समझो उसे।''

''बेवकूफ नहीं तो गधा तो है ही साला।''

''तुम नहीं मानोगे?''

''गधा न होता तो इतने आराम से चक्कर में आ जाता हमारे?''

पंकज कहता चला गया–''हमने आरोग्य अस्पताल के स्टाफरूम में ऐसा ड्रामा किया जिसकी परिणति मैट्रन द्वारा तुम्हें नौकरी से निकाल देने के रूप में हुई और फिर उस ड्रामे के बारे में मजनूं बनकर मैंने जानबूझकर उसके सामने राजेश सर को सुनाया। फिर राजेश सर ने उससे तुम्हें नौकरी देने के लिए कहा और उसने दे दी। असल में तो हमारे बीच उससे पहले ही सुलह हो चुकी थी। दिमाग ठंडा होने पर तुम समझ जो चुकी थीं कि वाकई चाहकर भी उस वक्त मैं कुछ नहीं कर सकता था जब सलबटे तुम्हें पकड़कर ले जा रहा था। फिर, मैंने तुम्हें यह भी बता दिया था कि तुम्हें सलबटे के पंजे से निकालने में राजेश सर और मेरा ही हाथ था। शशांक पांडे उन्हीं का आदमी है। तुम्हें छुड़ाने के लिए राजेश सर ने पांडे को किस तरह सलबटे की थाली में परोसा, सारा किस्सा बता दिया था तुम्हें। वैसे भी, ठीक ही तो कहा था राजेश सर ने, प्यार करने वालों के झगड़े की उम्र ज्यादा लंबी नहीं

होती। उससे बड़ा गधा भी दुनिया में कोई हो सकता है जिसकी समझ में आजतक यही न आया कि तुम यहां नौकरी करने नहीं बल्कि राजेश सर की उस पुश्तैनी मूर्ति को उसके पंजे से निकालने आई हो जिसे उसने उनके सुईट से चुराया था।''

''ऐ . . .। जुबान को लगाम देकर बात करो।'' नैना बोली–''मैं मूर्ति को निकालने नहीं बल्कि सिर्फ यह पता लगाने आई हूं कि उसने उसे कहां रखा है, निकालने का काम राजेश सर का है।''

''अच्छा बाबा, ऐसा ही सही।''

''और यह काम मैं राजेश सर के लिए कर रही हूं। तुम्हें याद होगा, यह सब करने के लिए पहले तुमने कहा था मुझसे। राजेश सर के कमरे में लगे सीसीटीवी कैमरे से खींची गई फिल्म भी तुम्हीं ने दिखाई थी और बताया था कि राजेश सर ने नकाबपोश के जूतों से पहचान लिया है कि वह गुलाटी है लेकिन . . .''

''लेकिन तुम मानी नहीं थीं।''

''याद है न!''

''सच्ची बात यह है नैना कि यह बात मुझे अच्छी नहीं लगी थी, तुम मेरे कहने से न मानीं और राजेश सर के कहने से मान गईं।''

''वो बात नहीं है पंकज, मैं तो उनके कहने से भी नहीं मान रही थी लेकिन उन्होंने मेरे पैर पकड़ लिए। सोचो तो सही, राजेश सर ने पैर पकड़ लिए थे मेरे। आंसुओं से रोने लगे। कहने लगे–हमारा यह काम कर दो नैना, हम जिंदगी भर तुम्हारे एहसान के बोझ तले दबे रहेंगे। तुम कल्पना भी नहीं कर सकतीं कि भगवान आशुतोष की तांडव करती उस मूर्ति का हमारे लिए, हमारे खानदान के लिए क्या महत्व है। उसकी कीमत यह नहीं है कि वह ठोस सोने की बनी है, यह भी नहीं है कि उस पर अरबों-खरबों के रत्न जड़े हुए हैं। उसकी कीमत ये है कि वह हमारी पुश्तैनी मूर्ति है। राजपुरोहित ने हमारे दादा के दादा से कहा था कि जब तक यह मूर्ति तुम्हारे खानदान के पास रहेगी, तभी तक तुम्हारा वंश

चलेगा और जैसे ही मूर्ति तुम्हारे खानदान से दूर हो जाएगी, तुम्हारा वंश वहीं रुक जाएगा और–हमें उनकी बात सच ही होती नजर आ रही है नैना, देखो न–प्राची से हमारा डाइवोर्स हो गया और सोनम दुनिया में न रही। कहां से चलेगा वंश? लेकिन हो सकता है, भगवान आशुतोष की उस मूर्ति के लौट आने से फिर कोई राह निकल आए जिसे हमारे जिगरी दोस्त का लबादा ओढ़े गुलाटी ने चुरा लिया है।''
मैंने तब भी कहा था–''आप पुलिस में कंपलेंट कीजिए न, वे गुलाटी से मूर्ति ही बरामद नहीं कर लेंगे बल्कि चोरी के इल्जाम में उसे जेल में भी डाल देंगे।''

तब, राजेश सर ने कहा था–''तुम समझ क्यों नहीं रही हो बेटी! उस मूर्ति के बारे में हम पुलिस में कंपलेंट नहीं कर सकते क्योंकि हमारी जाने कौनसी पीढ़ी को वह खुदाई के वक्त जमीन से मिली थी और इतना तो जानती ही होगी कि जमीन से निकली ऐसी हर चीज गर्वमेंट की होती है। इस तरह, मूर्ति गुलाटी के कब्जे से निकलकर गर्वमेंट के पास चली जाएगी। हमारे पास तो नहीं आएगी न! बात तो वहीं की वहीं रही।''

मेरे पास उनकी इस बात का कोई जवाब न था।

वे फिर बोले–''गुलाटी को जरा भी इल्म नहीं है कि सीसी कैमरे ने उसकी हरकतें कैद कर ली हैं और ये तो वह सोच भी नहीं सकता कि नकाब और दस्तानों आदि के बाद भी हम उसे पहचान चुके हैं।

वह अब भी हमसे उसी तरह मिलता-जुलता है जैसे हमारा सबसे जिगरी दोस्त वही है। उस पर यह जाहिर करना महाबेवकूफी होगी कि हम उसकी असलियत जान गए हैं। इस तरह तो सारा खेल ही बिगड़ जाएगा। अब तो सिर्फ एक ही रास्ता है-जैसे को तैसा वाला रास्ता। जिस चालाकी से गुलाटी ने मूर्ति हमारे घर से चुराई है, उसी चालाकी से वापस उसके घर से चुरा ली जाए। और इसके लिए हमें तुम्हारी मदद चाहिए नैना।''

''म . . . मैं क्या मदद कर सकती हूं?'' मैंने पूछा था।

''तब उन्होंने वह तरकीब बताई जिसके तहत मुझे यहां भेजा गया। मेरे तो सुनते ही होश फाख्ता हो गए थे। यह सोचकर मैं कांप उठी थी कि मुझे यह किस किस्म का काम सौंपा जा रहा है! राजेश सर ने हिम्मत बंधाई। कहा–तुम्हें कोई खतरनाक काम नहीं करना है। मूर्ति उसने अपने रेजिडेंस में ही कहीं छुपाकर रखी होगी। उसका रेजिडेंस और हॉस्पिटल एक ही है इसीलिए तुम्हें वहां नर्स बनाकर भेजा जाएगा। वहां रहकर तुम्हें बस यह पता लगाना है कि उसने मूर्ति कहां रखी है। वहां से चुरानी नहीं है तुम्हें, बस हमें सूचना दे देनी है। आगे का काम हमारा है। मैं तब भी तैयार नहीं हो रही थी पंकज लेकिन अंततः उनके सामने हथियार डालने पड़े। इसका एक कारण शायद यह भी है कि उनके लिए मेरे दिल में बहुत इज्जत है। अनकांशस माइंड में उनकी एहसानमंद भी हूं। जैसा कि तुमने बताया था–यदि सही समय पर उन्होंने सलबटे के सामने पांडे को न परोसा होता तो मुझे रंगराज की साथी साबित करने के लिए वह जाने किस हद तक पहुंच जाता। इन्हीं सब कारणों से मुझे उनकी रिक्वेस्ट माननी पड़ी और आज मैं यहां हूं। मगर आज भी बहुत डर लगता है पंकज, गुलाटी की गैरमौजूदगी में मैं स्टाफ की नजरों से बचकर कई बार ऊपर, यानी उसके रेजिडेंस का चक्कर लगा आई हूं परंतु ऐसी कोई जगह नजर नहीं आई जहां उसने मूर्ति जैसी कीमती वस्तु रखी होगी। जब-जब ऊपर गई हूं तब-तब टांगों को इस कदर कांपते महसूस किया है जैसे इनमें जान ही न हो। भगवान ही जाने मुझे इस झंझट से कब मुक्ति मिलेगी!''

''मेरे ख्याल से जल्दी ही वह समय आने वाला है।''

''तुम्हारे मुंह में घी-शक्कर।''

''यह तो सर ने तुम्हें मोबाइल पर बता ही दिया है कि मुहूर्त पर विस्फोट करने वाला भी गुलाटी ही है। और . . .''

''हां, कह रहे थे कि ब्लैकमेलर के रूप में, मूर्ति के बदले गुलाटी ने उनसे एक करोड़ ग्यारह लाख डॉलर मांगे हैं। सर तो फौरन तैयार हो गए क्योंकि मूर्ति के सामने कम से कम उनके लिए तो रकम की कोई कीमत ही नहीं है। पर उन्हें डर है कि गुलाटी शायद फिर कोई चालाकी दिखाएगा। वह ऐसा भी कर सकता है कि रकम ले ले और मूर्ति न लौटाए। उन्होंने गुलाटी पर इन दिनों विशेष नजर रखने के लिए कहा है। उनका मानना है–यदि वह ईमानदारी से सौदे का पालन करने वाला है तो मूर्ति को छुपे स्थान से निकालेगा और यदि उसके मन में बेईमानी है तब भी, हमारे दिए हुए एक करोड़ ग्यारह लाख डॉलर किसी उतने ही सुरक्षित स्थान पर रखेगा जितने सुरक्षित स्थान पर मूर्ति रखी होगी। इस वक्त मैं विशेष नजर रखकर आसानी से उस स्थान का पता लगा सकती हूं।''

''बिल्कुल ठीक कहा उन्होंने।''

''लेकिन एक बात समझ में नहीं आई पंकज।''

''क्या?''

''अरबों-खरबों की मूर्ति वह केवल पचास करोड़ में देने के लिए कैसे तैयार हो गया? इससे बेहतर तो वह उसे बेचकर . . .''

''नहीं नैना, वह उसे बेच नहीं सकता। वही नहीं, कोई भी नहीं बेच सकता। जैसे ही मूर्ति बाजार में पहुंचेगी, हड़कंप मच जाएगा। बात फौरन ही पुलिस तक पहुंच जाएगी क्योंकि वह एंटीक पीस है। बेचने की कोशिश करने वाला जेल की सलाखों के पीछे होगा।''

''ओह!''

''ऐसी कंडीशन में पचास करोड़ कम नहीं होते और उस मूर्ति के बदले इतनी रकम भी केवल राजेश सर दे सकते हैं क्योंकि उनके लिए उसकी कीमत रुपए या डॉलर्स में नहीं है। अपने लिए उसकी असली कीमत तो वे तुम्हें बता ही चुके हैं।''

नैना ने कुछ कहने के लिए मुंह खोला ही था कि उसके हाथ में

मौजूद मोबाइल भिनभिना उठा। पलक झपकते ही नैना का चेहरा फ़क्क् पड़ गया। मुंह से चंद शब्द निकले–''सर का फोन।''

पंकज के होश फाख्ता।

लॉबी में कदम रखते ही पंकज की ऊपर की सांस ऊपर अटक गई थी नीचे की नीचे। हालांकि जो दृश्य इस वक्त उसकी आंखों के सामने था, उसकी कल्पना वह पहले ही कर चुका था क्योंकि नैना द्वारा कॉल रिसीव की जाते ही दूसरी तरफ से राजेश कुमार की आवाज़ उभरी थी–''पंकज से बात कराओ।''

नैना की हालत बैरंग।

एक लफ्ज तक न निकल सका था मुंह से।

होंठ यूं कांप रहे थे जैसे लकवा मार रहा हो और . . . होंठ ही क्यों, पंकज को उसका सारा जिस्म सूखे पत्ते की मानिंद कांपता नजर आ रहा था। ऐसा लग रहा था जैसे एक ही झटके में नैना के जिस्म से सारा खून निचोड़ लिया गया हो।

हालत तो पंकज की भी लगभग वैसी ही थी मगर उसकी समझ में यह बात आ गई थी कि इस वक्त राजेश कुमार से झूठ बोलना बेवकूफी होगी। उसने यह नहीं पूछा था कि पंकज वहां है या नहीं, उसने सीधे बात कराने के लिए कहा था अर्थात् अच्छी तरह जानता था कि वह वहीं है।

खौफजदा आंखों से उस वक्त नैना उसी की तरफ देख रही थी जब अपनी नैना को दुविधा से निकालने के लिए उसने खुद हाथ आगे बढ़ाकर मोबाइल लिया और उसे अपने कान से लगाता हुआ बोला– ''पंकज बोल रहा हूं सर।''

''एक पल की भी देरी किए बगैर वहां से चल पड़ो।'' राजेश कुमार का इतना कड़क लहजा उसने पहले कभी न सुना था। उसके मुंह से केवल इतना ही निकला–''ज . . . जी।''

दूसरी तरफ से फोन काट दिया गया था।

मोबाइल नैना की तरफ बढ़ाते हुए पंकज ने कहा था–''गार्ड को किसी काम से हॉस्पिटल के अंदरूनी हिस्से में भेजो।''

''अब क्या होगा?'' खौफ़ खाई नैना के मुंह से निकला था।

''इतनी क्यों डर रही हो तुम!'' खुद खौफजदा होने के बावजूद उसने नैना को ढाढ़स बंधाया था–''कोई गुनाह तो कर नहीं रहे थे हम और हमारे मिलने से प्लान पर भी कोई फ़र्क नहीं पड़ा है।''

''लेकिन राजेश सर तुम्हें . . .''

''इतनी मत डरो नैना।'' उसने गुलाब-सा मुखड़ा अपने दोनों हाथों में भरते हुए कहा था–''कुछ नहीं होगा। मैं देख लूंगा।''

फिर, वह वहां से उसी तरह निकला जैसा प्लान बना था। सारे रास्ते यह सोचकर उसका दिल 'धड़-धड़' करता रहा था कि राजेश कुमार का सामना कैसे करेगा?

मगर, करना तो था ही।

मजबूरी थी।

वह लॉबी के सोफे पर पसरा पड़ा था। दोनों पैर सेंटर टेबल पर फैले हुए थे और हाथ में हमेशा की तरह जाम था।

''आओ मजनूं मियां।'' उसे देखते ही वह बोला।

सोफे के करीब पहुंचते पंकज ने कहा–''सॉरी सर।''

''किस बात के लिए?''

''आप जानते हैं।''

''हम तो ऐसी कोई बात नहीं जानते जिसके लिए तुम्हें माफी मांगनी चाहिए . . . पियोगे?''

''मैं खुद को रोक नहीं सका।'' कलेजा पक्का करने के अलावा कोई चारा न था और वही उसने किया–''दरअसल उसकी बधाई के बगैर मुझे लग ही नहीं रहा था कि आज मेरी जिंदगी का सबसे बड़ा दिन है और सबके सामने वह बधाई दे नहीं पाई थी।''

''सच तो ये है पंकज कि अगर तुम इस तरह हमें एक बार भी धता बताकर नैना से मिलने न जाते तो हमें लगता कि तुम्हारे प्यार में कहीं कोई कमी है।''

''ज . . . जी?''

''यह सच है गधे।'' वह मुस्कराया–''किसी जमाने में हम अपने सिक्योरिटी गार्ड्स तक को धता बताकर प्राची से मिलने पहुंच जाया करते थे और उस मुलाकात का मजा अलग ही होता था।'' पंकज की जान में जान आई–''अ . . . आप सच कह रहे हैं!''

''सच तो यह है कि हमने तुम्हारी मुलाकातों पर केवल इसलिए प्रतिबंध लगाया था कि कहीं नैना को यह पता न लग जाए कि हमारे खानदान की पुश्तैनी मूर्ति का कोई अस्तित्व ही नहीं है। असली झमेला सीडीज और कांट्रेक्ट का है।''

''आप क्या मुझे इतना बड़ा पागल समझते हैं सर कि अपने ही पैरों में कुल्हाड़ी मार लेता?''

''मुहब्बत जितनी ज्यादा गहरी होती है दोस्त, आदमी उतना ही बड़ा पागल बन जाता है।'' उसने एक बार फिर मुस्कराते हुए कहा था–''उसे पता नहीं लगता कि उसके मुंह से कब क्या निकल गया और हम तुम्हारी मुहब्बत को काफी गहरी समझते हैं।''

''आप भी सर . . .।'' पंकज ने हाथ बढ़ाकर सेंटर टेबल पर रखा सिगरेट का पैकिट उठाया और एक सिगरेट सुलगाने के बाद पहली बार निश्चिंतता के साथ बोला–''क्या अब भी मुझे यह बताने का वक्त नहीं आया कि आपको गुलाटी पर शक कैसे हुआ?''

''शक नहीं हुआ था बल्कि पक्का पता लग गया था कि वही है। केवल शक के आधार पर उतनी बड़ी कार्रवाई नहीं होती जितनी बड़ी हमने कर दी थी। नैना को नर्स के रूप में उसके घर में घुसेड़ने का फ़ैसला कोई छोटा-मोटा फ़ैसला न था।''

"वही तो पूछ रहा हूं कि आपको कैसे पता लगा, क्योंकि अभी तक जितनी बार पूछा, आपने यही कहा, वक्त आने पर बताएंगे।"

"कोरियर वाला हमें एयरटेल का एक बिल दे गया था। बिल सोनम के नाम था। शुरू में तो हमने उसे यूं ही, लापरवाही के साथ यहां, इस टेबल पर डाल दिया था मगर पीते ही पीते एकाएक हमारी नजर उस मोबाइल नंबर पर पड़ी जिसका बिल था। हमारी नॉलिज के मुताबिक वह नंबर सोनम के मोबाइल का न था। हमने जल्दी से लिफाफा उठाया और उसके अंदर से निकालकर बिल देखा। उस पर सारी कॉल्स एक ही नंबर से आई थीं और जितनी कॉल्स की गई थीं, वे भी सिर्फ उसी नंबर पर की गई थीं और वह नंबर गुलाटी का था। बिजली की-सी गति से हमारे जेहन में यह बात कौंध गई कि सोनम ने यह फोन हमसे छुपकर केवल गुलाटी से बात करने के लिए ले रखा था। साफ जाहिर था कि उसके और गुलाटी के बीच ऐसे अंतरंग संबंध थे जिन्हें उन्होंने हमसे छुपाकर रखा था। हम समझ गए–यहां तो वही थ्यौरी लागू हो रही है जिसका आइडिया हम तुम्हें सुपरस्टार की स्टोरी के लिए दे रहे थे। सुपरस्टार की बीवी के छुपे हुए प्रेमी की थ्यौरी। हरामन नंबर वन तो थी ही सोनम। लटके झटकों से फंसा लिया होगा हमारे जिगरी यार को और अब वह यार उसके इशारों पर नाच रहा है। उसी समय याद आया–तुमने भी तो सोनम के कमरे के वेंटीलेटर पर लाइट नजर आने से पहले 'कर दे मुश्किल जीना, इश्क कमीना . . . इश्क कमीना' की धुन सुनी थी। हमारी समझ में उसी क्षण आया–वह धुन किसी रेडियो से न निकली थी बल्कि वह किसी मोबाइल की कॉलर ट्यून थी। मुहब्बत करने वाली सोनम जैसी हरजाई के मोबाइल की ट्यून होनी भी कुछ ऐसी ही चाहिए थी। हम समझ चुके थे कि सोनम की मौत के बाद गुलाटी को यह डर सताने लगा होगा कि कहीं सोनम का मोबाइल हमारे हाथ न लग जाए। सोनम के कमरे की तलाशी लेने

वाला वही होगा। उसे उसी मोबाइल की तलाश होगी जबकि हम दोनों का जेहन सीडी पर ही अटका रहा था। हम सोनम के सुईट में पहुंचे। यह सोच कर अपने फोन से वह नंबर लगाया जिसके बिल ने यह सारा बखेड़ा शुरू किया था कि कमरे में कहीं होगा तो बैल की आवाज़ सुनाई देगी मगर कोई आवाज़ न आई बल्कि स्वीच ऑफ आया। हम यह सोच कर मुस्करा उठे थे कि कैसी बेवकूफी भरा काम किया है हमने! उसे तो गुलाटी पहले ही यहां से ले जा चुका है। तभी तो तुमने उसकी कॉलर ट्यून सुनी! उसने भी उसे तलाश करने के लिए वही किया होगा जो हमने किया था। यानी वह नंबर लगाया होगा। फोन बजा होगा और उसके लिए फोन तक पहुंचना मुश्किल न रहा होगा।''

''क्या आप यह कहना चाहते हैं कि गुलाटी वहां सोनम की और मेरी सीडी की नहीं बल्कि मोबाइल की तलाश में आया था?''

''दोनों चीजों की तलाश थी उसे।''

''ऐसा कैसे कह सकते हैं?''

''अगर उसे सीडी की तलाश न होती तो दोबारा आने की जरूरत न थी। मोबाइल को तो कालर ट्यून का पीछा करके उसने पहली ही बार में आसानी से प्राप्त कर लिया था। सीडी हाथ लगने से पहले ही तुम वहां पहुंच गए। इसलिए दोबारा आना पड़ा और सीडी को भी तलाश करके ले गया।''

''ओह!''

''लेकिन हमारे लिए यह पता लगाना आसान न था कि गुलाटी ने मोबाइल कहां से प्राप्त किया। फिर भी, पता लगा ही लिया। फोन को सोनम ने बाथरूम के अंदर, फ्लश टंकी में छुपा रखा था।''

''पानी में खराब नहीं हुआ होगा वह?''

राजेश कुमार बचकानी बात पर मुस्कराया–''प्लास्टिक की पन्नियां किस काम आती हैं मेरे बच्चे!''

पंकज अपने मूर्खतापूर्ण सवाल पर झेंपकर रह गया।

''यह सिद्ध हो चुका था कि गुलाटी और सोनम का टांका भिड़ा था मगर अभी यह सिद्ध होना बाकी था कि कमरे को खंगालने वाला गुलाटी ही था। हालांकि संभावना इसी बात की थी लेकिन संभावना होने और सिद्ध होने में फ़र्क होता है और जैसा कि पहले ही कह चुके हैं–हम कोई भी कदम बिल्कुल पक्के हुए बगैर नहीं उठा सकते थे इसलिए सलबटे के पास पहुंचे। कागज पर लिखकर उसे वह नंबर दिया और सर्विलांस पर लगाकर टावर पता लगाने के लिए कहा। याद रहे, हमने उससे फोन को बरामद करने की सख्त मनाही कर दी थी। केवल टॉवर पता लगाने के लिए कहा था और उसकी रिपोर्ट ने यह बात सिद्ध कर दी कि सोनम के कमरे को खंगालने वाला भी गुलाटी ही था क्योंकि फोन उसी के इलाके के टॉवर के अंतर्गत था। तब हमने तुमसे कहा–गुलाटी के पंजे में फंसा सामान निकालने के लिए हमें नैना की मदद लेनी होगी। तुम बुरी तरह चौंक पड़े। कहने लगे–नैना भला हमारी किस रूप में क्या मदद कर सकती है। तब हमने कहा–गुलाटी का हॉस्पिटल उसके रेजिडेंस में ही है। हम नैना को उसके यहां नर्स के रूप में भेज सकते हैं। तुम्हारे तो होश उड़े हुए थे। बोले–क्या आप यह कहना चाहते हैं कि नैना वहां रहकर मेरे तथा सोनम के बीच हुए करार और सीडी का पता लगाए और उन्हें हासिल करे? इसके जवाब में हमने कहा–हम ऐसी बेवकूफी की योजना कैसे बना सकते हैं कि नैना को खुद ही सीडीज और कांट्रेक्ट तक पहुंचा दें? तुम बोले–वही तो मैं कह रहा हूं। हम बोले–उसे सीडीज और कांट्रेक्ट के बारे में कुछ नहीं बताया जाएगा। केवल यह पता लगाने के लिए कहा जाएगा कि गुलाटी अपनी कीमती चीजें कहां रखता है। तुमने फौरन पूछा–कैसी और कौनसी कीमती चीजें? वह हजारों सवाल करेगी सर, सबसे पहला सवाल तो उसके दिमाग में यही उठेगा कि हम गुलाटी के पीछे क्यों पड़े हैं? क्यों उसके घर में से

उसकी किसी कीमती चीज को चुराना चाहते हैं। उसके सवालों के जवाब देने हमें भारी पड़ जाएंगे। पर, हमने अपने दिमाग में पहले ही सारा प्लान बना रखा था। तुम्हें बताया कि किस तरह सीसी कैमरे की मदद से एक मूर्ति चोरी की घटना को शूट करके नैना को दिखाने के बाद उसे यह कहानी सुनाएंगे कि गुलाटी ने हमारी मूर्ति चुराई है और अब हमें उसे वापस प्राप्त करना है। वही किया भी लेकिन तुम तब भी तैयार न थे। बार-बार कह रहे थे कि नैना इस काम को नहीं कर सकेगी जबकि हमारा कहना था–गुलाटी के पंजे में फंसे अपने सामान को निकालने का हमारे पास इसके अलावा कोई चारा नहीं है और न ही दूसरी ऐसी कोई लड़की है जिससे यह काम लिया जा सके। अंततः तुम्हें भी मानना पड़ा क्योंकि उसके अलावा कोई चारा न था।''

''मैं तो अब भी कहता हूं कि यह काम नैना के बस का नहीं है।''

''वजह?''

''वो खुद बता रही थी–तब से अब तक दो बार ऊपर गई है। पता तो कुछ लगा न सकी, उल्टे होश उड़े हुए थे उसके, टांगें कांप रही थीं। यह हालत तो उसकी तब थी जब गुलाटी घर में मौजूद न था। उसके रहते तो वह ऊपर जाने के बारे में सोच भी नहीं सकती और सर, मैं सच कहता हूं–चली भी गई तो गुलाटी द्वारा पकड़ ली जाएगी। ऐसा हो गया तो . . . पता नहीं क्या होगा।''

''जो होना होगा, कल रात हो जाएगा।''

''कल रात?''

''उसका फोन आया था?''

''किसका?'' पंकज चौंका–''गुलाटी का?''

''हां।''

''कब?''

''जब तुम नैना के पास थे। उसी से तो हमारी नींद टूटी और यह

पता लगा कि तुम बैंग्लो से गायब हो। यह अनुमान लगाना हमारे लिए ज्यादा मुश्किल न था कि तुम कहां होंगे।''

''क्या कह रहा था?''

''कल रात एक करोड़ ग्यारह लाख डॉलर के साथ उसने तुम्हें घर से निकलने के लिए कहा है। कहा कि अगला निर्देश तुम्हारे घर से निकलने के बाद सीधा तुम्हें ही देगा। जाहिर है–डील के लिए उसने कल की रात चुनी है और यह डील वह तुम्हारे साथ करना चाहता है, हमारे साथ नहीं।''

''ऐसा क्यों?''

''वही जाने। पर हमें क्या फ़र्क पड़ता है।''

पंकज चुप रह गया।

राजेश कुमार ने आगे कहा–''इतनी रकम को रात के वक्त वह किसी बैंक आदि में तो ले जा नहीं सकता, घर ही ले जाएगा। कम से कम रात भर के लिए तो वहीं रखेगा। हम नैना को पहले ही एलर्ट कर देंगे। उससे कह देंगे कि हर हाल में यह पता लगाना है कि उसने एक करोड़ ग्यारह लाख डॉलर कहां रखे हैं।''

यह महसूस करते ही पंकज के मस्तक पर पसीना उभर आया कि–कल रात उसकी नैना को कितना खतरनाक काम करना है।

बोला–''यदि वह कोशिश के बावजूद पता न लगा सकी?''

''तो रकम गई।''

''फ . . . फिल्म कहां से बनेगी?''

''यह रिस्क तो हमें लेना ही पड़ेगा।'' राजेश कुमार ने गिलास खाली करते हुए कहा–''अब अपने कमरे में जाकर सो जाओ। हमें भी नींद आ रही है। कल की कल देखेंगे।''

पंकज पर कुछ कहते न बन पड़ा।

अगले दिन रात के नौ बजे राजेश कुमार के मोबाइल पर गुलाटी का

फोन आया। कॉल रिसीव करते ही दूसरी तरफ से बदली हुई आवाज़ में पूछा गया–"डॉलर तैयार हैं?"

"हां।" राजेश कुमार का संक्षिप्त जवाब।

"पंकज से कहो, ठीक ग्यारह बजे बैंग्लो से निकलकर थाणे की तरफ चले। अगला फोन मैं उसी के मोबाइल पर करूंगा।"

राजेश कुमार ने कुछ कहने के लिए मुंह खोला ही था कि दूसरी तरफ से फोन काट दिया गया। उसने कमिंग कॉल का नंबर देखा।

नंबर किसी मोबाइल का था।

राजेश कुमार ने फौरन रिडायल वाला बटन दबाया मगर स्वीच ऑफ आ रहा था। बोला–"लगता है पट्ठे ने किसी फ़र्जी आईडी वाले सिम का जुगाड़ कर लिया है।"

"क्या कह रहा था?" सामने बैठे पंकज ने पूछा। राजेश कुमार ने बता दिया। पंकज का दिल इस कल्पना मात्र से तेजी के साथ धड़कने लगा था कि–आज रात वह ऐसी डील करने जा रहा है जैसी अक्सर अपनी कहानियों में लिखा करता था।

"तुम कुछ नर्वस नजर आ रहे हो पंकज?"

"हां सर। हूं तो सही थोड़ा-सा।" पंकज झूठ न बोल सका।

"हमारी समझ में कारण नहीं आ रहा। तुम्हें उससे कोई चालाकी तो करनी नहीं है। सीधे-सीधे यह अटैची देकर अपना सामान लेना है।" कहने के साथ राजेश कुमार ने सेंटर टेबल की बगल में रखी लाल रंग की अटैची की तरफ इशारा किया था–"जिसे एक करोड़ ग्यारह लाख डॉलर मिल रहे हैं, उसे भी कोई गैरकानूनी हरकत करने की जरूरत नहीं है। फिर इतना क्यों सोच रहे हो?"

"अगर उसने सामान न दिया और रकम लेने लगा तो?"

"वह ऐसा नहीं करेगा।"

"क्यों नहीं कर सकता?"

"उसे दो सीडी और तुम्हारे तथा सोनम के बीच हुआ कांट्रेक्ट देना

है। ये तीनों चीजें ऐसी हैं जिनकी उसने अनगिनत कापी करके अपने पास रखी हो सकती हैं। फिर उसे उनकी एक-एक कापी तुम्हें देने में क्या दिक्कत हो सकती है और जिस चीज को देने में उसे कोई दिक्कत ही नहीं है, व्यर्थ ही उसे न देकर कोई लफ़ड़ा क्यों करेगा? असली मिशन तो हमारे हवाले है, उसने उन तीनों चीजों की जितनी भी कापी कर रखी हों, हमें न केवल सभी को हासिल करना है बल्कि इस रकम को भी वापस लाना है।''

'' बात तो आपकी ठीक है पर फिर भी, जाने क्यों . . .''

''कांफ़िडेंस बनाए रखो पंकज, तभी काम होगा।'' वह खड़ा हुआ और उसका कंधा थपथपाने के साथ बोला–''हम निकलते हैं क्योंकि हमारा मिशन शुरू हो चुका है।''

पंकज कुछ न बोला मगर उसके साथ पोर्च तक आया।

राजेश कुमार वहां खड़ी दो गाड़ियों में से एक को लेकर निकल गया। पंकज उसकी बैकलाइट्स को तब तक देखता रहा जब तक वे नजर आती रहीं और फिर वापस बैंग्लो की तरफ घूम गया।

राजेश कुमार ने अपनी गाड़ी गुलाटी के बंगले के सबसे करीब वाले मॉल की पार्किंग में पार्क की और टहलता-सा बंगले की तरफ बढ़ा। इस वक्त उसके सिर पर एक हैट था और हैट को अपने माथे पर इस कदर झुका रखा था कि चेहरे का ज्यादातर हिस्सा ढका रहे।

यूं ही टहलता हुआ वह गुलाटी के बंगले के सामने से गुजरा।

जैसी कि उम्मीद थी–लोहे वाला गेट हमेशा की तरह बंद था और उसके पार स्टूल पर गनधारी गार्ड बैठा था। गैलरी में ही, गार्ड के पीछे गुलाटी की गाड़ी खड़ी थी जो इस बात की द्योतक थी कि अभी वह बंगले में ही है।

गुलाटी का दोस्त होने के नाते जानता था कि लोहे वाले गेट में अंदर की तरफ अभी ताला नहीं लगा होगा।

रूटीन के मुताबिक ताला रात के ग्यारह बजे लगाया जाता था जिसे गार्ड को इमरजेंसी केस आने पर ही खोलने की परमीशन थी।

टहलते ही टहलते राजेश कुमार ने जेब से मोबाइल निकालकर नैना का नंबर मिलाया और बोला–''किसी भी बहाने से गार्ड को गेट से हटाओ और वह पंद्रह मिनट से पहले नहीं लौटना चाहिए।''

''अ . . . आप क्या करने वाले हैं सर?''

''नैना।'' वह थोड़े गंभीर स्वर में बोला–''तुम्हारी आवाज़ में घबराहट है जो कि नहीं होनी चाहिए।''

''म . . . मुझे सचमुच घबराहट हो रही है सर, पता नहीं आज रात क्या होने वाला है। मुझे कुछ बता तो दीजिए!''

''बताया तो है, गुलाटी मूर्ति के बदले एक करोड़ ग्यारह लाख डॉलर लेने वाला है। जब वह लौटेगा तो हम तुम्हें बता देंगे। तुम उससे कुछ पहले ऊपर के हिस्से में कहीं जाकर छुप जाना और देखने की कोशिश करना कि वह लाई हुई रकम को कहां रखता है। याद रहे– रकम लाल रंग की अटैची में है। ओह . . . हां।''

''क्या हुआ सर?''

''यह तो हम तुमसे पूछना ही भूल गए कि जब वह देर रात को कहीं से लौटता है तो किस रास्ते से ऊपर जाता है?''

''म–मैं समझी नहीं सर।''

''इतनी नर्वस न हो नैना।'' लहजे में थोड़ी नाराजगी पैदा हो गई थी–''ऊपर जाने के दो रास्ते हैं न, एक बाहर वाली गैलरी से और दूसरा अंदर यानी हॉस्पिटल से होते हुए, जिससे तुम दो बार ऊपर गई हो। हम यह पूछ रहे हैं कि देर से लौटने पर वह कौनसे रास्ते से ऊपर जाता है?''

''किसी भी रास्ते से चले जाते हैं सर, ऐसा कोई नियम नहीं है कि वे बाहर से बाहर ही ऊपर चले जाएंगे या हॉस्पिटल से होते हुए जाएंगे।

कई बार स्टाफ से मिलते हुए भी जाते हैं। वही सोचकर तो चिंतित हूं। अगर वे लौटते वक्त हॉस्पिटल में आ गए तो मुझे सीट से गायब पाकर चौंक पड़ेंगे क्योंकि आपके निर्देशानुसार तो उस वक्त मैं ऊपर होऊंगी। यदि मैं उन्हें सीट पर न मिली तो . . .''

''वही तो हम कह रहे हैं। तुम अतार्किक खौफ़ों से डरी हुई हो। यकीन रखो, आज वह बाहर वाले दरवाज़े से ऊपर जाएगा।''

''अ . . . आप गारंटी से कैसे कह सकते हैं?''

''क्योंकि अगर उसकी जगह हम होते, हम इतनी बड़ी रकम के साथ लौटते तो किसी हालत में अपने स्टाफ के सामने से होकर न गुजरते बल्कि चुपचाप बाहर वाले दरवाज़े से ऊपर चले जाते।''

''भगवान करे ऐसा ही हो।''

''विश्वास रखो, ऐसा ही होगा। अब गार्ड को वहां से हटाओ।''

''उससे क्या होगा?''

''हर सवाल का जवाब पाने की कोशिश मत करो नैना।'' लहजा थोड़ा सख्त हो गया–''जैसा कहते हैं, वैसा करो।''

''ज . . . जी।'' केवल इतना कहा गया।

राजेश कुमार ने फोन काटा और वापस गुलाटी के बंगले की तरफ घूम गया क्योंकि बात करता-करता काफी आगे निकल आया था। उस वक्त वह ठीक लोहे वाले गेट के सामने से गुजर रहा था जब पियोन की वर्दी पहने एक आदमी को गार्ड से बात करते देखा। फिर, गार्ड उसके साथ अंदर की तरफ चला गया। ऐसा देखते ही राजेश कुमार लोहे वाले गेट की तरफ बढ़ा और आराम से उसे खोलकर गैलरी में दाखिल हो गया। गेट वापस बंद करना नहीं भूला था वह। गैलरी में उस वक्त कोई न था लेकिन किसी भी पल कोई भी आ सकता था क्योंकि बहरहाल, वह हॉस्पिटल था। किसी भी समय कोई पेशेंट या तिमारदार वहां से गुजर सकता था।

गाड़ी के पास पहुंचकर राजेश कुमार ने अपनी जेब से एक चाबी

निकाली और डिक्की के की-होल में डाल दी। उस वक्त यह सोच-सोचकर उसके पसीने छूटे जा रहे थे कि चाबी बनाने वाले जिस कारीगर से उसने यह चाबी पांच हजार में खरीदी थी, उसके दावे पर खरी भी उतरेगी या नहीं?

उसने कहा था–'पांच हजार लिए हैं तो यूं ही नहीं लिए हैं साब, मास्टर-की बनाकर दे रहा हूं आपको। मेरा दावा है कि इससे सभी गाड़ियों के डिक्की के लॉक खोले जा सकते हैं। ऐसा न हो तो चाबी मुझे वापस देकर अपने पैसे ले जाइएगा।'

राजेश कुमार ने उसे अपनी तीनों गाड़ियों की डिक्की पर ट्राइ किया था और चाबी वाले की गारंटी को सेंट परसेंट खरी पाया था।

उसके चाबी घुमाते ही जब 'क्लिक' की आवाज़ हुई तो राजेश कुमार का दिल धक्क्-से रह गया क्योंकि चाबी वाले का दावा यहां भी खरा उतरा था। राजेश कुमार ने देर करना मुनासिब न समझा।

उसने फ़ुर्ती से डिक्की का ढक्कन उठाया। उसमें समाया और ढक्कन को वापस बंद कर लिया। इतनी झिर्री जरूर छोड़ ली थी कि सांस के लिए हवा मिल सके और बाहर के दृश्य को भी देख सके।

गार्ड करीब बीस मिनट बाद पुनः अपने स्थान पर स्थापित हो गया। अब गैलरी में किसी के आने-जाने से राजेश कुमार की सेहत पर कोई फ़र्क पड़ने वाला न था।

उसके एक हाथ में हिप फ्लास्क था और दूसरे हाथ से झिर्री बनाए रखने के लिए ढक्कन पकड़ा हुआ था।

उसी झिर्री से करीब दस बजे उसने गुलाटी को गाड़ी की तरफ आते देखा और ऐसा देखते ही ढक्कन पूरी तरह गिरा लिया। ऐसा उसने इस डर से किया था कि कहीं गुलाटी झिर्री को न देख ले, हालांकि ऐसा होना काफी कठिन था क्योंकि गैलरी में कम से कम दिन जैसी रोशनी तो थी ही नहीं।

कुछ देर बाद गाड़ी स्टार्ट हुई और लोहे वाले गेट की तरफ बैक

होने लगी। राजेश कुमार को समझते देर न लगी कि सफ़र शुरू हो चुका है लेकिन दोबारा झिर्री उसने तभी बनाई जब गाड़ी बैक गेयर से निकलकर आगे की तरफ भागने लगी।

उसने इत्मिनान से दो घूंट हलक से उतारी।

मुश्किल से पांच मिनट का सफ़र तय हो पाया था कि ऊपरी जेब में पड़ा मोबाइल भिनभिनाने लगा।

वह वाइब्रेटर पर था।

कॉल नैना की थी, उसने रिसीव की। दूसरी तरफ से नैना की उत्तेजित-सी आवाज़ सुनाई दी–''वह अभी-अभी निकला है सर।''

''गुड।''

''लेकिन सर, वह अपने साथ वैसा कुछ भी लेकर नहीं निकला जिसमें करीब दो फुट लंबी मूर्ति आ सके।''

''ठीक है। अब हम तुम्हें जब फोन करें, ऊपर कहीं जाकर छुप जाना और जानने की कोशिश करना कि वह लाल अटैची को कहां रखता है। यह फोन हम तब करेंगे जब वह लौटने वाला होगा।''

''पर सर, जब वह यहां से मूर्ति लेकर ही नहीं निकला है तो आप लाल अटैची देंगे ही क्यों? बिल्कुल मत दीजिएगा। इसका मतलब तो ये है कि वह मूर्ति आपको नहीं सौंपने वाला। धोखा देकर रकम ऐंठने के चक्कर में है।''

''वो सब हम देख लेंगे नैना, तुम अपने काम पर ध्यान दो।'' कहने के बाद उसने फोन काट दिया था। झिर्री राजेश कुमार को बताती रही थी कि गाड़ी किन-किन रास्तों से गुजर रही है। कुछ देर बाद वह ठाणे जाने वाली सड़क पर दौड़ रही थी। करीब एक घंटे तक उसी पर दौड़ती रही और फिर मेन रोड से उतरकर कच्चे में दौड़ने तो नहीं . . . लेकिन चलने लगी। इस वक्त गाड़ी बहुत ही ज्यादा हिचकोले खा रही थी और उन हिचकोलों ने राजेश कुमार की हड्डी-पसली हिलाकर रख दी।

गनीमत यह रही कि कच्चे में गाड़ी ने ज्यादा सफ़र तय न किया था। थोड़ी-सी चलने के बाद ही रुक गई। वहां चारों तरफ अंधेरा था। अगर यह लिखा जाए कि झिर्री के बावजूद अब राजेश कुमारड को चंद जुगनुओं के अलावा और कुछ नजर नहीं आ रहा था तो जरा भी गलत न होगा। राजेश कुमार समझ न पा रहा था कि गुलाटी ने गाड़ी यहां क्यों रोकी है। एक ही पोज में पड़े-पड़े जिस्म अकड़ गया था। जोड़ दुखने लगे थे।

डिक्की से बाहर निकलने की इच्छा हो रही थी परंतु ऐसा करना उसे खतरे से खाली नहीं लग रहा था क्योंकि अभी तक गाड़ी का गेट खुलने की आवाज़ नहीं आई थी जिसका मतलब था–गुलाटी गाड़ी के अंदर ही है।

गाड़ी करीब पैंतालिस मिनट वहां, उसी पोज में खड़ी रही। हिप फ्लास्क में भरी व्हिस्की खत्म हो चुकी थी, इस वजह से अब उसे कुछ ज्यादा ही दिक्कत हो रही थी। अचानक हुई दरवाज़ा खुलने और बंद होने की आवाज़ ने उसके सुस्त पड़े जिस्म में जान डाल दी। जाहिर था–गुलाटी गाड़ी से बाहर आ गया है।

फिर, उसके कानों में ऐसी आवाज़ पहुंची जैसे कोई सूखे पत्तों पर चल रहा हो। राजेश कुमार समझ सकता था कि वह गुलाटी ही होगा। अभी उसे डिक्की से निकलना बेवकूफी लगी क्योंकि जमीन पर अगर सूखे पत्ते पड़े थे तो उसके पैरों से कुचले जाने पर भी आवाज़ होनी स्वाभाविक थी और वह आवाज़ गुलाटी को बता सकती थी कि यहां उसके अलावा भी कोई है।

वह ध्यान से पत्तों की आवाज़ को सुनता रहा जो अब दूर होती जा रही थी और जब आवाज़ उसके कानों तक पहुंचनी बंद हो गई तो जल्दी से पूरा ढक्कन खोला तथा आहिस्ता से बाहर आ गया। भले ही चाहे जितने आहिस्ता से जमीन पर कदम रखा था पर जमीन पर पड़े पत्तों को कराहने से न रोक सका।

अब वह देख सकता था कि गाड़ी खपरैल की बनी एक उजाड़ इमारत के पीछे खड़ी थी। वह इमारत बता रही थी कि किसी समय उसमें ढाबा चलता होगा। किसी ने इस सोच के साथ खोला होगा कि हाइवे पर ढाबा खूब चलेगा लेकिन चल नहीं पाया, बंद कर दिया गया और अब वह इमारत उजाड़ हो चुकी थी।

इमारत के पीछे होने के कारण सड़क से गाड़ी को नहीं देखा जा सकता था। यह सब भांपते ही राजेश कुमार समझ गया कि इस जगह का इस्तेमाल गुलाटी ने गाड़ी को छुपाने के लिए किया है। धीरे-धीरे चलता वह उस तरफ को बढ़ा जिधर पत्तों के कराहने की आवाज़ को गुम होते महसूस किया था। इमारत के साए से बाहर आते ही उसे हाइवे नजर आने लगा। हाईवे पर क्योंकि रोशनी थी इसलिए राजेश कुमार एक तरफ बढ़े चले जा रहे गुलाटी की पीठ को साफ देख सकता था।

राजेश कुमार ने उसका पीछा करने की कोई कोशिश न की। बस एक ज़ोरदार अंगड़ाई ली ताकि कीर्तन करती हड्डियों को दुरुस्त किया जा सके।

फिर एक सिगरेट सुलगा ली।

पंकज ने गाड़ी ठीक वहां रोकी जहां लगे माइलस्टोन पर लिखा था– ठाणे 20 किमी। फोन पर गुलाटी ने अपनी बदली हुई आवाज़ में उससे यहीं पहुंचने के लिए कहा था।

बीच-बीच में कई बार उसने फोन करके उसकी लोकेशन भी पूछी थी। पंकज ने बगैर झूठ बोले बता दी थी।

इंजन बंद करने के बाद वह ड्राइविंग डोर खोलकर बाहर निकला ही था कि करीब ही मौजूद एक घने पेड़ की छांव से एक साए को नजदीक आते महसूस किया। यह जानते-बूझते कि वह गुलाटी ही होगा, उसके मुंह से निकला–''कौन?''

''माल लाए हो?''

''गाड़ी में रखा है।''

''इस दरवाज़े से बाहर निकालो।'' उसने गाड़ी के उस दरवाज़े की तरफ इशारा किया जो जंगल की तरफ था।

उस क्षण, पंकज को उसके हाथ में मौजूद रिवॉल्वर की झलक मिली थी। अपनी रीढ़ की हड्डी में दौड़ने वाली सर्द लहर को रोक न सका था वह। वैसे तो पहले ही से गुलाटी से पंगा लेने का उसका कोई इरादा न था।

राजेश कुमार ने भी यही कहा था कि उसकी कोई जरूरत नहीं है लेकिन उसके हाथ में मौजूद रिवॉल्वर ने तो उसके हौसले ही पस्त कर दिए। उससे पहले वह यह पूछने वाला था कि सीडीज और करार कहां है लेकिन अब, यह भी न पूछा और चुपचाप दरवाज़ा खोलकर अटैची बाहर निकाल ली।

अंधेरा इतना घना था कि वह ठीक से यह भी नहीं देख पा रहा था कि इस वक्त गुलाटी के चेहरे पर नकाब है या नहीं।

''गुड।'' गुलाटी की तरफ से आवाज़ आई और एक छोटा-सा हैंडबैग उसके चेहरे पर आकर लगा।

हैंडबैग चेहरे पर लगने के कारण पंकज बुरी तरह बौखला गया था बल्कि यदि यह भी लिख दिया जाए तो गलत न होगा कि उसके जिस्म के सभी मसामों ने एक साथ पसीना उगल दिया था।

राहत की सांस उसी क्षण आई जब यह महसूस किया कि वह सिर्फ एक हैंडबैग था जो उस वक्त उसके कदमों में पड़ा था।

गुलाटी ने कहा था–''उसमें तुम दोनों की सीडीज और सोनम से हुआ तेरा कांट्रेक्ट है। चाहे तो देख सकता है।''

''ज . . . जरूरत नहीं है।'' पंकज ने झुककर बैग उठाने के साथ बड़ी मुश्किल से कहा था–''हमें तुम पर यकीन है।''

''और मुझे भी तुम पर पूरा यकीन है इसलिए रकम बगैर गिने ले

जा रहा हूं।'' कहने के बाद वह टोन बदलकर बोला–''अब मेरी तरफ पीठ कर और गाड़ी के अगले हिस्से की तरफ चला जा।'' पंकज ने हील-हुज्जत किए बगैर हुक्म का पालन किया। कुछ देर बाद उसे ऐसी आवाज़ आई जैसे पिछले टायर की हवा निकली हो। माजरा समझ में आते ही उसके मुंह से रोने जैसी आवाज़ निकली–''य . . . ये क्या कर रहे हो? मैं वापस कैसे जाऊंगा?''

''पैदल।'' पीछे से आवाज़ आई। फिर, दूसरे टायर से हवा निकलने की आवाज़। इस बार पंकज चाहकर भी कुछ न कह सका। हालांकि जी चाह रहा था–अभी दहाड़ें मार-मारकर रो पड़े। फिर, कड़क आवाज़ में कहा गया–''मैं जा रहा हूं। दस मिनट जहां जिस पोजीशन में है, उसी में खड़ा रह। मेरी तरफ देखने की कोशिश की तो गोली मार दूंगा।''

एक बार फिर उसकी रीढ़ की हड्डी में सर्द लहर दौड़ गई थी। उसने पंद्रह मिनट बाद ही अपने जिस्म को जुम्बिश दी और जब पीछे देखा तो दूर-दूर तक कुछ नजर न आया।

हाईवे पर तेज कदमों से चले आ रहे गुलाटी को देखते ही राजेश कुमार वापस गाड़ी की तरफ लपका और उसके नजदीक आने से पहले ही डिक्की में पुर्नस्थापित हो गया।

उसने गुलाटी को ही नहीं, उसके हाथ में मौजूद लाल अटैची भी देख ली थी। वापसी में गाड़ी उसने कुछ ज्यादा ही तेज गति से चलाई और केवल आधे घंटे बाद राजेश कुमार को लगा–ज्यादा से ज्यादा वह पंद्रह मिनट में अपने बंगले पर पहुंच जाएगा।

उसने नैना से संपर्क स्थापित करके कहा–''वह पंद्रह मिनट में पहुंचने वाला है। लाल अटैची साथ है। फौरन ऊपर जाकर छुप जाओ और काम होते ही मुझे फोन करो।''

''क . . . कोशिश करती हूं सर।'' नैना की आवाज़ कांप रही थी।

''कोशिश नहीं करनी है नैना, ये काम हंडरेड परसेंट होना है। चूक नहीं होनी चाहिए। ऐसा न हो जाए कि वह अटैची को कहीं रख दे और तुम्हें उस जगह का पता न लग पाए। याद रखो, तुम केवल इसी पल के लिए वहां गई थीं।''

दूसरी तरफ खामोशी छाई रही। राजेश कुमार ने कहा–''सुन रही हो न!''

''ज . . . जी!''

''जरा भी नर्वस होने की जरूरत नहीं है नैना।'' राजेश कुमार ने उसका हौसला बढ़ाया–''हमें मालूम है कि तुम यह कर सकती हो। पूरे विश्वास के साथ हमने तुम्हें यह काम सौंपा है।''

एक बार फिर इतना ही कहा गया–''जी।''

''जाओ। टाइम कम रह गया है।'' कहने के बाद उसने फोन काटा और हिप-फ्लास्क मुंह से लगा लिया।

उसमें जो एकाध बूंद थी, वह उसके मुंह में टपक गई। कुछ देर बाद गाड़ी गुलाटी हॉस्पिटल के लोहे वाले दरवाज़े के बाहर खड़ी थी। फिर, राजेश कुमार ने गेट खुलने की आवाज़ सुनी। गाड़ी गैलरी में आ गई।

गेट बंद करने के बाद गार्ड वापस ताला लगा रहा था।

गाड़ी का गेट खुलने और बंद होने की आवाज़। कुछ देर बाद पुनः वैसी ही आवाज़ और फिर गुलाटी झिर्री के सामने से गुजरा।

अटैची उठाए वह हॉस्पिटल के गेट की तरफ बढ़ रहा था।

यह महसूस करते ही राजेश कुमार के हाथ-पैर ठंडे पड़ने लगे कि उसने ऊपर जाने के लिए हॉस्पिटल के अंदर का रास्ता चुना था। नैना की बात याद आई उसे–अगर गुलाटी ने उसे उसकी सीट से गायब पाया तो चौंक पड़ेगा।

अचानक राजेश कुमार के जेहन में घमासान-सा मच गया था।

यदि ऐसा हो गया तो न सिर्फ सारे किए-धरे पर पानी फिर जाएगा

बल्कि नैना किसी संकट में भी पड़ सकती है।

उसे लगा–इस वक्त नैना को उसकी जरूरत है।

मगर, डिक्की से नहीं निकल सकता था क्योंकि गार्ड डिक्की के ठीक सामने ही बैठा था। डिक्की का खुलना उसकी नजरों से नहीं छुप सकता था। हालांकि राजेश कुमार को यह बात पहले से मालूम थी कि इस स्पॉट पर वह डिक्की से नहीं निकल पाएगा, तभी तो गुलाटी द्वारा अटैची को छुपाए जाने वाले स्थान को देखने का काम नैना को सौंपा था लेकिन इस वक्त . . . खुद को डिक्की में कैद महसूस करके बुरी तरह कसमसा उठा।

उसे केवल दो मिनट चाहिए थे। ऐसे दो मिनट जिनमें गार्ड का ध्यान किसी और तरफ चला जाए। उन दो मिनटों में वह गुलाटी के बंगले की ऊपरी मंजिल पर पहुंच सकता था लेकिन ऐसा होता नजर न आया क्योंकि गार्ड ने स्टूल पर बैठकर बीड़ी सुलगा ली थी।

''धक-धक–धक-धक!''

नैना को लग रहा था कि यह आवाज़ उसके दिल के धड़कने की नहीं है बल्कि किसी नगाड़े पर ज़ोरदार चोटें की जा रही हैं। गुलाटी अभी-अभी लॉबी में दाखिल हुआ था और . . . वह उस रास्ते से नहीं आया था जिससे उम्मीद थी या यूं कहा जाए कि जिसके बारे में राजेश कुमार ने दावा किया था। अटैची उसके हाथ में थी।

लॉबी और सीढ़ियों के जोड़ पर पहुंचने के बाद उसने अटैची ऊपर वाली चौड़ी पौड़ी पर टिकाई और लंबी-लंबी सांसें लेने लगा। उस वक्त नैना एक भारी पर्दे के पीछे छुपी हुई थी। सांसें तक रोके हुए थी वह। बस बुरी तरह धड़क रहे दिल ही पर ज़ोर न चल रहा था। साथ ही उसे यह डर सताए जा रहा था कि कहीं गुलाटी इसकी आवाज़ का पीछा करता उस तक न पहुंच जाए।

उस वक्त राहत की ठंडी सांस ने उसके फेफड़ों को थोड़ा सुकून पहुंचाया जब अपनी सांसें व्यवस्थित करने के बाद गुलाटी ने अटैची उठाई और लॉबी पार करने के स्थान पर सीढ़ियों के नजदीक से ही उस गैलरी की तरफ बढ़ गया जिसमें कई कमरे थे। वह दिशा उस दिशा के पूरी तरह विपरीत थी जहां नैना खड़ी थी। पर, वहां खड़े रहने से काम नहीं चल सकता था। गैलरी में तो कई कमरे थे, जाने अटैची को लेकर वह किस कमरे में जा रहा है!

यही काम तो सौंपा गया था उसे।

उसे अटैची रखे जाने की एक्यूरेट जगह पता लगानी थी।

हिम्मत करके पर्दे से बाहर आई।

दबे पांव लॉबी पार करते वक्त महसूस किया था कि टांगें बुरी तरह कांप रही थीं मगर अंततः वह गैलरी के सिरे तक पहुंच ही गई। गैलरी के सिरे पर दो पर्दे पड़े थे। नैना ने दोनों के बीच बनी झिर्री से देखा–गुलाटी की पीठ नजर आई।

उस वक्त वह ठीक सामने वाले कमरे का दरवाज़ा खोलकर अंदर दाखिल हुआ था। दरवाज़ा वापस बंद कर लिया था उसने। अब वह नैना को नहीं देख सकता था। नैना के दिमाग में वापस नीचे जाने का विचार कौंधा। यह तो वह जान ही चुकी थी कि गुलाटी अटैची किस रूम में ले गया है, राजेश कुमार को यही बता देगी।

काम खत्म।

सीढ़ियां बगल में हैं।

वह आराम से नीचे पहुंच सकती है।

कदम सीढ़ियों की तरफ बढ़ भी गए लेकिन तभी दिमाग में सवाल कौंधा–राजेश कुमार जब पूछेगा कि कमरे में अटैची उसने कहां रखी है तो क्या जवाब देगी?

उन्होंने एक्यूरेट जगह पता करने के लिए कहा था। नजर उस कमरे के बंद दरवाज़े में मौजूद की-होल पर गई। उसके जरिए वह अंदर देख

सकती थी लेकिन इसके लिए तो गैलरी में जाना पड़ेगा। क्या मुझे ऐसा करना चाहिए?

अगर बाहर आने के लिए अचानक गुलाटी ने दरवाज़ा खोल दिया तो वह उसके ठीक सामने होगी।

वह भी उसे देखकर चौंक पड़ेगा। क्या जवाब देगी?

जाए, न जाए–इसी ऊहापोह में एक मिनट गुजर गया।

वह एक मिनट नैना को सदियों जैसा लगा था।

पसीने की ज्यादती के कारण सारे कपड़े गीले हो गए थे। सांस यूं चल रही थी जैसे वह वहां खड़ी न हो बल्कि अपनी पूरी रफ्तार से दौड़ रही हो। फिर जेहन में विचार उभरने लगे–अगर उसे अटैची कमरे में रखकर आनी थी तो अब तक तो वापस आ जाना चाहिए था। इसका मतलब तो ये है कि वह उसे कमरे में कहीं छुपा रहा है। कहां?

कमरे में कहीं वैसी ही छुपी हुई सेफ या लॉकर तो नहीं है जैसा राजेश कुमार के सुईट में था। जहां से इसने मूर्ति चुराई थी।

कितनी मुश्किल से मिला था इसे वह लॉकर!

ऐसा है तो उसे राजेश कुमार को एक्यूरेट जगह बतानी होगी।

केवल कमरा बताने से काम न चलेगा।

शायद इसी विचार का प्रभाव था कि कांपती-हांफती नैना ने गैलरी में कदम रखा और . . . एक बार गैलरी में कदम रखा तो इस विचार ने उसके जिस्म में बिजली भर दी कि यदि इस क्षण गुलाटी ने बाहर आने के लिए दरवाज़ा खोल दिया तो उसके पास उसकी नजरों से बचने की कोई जगह नहीं है। अब वह जल्दी-से-जल्दी अपना काम करके गैलरी से निकल जाना चाहती थी इसलिए तेजी से परंतु दबे पांव दरवाज़े तक पहुंची और की-होल से आंख सटा दी।

गुलाटी की पीठ ठीक उसकी आंख के सामने थी और गुलाटी का मुंह था–दीवार से अटेच्ड एक ऐसी भारी तिज़ोरी की तरफ जैसी नैना

ने सिर्फ ज्वेलर्स के यहां देखी थीं। वह लाल अटैची से डॉलर्स की गड्डियां निकाल-निकालकर तिज़ोरी में रख रहा था। ऐसा इसलिए करना पड़ रहा था क्योंकि अटैची इतनी बड़ी थी कि तिज़ोरी में न आ सकती थी।

अब, नैना उतनी नहीं घबरा रही थी क्योंकि गुलाटी सामने था और अचानक उसे नहीं देख सकता था। अब तो वह अपनी आंख के सामने के दृश्य को कौतुहल से देख रही थी और सोच रही थी कि अगर वह इस दृश्य को देखे बगैर लौट जाती तो यह माना जाता कि उसने राजेश कुमार को काम की कोई जानकारी नहीं दी।

उसके देखते ही देखते गुलाटी ने अटैची खाली करके एक तरफ डाल दी क्योंकि सारी गड्डियां तिज़ोरी में पहुंच चुकी थीं। तिज़ोरी बंद की उसने।

उसके भारी-भरकम दरवाज़े के की-होल में एक भारी-भरकम चाबी लगी हुई थी। उसे घुमाकर गुलाटी ने तिज़ोरी लॉक की। नैना अपनी जगह से हटने ही वाली थी कि उसने गुलाटी को चाबी कमरे में बिछे कारपेट के नीचे रखते देखा, ऐसा करने के साथ उसने किसी चीज को नीचे की तरफ दबाया था। परिणामस्वरूप दीवार में लगी तिज़ोरी पीछे की तरफ घूम गई। देखते ही देखते तिज़ोरी की पीठ नैना की आंखों के सामने आ गई थी और . . . उससे भी ज्यादा हैरत की बात यह कि अब वह दीवार का ही हिस्सा नजर आ रही थी। अर्थात् कोई नहीं कह सकता था कि वहां कोई तिज़ोरी हो सकती है।

एक बार फिर यह सोचती हुई नैना अपनी जगह से हटने वाली थी कि अब गुलाटी कमरे से बाहर आएगा लेकिन उसे कारपेट पर दीवार के साथ रखी एक बड़ी-सी पेंटिंग उठाते देखकर रुक गई। अब गुलाटी उस पेंटिंग को दीवार पर उस जगह टांग रहा था जिस जगह कुछ देर पहले तिज़ोरी थी।

नैना को लगा–अब उसके देखने के लिए कुछ बाकी नहीं बचा है।

जितनी देर में वह पेंटिंग टांगे उसे नीचे पहुंच जाना चाहिए। वह दरवाज़े से हटी तथा जितनी फ़ुर्ती से वहां तक पहुंची थी, उतनी ही फ़ुर्ती से न केवल गैलरी पार कर गई बल्कि सीढ़ियां उतरती नीचे जा पहुंची। अपनी सीट पर बैठकर बहुत देर तक यूं हांफती रही जैसे मीलों दौड़ने के बाद यहां पहुंची हो। अब वह अपनी कामयाबी पर रोमांचित थी। सांसों पर काबू पाते ही राजेश कुमार को फोन मिलाया और अत्यंत धीमी आवाज़ में सबकुछ बताने लगी। उसने यह भी बता दिया कि कारपेट के नीचे जहां गुलाटी ने चाबी रखी है, वहां कोई ऐसा हुक है जिसे नीचे दबाने पर तिज़ोरी पीछे की तरफ घूम जाती है और ऊपर की तरफ खींचने पर सामने आ जाती है। उसकी रिपोर्ट ने राजेश कुमार को खुश कर दिया था।

उसने दिल खोलकर नैना की तारीफ़ करने के बाद कहा–''अब तुम्हें फ़िक्र करने की जरूरत नहीं है, आगे का काम हमारा है।''

''उसे कब करेंगे सर?''

''कल, परसों या हफ्तेभर बाद। मेन काम तो तुम कर चुकी हो। जिस दिन मौका ठीक देखेंगे कर देंगे।''

''ज . . . जी।''

राजेश कुमार को जो करना था, अभी करना था। नैना से झूठ बोला था उसने मगर यह झूठ किसी दुर्भावना के तहत नहीं बोला था। सिर्फ इसलिए बोला था कि नैना घबरा जाएगी और बेवजह कोई गड़बड़ हो सकती है। उसके दिमाग में यह बात थी कि अगर आज की रात टल गई तो कल गुलाटी तिज़ोरी के सामान को किसी बैंक लॉकर में शिफ्ट कर सकता है और यदि ऐसा हो गया तो फिर सबकुछ उसकी पकड़ से बाहर हो जाएगा।

पर अपने काम को कैसे अंजाम दे वह? गार्ड अपनी ड्यूटी का इतना पक्का था कि एक मिनट के लिए भी स्टूल से हिला तक नहीं

था। रात के दो बज जाने के बावजूद पट्ठे को एक झपकी तक भी तो नहीं आई थी जिसका लाभ उठाकर वह डिक्की से निकल सकता।

'क्या करूं–क्या करूं?' सोचते-सोचते उसे पंकज का ख्याल आया–'अब तो वह खाली होगा। बैंग्लो पर लौट आया होगा। उसी से मदद मांगूं। यहां आकर वह गार्ड का ध्यान भटकाने के लिए वैसा कुछ करे जैसा नैना से मिलने के लिए किया था।'

राजेश कुमार को बात जमी।

पंकज के रूप में उसे आशा की किरन नजर आई थी।

झिर्री खत्म करके उसे फोन लगाया तो दिमाग जाम होकर रह गया क्योंकि वह तो अपना ही रोना रो रहा था।

लगभग रोने जैसी आवाज़ में सारी बात बताई थी उसने और कहा था–"तब से मुंबई की तरफ आने वाले हर वाहन को हाथ दे रहा हूं लेकिन कोई रुकने को तैयार नहीं है। इन साले राहजनों ने दहशत का ऐसा माहौल बना दिया है कि रात के वक्त हर शरीफ़ आदमी ने लिफ्ट न देने की कसम खा ली है। उनके चक्कर में मुझ जैसे शरीफ़ लोग भी . . ."

वह अपनी भड़ास निकाले चला गया जबकि अब, राजेश कुमार के कानों में उसका एक भी शब्द नहीं पड़ रहा था।

कारण था–उसके जेहन में कौंधा एक विचार।

ऐसा विचार जो पंकज की समस्या भी हल कर सकता था और उसकी भी। मगर, बड़ा ही भयंकर विचार था वह।

ऐसा–कि एक बार को तो खुद राजेश कुमार के जिस्म में भी सनसनी-सी दौड़ती चली गई।

वह ठीक से फ़ैसला न कर सका कि जो दिमाग में आया है वह करना भी चाहिए या नहीं? क्या परिणाम-दुष्परिणाम होंगे उसके? निरंतर बोलते पंकज को रोककर उसने कहा–"अभी वहीं ठहरो तुम। किसी से लिफ्ट न मांगना।"

‘‘क–क्या?’’ पंकज की चिंहुकी हुई आवाज़–‘‘क्या आप यह चाहते हैं कि मैं सारी रात सड़क पर पड़ा रहूं?’’

‘‘हम किसी को तुम्हें लेने भेजते हैं।’’

‘‘किसे भेजेंगे?’’

‘‘इंतजार करो।’’ कहकर उसने फोन काट दिया और एक बार फिर सोचने लगा कि जो दिमाग में आया है वह करना भी चाहिए या नहीं! बहुत ही खतरनाक था वह करना लेकिन फिर भी, जब चारों दिशाओं से सोचा तो लगा–किया जा सकता है। और, उसने गुलाटी को फोन मिला दिया।

पहली रिंग पर कॉल रिसीव की गई।

चौंकती हुई आवाज़ में गुलाटी ने पूछा था–‘‘तुम्हारा फोन रात के इस वक्त काकू! खैरियत तो है?’’

‘‘खैरियत ही तो नहीं है यार, इसीलिए तो फोन किया है।’’

‘‘क्या हुआ?’’

‘‘तुझे तो मालूम ही है, मैं तो खा-पीकर सो रहा था। अभी-अभी पंकज का फोन आया। वह हाईवे पर फंसा पड़ा है।’’

‘‘फंसा पड़ा है!’’ हल्की-सी हंसी की आवाज़–‘‘मतलब?’’

राजेश कुमार गुलाटी की उस हल्की-सी हंसी का अर्थ अच्छी तरह समझ गया था लेकिन अंजान बनता बोला–‘‘वह किसी काम से थाणे गया था, रास्ते में राहजनों का शिकार हो गया। वे उसका सबकुछ लूटकर तो ले ही गए। साथ ही, गाड़ी के पिछले दोनों टायरों की हवा भी निकाल गए।’’

‘‘मॉय गॉड।’’ दबी-दबी हंसी के साथ कहा गया।

‘‘बेचारा वहां फंसा पड़ा है। कोई लिफ्ट देने को भी तैयार नहीं है। मुझसे कह रहा था–किसी को लेने भेज दूं। मेरा तो दिमाग घूम गया। भला किस दोस्त का ड्राइवर रात के वक्त घर होगा! तब ख्याल आया–तेरी इमरजेंसी एंबुलेंस का ड्राइवर तो होगा यार।’’

''हां। होगा तो सही।'' कहने के साथ ही साथ जैसे कुछ सोचा भी जा रहा था–''मगर इस वक्त वह सो रहा होगा।''

''तो जगा दे न यार उसे! उसकी तो ड्यूटी ही इस तरह जागकर इमरजेंसी पर जाने की है।'' राजेश कुमार ने कहा ही इस अंदाज में था कि गुलाटी इंकार न कर सके–''तू तो जानता है पंकज मेरे लिए कितना इंपोर्टेंट है। इमरजेंसी समझकर उसे ले आएगा।''

''ठीक है। जगाता हूं।''

''थैंक्यू?''

''भेजना कहां है?''

''उस माइलस्टोन पर जिस पर लिखा है–''थाणे, 20 किमी।''

''ओके।'' कहकर फोन काट दिया गया। राजेश कुमार ने तुरंत पंकज को फोन मिलाया और जब बताया कि उसे लेने गुलाटी हॉस्पिटल की एंबुलेंस का ड्राइवर आ रहा है तो छक्के छूट गए उसके। मुंह से निकला–''ये क्या कह रहे हैं आप!''

''वही कह रहे हैं प्यारे जो तुम्हारे कानों ने सुना।'' राजेश कुमार को अब खुद अपनी हरकत पर मजा आ रहा था–''सचमुच गुलाटी का ही ड्राइवर आ रहा है तुम्हें लेने। शुरू में जब हमारे दिमाग में यह ख्याल आया था तो यह सोचकर होश तो हमारे भी उड़ गए थे कि कितनी खतरनाक बात सोच रहे हैं हम लेकिन जब ज्यादा सोचा तो लगा–उतनी खतरनाक भी नहीं है। ऐसे किसी संकट में स्वाभाविक रूप से लोग दोस्तों को ही याद करते हैं और . . . कुछ भी सही, दोस्त तो वह हमारा है ही। सोचेगा–उसी नाते उसे याद किया गया है। इस बात की तो वह कल्पना भी नहीं कर सकता कि हम उसका राज जानते हैं पर मन ही मन यह जरूर सोच रहा होगा पट्ठा कि काकू से बड़ा मूर्ख सारी दुनिया में नहीं है। उसी से मदद मांग रहा है जो उसके राइटर को वहां उस हाल में छोड़कर आया है। पर सोचता रहे, क्या फ़र्क पड़ता है हम पर? हमने तो काम निकाल ही

लिया। अगर कभी उसे हकीकत पता लगेगी तो अपने बाल नोंच लेगा।''

''ठीक है। मैं इंतजार कर रहा हूं।'' पंकज ने इतना ही कहा। राजेश ने संबंध विच्छेद करने के बाद डिक्की में झिर्री बनाई क्योंकि काफी देर से सांस लेने में दिक्कत हो रही थी। कुछ देर बाद हाथों से आंखों का मलूदा बनाता, ड्राइवर की वर्दी पहने एक लड़का गार्ड के पास आया और बोला–''गेट खोल यार।''

''कोई इमरजेंसी है?'' गार्ड ने स्टूल से खड़े होते हुए पूछा।

''साली ऐसी इमरजेंसी है जैसी पहले कभी नहीं आई।'' बुरी तरह झल्लाया हुआ वह कहता चला गया–''बड़ी जबरदस्त नींद आ रही थी कि डॉक्टर साहब का फोन आ गया। उनका कोई दोस्त गाड़ी खराब होने की वजह से मुंबई-थाणे हाईवे पर फंसा पड़ा है। उसे वहां से उठाकर राजेश कुमार जी के घर छोड़ना है।'' गार्ड की समझ में कुछ न आया मगर उसे तो आदेश का पालन करना था। ताला खोलने के बाद उसने गेट खोल दिया।

''मेरी एंबुलेंस डॉक्टर साहब की गाड़ी के आगे खड़ी है, उसे निकालने के लिए पहले डॉक्टर साहब की गाड़ी पीछे करनी पड़गी।'' वह अब भी झल्लाया हुआ था, गार्ड की तरफ एक चाबी बढ़ाता बोला–''ये डॉक्टर साहब की गाड़ी की चाबी है। उसे थोड़ी-सी बैक कर ले। जब मैं वेन निकाल लूं तो उसे वहां लगा देना जहां इस वक्त वेन खड़ी है। इतना काम तो कर देगा ना यार!''

गार्ड बगैर कुछ कहे गुलाटी की गाड़ी की तरफ बढ़ गया था और उस क्षण राजेश कुमार ने झिर्री बंद कर ली थी।

फिर, वह प्रक्रिया शुरू हुई जो ड्राइवर ने कही थी।

राजेश कुमार का प्लान उसी प्रक्रिया के दरम्यान खुद को गार्ड और ड्राइवर की नजर से बचाकर डिक्की से निकाल लेना था। उसे तब मौका मिला जब ड्राइवर एंबुलेंस लेकर जा चुका, गार्ड ने गुलाटी की

गाड़ी वापस वहां लगा दी जहां पहले वेन खड़ी थी और उसके बाद वह वापस गेट बंद करने जा रहा था।

उस वक्त गाड़ी की तरफ गार्ड की पीठ थी . . . राजेश कुमार धीरे से डिक्की खोलकर बाहर आया।

आहिस्ता से ढक्कन वापस गिराया और गार्ड द्वारा वापस गेट बंद करने से पहले ही उस जीने में समा चुका था जो बाहर से ऊपर की लॉबी तक जाता था। जीने की सबसे पहली पौड़ी पर रुककर उसने सांसें नियंत्रित कीं और फिर दबे पांव सीढ़ियां चढ़ता ऊपर पहुंच गया।

सबसे ऊपर वाली पौड़ी पर पहुंचते ही नजर गुलाटी पर पड़ी। उसकी तरफ उसकी पीठ थी बल्कि राजेश कुमार को केवल उसके सिर का पिछला हिस्सा चमक रहा था क्योंकि पीठ और गर्दन सोफे की पुश्त के उधर थी। उसके एक हाथ में जाम और दूसरे में सिगार था।

दोनों पैर सेंटर टेबल पर फैले हुए थे।

बहुत ही रिलेक्स मूड में था वह।

राजेश कुमार ने सोचा–होगा क्यों नहीं! आज उसने एक करोड़ ग्यारह लाख डॉलर कमाए हैं।

गुलाटी का दोस्त होने के नाते वह पहले भी अनेक बार यहां आ चुका था इसलिए नैना के बताते ही समझ गया था कि तिज़ोरी कौनसे कमरे में है और–जिस पोजीशन में गुलाटी बैठा था, उसमें राजेश कुमार अगर बगैर कोई आहट किए बढ़े तो उसे नहीं देख सकता था क्योंकि गैलरी की तरफ उसकी पीठ थी।

राजेश कुमार ने वही किया जो इस वक्त उसे करना था अर्थात् दबे पांव गैलरी के सिरे पर पड़े पर्दे के पीछे गुम हो गया।

नाइट ड्यूटी पर तैनात पियोन ने स्टाफरूम में आकर नैना से कहा था–''आपको डॉक्टर साहब बुला रहे हैं सिस्टर।''

''क . . . क्या?'' नैना बुरी तरह चौंकी। नजर तीन बजा रही वॉल

क्लाक पर गई। मुंह से निकला–''रात के इस वक्त!''

''जी।''

बुरी तरह हैरान रह गई थी वह, क्योंकि गुलाटी ने उसे इस तरह पहले कभी नहीं बुलाया था। ध्यान से पियोन की तरफ देखते हुए कहा–''कहां हैं वे इस वक्त?''

''ऊपर, लॉबी में।''

''क्या कर रहे हैं?''

पियोन ने अंगूठे से अपने होठों की तरफ इशारा करके बताया कि पी रहे हैं। नैना के लिए यह नई बात थी।

उसने गुलाटी को पहले कभी न पीते देखा था, न नशे में महसूस किया था।

इसीलिए पूछा–''वे पीते हैं?''

''रोज।''

''रोज?'' नैना को आश्चर्य हुआ। फिर, जेहन में आया–'खैर, भाड़ में जाए! मुझे क्या? मगर, मुझे क्यों बुलाया है उसने?'

और फिर अचानक ही दिमाग में विस्फोट-सा हुआ–'मॉय गॉड, कहीं उसे पता तो नहीं लग गया है कि मैंने उसे तिज़ोरी में डॉलर्स रखते देख लिया है? मुझे यहां राजेश सर ने भेजा हुआ है!'

कोई लॉजिक, कोई तर्क न होने के बावजूद उपरोक्त ख्याल ने उसके सारे जिस्म में झुरझुरी-सी दौड़ा दी थी।

पलक झपकते ही मस्तक पर पसीना उभर आया। उसके साथ इस वक्त जो भी हो रहा था उसे सिर्फ और सिर्फ चोर की दाढ़ी में तिनके की संज्ञा दी जा सकती थी।

फिर, दिल पक्का किया और ऊपर पहुंच गई।

आहट सुनकर सोफे पर बैठा गुलाटी उठकर खड़ा हो गया। उससे पहले उसने सिगार का अंतिम सिरा ऐश्ट्रे में कुचल दिया था। होठों पर बहुत ही मोहक मुस्कान बिखेरता बोला–''आओ नैना।''

''जी कहिए।''

''ओफ्फो! आओ तो सही। या वहीं खड़े-खड़े बात करोगी?'' नैना आगे बढ़ी। सोफा सेट के बीच पहुंची। इस बीच उसने गुलाटी की आंखों में एक खास किस्म की चमक की मौजूदगी पाई थी। उसे नशे में तो नहीं, हल्के सुरूर में कहा जा सकता था।

''बैठो।'' गुलाटी ने सामने वाले सोफे की तरफ इशारा किया। वह बैठ गई। वह भी वापस बैठा। सेंटर टेबल पर रखा गिलास उठाया। एक घूंट लिया और उसे वापस रखता हुआ बोला–''मुझे पीते देखकर तुम्हें आश्चर्य तो हो रहा होगा!''

''हां सर, मुझे मालूम नहीं था कि आप . . .''

''नहीं।'' उसने उसकी बात काटकर कहा–''न हम काकू की तरह रोज पीते हैं, न ही बेसुध हो जाते हैं। कभी-कभी, जब ज्यादा खुश होते हैं तो एकाध पैग ले लेते हैं।''

नैना की इच्छा यह कहने की हुई कि पियोन तो कह रहा था, रोज लेते हैं लेकिन कहा नहीं। असल में अभी-भी वह यह न समझ पाई थी कि गुलाटी ने उसे क्यों बुलाया है और सीधे-स्वभाव वही पूछ लिया–''आपने मुझे क्यों बुलाया है सर?''

''अपने बारे में कुछ–।'' वह अटका, फिर बोला–''बल्कि बहुत कुछ बताने के लिए।''

''म . . . मुझे ही क्यों?''

''हां। यह भी सवाल है।'' संभालने की लाख चेष्टाओं के बाद भी उसकी जुबान लड़खड़ाई थी–''कि तुम ही क्यों मगर, इस सवाल का जवाब मैं बाद में दूंगा। पहले अपने बारे में बता तो लूं!''

''जी।''

''काकू ने कभी कुछ बताया?''

''आपके बारे में?''

''हूं।''

''नहीं।''

''गधा है साला।'' वह कहता चला गया–''यह भी नहीं बताया कि पैंतालिस साल का होने के बावजूद मैंने शादी क्यों नहीं की?''

''जी, ऐसी कोई बात ही नहीं हुई और फिर किसी की पर्सनल लाइफ से मेरा मतलब ही क्या? मैं अपना काम करती . . .''

''मैं बताता हूं।'' वह ऐसे अंदाज में चालू हो गया जैसे नैना के लफ्ज उसके कानों तक ही न पहुंचे हों–''स्टूडेंट लाइफ में एक लड़की मिली थी। लड़कियां तो बहुत मिली थीं लेकिन ऐसी एक ही थी जो इस दिल में उतर गई थी। संगीता–संगीता नाम था उसका। सबकुछ बताने लगा तो कहानी बहुत लंबी हो जाएगी। बस यूं समझ लो कि मैं उसका और धीरे-धीरे वह भी मेरी दीवानी हो गई थी। दोनों के पेरेंट्स हमारी शादी के लिए तैयार थे। मंगनी भी हो चुकी थी लेकिन शादी से पांच दिन पहले . . . बस पांच दिन पहले एक कार एक्सीडेंट में वह मेरा साथ छोड़ गई।''

नैना ने देखा–उसकी आंखें भर आई थीं।

वह ठीक से निश्चय न कर पाई कि कैसे रियेक्ट करे!

स्वाभाविक तो यह था कि वह उससे सहानुभूति दिखाए।

पूछे कि एक्सीडेंट कैसे हुआ था।

मगर जाने क्यों, वह ऐसा न कर सकी।

''खैर!'' जैसे उसने खुद को नियंत्रित किया–''उसके बाद सबने शादी करने के लिए खूब कहा। मां-बाप तो बेचारे कहते-कहते चले ही गए। मैंने नहीं की। मन ही न हुआ। सोचा था–संगीता की यादों में ही जिंदगी गुजार दूंगा लेकिन . . . यहां जैसे वह जानबूझकर रुक गया था।

नैना को लगा, वह चाहता है कि मैं पूछूं–'लेकिन क्या?'

और वह, वह कहे जो ऐसे मौकों पर अक्सर मर्द कहते हैं। नैना को इल्म-सा होने लगा था कि उसने उसे क्यों बुलाया है। बहरहाल, वह एक लड़की थी और लड़कियों को कुदरत ने समय से पहले ही ऐसे

इल्म भांप लेने की क्षमता विशेष रूप से दी है। उसका दिल ज़ोर-ज़ोर से धड़कने लगा था।

उसने वह नहीं किया जो उसके ख्याल से वह चाहता था यानी गुलाटी की स्टोरी आगे सुनने की इच्छा जाहिर न की।

पर गुलाटी पर कोई फ़र्क न पड़ा।

कुछ देर उसने नैना द्वारा सवाल करने की प्रतीक्षा की मगर जब सवाल नहीं आया तो बोला–''लेकिन शायद कुदरत को यह मंजूर नहीं, खुद उसी ने सोचा है कि हमने खुद पर बहुत जुल्म कर लिए। पूछो क्यों? क्यों लगता है हमें ऐसा?''

अब, नैना को पूछना पड़ा–''क्यों?''

''उसने हमारे सामने दूसरी संगीता लाकर खड़ी कर दी। हूबहू संगीता। दोनों में कोई फ़र्क नहीं। एक उठाओ, दूसरी बैठाओ। तुम ही बताओ–अब हम क्या करें?''

''मैं समझ नहीं पा रही हूं सर कि–''

''यह पूछो पागल लड़की कि वह कौन है?''

''कौन है?'' उसके मुंह से निकला।

''तुम।'' उसने वही कहा जिसकी नैना को आशंका हो गई थी।

फिर भी, फौरन कोई प्रतिक्रिया व्यक्त न कर सकी वह। जड़-सी बैठी रह गई थी।

बड़ी-बड़ी आंखें गुलाटी के चेहरे पर स्थिर जरूर थीं परंतु उनमें भाव ऐसे थे जैसे उसके चेहरे को देख ही न रही हों।

एक करोड़ ग्यारह लाख के डॉलर्स की जो गड्डियां गुलाटी ने लाल अटैची से तिज़ोरी में शिफ्ट की थीं, उन्हें तिज़ोरी से अटैची में डालने में राजेश कुमार को दस मिनट लग गए। इतना ही नहीं, तिज़ोरी में गुलाटी की भी काफी रकम और गोल्ड आदि था, राजेश कुमार ने उसे भी अटैची के हवाले किया।

सीडीज और पंकज-सोनम के कांट्रेक्ट की उसमें पांच-पांच कापियां थीं, वे भी अटैची में। उसे यकीन था कि गुलाटी के पास उनके अलावा और कोई कापी नहीं हो सकती। यह कहा जाए तो गलत न होगा कि राजेश कुमार ने तिज़ोरी पूरी तरह खाली करके वापस दीवार की तरफ घुमा दी थी। अर्थात् गुलाटी को अपने साथ हुए 'गजब' के बारे में तब तक पता नहीं लग सकता था जब तक कि वह किसी काम से तिज़ोरी न खोले।

राजेश कुमार को क्योंकि अपने प्लान में पूर्ण कामयाबी मिली थी इसलिए वह बेहद खुश था। इतना ज्यादा कि—मस्ती में सीटी बजा उठा वह। जानता जो था कि—कमरे का दरवाज़ा बंद होने और गुलाटी के वहां से दूर होने के कारण आवाज़ उस तक न पहुंचेगी।

अब बस उसके दिमाग में अटैची के साथ गुलाटी के बंगले से सुरक्षित निकल जाने की बात थी और उसे मालूम था कि इस काम को वह आसानी से अंजाम दे लेगा।

ज्यादा से ज्यादा पंकज की मदद लेनी पड़ेगी।

इस बात का फ़ैसला उसे नीचे पहुंचकर लेना था अतः कमरे का दरवाज़ा खोला और—उसे खोलते ही कानों में आवाज़ें पड़ीं।

किन्हीं लोगों के बात करने की आवाज़ें।

वह सतर्क हो गया।

दबे पांव गैलरी के सिरे पर पड़े पर्दे की तरफ बढ़ा। वहां पहुंचते पहुंचते उसने दोनों आवाज़ों को पहचान लिया था . . .

एक गुलाटी की थी, दूसरी नैना की।

जिस वक्त उसने पर्दे की झिर्री से झांककर लॉबी में देखा उस वक्त गुलाटी नैना से कह रहा था—''वह तुम हो नैना। यकीन मानो, तुम हूबहू संगीता हो। केवल तुम मेरी जिंदगी संवार सकती हो।''

''सर।'' राजेश कुमार ने नैना के कसे जबड़े देखे—''मेरे ख्याल से आप होश में नहीं हैं। अब आपको सो जाना चाहिए।''

''ऐसा मत कहो नैना, अगर तुम्हें हमारा पीना पसंद नहीं है तो ऐ . . . ये लो।'' उसने आधा भरा हुआ गिलास उठाया और कारपेट पर छोड़ दिया–''अभी से बंद।''

''आप चाहे जितनी पिएं, मुझसे क्या?'' वह खड़ी हो गई थी।

''तुम्हें इतनी बुरी लगी हमारी बात?''

नैना तमतमाई–''आप बातें ही गंदी-गंदी कर रहे हैं।''

''अरे! इसमें गंदी बात क्या हो गई! अपने दिल की बात ही तो बताई है तुम्हें! उसे, जो हूबहू संगीता है।''

''आपको कब से संगीता नजर आने लगी मुझमें?''

''शुरू से।'' उसने तुरंत कहा–''कसम से, शुरू से। उसी दिन से जिस दिन तुम्हें पहली बार देखा था। पर कह न सका। हिम्मत ही न पड़ी। वरना कोई ऐसे नौकरी देने किसी के घर जाता होगा जैसे मैं गया! मैं यह चाहता था कि तुम मेरे नजदीक रहो।''

नैना के जेहन में विस्फोट-सा हुआ।

उसकी नॉलिज में तो यह था कि वह उसके घर राजेश कुमार और पंकज के कहने से गया था मगर यह बात वह कह नहीं सकती थी क्योंकि उसके ख्याल से गुलाटी को यह बात मालूम न थी। कड़े लहजे में इतना ही कहा उसने–''मैं सोच भी नहीं सकती थी कि आप मेरे घर इतनी गंदी नीयत से गए थे!''

''नहीं नैना . . . नहीं। उसे गंदी नीयत मत कहो . . . प्लीज!'' वह इस तरह तड़पा जैसे असहनीय पीड़ा से गुजरा हो–''अच्छा सुनो, सुनना ही चाहती हो तो सुनो कि कुदरत किस तरह हमें करीब लाने के काम कर रही थी–यह जानकारी मुझे काकू ने दी कि आरोग्य अस्पताल से तुम्हारी नौकरी छूट गई है। उसी ने मुझसे तुम्हें नौकरी देने के लिए कहा और–जब उसने कहा तो मुझे यकीन हो गया कि कुदरत हमें करीब ला रही है। मैं फौरन तुम्हारे घर पहुंच गया। इसलिए नहीं कि काकू ऐसा चाहता था बल्कि इसलिए कि मैं ऐसा चाहता था।''

‘‘आप पता नहीं क्या-क्या बकवास कर रहे हैं!’’

वह फिर, अपनी धुन में कहता चला गया–‘‘अब यह पूछो कि यह सब कहने के लिए मैंने आज ही का दिन क्यों चुना?’’

‘‘मुझे कुछ भी जानने में कोई दिलचस्पी नहीं है।’’

‘‘मगर मैं बताऊंगा।’’ वह बोला–‘‘हालांकि मेरे पास पहले से भी कोई कमी नहीं है। मेहरबानी है ऊपर वाले की मगर आज . . . आज की तो बात ही और है। तुम शायद यकीन नहीं करोगी नैना, मैं तुम्हें दो सौ बीस किलो सोने से लाद सकता हूं। सुना तुमने! दो सौ बीस किलो सोने से। कहोगी तो अभी की अभी इतनी दौलत के दर्शन भी करा दूंगा जितनी दौलत से पूरा दो सौ बाइस किलो सोना खरीदा जा सकता है। बस एक बार हां कर दो।’’

नैना समझ गई वह कौनसे नशे में बोल रहा है। उसका दिल गुलाटी के प्रति घृणा से भर गया था।

बोली–‘‘एक तरफ प्यार का दम भर रहे हो, दूसरी तरफ सोने का लालच दे रहे हो! जानते हो इसका मतलब क्या हुआ गुलाटी! इसका मतलब ये हुआ कि तुम प्यार की एबीसीडी तक नहीं जानते। जिंदगी में तुम्हें कभी प्यार हुआ ही नहीं। अब तो मुझे यह शक है कि तुम्हारी जिंदगी में कोई संगीता आई भी थी या नहीं! लगता है–संगीता वाली कहानी तुम पहले भी कई लड़कियों को सुना चुके हो, बेवकूफ बना चुके हो उन्हें लेकिन मुझे बेवकूफ मत समझना . . . मैं जा रही हूं।’’ तमतमाए हुए अंदाज में कहने के साथ वह सीढ़ियों की तरफ लपकी थी।

गुलाटी ने लपककर उसकी कलाई पकड़ ली थी और यही क्षण था जब राजेश कुमार ने जेब से मोबाइल निकालकर वहां चल रहे ड्रामे की रिकार्डिंग करनी शुरू कर दी। उसके चेहरे पर ऐसे भाव थे जैसे जाते-जाते बटेर हाथ लग गई हो।

कलाई छुड़ाने का प्रयास करती नैना ने कहा–‘‘छोड़ो मुझे।’’

''कहां जा रही हो?'' कहते वक्त गुलाटी को जरा भी पता न था कि उसकी कुटिल मुस्कान किसी मोबाइल में कैद हो गई है।

''तुम्हारे इस गंदे हॉस्पिटल से बाहर।''

''ठीक कहा तुमने। तुम उतनी बेवकूफ लड़की नहीं हो जितनी मुझे पहले मिलती रही हैं। उनसे बहुत ज्यादा बेवकूफ लड़की हो तुम।'' एकाएक उसके तेवर बदल गए–''मेरी संगीता वाली स्टोरी के लपेटे में आकर उन्होंने मुझे वह दिया जो मैं उनसे चाहता था और मुझसे वह लिया जो वे मुझसे चाहती थीं लेकिन लगता है–तुम वो गंवा दोगी जो मैं चाहता हूं और वह भी हासिल न कर सकोगी जो तुमसे कम बेवकूफ लड़कियां मुझसे लूटकर ले गईं।''

अब . . . गुलाटी के चेहरे पर वह एक वहशीपन देख रही थी। उसे देखकर अंदर ही अंदर बुरी तरह डर गई वह।

अपनी कलाई छुड़ाने की कोशिश करती फिर गुर्राई–''छोड़ो मुझे।''

''अब भी कहता हूं, राजी से मान जा–इतना दे दूंगा कि जिंदगी भर ऐश करेगी। वरना फ्री-फंड में गंवा देगी सबकुछ। क्योंकि अब मैं तुझे यहां से ऐसे ही तो जाने नहीं दूंगा। चली गई तो पता नहीं डॉक्टर गुलाटी के बारे में लोगों से क्या-क्या कहेगी! कुछ गंवा दिया तो कहने से पहले अपनी इज्जत के बारे में भी तो सोचेगी!''

''छोड़! कमीने! कुत्ते! छोड़ मुझे।'' चिल्लाने के साथ उसने पूरी ताकत से कलाई छुड़ाने की कोशिश की थी।

''चिल्ला! खूब चिल्ला! लेकिन यहां तेरी आवाज़ सुनने वाला कोई नहीं है।'' कहने के साथ गुलाटी ने उसे इतना तेज झटका दिया था कि मुंह से चीख निकालती हुई वह सोफे के पीछे जा गिरी और उस वक्त उठने की कोशिश कर रही थी जब गुलाटी ने जीने का गेट बंद करने के साथ चटकनी चढ़ाते हुए कहा–''जो गुंजाइश इसकी वजह से थी, वह भी खत्म।''

नैना खड़ी हो चुकी थी। बुरी तरह कांपती हुई चीखी–''जाने दे मुझे।

मैं तेरे बारे में ऐसा सोच भी नहीं सकती थी।''

''मैं भी तेरे बारे में ऐसा नहीं सोच सकता था।'' गुलाटी उसकी तरफ बढ़ता हुआ बोला–''मैंने सोचा था सबकुछ उसी तरह प्यार से निपट जाएगा जैसे आज से पहले, तुझसे पहली लड़कियों के साथ निपटता रहा है। इसीलिए तो बात अपनी पेटेंट संगीता वाली स्टोरी से शुरू की थी मगर तू एक नंबर की गधी . . .''

''खबरदार! मेरी तरफ मत बढ़ना।'' नैना ने तेजी से झपटकर एक स्टूल पर, बतौर शोपीस रखी ठोस पीतल की बनी मां काली की वह मूर्ति उठा ली जिसकी जीभ बाहर निकली हुई थी। उसे गुलाटी पर तानती हुई गुर्राई–''एक तरफ हटो। मुझे जाने दो यहां से।''

''अरे वाह! तू तो मजा ही कुछ अलग देगी।'' वह लगातार उसकी तरफ बढ़ता हुआ बोला–''ऐसी रणचंडी तो मैंने पहली बार देखी है। पहले क्यों नहीं मिली तू!''

नैना गुर्राती और चीखती भले ही रही हो पर अंदर से बुरी तरह डरी हुई थी। तभी तो, गुलाटी बराबर उसकी तरफ बढ़ता रहा और वह मूर्ति हाथ में होने के बावजूद पीछे हटती रही।

पीछे दीवार आ गई। अब कोई रास्ता न था। गुलाटी बगैर जरा भी डरे उसकी तरफ बढ़ा चला आ रहा था।

दोनों हाथों में मूर्ति को जकड़े वह दांत भींचकर बोली–''मैं तुझे जान से मार दूंगी।''

''मैं तो पहले ही मरा पड़ा हूं जानेमन।''

नैना ने तेजी से मूर्ति उसकी तरफ घुमाई मगर, गुलाटी क्योंकि पहले से सावधान था इसलिए नीचे झुककर खुद को बचा गया। पूरी तरह हवा में घूमने के बाद मूर्ति दीवार से टकराई थी। गुलाटी हंसता हुआ सीधा हुआ और यहीं मात खा गया।

नैना ने मूर्ति वापस घुमाई थी और इस बार वह उसके सिर से टकराई। हलक से चीख निकली। सिर से खून का फव्वारा।

वह कारपेट पर जा गिरा था।

नैना दरवाज़े की तरफ दौड़ी मगर कारपेट पर पड़े ही पड़े गुलाटी ने उसकी टांग पकड़ ली। परिणामस्वरूप नैना धड़ से गिरी। गुलाटी उसे दबोचने के लिए झपटा।

नैना ने अपने बचाव में लेटे ही लेटे एक बार फिर मूर्ति हवा में घुमा दी थी और वह फिर गुलाटी के सिर से टकराई।

उसके हलक से फिर चीख निकली। त्यौराकर दूसरी करवट जा गिरा था वह। मूर्ति संभाले नैना उछलकर खड़ी हुई, दरवाज़े की तरफ दौड़ी। इस बार गुलाटी ने उसे रोकने की कोई कोशिश न की थी। इतना ही नहीं, उसके मुंह से कोई आवाज़ भी न निकली थी।

शायद इसीलिए, दरवाज़े के करीब पहुंचकर नैना रुक गई। पलटकर कारपेट पर पड़े गुलाटी की तरफ देखा–उसके जिस्म में कोई हरकत न थी। नैना के जिस चेहरे पर अभी तक जलजला नजर आ रहा था उस पर खौफ़ के भाव उभरे। उस पर पड़े गुलाटी के खून की छींटों के कारण वह बहुत भयानक लग रहा था।

दौड़कर गुलाटी के नजदीक आई।

उसके जिस्म में ज़ोर से ठोकर मारी।

वह पलट गया लेकिन मुंह से आवाज़ न निकली।

''न . . . नहीं।'' ज़ोर से चिल्लाकर नैना ने मूर्ति फैंकी।

उसके कारपेट से दूर, मार्बल के फर्श पर गिरने के कारण ज़ोरदार आवाज़ हुई थी और फिर देर तक झनझनाहट गूंजती रही। ''नहीं–नहीं।'' चिल्लाती हुई नैना दरवाज़े की तरफ दौड़ी। हड़बड़ी के भाव उस सबको शूट करते राजेश कुमार के चेहरे पर भी उभरे थे। वे भाव ऐसे थे जो बता रहे थे कि ड्रामे के इतनी पीक पर पहुंच जाने की उम्मीद उसे भी न थी।

उधर, बदहवास हालत में चीखती-चिल्लाती नैना दरवाज़ा खोल कर उन सीढ़ियों पर उतरती चली गई जो हॉस्पिटल जोन तक जाती

थीं इधर, राजेश कुमार ने रिकार्डिंग बंद की। मोबाइल जेब में डाला और अटैची को जहां की तहां छोड़कर दौड़ता हुआ कारपेट पर पड़े लहूलुहान गुलाटी के नजदीक पहुंचा।

इस बात का उसने पूरा ख्याल रखा था कि गुलाटी के खून में उसके जूते आदि का निशान न बन सके।

नाड़ी चैक की।

गायब।

राजेश कुमार घबरा गया।

घबराए हुए अंदाज में ही उसने इधर-उधर देखा–सेंटर टेबल के नीचे नैना का वह मोबाइल पड़ा नजर आया जो खुद से बात करने के लिए उसी ने उसे दिया था। शायद वह हाथापाई के दरम्यान वहां गिर गया था।

राजेश कुमार ने तुरंत उसे अपनी जेब के हवाले किया। नीचे से लोगों के ज़ोर-ज़ोर से बोलने की आवाज़ें आ रही थीं।

राजेश कुमार को यह समझते देर न लगी कि कुछ ही पलों में नीचे से भागते-दौड़ते लोग यहां पहुंचने वाले हैं अतः एक जम्प में गुलाटी की लाश से दूर हुआ और दूसरी जम्प में अटैची के पास था।

एक क्षण भी गंवाए बगैर उसने अटैची उठाई और उस जीने की तरफ दौड़ पड़ा जिससे आया था।

नीचे पहुंचा।

जीने के सिरे से झांककर लोहे वाले गेट की तरफ देखा–गार्ड नदारद था। शायद वह भी शोरगुल मचाने वाले हॉस्पिटल के अन्य स्टाफ, मरीजों और तिमारदारों में शामिल हो गया था। फरार होने के लिए राजेश कुमार को और क्या चाहिए था!

राजेश कुमार ने मॉल की पार्किंग से गाड़ी निकाली।

उसे तेजी से ड्राइव करता बैंग्लो पहुंचा और बोतल खोल ली। एक

तो पहले ही से तलब लगी हुई थी, ऊपर से घटना भी ऐसी हो गई कि दिमाग हिला पड़ा था। रहा न गया तो एक नंबर मिलाया। पहली रिंग पर कॉल रिसीव की गई। लेडीज आवाज़ उभरी थी–''कितनी देर से तुम्हारे फोन का इंतजार कर रही हूं काकू!''

''फ . . . फुर्सत ही अब मिली है।''

''काम हो गया?''

''हां। काम तो हो गया है।'' राजेश कुमार ने कहा–''दोनों सीडी भी हासिल कर ली हैं और पंकज-सोनम का कांट्रेक्ट भी।''

''डॉलर्स?''

''वे भी।''

''गुड।'' खुश होकर कहा गया–''मुबारक हो।''

''म . . . मुबारक तो हो लेकिन एक बहुत बड़ी गड़बड़ हो गई है डार्लिंग।'' राजेश कुमार की आवाज़ कांप रही थी।

दूसरी तरफ से चौंककर पूछा गया–''क्या हुआ?''

''नैना ने गुलाटी का खून कर दिया है।''

''क . . . क्या?'' दूसरी तरफ से बोलने वाली के हलक से चीख-सी निकल गई थी–''क्या कह रहे हो तुम? ये हमारे प्लान में कब था?''

''तभी तो कह रहा हूं कि गड़बड़ हो गई है।''

''प . . . पर ये हुआ कैसे?''

राजेश कुमार धारा-प्रवाह सबकुछ बताता चला गया। उसकी बात पूरी होते ही दूसरी तरफ से दहशत में डूबे स्वर में कहा गया–''और तुमने सारे वाकिए की वीडियो फिल्म बना ली!''

''हां। मेरे कम्यूनिकेटर में है लेकिन . . .''

''लेकिन?''

''वो तो अच्छा हुआ प्राची, कि उनकी उठा-पटक के कारण नैना को दिया गया मेरा मोबाइल वहां गिर गया और मैं उसे उठा लाया। वह

पुलिस के हाथ लग जाता तो जरूर पूछा जाता कि मेरे और नैना के बीच इतनी बार क्या बातें हुई? इस सवाल का जवाब न तो मैं दे सकता था, न ही नैना दे पाती।''

''पर खतरा अभी टला नहीं है काकू।'' दूसरी तरफ से बोलने वाली प्राची ही थी–''मेरे ख्याल से नैना पुलिस पूछताछ का सामना कर सकेगी। टूट जाएगी वह। अगर उसने पुलिस को बता दिया कि वह वहां सिर्फ नर्स नहीं थी बल्कि तुम्हारे और पंकज के–''

''वही सोच-सोचकर तो मेरे होश उड़े जा रहे हैं।''

''किसी भी तरह उसे पुलिस को वह सब बताने से रोको।''

''कैसे प्राची? कैसे?'' राजेश कुमार के दांत भिंच गए–''उसके लिए पुलिस पूछताछ से पहले मेरा नैना से मिलना जरूरी है लेकिन कैसे मिलूं मैं उससे? मुझे क्या पता गुलाटी के बंगले पर क्या हो गया है? किस बहाने से जा सकता हूं मैं वहां?''

दूसरी तरफ खामोशी छा गई।

स्पष्ट था कि प्राची पर भी उसके सवालों का कोई जवाब नहीं था। तभी, बाहर से किसी गाड़ी के इंजन की आवाज़ आई। राजेश कुमार ने जल्दी से कहा–''शायद गुलाटी की एंबुलेंस का ड्राइवर पंकज को लेकर पहुंच गया है। बंद करता हूं प्राची। तुम फोन मत करना। जब मौका होगा मैं ही करूंगा।''

राजेश कुमार ने फोन काट दिया था।

लॉबी में कदम रखते ही पंकज की नजर लाल अटैची पर पड़ी।

वह कह उठा–''मतलब फ़तह!''

''हां।'' राजेश कुमार के मुंह से संक्षिप्त-सा जवाब फूटा।

पंकज ने पूछा–''पूरी या अधूरी?''

''मतलब?''

''केवल रकम मिली या सीडीज और कांट्रेक्ट . . .''

''हमारा अनुमान सेंट परसेंट ठीक निकला। वे तीनों चीजें भी उसने

वहीं रखी थीं जहां रकम ले जाकर रखी। तीनों चीजों की पांच-पांच कापियां करा रखी थीं उसने। हम सब ले आए।''

''हुर्रे!'' वह खुशी की ज्यादती के कारण उछल पड़ा और ऐसा पहली बार हुआ जब जोश में राजेश कुमार के हाथ से बोतल छीन ली और मुंह से लगाकर गटागट पीता चला गया।

राजेश कुमार उसे देखता रहने से ज्यादा कुछ न कर सका।

बोतल मुंह से हटाकर पंकज खुशी से झूमता बोला–''उसके द्वारा मुझे सड़क पर छोड़ आने के कारण जो बोरियत और तकलीफ़ हुई थी, उसे एक ही झटके में हमारी इस कामयाबी ने दूर कर दिया। अब जरा डिटेल में बताइए–क्या-क्या हुआ वहां? उसने कहां रखी थी यह अटैची? नैना ने उस स्थान का पता कैसे लगाया और फिर वहां से आपने इसे कैसे उड़ाया?''

मगर, राजेश कुमार ने जैसे उसकी बात सुनी ही नहीं। अचानक उसके दिमाग में एक प्लान बना था–बहुत ही छोटा सा प्लान। वह, जिसके जरिए वह गुलाटी के बंगले पर जा सकता था। और फिर, बगैर देर किए वह उस प्लान पर अमल करने में जुट गया। अपने मोबाइल में उलझा हुआ था वह।

''क्या कर रहे हो सर?'' पंकज ने पूछा।

''गुलाटी को फोन लगा रहे हैं।''

''क्यों?''

''उसकी एंबुलेंस का ड्राइवर तुम्हें यहां छोड़ गया।'' राजेश कुमार ने कहा–''उसका शुक्रिया तो अदा कर दें।''

''छोड़िए न सर।'' पंकज बोला–''क्या शुक्रिया अदा करना उस हरामजादे का! वही तो छोड़कर आया था मुझे वहां।''

''फिर भी।'' गुलाटी के फोन पर जा रही बैल को सुन रहे राजेश कुमार ने कहा–''कट्सी के नाते हमें ऐसा करना चाहिए ताकि उसे कभी हम पर किसी तरह का शक न हो।''

''अब शक हो भी जाए तो क्या फ़र्क पड़ता . . .''

राजेश कुमार ने हाथ उठाकर उसे चुप रहने का संकेत किया क्योंकि दूसरी तरफ से आवाज़ उभरी थी–''यस राजेश सर।''

राजेश कुमार पहचान गया। आवाज़ इंस्पेक्टर सलबटे की थी परंतु अंजान बनता बोला–''कौन?''

''सलबटे बोल रहा हूं सर।''

''सलबटे?'' राजेश कुमार ने चौंकने की एक्टिंग की–''तुम्हारा फोन कैसे लग गया? हमने तो गुलाटी का . . .''

''जी।'' सलबटे ने उसकी बात काटकर कहा–''यह मोबाइल अब मेरे पास है और आपको सीधे-सीधे नाम से इसलिए पुकार सका क्योंकि स्क्रीन पर आपका नाम लिखा आ गया था।''

''पर यह फोन तुम्हारे पास क्यों है?''

''वो सब बाद में।'' सलबटे बोला–''सबसे पहली बात यह है कि मैं आपको फोन करने वाला था। तभी आपका फोन आ गया। मेरी समझ में नहीं आ रहा कि यह चमत्कार कैसे हो गया?''

''म . . . मतलब?''

''कैसे फोन किया अपने दोस्त को? वह भी रात के इस वक्त बल्कि . . . सुबह-सुबह कहा जाए तो ज्यादा मुनासिब होगा क्योंकि अब अगले दिन के चार बज चुके हैं।''

राजेश कुमार के जेहन में सलबटे की यह बात अटककर रह गई कि वह उसे फोन करने वाला था। इसका तो एक ही मतलब था।

यह कि–नैना उसका नाम ले चुकी है और–यदि ऐसा हो चुका है तो बंटाधार हो चुका है। एक तरह से खेल ही खत्म है।

अपनी मनःस्थिति को छुपाए रखकर राजेश कुमार कड़क लहजे में बोला–''हम गुलाटी को कभी-भी फोन करें, तुमसे मतलब?''

''पहले मतलब नहीं था लेकिन अब मतलब है।''

''हम समझ नहीं पा रहे तुम कैसी बातें कर रहे हो!''

''डॉक्टर गुलाटी के मोबाइल की कॉल डिटेल बता रही है कि अब से करीब डेढ़ घंटे पहले भी आपने फोन किया था। वही पूछने के लिए फोन करने वाला था मैं आपको। क्यों किया था वो फोन?''

राजेश कुमार के जेहन से यह डर काफूर हुआ कि सलबटे उसे नैना द्वारा कुछ बताए जाने के कारण फोन करने वाला था क्योंकि बात क्लीयर हो गई थी। अब तो वह दुगुनी धमक के साथ कहता चला गया–''तुम्हारा दिमाग खराब हो गया है सलबटे, तुम हमसे इस तरह कैसे बात कर सकते हो! हम अपने दोस्त को चाहे . . .''

''आपका दोस्त अब इस दुनिया में नहीं है सर।''

''क . . . क्या?'' राजेश कुमार उछल पड़ा–''क्या बका तुमने?''

''जो मैंने बका, दुरुस्त बका। डॉक्टर साहब की लाश मेरी आंखों के सामने पड़ी है। फ़िंगर प्रिंट्स डिपार्टमेंट वाले अपना काम कर रहे हैं इसलिए मुझे आपसे बात करने की फ़ुर्सत मिल गई।''

''य . . . ये तुम क्या बक रहे हो सलबटे!'' चीखता हुआ अपने स्थान से खड़ा हो गया था राजेश कुमार–''दिमाग तो ठीक है तुम्हारा! अभी, करीब डेढ़ घंटा पहले ही तो हमारी उससे बात हुई है। बिल्कुल ठीक-ठाक था वह। पंकज किसी काम से ठाणे गया था। रास्ते में उसके साथ राहजनी हो गई। बदमाशों ने उसकी गाड़ी के टायरों की हवा निकाल दी थी। हमने गुलाटी से कहा था कि अपनी एंबुलेंस के ड्राइवर को भेजकर पंकज को वहां से पिकअप करा ले। कुछ ही देर पहले ड्राइवर पंकज को हमारे बैंग्लो पर छोड़कर गया है और अभी हमने गुलाटी को शुक्रिया कहने के लिए फोन किया है तो तुम बता रहे हो कि . . . कि . . .।'' राजेश कुमार ने ऐसी एक्टिंग की जैसे आगे के लफ्ज चाहकर भी मुंह से न निकल सके हों।

पंकज साफ-साफ देख रहा था कि दूसरी तरफ से राजेश कुमार को

कोई ऐसी खबर सुनने को मिली है जिस पर न केवल वह यकीन नहीं कर पा रहा है बल्कि जिसने उसे हिलाकर रख दिया है। क्या खबर है वह?

जानने के लिए पंकज व्यग्र हो उठा।

जबकि दूसरी तरफ से सलबटे कह रहा था–''जितना आपको इस खबर ने हैरान-परेशान किया है राजेश सर कि गुलाटी अब इस दुनिया में नहीं रहा उससे ज्यादा हैरानी यह जानकर होगी कि उसका कारण कौन है। किसकी वजह से दुनिया में नहीं रहा वह।''

''क . . . क्या कहना चाहते हो?''

''नैना।'' कहा गया–''नैना है वो।''

''क्या?''

''गुलाटी का मर्डर नैना ने किया है।''

''दिमाग खराब हो गया है तुम्हारा! नैना गुलाटी का मर्डर क्यों करेगी? वह . . . वह मासूम तो एक चींटी तक को नहीं मार सकती।''

''य . . . ये क्या कह रहे हैं सर? ये क्या कह रहे हैं आप?'' पूरी बात समझ में आते ही पंकज पर जैसे बिजली गिर पड़ी थी। पागलों की तरह राजेश कुमार के दोनों कंधे पकड़कर झंझोड़ता हुआ चीखता चला गया था वह–''नैना ने गुलाटी का मर्डर कर दिया! कैसे हो सकता है ऐसा? क्यों होगा? सलबटे बक रहा है।''

पंकज की हालत ऐसी हो गई थी कि अब राजेश कुमार फोन पर सलबटे से बात नहीं कर सकता था। वैसे भी, अब उसे ज्यादा बातें करने की जरूरत नहीं थी। उसका वह परपज हल हो चुका था जिसके लिए गुलाटी के मोबाइल पर फोन लगाया था। अब उसके पास घटनास्थल पर पहुंचने का, पुलिस की विस्तृत पूछताछ से पहले नैना को फीड करने का पूरा बहाना था।

फोन पर इतना ही कहा–''हम वहीं आ रहे हैं सलबटे।''

''क्या हुआ सर? हुआ क्या है?'' पूछते वक्त पंकज की हालत पागलों जैसी हो रही थी–''मुझे भी तो कुछ बताइए।''

''हमें भी उतना ही मालूम है पंकज जितना उसने बताया है और तुम भी लगभग सभी सुन चुके हो। वह यह अविश्वसनीय बात कह रहा है कि नैना ने गुलाटी की हत्या कर दी है।''

पंकज चीखा–''नहीं हो सकता सर, यह हो ही नहीं सकता।''

''हमने भी तो यही कहा लेकिन . . .।'' उसने पंकज के कंधों पर हाथ रखकर कहा–''आओ, चलकर देखते हैं–क्या हुआ है।''

''घटनास्थल की ज्यादा बारीकी से छानबीन की जरूरत तो तब पड़ती जब कोई पेंच नजर आता।'' सलबटे कहता चला गया–''जो यहां हुआ है, शीशे की तरह साफ और क्लीयर है। नैना खुद कह रही है कि गुलाटी की हत्या उसी ने की है और यहां के हालात भी उसके बयान की पुष्टि कर रहे हैं।''

''पर क्यों? क्यों करेगी वह ऐसा?'' पंकज आपे से बाहर होकर चीख पड़ा–''उसे क्या जरूरत थी गुलाटी को मारने की?''

सलबटे ने बहुत गौर से पंकज को देखा और फिर राजेश कुमार से संबोधित हुआ–''राइटर साहब कुछ ज्यादा ही नहीं भड़क रहे हैं सर! इसका कारण मेरी समझ में नहीं आया। एक ऐसी लड़की के लिए इतना भड़कने की क्या जरूरत है जिससे इनका इससे ज्यादा कोई संबंध नहीं है कि वह नर्स के तौर पर उन्हीं दिनों आपके बैंग्लो पर रही, जिन दिनों ये भी राइटर के तौर पर रह रहे थे।''

राजेश कुमार को सलबटे की आंखों में गिजबिजाते संदेह के कीड़े साफ नजर आ गए थे। भले ही वह पंकज की बेवकूफी से हुआ हो लेकिन राजेश कुमार को लगा–सलबटे को नैना और उसके संबंधों पर शक हो गया है। इसलिए . . . हकीकत कबूल लेना ही उचित लगा। वैसे भी, उसे उसमें कोई बुराई नजर नहीं आई थी। सो, बोला–''बात

ये है इंस्पेक्टर कि उन्हीं दिनों, हमारे बैंग्लो में रहते ही रहते इनके बीच फ्रेंडशिप हो गई थी। बाद में इस बात को लेकर झगड़ा भी हो गया कि जब तुम नैना को पकड़कर ले जा रहे थे तो इसने उसकी मदद न की। इसीलिए नैना बैंग्लो से चली गई थी। उसे मनाने के लिए पंकज आरोग्य अस्पताल पहुंचा तो मैट्रन को पता लग गया। नैना की नौकरी चली गई। बाद में वह यहां नौकरी करने लगी।''

''ओह!'' सलबटे की आंखों में खास भाव उभरे। फिर वह बगल में खड़े एसआई की तरफ पलटता हुआ बोला–''देखा एसआई साहब, मेरा यह अनुमान भी सेंट परसेंट खरा उतरा।'' इससे आगे के शब्द उसने राजेश कुमार से कहे थे–''हालांकि इन्होंने छुपाने की भरपूर कोशिश की थी सर लेकिन मुझे इनके संबंधों पर उसी रात शक हो गया था जिस रात आपके और सोनम मैडम के गायब होने की सूचना पाकर बैंग्लो पहुंचा था। बाद में सुई रंगराज की तरफ घूम गई और मैं निर्बुद्धि उसी में अटककर रह गया।''

''इस वक्त मसला वह नहीं है।'' राजेश कुमार उसे पटरी पर लाने की मंशा से बोला–''मसला ये है कि नैना ने गुलाटी का मर्डर क्यों किया और . . . यह तो हम भी जानना चाहते हैं।''

''उन्हीं मोहतरमा के मुंह से जानें तो बेहतर होगा।''

''कहां है वह?''

''आइए। मिला देता हूं।'' कहने के साथ वह उस जीने की ओर बढ़ा जो नीचे, हॉस्पिटल जोन तक चला गया था।

रास्ते में उसने बताया–''मर्डर करने के बाद नैना ने भागने की कोशिश नहीं की। इसी रास्ते से भागती हुई सीधी हॉस्पिटल पहुंची और चीख-चीखकर खुद ही कहने लगी कि उसने डॉक्टर गुलाटी को मार डाला है। स्टाफ और मरीजों के तिमारदारों ने उसे पकड़ लिया। गार्ड ने पुलिस स्टेशन फोन किया तो हम पधार गए।''

नैना को स्टाफरूम में उसी की कुर्सी पर बैठाया गया था। फ़र्क बस

इतना था कि इस वक्त वह उस पर अपनी मर्जी से नहीं बल्कि एक कैदी के रूप में पुलिस की मर्जी से बैठी थी।

वह शांत थी, सिर नीचे झुकाए हुए।

आहट पर ऊपर देखा–राजेश कुमार और पंकज पर नजर पड़ते ही चेहरे पर ऐसे भाव उभरे जैसे एक बार फिर खुद को फूट-फूटकर रोने से रोकने के लिए संघर्ष कर रही हो।

फिर भी, उसकी आंखें डबडबा उठी थीं।

एक बार को तो उसके चेहरे पर पड़े गुलाटी के खून की छींटों को देखकर पंकज के समूचे जिस्म में झुरझुरी-सी दौड़ गई थी मगर फिर, उसकी आंखों में आंसू देखकर दिल हाहाकार कर उठा।

पंकज का दिल चाहा–हरेक की मौजूदगी को नेग्लेक्ट करके वह आगे बढ़े और अपनी नैना को बांहों में भरकर चूमता चला जाए। नैना की आंखें राजेश कुमार पर केंद्रित हो गई थीं–''आपने बताया नहीं था सर कि आपका दोस्त इतना बड़ा कमीना है।''

उसके इस एक मात्र सेंटेंस से राजेश कुमार के तिरपन कांप गए थे क्योंकि उससे जाहिर था–वह यह कहना चाहती थी कि गुलाटी के यहां उसकी नौकरी उसी ने लगवाई थी।

वह बात को संभालने की गर्ज से बोला–''क्या किया उसने?''

''उसने मेरी इज्जत पर हाथ डाला, रेप करने की कोशिश की।'' नैना के जबड़े भिंच गए थे–''और ऐसी मैं पहली लड़की नहीं थी जिससे उसने अवैध संबंध बनाने की कोशिश की हो लेकिन शायद ऐसी पहली ही लड़की थी जो तैयार न हुई। जिसने विरोध किया। विरोध भी इस हद तक कि वह रेप करने पर आमादा हो गया। मैं खुद को बचाने की कोशिश कर रही थी। उसी दरम्यान मेरे हाथ में मां काली की मूर्ति आ गई। मैंने सोचा भी न था कि वह मर जाएगा। मेरी कोशिश भाग निकलने की थी। मगर वह मर गया।'' एक पल के लिए सन्नाटा छा गया था वहां।

फिर वही बोली–"फिर भी, मुझे उसके मरने का अफ़सोस नहीं है, उस जैसे जलील जानवरों को इस धरती पर सांस लेने का कोई हक नहीं है लेकिन . . .।" इस बार वह खुद को रोक नहीं पाई। फूट-फूटकर रोती हुई बोली–"मैं जेल चली गई तो मेरा परिवार भूख से मर जाएगा। सजा हो गई तो बूढ़े मां-बाप मुझे बहुत गालियां देंगे। कहेंगे–हम तो लड़के को ही आवारा और गुंडा समझते थे, लड़की उससे हजार गुना आगे निकली। उसने तो खून ही कर दिया। मुझे बचा लीजिए सर। पंकज, किसी भी तरह मुझे बचा लो। मेरे हाथों खून जरूर हुआ है लेकिन मैं कातिल नहीं हूं।"

और अब . . . पंकज ने सचमुच किसी की परवाह न की। आगे बढ़कर उसने नैना का सिर और चेहरा अपनी भुजाओं में भरकर, झुकते हुए अपने सीने में छुपा लिया था। उसके सीने में चेहरा छुपाकर जहां नैना फफक पड़ी थी वहीं, पंकज की आंखें भी डबडबा उठीं। प्यार से उसके बालों पर हाथ फेरते हुए कहा था उसने–"चिंता मत करना नैना, भरोसा करना अपने पंकज पर। मैं तुम्हारा बाल भी बांका नहीं होने दूंगा। तुमने कोई गलती नहीं की, अपने साथ रेप करने की कोशिश करने वाले को, हर लड़की को इसी तरह मार डालना चाहिए। विश्वास रखना–मैं तुम्हें बचा लूंगा।"

बहुत देर तक वे इसी तरह एक-दूसरे से लिपटे रोते रहे।

"इंस्पेक्टर।" राजेश कुमार ने सलबटे से कहा–"क्या हम सिर्फ पांच मिनट नैना से अकेले में बात कर सकते हैं?"

"कानूनी तौर पर तो मैं इसकी इजाजत नहीं दे सकता लेकिन क्योंकि थोड़ी बहुत सहानुभूति मुझे भी इस लड़की से हो गई है और आप दोनों इसके हितैषी हैं। इसके भले के लिए ही कुछ करेंगे इसलिए परमीशन दे देता हूं।"

"तुम्हें सहानुभूति क्यों हो गई है इससे?"

"क्योंकि नजर आ रहा है। सच कहा इस लड़की ने–कातिल होने

के बावजूद यह कातिल नहीं है। बहुत कातिलों से मिला हूं मैं लेकिन पहले कभी यह सेंटेंस किसी कातिल के मुंह से नहीं सुना। कत्ल करने के बाद इसने भागने की कोई कोशिश नहीं की। ज्यादा पूछताछ की जरूरत इसलिए नहीं है क्योंकि मैं महसूस कर रहा हूं, इसके बयान का एक-एक अक्षर सत्य है मगर . . .''

''मगर?''

''केवल एक ही हालत में बच सकती है यह। तब, जबकि कोर्ट में वह साबित हो जाए जो यह कह रही है। आत्मरक्षा के तहत और खुद को रेप से बचाने के लिए अगर कोई किसी को मार देता है तो कानून उसे हत्या नहीं कहता लेकिन इन दोनों ही बातों को कोर्ट में प्रूव करना बहुत मुश्किल होता है। खासतौर पर इस केस में कोई चश्मदीद गवाह नहीं है। खुद इसी के बयान के मुताबिक वहां इसके और गुलाटी के अलावा और कोई नहीं था। सरकारी वकील बड़े आराम से प्रूव कर देगा कि गुलाटी की हत्या इसने किसी और कारण से की है। गुलाटी की तरफ से रेप करने की कोशिश का बयान यह खुद को बचाने के लिए दे रही है।''

पंकज भड़का–''ऐसे कैसे साबित कर देगा?''

''कोर्ट में बातें ऐसे ही साबित हो जाती हैं राइटर महोदय, जरा गौर से अपनी महबूबा को देखिए। इसके जिस्म पर खरोंच आदि का कोई निशान नहीं है। ऐसा कोई सबूत नहीं है जिससे यह साबित किया जा सके कि इसके साथ जबरदस्ती की गई है। कहीं से कोई कपड़ा तक नहीं फटा है इसका।''

''कपड़ा नहीं फटा है तो ये लो . . . ये लो।'' कहने के साथ जुनूनी अवस्था में पंकज ने दोनों बाजुओं से नैना का ब्लाऊज फाड़ डाला। उसकी हरकत पर सलबटे और राजेश कुमार ही नहीं, खुद नैना भी हक्की-बक्की रह गई थी। उस वक्त वे तीनों पंकज को ऐसी नजरों से देख रहे थे जैसे वह पागल हो गया हो जबकि वह चीखता चला

गया–''अब तो साबित होगा कि नैना के साथ जबरदस्ती हुई है!''

किसी के मुंह से बोल न फूटा।

सलबटे और राजेश कुमार जहां उसके प्यार की पराकाष्ठा को देखकर हैरान रह गए थे वहीं, नैना को पंकज पर इतना प्यार आया कि एक बार फिर वह उसके सीने में मुखड़ा छुपाकर रो पड़ी। काफी देर बाद कहा था सलबटे ने–''कोर्ट और कानून की दहलीज पर भावुकता का माथा रगड़ने से कोई लचक नहीं आती राइटर साहब, उल्टे भावुकता का प्रदर्शन करने वाले फंस जाते हैं। जैसे, तुम्हारे यहां आने से पहले ही अनेक पत्रकार नैना के फ़ोटो ले चुके हैं। उनमें कपड़े फटे हुए नहीं हैं। अब ये फटे हुए कपड़ों के साथ उनके सामने गई तो सवाल उठेगा–कपड़े कैसे फट गए? किसने फाड़े और तुम भी धरे जाओगे।''

''मैं धरा जाने से नहीं डरता।''

''मगर उससे नैना को कोई फायदा नहीं होगा।''

पंकज ऐसी नजरों से सलबटे की तरफ देखता रह गया था जैसे समझ न पा रहा हो कि क्या कहे। जबकि सलबटे बोला–''अभी सिर्फ एक प्वांइट बताया है। दूसरा सुनोगे तो उछल जाओगे। कोर्ट में सरकारी वकील कहेगा–अगर मूर्ति के एक ही वार से गुलाटी गिर गया था तो तुम्हारे पास भाग निकलने का पूरा मौका था। क्यों नहीं भागीं। दूसरा ऐसा वार क्यों किया जिससे उसकी मौत हुई। इससे साबित होता है कि तुम्हारा मकसद वहां से भाग जाना या खुद को रेप से बचाना नहीं बल्कि गुलाटी को मार ही डालना था।''

''मैंने उसी समय भागने की कोशिश की थी।'' नैना तुरंत बोल पड़ी–''लेकिन उसने टांग पकड़कर मुझे गिरा लिया था।''

''ये तुम कह रही हो न! अपने बचाव में तो तुम कहोगी ही। तुम्हारी सपोर्ट के लिए कोई गवाह नहीं है। सरकारी वकील का काम यह

साबित करना होगा कि तुम्हारे और गुलाटी के बीच पहले से अवैध संबंध थे। किसी बात पर तुम दोनों के बीच झगड़ा हुआ और तुमने उसकी हत्या कर दी। वह यह भी घड़ लेगा कि झगड़ा किस बात पर हुआ। तुम्हारे लिए यह साबित करना मुश्किल हो जाएगा कि वैसी कोई बात न थी।''

पंकज और नैना सलबटे को देखते रह गए थे।

दोनों में से कहने के लिए किसी को कुछ न सूझा।

सलबटे ही बोला–''जो कुछ मैंने कहा, उससे यह मत समझना कि मैं इस लड़की के खिलाफ़ हूं। असल में तो फ़ेवर में हूं मैं इसके। इसीलिए इतने आगे तक की पिक्चर दिखाई ताकि तुम लोग बचाव का पुख्ता इंतजाम कर सको।''

''वो सब बाद की बातें हैं सलबटे।'' थोड़े गैप के बाद राजेश कुमार ने कहा–''फिलहाल हम नैना से बात करनी चाहते हैं।'' सलबटे बाहर ही न चला गया बल्कि दरवाज़ा भी बंद कर दिया उसने। तब, पहले राजेश कुमार ने नैना और पंकज को भी आश्वस्त किया कि वह हर हाल में कोर्ट से नैना को बचा लेगा। उसके बचाव में वह कोर्ट में मुंबई का सबसे बड़ा क्रिमिनल लॉयर खड़ा कर देगा। और जब उनके चेहरों पर आश्वासन के लक्षण नजर आने लगे तो नैना से कहा–''बस इस बात का ध्यान रखना कि पुलिस या कोर्ट में से किसी को भी तुम्हारी किसी भी बात से यह इल्म न हो जाए कि तुम यहां सिर्फ नौकरी नहीं कर रही थीं बल्कि इसके पीछे और भी कोई कारण था। ऐसा हो गया तो बात बिगड़ जाएगी। हालांकि उस किसी भी बात का, अर्थात् मूर्ति तथा रकम को गुलाटी के पंजे से निकालने वाले हमारे मिशन का इस मर्डर से दूर-दूर तक कोई ताल्लुक नहीं है लेकिन भनक लगते ही पुलिस और कोर्ट ताल्लुक जोड़ लेगी और ऐसा हो गया तो अब तक तो तुम अकेली फंसी हुई हो। उस अवस्था में हम और पंकज भी फंस जाएंगे। उस हालत में यही सलबटे कहानी यह घड़ेगा कि ये मर्डर

इज्जत बचाने के लिए नहीं हुआ है बल्कि मूर्ति और रकम के चक्कर में तीन लोगों ने पूरा प्लान बनाने के बाद किया है।''

नैना ने पंकज की तरफ देखा–उसकी आंखों में खौफ़ ही खौफ़ था। बोली–''मैं तुम पर कोई आंच न आने दूंगी।''

पंकज ने उसे अपने अंक में भींच लिया था।

आंखों से आंसू टपक पड़े।

राजेश कुमार और पंकज थाने तक नैना के साथ गए मगर, थाने में एक टाइम तो ऐसा आना ही था जब उन्हें लौटना पड़ता और थाने से बैंग्लो की तरफ जाते वक्त भी पंकज बार-बार यही कहे चला जा रहा था कि वह अपनी नैना को एक दिन की भी सजा न होने देगा जबकि उतनी ही बार राजेश कुमार ने कहा था–''क्या तुम महसूस नहीं करते पंकज कि नैना से हम भी उतना ही प्यार करते हैं जितना तुम! हम भी उसका बाल बांका न होने देंगे। कल देखना–कोर्ट में मुंबई का सबसे बड़ा वकील संजय पुजारी उसकी पैरवी हेतु खड़ा होगा मगर तुम्हें समझना पड़ेगा कि इस स्टेज पर हम लोगों के करने के लिए कुछ खास नहीं है। कानूनी लड़ाई तो पुजारी ही लड़ेगा।''

पंकज की आंखों में अभी तक भी बार-बार आंसू आ रहे थे। उन्हें काबू में करने की कोशिश करता वह बोला–''देखिए सर, क्या से क्या हो गया! ऐसा–कि प्लान बनाते वक्त हमने ख्वाब में भी न सोचा था। क्या आपको सचमुच मालूम न था कि गुलाटी ऐसा है क्योंकि अगर वह ऐसा न होता तो कुछ भी न हुआ होता।''

''यह तो मालूम था कि वह लंगोट का कच्चा है लेकिन यह नहीं सोच पाए थे कि नैना के साथ ऐसा करेगा।''

''आप सामान और रकम कब और कैसे निकालकर लाए?''

राजेश कुमार ने सबकुछ उसी तरह बताया जैसे हुआ था, बस इस बात को छुपा गया कि नैना के हाथों गुलाटी का मर्डर उसके सामने

हुआ था। उसके स्थान पर बोला–''जिस वक्त हम लॉबी से गुजरकर उस जगह पहुंचे जहां नैना ने तिज़ोरी का होना बताया था, उस वक्त गुलाटी लॉबी में बैठा पी रहा था और जब सामान साथ लेकर निकले, तब भी लगभग उसी पोज में था।''

''मतलब उसने नैना को आपके आने के बाद ऊपर बुलाया?''

''जाहिर है।'' राजेश कुमार ने कहा–''वह सब हमारे सामने होता, तो हो ही कैसे सकता था! हम ही सिर न फोड़ देते हरामजादे का! उन हालात में हमें हत्यारा बन जाने का जरा भी गम न होता।'' पंकज खामोश रह गया।

अगले दिन–कोर्ट में राजेश कुमार और पंकज ही नहीं, नैना के माता-पिता और शिब्बन भी मौजूद था।

माता-पिता की हालत खराब थी जबकि शिब्बन गांजे के नशे में टुन्न हुआ किसी तरह खुद को उस कुर्सी पर ढेर होने से बचाए हुए था, जिस पर बैठा था।

राजेश कुमार ने माता-पिता को ढाढ़स बंधाने की कोशिश की थी। आर्थिक मदद का आश्वासन भी दिया था मगर संजय पुजारी जैसा बड़ा वकील भी नैना की जमानत न करा सका था। उसे जेल जाना पड़ा। अगली तारीख पंद्रह दिन बाद की लगी थी।

कोर्ट से लौटते वक्त–जाहिर है कि पंकज उदास था जबकि राजेश कुमार ने गाड़ी एक मॉल की पार्किंग में रोकी।

''यहां क्यों आए हैं सर?'' पंकज ने पूछा।

''आओ तो सही।'' कहने के साथ राजेश कुमार उसे खींचता हुआ मोबाइल शॉप के अंदर ले गया।

बहुत ही भव्य मोबाइल शॉप थी वह।

अनेक काऊंटर्स वाली।

राजेश कुमार जिस काऊंटर पर पहुंचा, वहां अत्यंत खूबसूरत लड़की खड़ी थी। उसके चेहरे पर ऐसा कोई भाव न उभरा जैसे वह

राजेश कुमार को पहचानती हो। बहुत ही सामान्य स्वर में पूछा था उसने–''कहिए सर, क्या दिखाऊं?''

''वरटू कोबरा।''

यह शब्द सुनते ही लड़की के चेहरे पर ऐसे भाव उभरे जैसे उसके जेहन पर बिजली गिरी हो और . . . उसके ही क्यों, शॉप में मौजूद सभी लोगों ने चौंकते हुए पलटकर राजेश कुमार की तरफ देखा था। यूं–जैसे किसी आश्चर्यजनक वस्तु को देख रहे हों।

जबकि राजेश कुमार ने ऐसा प्रदर्शित किया था जैसे पता ही न हो कि लोग उसे किस नजर से देख रहे हैं।

पंकज को 'वरटू कोबरा' शब्द का मतलब तक पता न था मगर इतना जरूर समझ गया था कि राजेश कुमार ने कोई खास चीज मांग ली है।

''आइए सर, कम विद मी।'' लड़की ने इस तरह राजेश कुमार की अगवानी की थी जैसे किसी राष्ट्राध्यक्ष की कर रही हो। वह उन्हें कांच के बने शो-केस के नजदीक ले गई। उसके अंदर बहुत ही खूबसूरत स्टैंड पर एक चमचमाता हुआ मोबाइल हैंडसेट लगा हुआ था। राजेश कुमार ने कहा–''बाहर निकालिए।'' लड़की ने वैसा कर दिया। राजेश कुमार ने हैंडसेट को देखते हुए पूछा–''हमें दो चाहिए, मिलेंगे?''

लड़की आश्चर्यचकित रह गई।

थोड़ा अटकती-सी बोली–''इसके लिए तो मुझे अपने मालिक से पूछना पड़ेगा सर, आप तो जानते ही होंगे, इंडिया में अभी वरटू कोबरा खरीदने वाले लोग ही कितने हैं!''

''पूछकर बताओ।''

''मैं एक सेकिंड में आई सर।'' कहने के बाद वह दौड़ती हुई सी एक केबिन के अंदर चली गई थी। मुश्किल से दो मिनट बाद बाहर निकली मगर इस बार वह अकेली नहीं थी। एक आकर्षक व्यक्तित्व

वाला अधेड़ शख्स भी उसके साथ था। उसने राजेश कुमार की तरफ हाथ बढ़ाते हुए कहा–''मैं विमल सक्सेना हूं सर, इस छोटे से शोरूम का मालिक।''

राजेश कुमार ने उससे हाथ भले ही मिलाया हो लेकिन अपना परिचय नहीं दिया। बस इतना ही कहा–''दो वरटू कोबरा–''

''मुझे बताया सर, शालिनी ने बताया मुझे। मिल जाएंगे।'' वह जल्दी से बोला–''आइए, मेरे केबिन में आइए।''

''सॉरी।'' राजेश कुमार ने कहा–''हम जल्दी में हैं।''

फिर, बिल्कुल एक जैसे नजर आने वाले वरटू कोबरा नाम के दो मोबाइल हैंडसेट उनके सामने रख दिए गए।

राजेश कुमार ने पूछा–''कॉस्ट?''

''छः लाख बीस हजार डॉलर सर, आप जानते ही होंगे–एक की कीमत तीन लाख दस हजार डॉलर है।''

''रुपयों में बताइए।'' राजेश कुमार ने चैकबुक निकाल ली थी। विमल सक्सेना ने कहा–''दो करोड़ अस्सी लाख।''

''इतने रुपए के दो मोबाइल हैंडसेट!'' पंकज के हलक से तो चीख ही निकल गई थी–''य . . . ये क्या कर रहे हैं सर आप?'' राजेश कुमार ने उसका हाथ दबाकर चुप रहने के लिए कहा। फिर भी, इतना तो कह ही दिया पंकज ने–''दूसरा किसके लिए?''

''तुम्हारे अलावा और किसके लिए ले सकते हैं?''

''बिल्कुल नहीं सर, हरगिज नहीं। मैं इतना महंगा हैंडसेट क्या करूंगा! मुझे नहीं चाहिए।''

मगर, राजेश कुमार ने कभी किसी की सुनी होती तो सुनता।

जब उसने चैक काटा और विमल सक्सेना ने उसका नाम देखा, तब जाकर कहा उसने–''अरे, आप काकू जी हैं!''

राजेश कुमार केवल मुस्कराया था।

फिर वे बाहर निकले।

पार्किंग तक पंकज उससे झगड़ता चला गया।

गाड़ी में पहुंचकर जब उसने कहा–"ये तो पागलपन है सर, है तो मोबाइल फोन ही न, बात ही तो करनी है इससे! तीन लाख दस हजार डॉलर का क्या लगा है इसमें?"

"एक सेट में दो डायमंड्स लगे हैं। चार सौ उन्तालीस रूबीज और इसके बटन पन्ने के बने हैं।"

"अरे मगर मुझे इसका क्या करना है?"

"समझोगे पंकज, धीरे-धीरे समझोगे हमारी फिल्म इंडस्ट्री को। सुपरस्टार के निर्मातओं के हाथ में वरटू कोबरा से छोटा हैंडसेट नहीं जंचेगा। तुम देखना–कल से ही इंडस्ट्री में इस बात की चर्चा हो जाएगी कि सुपरस्टार के दोनों निर्माता वरटू कोबरा रखते हैं। बस। यह सब वह चर्चा कराने के लिए ही किया गया है। असल में जिस बिजनेस में तुम आए हो, उसमें इस तरह की चर्चाएं कराना, बिजनेस का हिस्सा होती हैं। ऐसी ही चर्चाओं से सुपरस्टार की पब्लिसिटी में चार चांद लगेंगे और जितनी पब्लिसिटी होगी, सुपरस्टार के हिट होने के उतने ही चांस बढ़ जाएंगे। और हमारा पहला और अंतिम लक्ष्य वही है। सुपरस्टार हिट . . . तो सबकुछ हिट।"

पंकज उसे देखता रह गया था।

मुंह से बोल न फूट सका।

उसी दिन से राजेश कुमार और पंकज के हाथ में नजर आने वाले हैंडसेट बदल गए। पंकज ऐसा नहीं चाहता था पर राजेश कुमार के सामने न पहले कभी उसकी चली थी, न अब चली।

दो दिन बाद–रात को जब राजेश कुमार और पंकज पी रहे थे, राजेश कुमार ने कहा–"सैट फिर से तैयार हो चुका है पंकज, सबकी डेटें भी मिल गई हैं। अब हमें शूटिंग शुरू करनी चाहिए।"

"आप कीजिए सर।" इन दिनों पंकज राजेश कुमार से ज्यादा पीने लगा था–"मेरा मूड नहीं है।"

‘‘इस तरह काम नहीं रुका करते पंकज और वैसे भी अब हम लोगों के हाथ में कुछ नहीं है। सब कुछ पहले से निर्धारित है। शूटिंग नहीं करेंगे तो करोड़ों का नुकसान हो जाएगा।’’ राजेश कुमार उसे समझाने वाले लहजे में कहता चला गया–‘‘हमने ऐसा शेड्यूल बना रखा है कि एक महीने में शूटिंग ही नहीं डबिंग आदि भी पूरी कर लेंगे। सबकुछ साथ-साथ चलता रहेगा। अगले महीने तो सुपरस्टार को रिलीज भी कर देंगे हम। तुम चिंता मत करो, भगवान ने चाहा तो रिलीज वाले दिन नैना ही नारियल फोड़ेगी।’’

उस रात तैयार नहीं हुआ पंकज।

मगर कब तक तैयार न होता? अगले दिन उसकी समझ में यह बात आ गई कि काम रोके रखने से कोई फायदा नहीं है। सो, शूटिंग स्टार्ट हो गई।

सबसे पहले सांगले को लेकर एक्शन सीन ही शूट किए गए क्योंकि हॉलीवुड से विशेष मेकअपमैन रॉबर्ट हार्ले आ चुका था। वह आया था और अपना काम करने के बाद मेहनताना लेकर चला भी गया लेकिन राजेश कुमार और पंकज के अलावा किसी को कानोंकान भनक तक न लगी।

उसे बैंग्लो में ही ठहराया गया था।

सांगले को तो यह भी पता न लग सका कि वह कौन था? क्या नाम था उसका? वैसे भी, सांगले को इससे कोई मतलब न था। उसे तो बाकी के पांच लाख रुपए चमक रहे थे जो कि उसका काम पूरा होते ही राजेश कुमार ने उसके हाथ पर रख दिए थे। शूटिंग स्थल पर कोई भी न भांप पाया था कि वह राजेश कुमार नहीं बल्कि सांगले था। दूसरे लोगों की तो बात ही दूर, जिस वक्त वह पहले दिन हार्ले द्वारा मेकअप कराके एक रूम से लॉबी में पहुंचा था, उसे देखकर खुद पंकज उछलकर खड़ा हो गया था क्योंकि उसमें और उसके सामने बैठे राजेश कुमार में बाल बराबर भी फ़र्क न था। चेहरे की ही नहीं, बल्कि

उसके जिस्म का जो भी हिस्सा कपड़ों से बाहर था, उसकी त्वचा को देखकर कोई कह ही नहीं सकता था कि–वह पचास साल का अधेड़ नहीं है। वाकई हार्ले अपने फ़न का उस्ताद था। यूनिट के और शूटिंग देखने वाले लोगों के अलावा खुद फाइट मास्टर भी 'राजेश कुमार' द्वारा किए गए एक्शंस को देखकर हैरत में जरूर पड़ जाते थे। कोई तारीफ़ करता था तो निर्देशों के मुताबिक सांगले केवल राजेश कुमार की स्टाइल में मुस्करा देता था।

उसके बाद राजेश कुमार और दूसरे आर्टिस्टों की शूटिंग स्टार्ट हुई। साथ ही डबिंग भी चल रही थी। जिस दिन राजेश कुमार और प्राची की शूटिंग साथ होती थी उस दिन पंकज महसूस करता था कि राजेश कुमार मौके का फायदा उठाकर प्राची के नजदीक आना चाहता है। वह ही क्यों, यूनिट का हर मेंबर समझ रहा था कि राजेश कुमार की इच्छा पुनः उसे अपनी जिंदगी में जगह देने की है लेकिन प्राची हाथ न रखने दे रही थी।

उसका एटीट्यूड एकदम प्रोफेशनल था। अपने शॉट देती थी और चली जाती थी।

नसीब देखो–पंद्रह दिन बाद जिस दिन कोर्ट में गुलाटी मर्डर केस की डेट थी, उस दिन वकीलों की हड़ताल हो गई।

कोर्ट ने तीस दिन बाद की तारीख लगा दी।

फिर एक रात ऐसी आई जिसने पंकज के जीवन में इंकलाब ला दिया। ऐसा इंकलाब जिसके बारे में वह कभी सोच भी नहीं सकता था। जबड़े कसते चले गए थे उसके।

रात के नौ बजे थे।

पंकज नैना के घर से, उसके मां-बाप को पचास हजार रुपए देकर लौट रहा था। वे उन्हें देने के लिए राजेश कुमार ने दिए थे।

नैना के जेल जाने के बाद, उन्हें दी गई वह पचास हजार रुपए

की दूसरी किस्त थी। उसके मां-बाप ने कई बार मना किया था, कहा था कि तू हमारी इतनी मदद क्यों कर रहा है बेटा? पंकज ने हर बार यही कहा था–''नर्स के रूप में नैना ने राजेश कुमार की इतनी सेवा की है कि वे उसे बेटी जैसी समझने लगे हैं। जब तक वह जेल से बाहर आकर खुद नहीं कमाने लगती, तब तक तो आपको पैसे लेने ही पड़ेंगे।'' थोड़ी ना-नुकुर के बाद उन्होंने दूसरी बार भी पैसे पकड़ लिए थे। पंकज समझ सकता था कि यह उनकी विवशता भी थी।

सवा नौ बजे पंकज ने गाड़ी बैंग्लो के पोर्च में लाकर खड़ी की और जैसा कि पहले भी लिखा जा चुका है–इन दिनों पंकज राजेश कुमार से भी ज्यादा पीने लगा था, शायद इसीलिए उसे बहुत ज़ोर से तलब लगी थी। वह तेजी से सीढ़ियां चढ़ता इमारत के मेन गेट पर पहुंचा और धक्का देकर उसे खोलने ही वाला था कि राजेश कुमार की आवाज़ कानों में पड़ी, वह फोन पर कह रहा था–''तुम इतनी चिंता क्यों कर रही हो डार्लिंग, कुछ नहीं होगा। पंकज को कोई ख्वाब चमकने वाला नहीं है।'' पंकज जहां का तहां ठिठक गया था।

पंकज को ख्वाब चमकने वाला नहीं है?

मतलब?

उसे चमकने वाले कौनसे ख्वाब की बात किससे की जा रही थी? किसे डार्लिंग कह सकता था राजेश कुमार?

''ओफ्फो! बताया तो था तुम्हें!'' पुनः राजेश कुमार की आवाज़ उभरी–''मैंने अगले ही दिन मोबाइल हैंडसेट चेंज कर लिया था।'' मोबाइल हैंडसेट चेंज कर लिया था! हां, किया था तो उसने ऐसा मगर इस बात को इस अंदाज में कहने का क्या मतलब हुआ? पता नहीं दूसरी तरफ से क्या कहा गया।

''नहीं, वीडियो क्लिप को डिलीट करना तो बेवकूफी होगी।''

राजेश कुमार ने कहा–''समझा करो प्राची, हम उसे किसी भी मौके पर पंकज के खिलाफ़ इस्तेमाल कर सकते हैं।'' पंकज के जेहन में जैसे अणुबम फटा। प्राची से बात कर रहा था वह? इस लेंग्वेज में!

उसे डार्लिंग कह रहा था!

चक्कर क्या है ये और . . . कौनसी वीडियो क्लिप की बात हो रही है? प्राची क्यों उसे डिलीट करने की सलाह दे रही है और राजेश कुमार द्वारा कही गई इस बात का क्या मतलब हुआ कि उसे पंकज के खिलाफ़ इस्तेमाल किया जा सकता है?

नए रहस्योद्घाटन और सवालों के मकड़जाल में फंसकर पंकज का जेहन चकरघिन्नी बनकर रह गया था जबकि इस बीच शायद दूसरी तरफ से फिर कुछ कहा गया।

तभी तो जवाब में पुनः राजेश कुमार की आवाज़ उभरी–''किस गधे की बात कर रही हो! वह छोटे शहर का रहने वाला एक भावुक लड़का है। जरा-सा भावनाओं में बहाओ तो बेवकूफ बनता चला जाता है। देखा नहीं था तुमने! उस वक्त मुझसे कितनी बुरी तरह डरा हुआ था जब पता लगा था कि सोनम का खात्मा मैंने किया है। उसकी पहली प्रतिक्रिया यही थी कि अब मैं उसे भी नहीं छोडूंगा क्योंकि उसका भी तो उतना ही दोष है जितना सोनम का था मगर मैंने उसे भावुक किया। स्टोरियां सुनाईं और साबित कर दिया कि उसके लिए मेरे दिल में वैसा कोई भाव नहीं है जैसा सोनम के लिए था और वह चक्कर में आ गया। कल्पना तक न कर सका कि मैं ऐसा इसलिए कर रहा हूं क्योंकि अभी मेरे दिमाग में उसके और भी इस्तेमाल हैं। आज वह ख्वाब तक में नहीं सोच सकता कि मैं उसे कोई नुकसान पहुंचा सकता हूं।''

इस बार दूसरी तरफ से कोई लंबी बात कही गई।

जवाब में राजेश कुमार ने कहा–''हां-हां बाबा, संभालकर रखा है कम्यूनिकेटर को। ऐसी जगह, जहां से कभी उसके हाथ नहीं लग

सकता। प्लीज . . . प्लीज अब ये बातें बंद करो। मैंने तुम्हें ये बातें करने के लिए फोन नहीं किया था। कुछ रोमांटिक बातें करो न! सिर्फ अपनी और मेरी। गोली मारो वीडियो क्लिप को।''

दूसरी तरफ की आवाज़ को पुनः पंकज नहीं सुन सकता था।

एक बार फिर राजेश कुमार की ही आवाज़ उभरी–''क्या अब हम सैट पर भी अपना व्यवहार नहीं बदल सकते! इसमें हर्ज ही क्या है! ज्यादा से ज्यादा लोगों को यही तो पता लगेगा कि काकू और प्राची एक बार फिर नजदीक आ रहे हैं। हमारी प्लानिंग पर तो इससे कोई निगेटिव प्रभाव पड़ने वाला है नहीं, उल्टे जब ये हवा मीडिया तक पहुंचेगी तो फिल्म को और पब्लिसिटी मिलेगी।''

प्राची की तरफ से फिर कुछ कहा गया।

''ओके। ओके डार्लिंग।'' राजेश कुमार हंसा था–''जैसा तुम कहोगी वैसा ही होगा। मैं तो केवल यह कह रहा था कि अब ये दूरी बर्दाश्त नहीं होती। सैट पर जब तुम सबके सामने रूखा व्यवहार करती हो तो यह जानते-बूझते दिल पर बर्छियां-सी चलती हैं कि तुम एक्टिंग कर रही हो। वाकई–एक्टिंग गजब की करती हो तुम।''

उसके बाद जितनी बातें हुईं, उनका एक ही मतलब था। यह कि–प्राची और राजेश कुमार में वे संबंध नहीं थे जो उसे और पूरी यूनिट को दिखाए जा रहे थे। उनके बीच न सिर्फ मुहब्बत का खेल चल रहा था बल्कि वे किसी प्लानिंग पर भी काम कर रहे थे।

कौनसी प्लानिंग पर?

पंकज का दिमाग झनझनाने लगा था–कौनसी वीडियो क्लिप की बात कर रहे थे वे? बातों से स्पष्ट था कि–उस वीडियो क्लिप में कुछ ऐसा है जिससे उसे इस्तेमाल किया जा सकता था।

ऐसा क्या हो सकता है किसी वीडियो क्लिप में?

पंकज ने खूब दिमाग घुमाया लेकिन बात समझ में न आई।

जो बातें उसने सुनीं, उनका एक ही मतलब था। यह कि सब कुछ

ठीक नहीं चल रहा है। बल्कि कुछ भी ठीक नहीं चल रहा था।

यह खेल केवल उतना ही बड़ा नहीं था जितना नजर आ रहा था बल्कि उससे बहुत . . . बहुत गहरा था, बल्कि है।

षड्यंत्र तो अब भी चल रहा है।

और वह इसमें फंसा हुआ है।

शायद वीडियो क्लिप इस रहस्य पर कोई रोशनी डाल सके! उसे उस तक पहुंचना होगा।

जानना होगा कि क्लिप में क्या है?

यह निश्चय करके उसने सीढ़ियां उतरनी शुरू कीं। चढ़ी भले ही लापरवाही के साथ थीं लेकिन उतरीं बेहद सावधानी के साथ। जरा भी आवाज़ पैदा किए बगैर।

वह गाड़ी में बैठा। इस तरह हॉर्न बजाया जैसे अभी-अभी पहुंचा हो और फिर तेजी से सीढ़ियां चढ़ता मेनगेट पर पहुंचा।

दरवाज़ा खोलकर लॉबी में।

राजेश कुमार हमेशा की तरह सोफे पर बैठा पीता नजर आया।

उसे देखकर वह बहुत ही चित्ताकर्षक अंदाज में मुस्कराया था।

परंतु पंकज को वह मुस्कान बहुत ही खतरनाक लगी।

शायद इसीलिए जवाब में वह न मुस्करा सका।

''क्या हुआ पंकज?'' उसने हमेशा की तरह अपने शब्दों को चासनी में लपेटकर कहा था–''सब ठीक तो है न!''

''ज . . . जी हां। सब ठीक है।'' उसने हल्की-सी बौखलाहट के साथ कहा–''बस थोड़ा थक गया था।''

''पैसे दे आए?''

''जी।''

''बेचारों को बहुत जरूरत है पैसों की। खुद कुछ कर नहीं सकते, लड़का नालायक है और नैना इतनी मासूम होने के बावजूद खून करने जैसे संगीन इल्जाम में जेल चली गई। कुछ भी कहो पंकज, बेचारी को

यह दिन देखना तो हमारी ही वजह से पड़ा। उसके मां-बाप की मदद करना हमारी नैतिक ड्यूटी है।''

पंकज का दिल चाहा–झपटकर टेंटवा दबा दे उसका।

हलक फाड़कर चीख पड़ा–''तू! हरामजादे तू नैतिक ड्यूटी की बात कर रहा है! तू! जिसने सामने वाले का इस्तेमाल करने के अलावा कभी कुछ सीखा ही नहीं! तू सिर्फ बड़े-बड़े षड्यंत्र रच सकता है, साजिशें रच सकता है और हत्या कर सकता है। ये नैतिक जिम्मेदारियां निभाना। सामने वाले से मीठी-मीठी बातें करना और यह दर्शाना कि मैं तुमसे बहुत प्यार करता हूं–ये सब ढोंग ही नहीं, तेरी किसी बड़ी साजिश का हिस्सा होते हैं।'' उस रात वे एक बजे तक पीते रहे।

फिर राजेश कुमार ने कहा–''उठो भई, अब सोना चाहिए। कल सुबह पहली शिफ्ट में शूटिंग पर पहुंचना है। उसके बाद वे अपने-अपने कमरे में चले गए थे। राजेश कुमार का तो पता नहीं लेकिन पंकज को एक पल के लिए भी नींद न आई थी। सारी रात राजेश कुमार द्वारा प्राची से कहे गए शब्द पिघले शीशे की तरह कानों में उतरते रहे।

सुबह वह शूटिंग पर न गया।

पेट खराब होने का बहाना बना दिया था। कहा था–थोड़ा भी आराम हुआ तो लंच बाद पहुंच जाएगा।

राजेश कुमार के निकलने के करीब तीस मिनट बाद दौड़ता हुआ ऊपर पहुंचा। इरादा राजेश कुमार के सुईट की तलाशी लेने का था।

उस वक्त पहला झटका लगा जब सुईट के गेट को लाक्ड पाया।

लॉक साबित कर रहा था कि कम्यूनिकेटर सुईट के अंदर ही कहीं है। जेहन में विचार कौंधा–कैसे जाऊं अंदर?

जवाब भी तुरंत सूझा–खिड़की का वह कटा हुआ कांच जिसे काटकर मूर्ति चोरी का ड्रामा रचा गया था।

पंकज लगभग दौड़ता हुआ बाहर निकला। इमारत का चक्कर काटकर किचन लॉन में पहुंचा और फिर उसी तरह रेन वॉटर पाइप के सहारे चढ़ता हुआ खिड़की पर, जिस तरह मूर्ति चुराने वाली रात चढ़ा था। खिड़की बंद थी लेकिन कटे हुए कांच से हाथ डालकर चटकनी गिराने के बाद उसे खोलने में भला क्या दिक्कत आनी थी!

अगले मिनट वह सुईट के अंदर था।

अब उसे वहां की तलाशी लेनी थी लेकिन इस तरह कि बाद में राजेश कुमार को जरा भी इल्म न हो पाए।

उसे उम्मीद थी कि कम्यूनिकेटर को राजेश कुमार ने उसी जगह छुपाया होगा जहां से मूर्ति चुराने का ड्रामा किया गया था। सबसे पहले उसने चाबियों का वह रिंग तलाश किया जिसमें मौजूद ढेर सारी चाबियों में से एक से अल्मारी के पीछे छुपे दो बाई दो के लॉकर को खोला जा सकता था।

रिंग स्टोररूम में एक कील पर टंगा मिल गया।

भारी अल्मारी एक तरफ हटाई।

उस रात ड्रामा करने के लिए भले ही उसने लॉकर के की-होल में असली चाबी लगाने से पहले दूसरी चौबीस चाबियां लगाई हों लेकिन इस वक्त सीधी वही चाबी लगाई जो लॉकर की थी। मगर, लॉकर में कम्यूनिकेटर न था।

पंकज के चेहरे पर निराशा के भाव फैल गए। अब उसके सामने यह समस्या थी कि कम्यूनिकेटर को कहां ढूंढे?

कोशिश तो करनी ही थी।

सो, जुट गया।

सारा सुईट खंगालने के बावजूद कम्यूनिकेटर न मिला।

अब केवल बाथरूम शेष था और . . . बाथरूम का ख्याल आते ही जेहन में फ्लश टंकी चकरा उठी।

सबसे पहले टंकी ही चैक की उसने और . . . पानी के अंदर टंकी की तली में काले रंग की पोलीथीन पड़ी देखकर आंखें चमक उठीं।

हालांकि कम्यूनिकेटर चमक न रहा था लेकिन उसे पूरा यकीन था कि पोलीथीन के अंदर वही है। बहुत आहिस्ता से उसने इस तरह पोलीथीन बाहर निकाली कि पानी की बूंद तक बाहर न गिरे।

पोलीथीन खोली।

कम्यूनिकेटर उसके हाथ में था।

फिर, उसके वीडियो फ़ीचर में जाने में उसे दो पल से ज्यादा न लगे और . . . वह फिल्म मय आवाज़ के उसके सामने थी जिसे देखकर जहां उसकी आंखें आश्चर्य से फैलती चली गईं वहीं, उनमें खून उतर आया। ज्वालामुखी धधकने लगा।

उसकी नैना इस वक्त उसके सामने गुलाटी से संघर्ष कर रही थी। फिर देखते ही देखते उसने उसकी हत्या कर दी।

फिल्म जब पूरी हुई तो पंकज के कानों में सलबटे के लफ्ज गूंज रहे थे–''अकेली नैना के यह कहने से कोर्ट यकीन न मान लेगी कि उसने गुलाटी का मर्डर अपनी इज्जत बचाने के लिए किया है। कोई चश्मदीद गवाह भी होना चाहिए था।''

पंकज बड़बड़ा उठा था–''इस फिल्म से बड़ा चश्मदीद गवाह कौन हो सकता है!–और वो साला, एक नंबर का वाचाल आदमी! इसे दबाए पड़ा है! छुपाए हुए है! मुझसे कह रहा था–गुलाटी ने नैना को मेरे वहां से निकलने के बाद बुलाया होगा। इतना ही नहीं, प्राची के कहने पर उसने ये वीडियो क्लिप इसलिए डिलीट नहीं की ताकि किसी मोड़ पर मुझे इस्तेमाल कर सके। ठीक ही सोचा था तूने–इसे हासिल करने के लिए तो तू मुझसे किसी का मर्डर करने के लिए भी कहता तो बेहिचक कर देता। भला मेरे लिए अपनी नैना को बचाने से ज्यादा

अहम् क्या हो सकता है और . . . यह वीडियो क्लिप कोर्ट में पलक झपकते ही नैना को बेगुनाह साबित कर देगी।''

पंकज के हृदय में राजेश कुमार के लिए घृणा का वैसा ही सैलाब उमड़ता चला गया जैसा किसी समय अर्जुन के दिल में अभिमन्यु के हत्यारे के लिए उमड़ा होगा।

जी चाहा–अभी जाए, इसे कोर्ट में दिखाकर अपनी नैना को बचा लाए और वहीं, राजेश कुमार की सारी करतूत खोल दे।

यह सब करना अब उसके लिए बाएं हाथ का खेल था!

ऐसा ही निश्चय करके वह जिस रास्ते से आया था उसी रास्ते से निकलकर, पूरी इमारत का चक्कर काटने के बाद लॉबी में पहुंचा लेकिन वहां पहुंचते-पहुंचते दिमाग काम करने लगा था. . .

कोर्ट ने नैना की जमानत की सुनवाई हेतु जो तारीख मुकर्रर की थी, वह अभी पंद्रह दिन बाद आनी थी।

इतना कानून तो पंकज भी जानता था कि उससे पहले वीडियो क्लिप को किसी को भी दिखाने से कोई लाभ होने वाला न था।

इसे केवल उसी दिन कोर्ट में दिखाने पर क्रांति आ सकती थी।

तब तक तो राजेश कुमार की फिल्म भी पूरी हो जाएगी।

अब उसमें रहा ही कितना काम है!

यही सब सोचते-सोचते उसके दिमाग में विचार आया–क्या राजेश कुमार को तू इतनी आसान–इतनी आसान सजा देकर छोड़ देगा कि कोर्ट के समक्ष उसका भांडा फोड़ दे!

और बस! ज्यादा से ज्यादा क्या सजा देगा उसे कानून–उम्रकैद!

क्या इतनी-सी ही सजा मिलनी चाहिए उसे?

उसे–जिसने शुरू से लेकर आजतक मुझे ठगा है। मुझे ही नहीं, मेरी नैना को भी इस्तेमाल किया है! मुझे छोटे शहर का ऐसा भावुक लड़का समझता है जिसे चाहे जैसे बेवकूफ बना दे! पंकज की आंखों के सामने राजेश कुमार की एक-एक करतूत यूं चकराती चली गई जैसे

फ्लैशबैक देख रहा हो। एक-एक शब्द कानों में पिघला हुआ शीशा बनकर उतरता चला गया।

कदम-कदम पर किस तरह बेवकूफ बनाया था उसने उसे!

उसे तो ऐसी सजा मिलनी चाहिए जिससे उसकी सात पुश्तें तक तिलमिला उठें। पता तो लगे उसे कि एक छोटे शहर का यह भावुक लड़का क्या कर सकता है। कैसे उससे बड़ा खेल खेल सकता है। अब . . . जेहन यह सोचने में जुट गया कि ऐसा क्या खेल खेले जिससे राजेश कुमार को उसी की जुबान में जवाब मिले?

यह टेलेंट तो पंकज में शुरू से था।

जब वह किसी खास प्वांइट पर दिमाग केंद्रित करता था तो हल निकालने के बाद ही दम लेता था।

उसकी खोपड़ी में शतरंज की बिसात बिछ चुकी थी। अब वह साफ-साफ देख सकता था कि उसके और राजेश कुमार के मोहरे कहां-कहां रखे हैं और वह कैसे राजेश कुमार को मात दे सकता है।

सुपरस्टार पूरी होने वाली थी।

उसे पूरी न होने देना बेवकूफी थी।

बहरहाल, राजेश कुमार की तरह उसके लिए भी तो वह ड्रीम प्रोजेक्ट थी। उसके जीवन की पहली फिल्म–वह सपना जिसे लिए वह मेरठ से मुंबई आया था और फिल्म बनी भी बेहतरीन थी। इतनी शानदार कि उसका जबरदस्त तरीके से हिट होना निश्चित था।

तहलका मचने वाला था।

सिर्फ एक हफ्ते में करोड़ों कमाए जाने वाले थे और वह फ़िफ्टी परसेंट का पार्टनर था।

राजेश कुमार न रहे तो हंडरेड परसेंट।

हंडरेड परसेंट का मालिक वह अकेला है।

और फिर . . . उसकी पॉलिसी के पचास करोड़।

उसने खुद देखा है–नोमिनी वही है।

यह समझने में उसे जरा भी कठिनाई न हो रही थी कि हिंदुस्तान इंश्योरेंस कंपनी को वो एप्लीकेशन राजेश कुमार ने उसे बेवकूफ बनाने के लिए दी थी मगर, वह जरा-सी होशियारी से काम ले तो राजेश कुमार को अपनी वही चाल उल्टी पड़ेगी।

अब . . . जबकि यह क्लिप मेरे पास है तो, नैना को तो मैं जिस क्षण चाहूंगा कानून के पंजे से निकाल ही लूंगा।

राजेश कुमार इस दुनिया में न होगा, तब भी।

नई-नई कहानियां रचने वाला पंकज का दिमाग राजेश कुमार के खात्मे की ऐसी स्कीम सोचने लगा जिसके बाद सुपरस्टार से होने वाली सारी कमाई पर भी अकेले उसका अधिकार हो और बीमे के पचास करोड़ पर भी और जब वह सोचने लगा तो दिमाग ने स्कीम उगल भी दी–ऐसी स्कीम जिसे पूरी तरह समझते ही पंकज ने ज़ोर से सेंटर टेबल में घूंसा मारा और कह उठा–''अब देख राजेश कुमार, बहुत पैंतरे दिखाए हैं तूने मुझे–अब देख छोटे-से शहर के रहने वाले एक भावुक लड़के का नायाब पैंतरा।''

अपने प्लान के मुताबिक सबसे पहले पंकज ने कम्यूनिकेटर में मौजूद वीडियो क्लिप की कापी एक लेपटॉप में की। उसके बाद राजेश कुमार के सुईट में पहुंचा और कम्यूनिकेटर को ठीक उसी तरह पोलीथीन में लपेटकर फ्लश टंकी में डाल दिया जैसे बरामद किया था।

लेपटॉप को अपने बैंक लॉकर में रख आया।

वहीं से सीधा शूटिंग स्थल पर पहुंचा।

उस वक्त लंच चल रहा था। राजेश कुमार ने तबियत के बारे में पूछा, उसने कहा–''अब बिल्कुल ठीक है, मैंने दवा ले ली थी।''

सैट पर प्राची भी थी।

उन दोनों को देखकर पंकज की शिराओं में दौड़ते खून में उबाल तो

ऐसा आया था जैसे पूरे चांद को देखकर समुद्र में ज्वार-भाटा आता है मगर उस सबको दबा लिया था उसने।

वह भी उन्हीं की तरह चासनी में लपेट-लपेटकर बातें करता रहा। हालांकि वह जानता था कि कितनी परसेंट शूटिंग, डबिंग और एडीटिंग आदि हो चुकी है लेकिन फिर भी, कुरेद-कुरेदकर हर चीज को अपने जेहन में स्थापित करता रहा।

सारे गाने पहले ही शूट हो चुके थे। राजेश कुमार के हिसाब से पिक्चर दस दिन में कंपलीट होने वाली थी और अब यही लक्ष्य पंकज का भी था। रात के वक्त, जब वे लॉबी में बैठे पी रहे थे तो पंकज ने कहा था–''क्या आपने कभी एक खास बात पर गौर किया है सर?''

राजेश कुमार ने सवालिया नजरों से उसकी तरफ देखा।

''हिट तो खैर आपकी लगभग सभी फिल्में रही हैं लेकिन जो सुपर-डुपर हिट हुईं, उनमें एक खास समानता है।''

''यही न कि उनमें हम मरे हैं!''

''यानी आपने गौर किया है!''

''इंडस्ट्री में ऐसी बातों पर लोग बहुत ध्यान देते हैं।''

''क्यों न सुपरस्टार का अंत भी कुछ ऐसा ही बनाया जाए?''

''इस दिशा में सोच तो हम भी रहे थे लेकिन . . .''

''लेकिन?''

''स्टोरी का जो फ़ारमेट है, उसमें गुंजाइश नजर नहीं आती।''

''स्टोरी का केंद्र बिंदु सुपरस्टार और प्राची की मुहब्बत है न!''

''नो . . . नो पंकज।'' हल्के सुरूर के हवाले राजेश कुमार ने इंकार में गर्दन हिलाते हुए कहा–''यहां तुम गलत हो। हमारी स्टोरी का केंद्र बिंदु सुपरस्टार और प्राची की मुहब्बत नहीं बल्कि सिर्फ और सिर्फ सुपरस्टार की मुहब्बत है। हम लगभग हर सीन में दिखा चुके हैं कि तलाक के बाद प्राची सुपरस्टार से मुहब्बत नहीं करती जबकि सुपरस्टार के जीवन का एक ही मकसद है–प्राची को हासिल करना।

उसके दिल में अपने लिए मुहब्बत जगाना। वह जो करता है–अपने इसी उद्देश्य को पूरा करने के लिए करता है।''

''और अंत में अपने उद्देश्य में कामयाब हो जाता है।'' पंकज ने बात पूरी की–''दिल जीत लेता है प्राची का। प्राची को मुहब्बत के समक्ष नतमस्तक होना पड़ता है। वह मान जाती है कि सुपरस्टार की मुहब्बत सारी कायनात में अनूठी है। यही है न हमारा दि एंड!''

''लवस्टोरी का दि एंड इससे बेहतर क्या हो सकता है!''

''हो सकता है न सर! मेरे दिमाग में आया है।''

''बताओ। क्या आया है दिमाग में?''

''मान लीजिए कहानी में एक ज्योतिषी का किरदार डालते हैं।''

''ज्योतिषी का किरदार?''

''मुश्किल से दो या तीन, बहुत छोटे-छोटे शॉट लेने होंगे उसके। उन्हें हम स्क्रीन प्ले के मुताबिक बीच-बीच में डालेंगे।''

''क्या रोल होगा उसका?''

''शुरू में ही, समझ लीजिए तब, जब सुपरस्टार प्राची को वापस हासिल करने का संकल्प लेता है, ये ज्योतिषी सुपरस्टार से मिलता है और दावा करता है कि ग्रह चाल के मुताबिक वह इस जन्म में प्राची को हासिल नहीं कर सकता। सुपरस्टार मुस्कराता है। बहुत ही आत्मविश्वास से भरी मुस्कान होनी चाहिए वह। ज्योतिषी से कहता है–'पंडित जी महाराज, अपने सितारों से कहो, मुहब्बत से न टकराएं। औंधे मुंह जा गिरेंगे। अरे मुहब्बत के सामने तो रब तक को नतमस्तक होना पड़ता है।' ज्योतिषी कहता है–'माथे की लकीरों से कोई नहीं लड़ सकता बेटा, मानता हूं तेरी मुहब्बत में रब तक को नतमस्तक कराने की क्षमता है लेकिन 'मिलन' और मुहब्बत में फ़र्क होता है। इस जन्म में मिलन नहीं है तुम्हारा और अगले जन्म में होने वाले मिलन को कोई रोक नहीं सकता।' इस तरह–अगर यह कहा जाए कि दोनों में ठन जाती है तो गलत न होगा।''

"अच्छा है . . . अच्छा है।" राजेश कुमार की आंखों में वही चमक नजर आई जो हर उस मौके पर नजर आती थी जब उसे आइडिया जंचता था–"आगे बोलो पंकज।"

"इंडिया के लोगों की जितनी आस्था मुहब्बत में है, उतनी ही ज्योतिष में भी है।" इतने दिनों में पंकज समझ चुका था कि राजेश कुमार को फिल्म में डालने के लिए कैसे मसाले पसंद आते हैं, अतः वैसा ही छौंक लगाता बोला–"यह छोटा-सा प्वांइट डालने से हमें सुपरस्टार के कॉन्फिडेंस को दिखाने का भरपूर मौका मिलेगा। जहां एक तरफ हम यह दिखाएंगे कि अपनी मुहब्बत को हासिल करने की धुन में सुपरस्टार ने अपने नसीब तक से पंजा लड़ा लिया है, वहीं दूसरी तरफ आडियंस की उत्सुकता यह जानने में बढ़ जाएगी कि देखें, मुहब्बत जीतती है या सितारों की चाल।"

"गुड पंकज . . . वैरी गुड यार।" राजेश कुमार की आंखों में मौजूद चमक बढ़ती चली गई–"किसी भी लवस्टोरी के लिए यह एंगिल बिल्कुल नया है। हम कल्पना कर सकते हैं कि इस तत्व के रहते सुपरस्टार के करेक्टर को कितना ऊंचा उठाया जा सकता है। एक से एक शानदार सीन बनेंगे। अब तुम बस ये बताओ कि एंड क्या होगा? मुहब्बत जीतेगी–या सितारों की चाल?"

"दोनों।"

"दोनों?" राजेश कुमार उछल पड़ा–"वह कैसे?"

"फिल्म का अंतिम सीन सुपरस्टार की मुहब्बत की पराकाष्ठा को दिखाएगा सर–जब सुपरस्टार अपना दिल तक निकालकर प्राची के सामने रख देगा लेकिन जब प्राची तब भी न पिघलेगी तो सुपरस्टार को ज्योतिषी की भविष्यवाणी याद आएगी। याद रहे, भविष्यवाणी के बारे में केवल सुपरस्टार को पता है। वह रिवॉल्वर निकाल लेगा। प्राची घबरा जाएगी। सुपरस्टार दीवानगी के आलम में हंसता हुआ कहेगा–'नहीं पंडित, मेरी मुहब्बत तेरे सितारों से नहीं हार सकती। प्राची मेरी

थी . . . मेरी है . . . मेरी रहेगी। ये जन्म हो या वो जन्म। किसी भी जन्म में मैं इसके बगैर जिंदा नहीं रह सकता।' वह इसी तरह के डायलाग बोले चला जा रहा है। प्राची की समझ में नहीं आ पाता कि वह क्या कह रहा है लेकिन आडियंस सब समझ रही है। अंततः अगले जन्म में मिलन की आस लिए प्राची को गोलियां मारता है फिर उसी रिवॉल्वर से खुद को भी खत्म कर लेता है। उस सीन में मौजूद हमारे दूसरे किरदार यह सोचकर भौंचक्के हैं कि जो राजेश कुमार प्राची को अपनी जान से ज्यादा प्यार करता था, वह उसे गोली कैसे मार सकता है? वे नहीं समझ पाते कि ऐसा उसने प्राची को हमेशा-हमेशा के लिए प्राप्त करने के लिए किया है। आधे पर्दे पर दोनों की लाशें पड़ी हैं, आधे पर्दे पर अगले जन्म में दोनों की शादी दिखाई जा रही है। जन्म-जन्म के बंधन वाला गाना चल . . .''

''शानदार पंकज . . . शानदार।'' अपनी आदत के मुताबिक राजेश कुमार ने इतनी ज़ोर से सेंटर टेबल पर घूंसा मारा कि उस पर मौजूद बोतल लुढ़क गई मगर उसकी जरा भी परवाह किए बगैर वह कहता चला गया–''सुपरस्टार का इससे बेहतरीन एंड हो ही नहीं सकता। आजा मेरे यार . . . आ–गले से लग जा हमारे।''

कहकर उसने बांहें पसार दी थीं। पंकज खड़ा होकर उनमें समा गया। उसे बुरी तरह भींचे राजेश कुमार कह रहा था–''तेरा दिमाग कौनसे कारखाने में बना है दोस्त!''

पंकज एक्टिंग चाहे जैसी कर रहा हो मगर असलियत ये है कि उसे राजेश कुमार के पोर-पोर से ऐसी सड़ांध आ रही थी जैसी लोगों को डैड बॉडी से आती है। अपने प्लान के पहले चरण की कामयाबी पर मस्त हुआ, वह बड़बड़ा उठा–''अब तू यूं समझ गलीच आदमी कि अपनी मौत के परवाने पर हस्ताक्षर कर चुका है।''

पंकज के दिमाग में जो था, उसे वह दो दिन बाद ही कर लेना चाहता

था मगर रॉबर्ट हार्ले का टाइम न मिल सका। वैसे भी उसे हॉलीवुड से चलने के बाद मुंबई पहुंचने में चौबीस घंटे तो लगने ही थे। अर्थात् जिस रात राजेश कुमार से हुई मीटिंग में सुपरस्टार का 'एंड' फ़ाइनल हुआ, उससे पांचवीं रात–पंकज के निमंत्रण पर रॉबर्ट हार्ले ने मुंबई एयरपोर्ट पर कदम रखा। उसे रिसीव करके पंकज सीधा सीरॉक होटल के डीलक्स सुईट में ले आया था। पूर्व प्रोग्राम के मुताबिक सांगले वहीं था। वह पंकज द्वारा दिए गए डायलाग याद कर रहा था। उन्हें देखते ही वह बोला–''मैंने डायलाग रट लिए हैं।''

हार्ले ने वहीं सांगले को राजेश कुमार में कन्वर्ट किया और पंकज ने वहीं उसे कैमरे के सामने खड़ा कर दिया।

कुछ देर बाद वह ऐसे अंदाज में डायलाग बोल रहा था जिससे लगे कि सीधा आडियंस से मुखातिब है। पांच बार ट्राई करने तक वह बात नहीं आई जो पंकज चाहता था लेकिन छठी बार वह संतुष्ट हो गया।

सांगले ने आडियंस से कहा था–''सुपरस्टार की कहानी का यह हिस्सा काल्पनिक नहीं बल्कि बिल्कुल सच्चा है कि मेरी जिंदगी में एक ज्योतिषी आया था। उसने कहा था कि मेरा और प्राची का मिलन इस जन्म में नहीं बल्कि दूसरे जन्म में होगा। उस वक्त मुझे इस बात का पूरा यकीन हो गया जब फिल्म की तरह ही मेरी असली लाइफ में भी प्राची ने पुनः मेरी होने से इंकार कर दिया। मैंने उसी समय निश्चय कर लिया था कि जब सुपरस्टार का अंतिम सीन फिल्माया जाएगा तो मैं रिवॉल्वर से नकली गोलियां निकालकर उसमें असली गोलियां भर लूंगा और सचमुच प्राची और खुद को शूट कर लूंगा। मुझे तो पूर्ण विश्वास है ही कि अगले जन्म में मैं और प्राची जरूर मिलेंगे, आप भी यही दुआ कीजिए। अलविदा।''

काम पूरा होने के बाद सांगले सुईट के बाथरूम में नहाया और अपना मेहनताना लेकर चूनाभट्टी चला गया।

रॉबर्ट हार्ले को वापसी की फ्लाइट में बैठाने पंकज एक बार फिर

खुद एयरपोर्ट गया था। गाड़ी ड्राइव करता इस वक्त वह वहीं से लौट रहा था। जाने क्या सोचते-सोचते उसके जबड़े भिंच गए। स्टेयरिंग पर हौले-हौले घूंसे बरसाता बड़बड़ाया–''अब देखना राजेश कुमार, अब देखना पंकज का पैंतरा। तू अपने हाथ से खुद को और अपनी महबूबा को मौत के घाट उतारेगा और तब सामने आएगा मेरा यह खास शॉट। वह शॉट जो लोगों को बताएगा कि तूने अपनी और प्राची की हत्या किस अंधविश्वास का शिकार होकर की। यह शॉट मैं फिल्म के एंड में भी डालूंगा और तब . . . ये खबर सारे हिंदुस्तान में तहलका मचा देगी कि फिल्म का अंतिम सीन पूरी तरह रीयल है। सचमुच प्राची और राजेश कुमार कभी न उठने के लिए सैट पर ही ढेर हो गए थे। तेरी ही भाषा में–यह खबर सुपरस्टार को सुपर-डुपर से भी ज्यादा हिट कर देगी। लोग रीयल शूटआउट को देखने थियेटर्स में उमड़ पड़ेंगे, होड़ लग जाएगी कि कौन उस शूटआउट को पहले देखे! बारिश हो जाएगी नोटों की और वो बारिश मुझ पर . . . सिर्फ मुझ पर होगी। इस फिल्म के टिकटों से आने वाली एक-एक पाई मेरी होगी राजेश कुमार . . . तू तो उस वक्त सातवें आसमान में कहीं अपनी प्राची के पहलू में पड़ा होगा। हा . . . हा . . . हा।''

''त . . . तुम मुझसे प्यार करने का दम भरते हो काकू!'' कैमरे के सामने खड़ी प्राची, राजेश कुमार की आंखों में आंखें डाले, पंकज के लिखे डायलाग बोल रही थी–''अरे हकीकत जानना चाहते हो तो सुनो, जिसे तुम प्यार कहकर मुझे भरमाना चाहते हो वह तुम्हारी खुदगर्जी है, मौका-परस्ती है। प्यार तो वो दुर्लभ और नायाब पौध है जो एक दिल में, सिर्फ एक बार, किसी एक ही के लिए अंकुरित होता है और तुमने पहले मुझसे प्यार करने का दम भरा, तलाक दिया। फिर सोनम से प्यार हो गया तुम्हें और अब वह दुनिया में न रही तो घूमकर फिर मुझसे प्यार करने लगे!''

''अगर प्यार की परिभाषा वही है प्राची जो तुमने दी तो हमारा प्यार तुम और सिर्फ तुम हो।'' पंकज के लिखे डायलाग्स बोलते वक्त एक्टिंग के बादशाह की उस वक्त की तड़प में पंकज को वो मजा नहीं आया था–''सोनम तो एक भूल की तरह हमारी जिंदगी में घुस आई थी। हम उससे पहले भी, उसके रहते भी और उसके बाद भी तुमसे और केवल तुम्हीं से प्यार करते थे, करते हैं और करते रहेंगे।''

''तो करते रहो, जाओ–मैं तुम्हें एक्सेप्ट नहीं करती।''

''ऐसा नहीं होने देंगे हम।''

प्राची ने व्यंग किया–''क्या करोगे?''

''तुम्हें भी और खुद को भी खत्म कर लेंगे हम।'' कहने के साथ राजेश कुमार ने अपनी जेब से रिवॉल्वर निकाल लिया था।

''अरे!'' प्राची बुरी तरह चौंककर पीछे हटी–''पागल हो गए हो क्या? क्या करना चाहते हो तुम। रिवॉल्वर को दूर हटाओ।''

''हम तुम्हें पाना चाहते हैं।''

''रिवॉल्वर से भी कोई किसी को पा सकता है क्या?''

''हां प्राची, ऐसी ही अजब प्रेम कहानी है हमारी।'' राजेश कुमार फ्लैट अंदाज में डायलाग बोलता चला गया था–''दुनिया के हर बंदे से अलग प्रेम कहानी। हमें एक ज्योतिषी ने बताया था–हमें यह रिवॉल्वर और इससे निकली गोलियां ही मिला सकती हैं।''

''त . . . तुम पागल हो गए हो।''

''हा . . . हा . . . हा।'' वह हंसा–''सचमुच हम पागल हो गए हैं।''

कहने के साथ उसने प्राची को क्षणिक अंतराल से दो गोलियां मारीं। वह चीख के साथ जहां की तहां ढेर हो गई।

उस वक्त पंकज का दिल सबसे ज्यादा तेजी से धड़क रहा था।

हाथ में रिवॉल्वर लिए राजेश कुमार ने कैमरे की तरफ देखा और इस तरह बोला जैसे आडियंस से कह रहा हो–''आप तो जानते हैं न कि ये गोलियां हमें और प्राची को किस तरह मिलाने वाली हैं!''

और–धांय!

अपनी छाती पर एक गोली चलाई थी उसने।

मुंह से चीख निकली थी, हाथ से रिवॉल्वर। कटे वृक्ष की तरह जमीन पर जा गिरा था वह। तड़पा और फिर शांत हो गया।

''मार्वलस!'' कहने के साथ कैमरामैन ने कैमरा ऑफ किया ही था कि पंकज के अलावा शूटिंग देख रहा हर शख्स तालियां बजा उठा और फिर . . . तालियों की गड़गड़ाहट के साथ पंकज ने जो दृश्य देखा, उसे देखकर उसके छक्के छूट गए।

होश उड़ गए।

दिमाग घूम गया।

उसे यकीन ही नहीं आ रहा था कि उसकी आंखें जो देख रही हैं वह सच है लेकिन क्या करता? उसकी आंखों ने तो सच ही देखा था। यह कि–प्राची मुस्कराती हुई उठी।

लोग उसे जबरदस्त परफॉरमेंस के लिए बधाईयां दे रहे थे।

कैसे हो सकता है ये? कैसे?

उसने खुद रिवॉल्वर में असली गोलियां डाली थीं।

फिर, किसी ने कहा–''अरे, काकू सर क्यों नहीं उठ रहे?''

नजरें लहूलुहान हुए पड़े राजेश कुमार पर केंद्रित हो गईं। उसे चैक करते कैमरामैन के हलक से चीख निकली थी–''काकू सर तो सचमुच–सचमुच मर गए।''

हंगामा मच गया वहां।

पंकज का जेहन उससे चीख-चीखकर पूछ रहा था–''एक बच गई। दूसरा मर गया। कैसे हो सकता है ऐसा? गोलियां नकली थीं तो दोनों

बचने चाहिए थे, असली थीं तो दोनों मरने चाहिए थे। ये कैसी छेड़छाड़ की गई थी गोलियों से और किसने की?''

''हमने।'' राजेश कुमार की उठावनी वाले दिन बैंग्लो के लॉन में इकट्ठा हुई हजारों की भीड़ के बीच संजय पुजारी राजेश कुमार की वसीयत पढ़ रहा था–''हमने की थी उस रिवॉल्वर की गोलियों से छेड़छाड़। जैसा कि सभी जानते हैं–शूटिंग में नकली गोलियों का इस्तेमाल किया जाता है। हमारी यूनिट के लोगों ने उसमें वे ही गोलियां भरी थीं। शुरू के दो खांचों में हमने भी वे ही रहने दीं लेकिन तीसरे खांचे से नकली गोली निकालकर असली गोली डाल दी। अब आप लोग यह सोचकर हैरान होंगे कि हमने ऐसा क्यों किया? बताते हैं।'' इतना कहने के बाद संजय पुजारी खामोश हुआ।

चेहरा ऊपर उठाकर लोगों की तरफ देखा।

उन लोगों की तरफ जो सांस रोके उसकी बात सुन रहे थे। उन लोगों की तरफ जो केवल उसी की तरफ देख रहे थे और उन हजारों लोगों की तरफ जिनकी मौजूदगी के बावजूद वहां ऐसी खामोशी थी जैसे दूर-दूर तक आदमजात न हो।

हैरान तो सभी थे मगर सबसे ज्यादा हैरान-परेशान पंकज था।

उसका आधा प्लान कामयाब हो गया था, आधा नाकाम।

कैसे हुआ ऐसा? कुछ समझ में न आ रहा था।

संजय पुजारी ने कहा–''राजेश कुमार की विल को आगे पढ़ने से पहले शायद यह बता देना जरूरी है कि यह विल उसने हमें आज से पंद्रह दिन पहले अपने हस्ताक्षर युक्त सीलबंद लिफाफे में दी थी। कहा था कि इसे उसकी मौत . . . बल्कि मौत के भी तीन दिन बाद होने वाली उठावनी वाले दिन खोला तथा पढ़ा जाए और मैंने आप सबके सामने इसे यहीं खोला है। इसमें जो भी लिखा है, उससे जितने अंजान आप हैं, उतना ही मैं भी हूं।''

खामोशी ज्यों की त्यों बनी रही।

संजय पुजारी ने आगे पढ़ना शुरू किया–''ज्योतिषी ने बताया था कि हमारा मिलन अगले जन्म में होगा। साला गधा! दिमाग से पैदल समझता था हमें। तभी तो समझा कि हम उसकी बकवास पर विश्वास कर लेंगे। हमें मालूम है कि अगले-पिछले जन्म के बारे में किसी को पता नहीं होता। फिल्म के एंड के हिसाब से वह सीन ठीक था जिसे आप सुपरस्टार में देखेंगे लेकिन असल जिंदगी में प्राची को गोली मारना तो दूर, कांटा तक नहीं चुभा सकते। लेकिन, उसके बगैर जी भी नहीं सकते। फिल्म की तरह ही रीयल लाइफ में भी हम अंतिम कोशिश कर चुके हैं लेकिन प्राची को हम कुबूल नहीं और अगर प्राची को हम कुबूल नहीं तो हमें यह दुनिया कुबूल नहीं। क्या करना है इसमें रहकर! इसलिए चल दिए। पुलिस से रिक्वेस्ट है–हमारी हत्या के सिलसिले में बेवजह किसी को परेशान न किया जाए क्योंकि अपने हत्यारे हम खुद हैं।'' इतना कहकर संजय पुजारी ने एक गहरी सांस ली और पुनः बोलने लगा–''हमारे सभी पुराने कापीराइट्स सहित संपूर्ण चल-अचल संपत्ति की मालकिन प्राची और केवल प्राची होगी। सुपरस्टार और उससे होने वाली संपूर्ण कमाई पर भी केवल उसी का अधिकार होगा।''

''ये गलत है।'' पंकज अपने हलक से निकलने वाली चीख जैसी इस आवाज़ को रोक न सका–''सारी कमाई पर प्राची का अधिकार कैसे हो सकता है? फ़िफ्टी परसेंट का पार्टनर तो मैं हूं।'' संजय पुजारी के साथ सबने उसकी तरफ देखा था। उस क्षण, अजीब-सा सन्नाटा छा गया था वहां। फिर, संजय पुजारी ने पूछा–''क्या आपके पास कोई पार्टनरशिप डीड है?''

''ऐसी कोई डीड नहीं हुई थी लेकिन सबको मालूम है, राजेश सर सबसे कहा करते थे कि मैं उनका पार्टनर हूं।''

''क्षमा कीजिए मिस्टर पंकज, कहने से कुछ नहीं होता। अगर

कोई लिखित डीड नहीं है तो कुछ नहीं हो सकता।'' पंकज का मुंह खुला का खुला रह गया था। संजय पुजारी ने डीड आगे पढ़ी–''मेरी पचास करोड़ की एक पांलिसी भी है, वह रकम भी प्राची को दी जाए।''

''ये नहीं हो सकता।'' पंकज दहाड़ा–''मैंने अपनी आंखों से देखा है, उस पालिसी का नोमिनी मैं हूं। राजेश सर ने एप्लीके . . .''

''इस विल की रोशनी में हर एप्लीकेशन स्वतः डैड हो जाती है मिस्टर पंकज, क्योंकि यकीनन वह इससे पिछली डेट की होगी।'' पंकज की हालत ऐसी हो गई थी जैसे किसी ने उसके जिस्म से सारा खून निचोड़ लिया हो। आंखों के आगे तारे नाच गए थे।

एक बार को तो जी चाहा, हलक फाड़कर चिल्ला उठे–'वह जलील आदमी इस दुनिया का सबसे बड़ा पैंतरेबाज था। उसने मुझे ठगा, मेरी नैना को ठगा, सोनम और गुलाटी को ठगा। सारी दुनिया को ठगा है उसने। पूरी तरह कंगाल होने के बावजूद करोड़ों की फिल्म बनाई। इसके लिए उसने सोनम का मर्डर कर दिया।' मगर, ऐसा कुछ कहा नहीं उसने। सही मौके पर विवेक काम कर गया था।

दिमाग में यह बात आई थी कि–अब यह सब बकने से क्या लाभ?

जब वह रहा ही नहीं तो कौन क्या बिगाड़ लेगा उसका? अगर मैंने मुंह फाड़ा तो उल्टे ऐसे-ऐसे सवाल खड़े हो जाएंगे जिनका मेरे लिए जवाब देना भारी हो जाएगा।

कसमसाकर चुप रह जाने में ही उसे अपनी भलाई नजर आई।

शाम को जब प्राची वहां आई तो उसके साथ साढ़े छः-छः फुटे चार गार्ड थे। चारों बिल्कुल गंजे। काली वर्दियों में। प्राची को देखकर पंकज का खून खौल उठा। व्यंगात्मक लहजे में कहा था उसने–''आ गईं हराम की दौलत कब्जाने!''

''तुमने ठीक कहा पंकज, कम से कम मेरे लिए तो यह दौलत हराम की ही है। वह मेरी दीवानगी में इसे मुझे दे गया मगर जब दे ही

गया है तो स्वीकार करने के अलावा क्या कर सकती हूं! अब सोचती हूं–शायद मैंने उसे न अपनाकर गलती की। उसके जीते जी मैं उसकी मुहब्बत की गहराई को न समझ सकी।''

''झूठ मत बोल हरामजादी औरत।'' पंकज खुद को आपे से बाहर होकर चीखने से न रोक सका–''झूठ मत बोल मुझसे।'' गार्ड उसकी तरफ लपके।

प्राची ने हाथ के इशारे से उन्हें रोका। उसके मस्तक पर बल पड़े हुए नजर आ रहे थे। पूछा उसने–''मतलब?''

''मतलब ये कमीनी और जलील औरत कि मैं उसके और तेरे संबंधों से वाकिफ़ हूं।'' भन्नाया हुआ होने के कारण उस वक्त उसके दिमाग में गार्ड्स का खौफ़ भी न था–''तलाक के कुछ दिनों या महीनों के लिए तुम्हारा संबंध विच्छेद हुआ हो तो हुआ हो लेकिन असल में तुम हमेशा से एक थे। तुम्हारे बीच तब भी इश्क परवान चढ़ रहा था जब सोनम की बलि दी गई। एक-दूसरे से अलग होने का ढोंग कर रहे थे तुम। पता नहीं किस प्लान पर काम कर रहे थे।''

उसने पूछा–''तुम पागल हो गए हो क्या?''

''मुझे पागल करने में कसर ही क्या छोड़ी है तुमने! मैंने फोन पर तुम्हारे और राजेश कुमार के बीच होने वाली बातें सुनी हैं।''

''क्या बकवास कर रहे हो?'' प्राची ने उसे झिड़का–''मैंने कभी फोन पर काकू से बात नहीं की।''

''मैंने अपने कानों से सुनी है।'' ''साबित कर सकते हो?'' पंकज सन्न रह गया।

कैसे साबित कर सकता था वह यह बात?

''और ये क्या बात कही तुमने कि सोनम की बलि दी गई!'' वह पूरे ठसके से बोली थी–''मैंने तो सुना है उसकी हत्या रंगराज ने की! सबने यही सुना है। मुकदमा भी चल रहा है उस पर। क्या कहना चाहते हो तुम? क्या तुम उस मामले में कोई नई बात जानते हो?''

पंकज एक बार फिर सन्न। कुछ भी बोलने का सीधा मतलब था–अपने हाथों में हथकड़ियां डालना।

फिर एक ही बात कही–"दुनिया का वह सबसे बड़ा पैंतरेबाज जिंदा होता तो बताता कि मैं क्या जानता हूं। उस हालत में अपने अंजाम की परवाह न करता मैं। हर हाल में उसे फ़ांसी कराकर ही दम लेता मगर अब . . . अब क्या फायदा!"

"अच्छा है कि दिमाग से काम ले रहे हो।" प्राची कहती चली गई–"अब जाओ यहां से और दिमाग को शांत रखकर अपनी नैना को बचाने की कोशिश करो। मुझे पूरा यकीन है कि दिल से कोशिश करोगे तो उसके साथ अपना घर बसाने में कामयाब हो जाओगे।"

पंकज देखता रह गया था प्राची की तरफ। दिमाग में सवाल उठा था–'क्या वह जानती है कि मेरे पास वीडियो क्लिप की कापी है?' उसकी बात का मतलब तो यही निकल रहा था मगर यह प्रश्न करना भी उसे मुनासिब न लगा। लगा–बेवजह की छिछालेदरी के अलावा और कोई फायदा न होगा। वह चुपचाप बैंग्लो से निकल आया–क्योंकि अब वहां उसका कुछ न था।

सिटी मॉल के सबसे शानदार थियेटर में 'सुपरस्टार' का पहला शो अभी-अभी खत्म हुआ था। लोग तालियां बजा रहे थे, सीटियां बजा रहे थे। चारों तरफ हंगामा मचा हुआ था।

लोग एक-दूसरे से कह रहे थे–"जाते-जाते भी राजेश कुमार साबित कर गया कि इंडस्ट्री में उसके अलावा कोई दूसरा सुपरस्टार न पैदा हुआ था, न होगा। क्या फिल्म बनाई है जालिम आदमी ने! अपनी मुहब्बत और फिल्म के लिए जुनून तो देखो–आखिरी शॉट में सचमुच गोली मार ली खुद को।"

इस तरह के अनेक कामेंट्स सुनता और उनसे आनंदित होता सबसे पिछली पंक्ति की एक सीट पर बैठा राजेश कुमार खड़ा हो गया। दोनों

हाथों की मुट्ठियां भींचकर उसने हवा में उछाल दी थीं। आजू-बाजू खड़े लोगों ने उसकी हरकत से केवल इतना ही समझा कि वह राजेश कुमार का कोई जबरदस्त फैन है। फिर वह भीड़ के साथ, उनके बीच अपनी ही हो रही चर्चा और प्रशंसा सुनता तथा गदगद् होता मॉल से बाहर निकला।

अगली शो के टिकटों के लिए मारामारी मची हुई थी।

सिटी मॉल में पांच थियेटर थे–पांचों में सुपरस्टार लगी थी और वहीं क्यों, राजेश कुमार जानता था–आज हर जगह, हर थियेटर में सुपरस्टार ही लगी हुई है और सब जगह यही हाल है।

कोई उसे पहचान नहीं सकता था क्योंकि अपने चेहरे पर रॉबर्ट हार्ले द्वारा फिट की गई असली नजर आने वाली घनी दाढ़ी-मूंछ लगाए हुए था। हेयर स्टाइल भी बिल्कुल अलग। मॉल की पार्किंग से उसने लिमोजीन निकाली।

लिमोजीन के कांच गहरे काले रंग के थे। सीधा एयरपोर्ट पहुंचा। गाड़ी पार्किंग में एक सुनसान स्थान पर लगाई। उसी समय जाने कहां से प्रकट होकर प्राची गाड़ी में आ गई।

दोनों के होंठ मिले और एक लंबे चुम्बन की शुरूआत हो गई। करीब दो मिनट बाद राजेश कुमार ने प्राची के होंठ छोड़े। अपने चेहरे से दाढ़ी-मूंछ और विग आदि उतारता बोला–''टाइम कम है।''

इस वक्त पूरी तरह सांगले नजर आ रहे राजेश कुमार को प्राची देखती रह गई थी। मुंह से निकला–''ये रॉबर्ट हार्ले भी है करामाती चीज। इस वक्त तुम्हें देखकर कोई नहीं कह सकता कि तुम्हारी उम्र पचास साल है। सांगले की तरह पूरे जवान-पट्ठे नजर आ रहे हो।''

''नादानी भरे डायलाग मत बोलो।'' मुस्कराते हुए राजेश कुमार ने उसे एक पासपोर्ट खोलकर दिखाया था–''ऑन रिकार्ड सांगले ही हूं मैं। कुछ ही देर बाद स्विट्ज़रलैंड के लिए उड़ने वाला हूं। राजेश कुमार तो शूटिंग के वक्त शूट हो चुका है।''

‘‘वह सांगले था।’’

‘‘कहती रहो तुम!’’ वह ठहाका लगाकर हंसा–‘‘कौन सुनेगा नक्कारखाने में तूती की आवाज़! सारी दुनिया कह रही है कि राजेश कुमार ने सुपरस्टार के अंतिम सीन में खुद को शूट कर लिया।’’

‘‘पंकज बेचारा अब भी उलझन में है।’’ प्राची बोली–‘‘वह समझ ही नहीं पा रहा यह सब आखिर हो कैसे गया और हुआ क्या है? कह रहा था–राजेश कुमार जीवित होता तो अपने अंजाम की परवाह किए बगैर मुंह फाड़ देता।’’

‘‘है कहां आजकल?’’

‘‘झुमरू की खोली के अलावा कहां हो सकता है?’’

‘‘नैना?’’

‘‘जमानत हो चुकी है। बेगुनाह भी सिद्ध हो ही जाएगी।’’

‘‘कैसे?’’

‘‘संजय पुजारी ने कोर्ट में वह लेपटॉप पेश कर दिया न जिसमें पंकज ने वीडियो क्लिप की कापी की थी।’’

‘‘कोर्ट ने पूछा होगा–फिल्म किसने तैयार की!’’

‘‘संजय पुजारी अपने फ़न का माहिर है। कह दिया–लेपटाप हमें किसी ने रजिस्टर्ड डाक से भेजा है। साफ जाहिर है–जिसने भी फिल्म बनाई है, वह खुद को सामने लाना नहीं चाहता। कोर्ट को सबूत से मतलब है। सो, पेश है। साफ-साफ साबित होता है कि नैना ने अपनी अस्मत बचाने के लिए गुलाटी का सिर फोड़ा।’’

‘‘गुड-गुड।’’ राजेश कुमार कह उठा–‘‘अब नैना और पंकज की शादी में भी कोई प्रॉब्लम नहीं आएगी। उसके मां-बाप पंकज के एहसानमंद हैं। वैसा दामाद उन्हें कहां मिलेगा और . . .’’

‘‘और?’’

‘‘जाने-अंजाने पंकज ने काफी मदद की है हमारी। इनाम में नैना तो मिलनी ही चाहिए थी। इतना समझदार वह है कि बेवजह मुंह नहीं

फाड़ेगा। समझता होगा कि जो हुआ है उसे याद भी रखेगा तो नैना को खो देगा और वह नैना को नहीं खो सकता। सुपरस्टार उसे भी आगे काम दिलवा देगी। अच्छा राइटर है। इंडस्ट्री के बहुत से नामचीन राइटरों से बेहतर। खा-कमाएगा।''

''पर बेचारा . . .''

''अब छोड़ो उसे।'' एकाएक राजेश कुमार ने इस तरह कहा जैसे पंकज से ज्यादा फ़ालतू वस्तु पूरी कायनात में न हो–''अब बस इतना याद रखो कि तुम्हें सबकुछ बेचकर, सुपरस्टार की सारी कमाई समेटकर स्विट्ज़रलैंड मेरे पहलू में आना है।''

''अभी नहीं जनाब।'' प्राची ने उसके होंठ चूमे थे–''छह महीने बाद। गर्म-गर्म खाओ तो मुंह जलने का खतरा रहता है।''

''ओके।'' वह हंसा–''तुम समझदार हो, ब्रिलिएंट हो।''

समाप्त